【臺灣現當代作家
研究資料彙編】99

張曉風

國立台灣文學館
出版

部長序

「臺灣現當代作家研究資料彙編」是臺灣文學研究一場極富意義的文學接力，計畫至今已來到第七階段，累積的豐碩成果至今正好匯聚百冊。欣見國立臺灣文學館今年再次推出十部作家研究成果，包括：翁鬧、孟瑤、楊念慈、施明正、劉大任、許達然、楊青矗、夐虹、張曉風和王拓。謹以此套叢書，向長期致力於臺灣文學創作的文學家們致敬。

文學是一個國家的靈魂，反映出一個民族最深刻的心靈史。回顧臺灣史，文學家一直是引領社會思潮前進的先鋒，是開創語言無限可能的拓荒者，創造出每一個時代的時代精神。「臺灣現當代作家研究資料彙編」透過回顧作家的生平經歷、尋訪作家與文友互動及參與文學社團的軌跡、閱讀其作品並且整理歷來研究者的諸多評述，讓我們能與作家的生命路徑同行，由此更認識他們所創造的文學世界。越深入認識臺灣文學開創出的獨特風采，我們對這塊土地的情感也會更加踏實，臺灣文化的創發與新生才更活潑光燦。

「臺灣現當代作家研究資料彙編」計畫推動至今已歷時八年，感謝這一路走來勤謹任事的執行團隊及諸多專家學者的戮力協助，替臺灣文學的作家研究奠定厚實根基。在此向讀者推介這一套兼具深度與廣度的臺灣文學工作書，讓我們藉由創作、閱讀和研究，一同點亮臺灣文學的璀璨光芒。

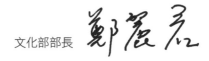

文化部部長 鄭麗君

館長序

在眾人引頸期盼中，「臺灣現當代作家研究資料彙編計畫」第七階段成果終於出爐，把一年來辛勤耕耘的果實呈現在讀者面前。此次所編纂的作家研究資料彙編，包含翁鬧、孟瑤、楊念慈、施明正、劉大任、許達然、楊青矗、敻虹、張曉風、王拓等十位作家。如同以往，在作家的族群身分、創作文類、性別比例各方面，均力求兼顧平衡；而別具意義的是，這十位作家的加入，讓「臺灣現當代作家研究資料彙編計畫」，匯聚累積共計百冊，為這份耗時良久的龐大學術工程，締造了全新的歷史紀錄。

從 1894 年出生的賴和，到 1945 年世代的王拓，這 51 年間，臺灣的歷史跌宕起伏，卻在在滋養著出生、成長於這塊土地上的文學青年、知識分子。而諸多來自對岸的戰後移民作家，大概也從來沒有想過，有一天，他們的書寫創作是在臺灣這塊土地發光發熱。事實證明，作家研究資料彙編的出版，不僅重新點燃了許多前輩作家的熱情，使其生命軌跡與文學路徑得到更為精緻細膩的梳理，某些已然淡出文學舞臺的作家與作品，也因而再次閃現光芒。另一方面，對於關心臺灣文學發展的學者專家，乃至一般讀者來說，這套巨著猶如開啟一扇窗扉，足以眺望那遼闊無際的文學美景，讓我們翻轉過去既有的印象和認知，得以嘗試用較為活潑、多元的角度來解讀作品。

在李瑞騰前館長的擘畫、其後歷任館長的大力支持下，自 2010 年起步的「臺灣現當代作家研究資料彙編計畫」，至今已持續推動八年。走過如此漫長的時光，臺文館所挹注的人力、物力等資源之龐大，自是不難想像。而我們之所以對作家研究投以如此關注，最根本的緣由乃是因為作家與作品，實為當代社會的縮影與靈魂的核心，伴隨著文本所累積的研究論述及文獻史料，則不僅是厚實文學發展的根基，更是深化人文思想的依據。本叢書既是對近百年來臺灣新文學的驗收及盤點，也是擴展並深化臺灣文學研究的嶄新契機，體現了臺灣文學研究總體成果中最優質精緻的部分，並對未來的研究指向與路徑，提出嶄新而適切的指引。

在此，特別感謝承辦單位臺灣文學發展基金會所組成的工作團隊，以及參與其事的專家、學者；更謝謝長期以來始終孜孜不倦、埋首於文學創作的前輩作家們。初冬時節，我們懷抱欣喜之情，向讀者推介此一深具實用價值的全方位臺灣現當代文學工具書，並期待未來有更多人，善用這套鉅著進行閱讀研究，從而加入這一場綿長而優美的臺灣文學接力賽。

國立臺灣文學館館長 廖振富

編序

◎封德屏

緣起

1995 年 10 月 25 日，在臺灣師範大學教育大樓的 201 室，一場以「面對臺灣文學」為題的座談會，在座諸位學者分別就臺灣文學的定義、發展、研究，以及文學史的寫法等，提出宏文高論，而時任國家圖書館編纂張錦郎的「臺灣文學需要什麼樣的工具書」，輕鬆幽默的言詞，鞭辟入裡的思維，更贏得在座者的共鳴。

張先生以一個圖書館工作人員自謙，認真專業地為臺灣這幾十年來究竟出版了多少有關臺灣文學的工具書，做地毯式的調查和多方面的訪問。同時條理分明地針對研究者、學生，列出了十項工具書的類型，哪些是現在亟需的，哪些是現在就可以做的，哪些是未來一步一步累積可以達成的，分別做了專業的建議及討論。

當時的文建會二處科長游淑靜，參與了整個座談會，會後她劍及履及的開始了文學工具書的委託工作，從 1996 年的《臺灣文學年鑑》起始，一年一本的編下去，一直到現在，保存延續了臺灣文學發展的基本樣貌。接著是《中華民國作家作品目錄》的新編，《臺灣文壇大事紀要》的續編，補助國家圖書館「當代文學史料影像全文系統」的建置，這些工具書、資料庫的接續完成，至少在當時對臺灣文學的研究，做到一些輔助的功能。

2003 年 10 月，籌備多年的「臺灣文學館」正式開幕運轉。同年五月《文訊》改隸「財團法人台灣文學發展基金會」，為了發揮更大的動能，開始更積極、更有效率地將過去累積至今持續在做的文學史料整理出來，讓豐厚的文藝資源與更多人共享。

於是再次的請教張錦郎先生，張先生認為文學書目、作家作品目錄、文學年鑑、文學辭典皆已完成或正在進行，現在重點應該放在有關「臺灣現當代作家評論資料目錄」的編輯工作上。

很幸運的，這個計畫的發想得到當時臺灣文學館林瑞明館長的支持，於是緊鑼密鼓的展開一切準備工作：籌組編輯團隊、召開顧問會議、擬定工作手冊、撰寫計畫書等等。

張錦郎先生花了許多時間編訂工作手冊，每一位作家的評論資料目錄分為：

（一）生平資料：可分作者自述，旁人論述及訪談，文學獎的紀錄。

（二）作品評論資料：可分作品綜論，單行本作品評論，其他作品（包括單篇作品）評論，與其他作家比較等。

此外，對重要評論加以摘要解說，譬如專書、專輯、學術會議論文集或學位論文等，凡臺灣以外地區之報刊及出版社，於書名或報刊後加註，如中國大陸、香港、新加坡等。此外，資料蒐集範圍除臺灣外，也兼及中國大陸、香港、新加坡、日本、韓國及歐美等地資料，除利用國內蒐集管道外，同時委託當地學者或研究者，擔任資料蒐集工作。

清楚記得，時任顧問的學者專家們，都十分高興這個專案的啟動，但確定收錄哪些作家名單時，也有不同的思考及看法。經過充分的討論後，終於取得基本的共識：除以一般的「文學成就」為觀察及考量作家的標準外，並以研究的迫切性與資料獲得之難易度為綜合考量。譬如說，在第一階段時，作家的選擇除文學成就外，先考量迫切性及研究性，迫切性是指已故又是日治時期臺籍作家為優先，研究性是指作品已出土或已譯成中文為優先。若是作品不少而評論少，或作品評論皆少，可暫時不考慮。此外，還要稍微顧及文類的均衡等等。基本的共識達成後，顧問群共同挑選出 310 位作家，從鄭坤五、賴和、陳虛谷以降，一直到吳錦發、陳黎、蘇偉貞，共分三個階段進行。

「臺灣現當代作家評論資料目錄」專案計畫，自 2004 年 4 月開始，至 2009 年 10 月結束，分三個階段歷時五年六個月，共發現、搜尋、記錄了十餘萬筆作家評論資料。共經歷了三位專職研究助理，近三十位兼任研究助理。這些研究助理從開始熟悉體例，到學習如何尋找資料，是一條漫長卻實用的學習過程。

接續

「臺灣現當代作家評論資料目錄」的專案完成，當代重要作家的研究，更可以在這個基礎上，開出亮麗的花朵。於是就有了「臺灣現當代作家研究資料彙編暨資料庫建置計畫」的誕生。為了便於查詢與應用，資料庫的完成勢在必行，而除了資料庫的建置外，這個計畫再從 310 位作家中精選 50 位，每人彙編一本研究資料，內容有作家圖片集，包括生平重要影像、文學活動照片、手稿及文物，小傳、作品目錄及提要、文學年表。另外每本書分別聘請一位最適當的學者或研究者負責編選，除了負責撰寫八千至一萬字的作家研究綜述外，再從龐雜的評論資料中挑選具有代表性的評論文章，平均 12～14 萬字，最後再附該作家的評論資料目錄，以期完整呈現該作家的生平、創作、研究概況，其歷史地位與影響。

第一部分除資料庫的建置外，50 位作家 50 本資料彙編（平均頁數 400～500 頁），分三個階段完成，自 2010 年 3 月開始至 2013 年 12 月，共費時 3 年 9 個月。因為內容充實，體例完整，各界反應俱佳，第二部分的 50 位作家，接著在 2014 年元月展開，第一階段至第三階段共出版了 40 本，此次第四階段計畫出版 10 本，預計在 2017 年 12 月完成。

成果

雖然過程是如此艱辛，如此一言難盡，可是終究看到豐美的成果。每位編選者雖然忙碌，但面對自己負責的作家資料彙編，卻是一貫地認真堅持。他們每人必須面對上千或數百筆作家評論資料，挑選重要或關鍵性的評論文章，全面閱讀，然後依照編選原則，挑選評論文章。助理們此時不僅提供老師們所需要的支援，統計字數，最重要的是得找到各篇選文作者，取得同意轉載的授權。在起初進度流程初估時，我們錯估了此項工作的難度，因為許多評論文章，發表至今已有數十年的光景，部分作者行蹤難查，還得輾轉透過出版社、學校、服務單位，尋得蛛絲馬跡，再鍥而不捨地追蹤。有了前面的血淚教訓，日後關於授權方面，我們更是如臨深淵、如履薄冰，希望不要重蹈覆轍，在面對授權作業時更是戰戰兢兢，不敢懈怠。

除了挑選評論文章煞費苦心外，每個作家生平重要照片，我們也是採高標準的方式去蒐集，過世作家家屬、友人、研究者或是當初出版著作的出版社，都是我們徵詢的對象。認真誠懇而禮貌的態度，讓我們獲得許多從未出土的資料及照片，也贏得了許多珍貴的友誼。許多作家都協助提供照片手稿等相關資料，已不在世的作家，其家屬及友人在編輯過程中，也給予我們許多協助及鼓勵，藉由這個機會，與他們一起回憶、欣賞他們親人或父祖、前輩，可敬可愛的文學人生。此外，還有許多作家及研究者，熱心地幫忙我們尋找難以聯繫的授權者，辨識因年代久遠而難以記錄年代、地點、事件的作家照片，釐清文學年表資料及作家作品的版本問題，我們從他們身上學習到更多史料研究可貴的精神及經驗。

但如何在規定的時間內，完成每個階段資料彙編的編輯出版工作，對工作小組來說，確實是一大考驗。每一冊的主編老師，都是目前國內現當代臺灣文學教學及研究的重要人物，因此都十分忙碌。每一本的責任編輯，必須在這一年的時間內，與他們所負責資料彙編的主角——傳主及主編老師，共生共榮。從作家作品的收集及整理開始，必須要掌握該作家所有出版的作品，以及盡量收集不同出版社的版本；整理作家年表，除了作家、研究者已撰述好的年表外，也必須再從訪談、自傳、評論目錄，從作品出版等線索，再作比對及增刪。再來就是緊盯每位把「研究綜述」放在所有進度最後一關的主編們，每隔一段時間提醒他們，或順便把新增的評論目錄寄給他們（每隔一段時間就有新的相關論文或學位論文出現），讓他們隨時與他們所主編的這本書，產生聯想，希望有助於「研究綜述」撰寫的進度。

在每個艱辛漫長的歲月中，因等待、因其他人力無法抗拒的因素，衍伸出來的問題，層出不窮，更有許多是始料未及的。譬如，每本書的選文，主編老師本來已經選好了，也經過授權了，為了抓緊時間，負責編輯的助理們甚至連順序、頁碼都排好了，就等主編老師的大作了，這時主編突然發現有新的文章、新的資料產生：再增加兩三篇選文吧！為了達到更好更完備的目標，工作小組當然全力以赴，聯絡，授權，打字，校對，重編順序等等工作，再度展開。

此次第二部分第七階段共需完成的 10 位作家研究資料彙編，年齡層較上兩個階段已年輕許多，因此到最後的疑難雜症，還有連主編或研究者都不太清楚的部分，譬如年表中的某一件事、某一個年代、某一篇文章、某一個得獎記錄，作家本人及家屬絕對是一個最好的諮詢對象，對解決某些問題來說，這是一個好的線索，但既然看了，關心了，參與了，就可能有不同的看法，選文、年表、照片，甚至是我們整本書的體例，於是又是一場翻天覆地的大更動，對整本書的品質來說，應該是好的，但對經過多次琢磨、修改已進入完稿階段的編輯團隊來說，這不啻是一大挑戰。

1990 年開始，各地縣市文化中心（文化局），對在地作家作品集的整理出版，以及臺灣文學館成立後對日治時期作家以迄當代重要作家全集的編纂，對臺灣文學之作家研究，也有了很好的促進作用。如《楊逵全集》、《林亨泰全集》、《鍾肇政全集》、《張文環全集》、《呂赫若日記》、《張秀亞全集》、《葉石濤全集》、《龍瑛宗全集》、《葉笛全集》、《鍾理和全集》、《錦連全集》、《楊雲萍全集》、《鍾鐵民全集》等，如雨後春筍般持續展開。

經過近二十年的努力，臺灣文學的研究與出版，也到了可以驗收或檢討成果的階段。這個說法，當然不是要停下腳步，而是可以從「臺灣現當代作家評論資料目錄」所呈現的 310 位作家、10 萬筆資料中去檢視。檢視的標的，除了從作家作品的質量、時代意義及代表性去衡量外、也可以從作家的世代、性別、文類中，去挖掘有待開墾及努力之處。因此這套「臺灣現當代作家研究資料彙編」，大部分的編選者除了概述作家的研究面向外，均有些觀察與建議。希望就已然的研究成果中，去發現不足與缺憾，研究者可以在這些不足與缺憾之處下功夫，而盡量避免在相同議題上重複。當然這都需要經過一段時間去發現、去彌補、去重建，因此，有關臺灣文學的調查、研究與論述，就格外顯得重要了。

期待

感謝臺灣文學館持續推動這兩個專案的進行。「臺灣現當代作家評論資料目錄」的完成，呈現的是臺灣文學研究的總體成果；「臺灣現當代作家研究資料彙編」的出版，則是呈現成果中最精華最優質的一面，同時對未來臺灣文學的研究面向與路徑，作最好的建議。我們可以很清楚的體會，這是一條綿長優美的臺灣文學接力賽，經過長時間的耕耘、灌溉，風搖雨濡、燭影幽轉，百年臺灣文學大樹卓然而立，跨越時代並馳而行，百冊作家研究資料彙編得千位作家及學者之力，我們十分榮幸能參與其中，更珍惜在傳承接力的過程，與我們相遇的每一個人，每一件讓我們真心感動的事。我們更期待這個接力賽，能有更多人加入。誠如張恆豪所說「從高音獨唱到多元交響」，這是每一個人所期待的。

編輯體例

一、本書編選之目的，為呈現張曉風生平、著作及研究成果，以作為臺灣文學相關研究、教學之參考資料。

二、全書共五輯，各輯內容及體例說明如下：

輯一：圖片集。選刊作家各個時期的生活或參與文學活動的照片、著作書影、手稿（包括創作、日記、書信）、文物。

輯二：生平及作品，包括三部分：

1.小傳：主要內容包括作家本名、重要筆名，生卒年月日，籍貫，及創作風格、文學成就等。

2.作品目錄及提要：依照作品文類（論述、詩、散文、小說、劇本、報導文學、傳記、日記、書信、兒童文學、合集）及出版順序，並撰寫提要。不收錄作家翻譯或編選之作品。

3.文學年表：考訂作家生平所進行的文學創作、文學活動相關之記要，依年月順序繫之。

輯三：研究綜述。綜論作家作品研究的概況，並展現研究成果與價值的論文。

輯四：重要文章選刊。選收作家自述、國內外具代表性的相關研究論文及報導。

輯五：研究評論資料目錄。收錄至 2017 年 11 月底止，有關研究、論述臺灣現當代作家生平和作品評論文獻。語文以中文為主，兼及日文和英文資料。所收文獻資料，以臺灣出版為主，酌收中國大陸、香港、日本和歐美國家的出版品。內容包含三部分：

1.「作家生平、作品評論專書與學位論文」下分為專書與學位論文。

2.「作家生平資料篇目」下分為「自述」、「他述」、「訪談」、「年表」、「其他」。

3.「作品評論篇目」下分為「綜論」、「分論」、「作品評論目錄、索引」、「其他」。

目次

【輯五】研究評論資料目錄

輯一◎圖片集

影像◎手稿◎文物

1946年，因抗戰結束，張曉風舉家自重慶搬往南京；身著背帶褲的張曉風與二妹張可風（左）於南京照相館中的合影。（張曉風提供）（上左）

1947年，剛進入南京崔八巷小學就讀的張曉風，因為個子較高，被編至二年級。（張曉風提供）（上右）

1948年夏，住在鄉下的祖父與叔叔來到南京與張曉風一家團聚，留下三代同堂的家族合影；秋天因局勢不穩，舉家遷往柳州，從此再也沒見過祖父。前排左起：二妹張可風、祖父張士登、張曉風、三妹張詠風（前）；後排左起：母親謝慶歐（手抱四妹張樹風）、父親張家閑、三叔張家蔭。（張曉風提供）（下）

1949～1952年，張曉風（後排左一）與臺北中山國小同學合影。（張曉風提供）

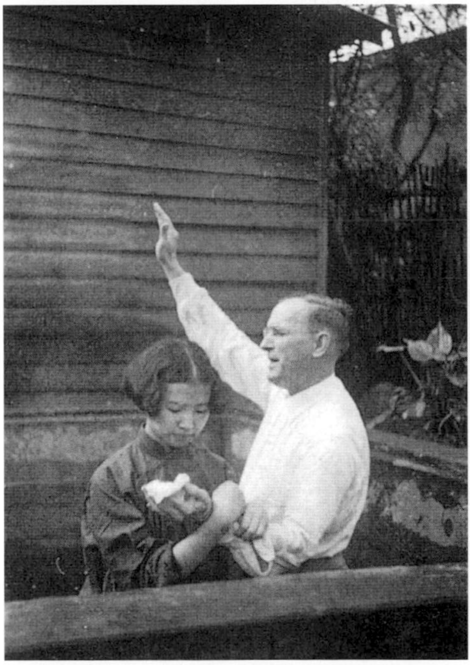

1954年，就讀臺北第一女子中學初中部二年級的張曉風於臺北仁愛堂由柯理培牧師（右）施洗。（張曉風提供）

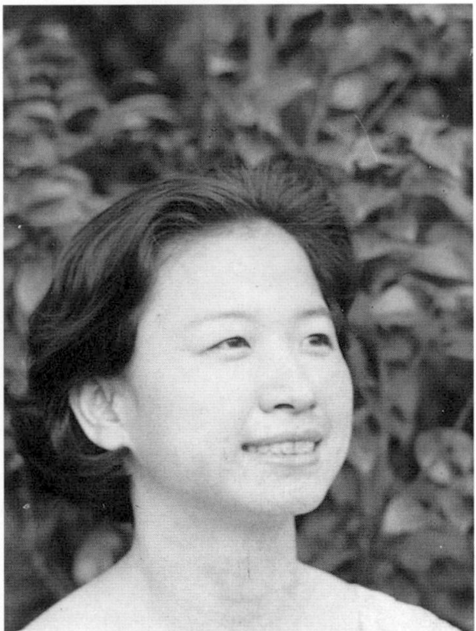

1958～1962年，大學時期的張曉風積極參加教會團契活動，期間認識許多志同道合的朋友以及值得尊敬學習的前輩；此張照片便是當時買了新相機，正在學習攝影的張明哲教授所拍攝。（張曉風提供）

1962年6月，張曉風（二排右五）畢業於東吳大學中國文學系，此為當年應屆全體畢業生合影。（張曉風提供）

1964年11月11日，張曉風（左二）與交往七年的林治平（左三）於臺北南京東路禮拜堂結婚。（張曉風提供）

1967年11月11日，26歲的張曉風（前排左三）以《地毯的那一端》獲第二屆中山文藝散文獎，為至今最年輕的獲獎人；懷有七個月身孕的她出席頒獎典禮，與其他獲獎人一同合影。（張曉風提供）

1968年，張曉風報名中國戲劇藝術中心的編劇研習班，師從李曼瑰，與戲劇結下不解之緣。右起：林治平、張曉風、佚名、李曼瑰、黃以功、孫國旭。（張曉風提供）

1969年12月，張曉風首部劇本創作《畫》由李曼瑰老師出資贊助，於臺北臺灣藝術館（今臺灣藝術教育館）演出。（張曉風提供）

1975年，張曉風的一對兒女。左起：張曉風、女兒林質心、兒子林質修。（張曉風提供）

1970年代，張曉風於舊曆新年期間前往拜訪筆名杏林子的好友劉俠（右）。（張曉風提供）

1970年代，張曉風與文友赴高雄出席由作家主講的「文藝座談會」。左起：鍾肇政、張曉風、朱西甯。（翻攝自《曉風自選集》，黎明文化公司）

1970年代，張曉風與文友合影。左起：司馬中原、張曉風、七等生。（翻攝自《曉風自選集》，黎明文化公司）

1982年夏，張曉風（左一）和林治平（中坐者）前往泰國北部阿卡族的村落，與當地居民合影。（張曉風提供）

1986年夏，張曉風與文友前往機場為返臺度假的馬森接機。前排左起：愛亞、張曉風、席慕蓉、龍應台；後排左起：楚戈、隱地、馬森、蔣勳。（張曉風提供）

1986年，香港火種劇社演出舞臺劇《猩猩的故事》，張曉風（左一）特別登臺致詞。（張曉風提供）

1980年代，張曉風（前排左三）提倡生態保育，與民歌手吳楚楚（彈吉他者）帶領小朋友前往植物園放蝌蚪。（張曉風提供）

1980年代，張曉風與女作家們聚會。前排右起：張曉風、席慕蓉、荊棘、李昂；後排右起：應鳳凰、季季、林海音、琦君、鐘麗慧、袁瓊瓊。（文訊文藝資料中心）

1990年11月27日，張曉風出席「謝冰瑩先生返臺歡迎茶會」。左起：謝冰瑩、張曉風、高明。（文訊文藝資料中心）

1994年1月，臺灣藝術專科學校（今臺灣藝術大學）演出張曉風舞臺劇《自烹》，此劇創作於1973年夏天，但當時在臺灣遭到禁演，這是多年後在臺灣第一次演出，張曉風於彩排時與演員討論。左起：服裝設計洪麗芬、張曉風、導演邵玉珍。（張曉風提供）

1990年代前期，張曉風全家福。右起：張曉風、林治平（後立者）、林質修、林質心。（張曉風提供）

1997年11月14日，張曉風獲頒第20屆吳三連散文類文學獎。左起：林澄枝、張曉風、陳奇祿、陳牧雨、李泰祥。（張曉風提供）

1998年3月13日，張曉風與林治平（右）出遊。（文訊文藝資料中心）

1999年，兒子林質修獲加州理工學院（California Institute of Technology）博士學位，全家赴美參加畢業典禮。右起：林質心、張曉風、林治平、林質修。（張曉風提供）

1999年，張曉風出席第九屆梁實秋文學獎頒獎典禮。前排左起：佚名、李鍾桂、劉真、林澄枝、詹天性、余光中、張曉風、瘂弦。（文訊文藝資料中心）

2012年2月3日，張曉風出席於臺北紀州庵文學森林舉辦的「我們的文學夢」系列講座，演講「那些年，我們一起追求的文學」。（文訊文藝資料中心）

2013年10月7日，張曉風出席文訊雜誌社於臺大醫院國際會議中心的「文藝雅集」活動，與九歌出版社總編輯陳素芳（右）合影。（文訊文藝資料中心）

2016年5月30日，張曉風因為紀錄片的拍攝，返回母校屏東女子中學，攝於校園中庭。（吳文睿提供）

2016年5月30日，張曉風攝於屏東勝利新村永勝巷5號舊居，在此她度過了1955至1958年的中學時光。（吳文睿提供）

2017年2月10日，張曉風出席「2017臺北國際書展」，與隱地（左）、郭強生（右）對談「家族與記憶書寫」。（文訊文藝資料中心）

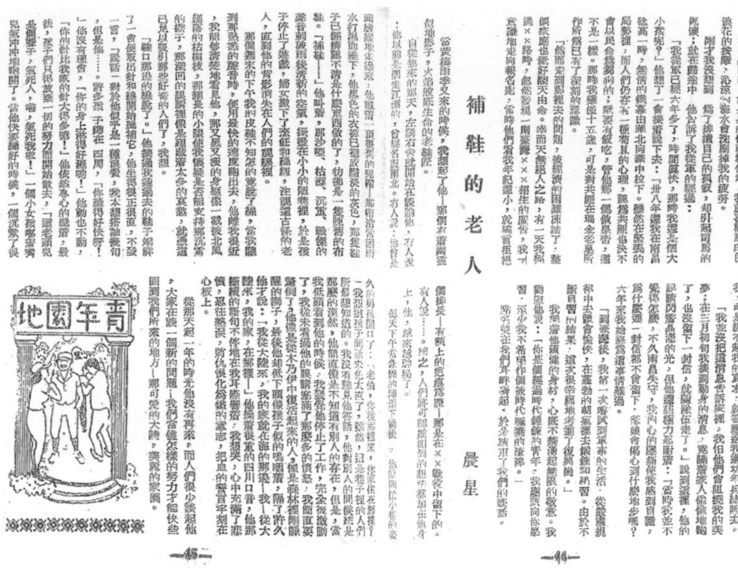

補鞋的老人

晨星

從野外回來，帶著滿身的傢歡般似地，我就喜歡那白色浪花的按摩；沁涼的海水會洗刷掉我的疲勞。

剛才我沒想到　為了排遣自己的孤寂，却引起司馬的傷懷；就在歸途中　他告訴了我從軍的經過：

「我從軍已經六年多了，」時間真快，那時我還是個大小孩呢？」他想了一會接着說下去：「卅八年還我在南昌陸軍一時，無情的鐵幕由華北向華中拉下。雖然在緊張的局勢裡，而人們仍存有一種苟且的心理，認為共匪也決不會以民命為芻狗的；既要有飯吃，管他那一個做皇帝，還不是一樣。那時我雖僅十五歲，可是對共匪在瑞金老巢所作所為已有了深刻的認識。

「然而走到那裡去的問題，被經濟的困難凍結了，整個家庭也祇好聽天由命。幸而天無絕人之路，有一天我經過××路時，忽然發現一則宣傳×××招生的廣告，我下意識地走向報名處，當時他們看我年紀還小，就婉言拒絕我，可是經不起我的哀求，就答應送我進幼年兵總隊去。

「我並沒把這消息告訴家裡，我怕他們會阻撓我的美夢，在三月初旬我接到動身的消息，就瞞着家人偷偷地溜了，也沒留下一封信，就隨隊伍走了。」說到這裡，他的眼睛閃着晶瑩的光，但他還想極力忍耐着：「當時我並不覺得怎麼，不久南昌失守，我內心的隱痛使我感到自譴，為什麼連一封信都不曾留下，爹娘會傷心到什麼地步呢？六年來我始終為這事情難過。

「到隊裡後，我第一次嘗試到軍中的生活，從嚴厲規律中去體會愉快，在蓬勃的朝氣裡去鍛鍊和學習。由於不斷自習的結果，讀完很幸福地考進了復興崗。」

我望着他頎健的身材，心底不禁湧起無限的敬意。我勸慰他說：「你是個經過時代鍛鍊的青年，我應該向你學習，至少我不希望作個被時代驅棄的渣滓。」

[illegible]在我們耳畔響起，於是結束了我們的談話。

—44—

當黃梅雨季又來的時候，我想起了他——那個有着幽靈似地影子，火焰般底生命的老鞋匠。

自從他來的那天，左鄰右舍就開始在談論他，有人說：他以前是個走江湖的，曾經名震湘北。有人說：他曾是個排長——有顆上的疤痕為證——那是在××戰役中留下的。有人說……。總之，人們將可能推測到的想法都加在他身上，他，就來越神秘了。

每天下午當[illegible]的陣雨下過後，他總[illegible]從小巷的盡頭緩緩地走過來：他戴着一頂很舊的兜帽——那帽沿常因雨水打濕而垂下，他黑色的衣褲已褪成暗淡的灰色，那隻鞋子已經辨認不清是什麼東西做的了，彷彿是一隻陳舊的布鞋。「補鞋——」他叫着，那沙啞、枯澀、沉重、顫慄的聲音刺破雨後清新的空氣，振盪在小小的陋巷裡，於是孩子停止了遊戲，婦女擲下了[illegible]和編織，注視這古怪的老人，直到他的背影消失在人們的視線裡。

那個週末的下午我的皮鞋不知怎的竟脫了線，當我聽到那熟悉的聲音時，便用最快的速度跑出去，他離我很近，我能夠清楚地看見他，那又黑又瘦的身軀像一截被北風摧落的枯樹枝，那細長的小腿使我懷疑是否能支持那沉重的擔子，那深凹的眼睛裡像是蘊藏着太多的哀愁，就憑這已足以吸引那些好奇的人們了，我想。

「鞋口那邊的線脫了。」他接過我遞過去的鞋子端詳了一會便取出針和線開始縫補它，他坐得很正很直，不發一言，「說話」對於他似乎是一種浪費，我本想搭訕幾句，但是他……。許多孩子蹲在四周，「你縫得好快呀！」他沒有理會，「你的身上淋得好濕喲！」他動也不動，「你的針比我家的針大得多啊！」他依然專心的縫着，最後，孩子們只得放棄一切的努力而開始散去，「這老頭兒是個聾子，氣死人，嘿，氣死我啦！」一個小女孩嘟着嘴兒氣沖沖地跑開了。當他快要縫好的時候，一個沉默了很久的男孩開口了：「老伯，你從那裡來，你家住在那裡？」我想這孩子問話未免太直了，顯然，這是巷子裡的人們所最想知道的。我沒有聽見他答話，他對別人的問候總是那麼的漠然，他簡直像是不知道有別人的存在，但是，當我低頭看到他的時候，我發覺他停止了工作，完全被激動了，我從未看過他的眼睛蘊滿了那麼多的憤怒：我簡直要驚倒了，他像是從木乃伊中復活起來的人，像是森林裡剛睡醒的獅子，最後他却低下頭像孩子似的嗚咽着，隔了許久他才說：「我從大陸來，我的家，在那裡——我——從大陸來，我的家就在海的那邊——」他操着很重的四川口音，他那斷續的語句不停地在我耳際響着；我想哭，心中充滿了悲憤，忍住熱淚，將仇恨化為鐵的意志，把血的誓言牢刻在心板上。

從那天起一年的時光他沒有再來，而人們很少談起他，大家在談一個新的問題——我們應該怎樣的努力才能快些回到我們所來的地方——那可愛的大陸，美麗的家園。

青年園地

—45—

1956年6月，就讀屏東女子中學的張曉風，以筆名「晨星」投稿，〈補鞋的老人〉見刊於《戰鬥文藝》第7期。（文訊文藝資料中心）

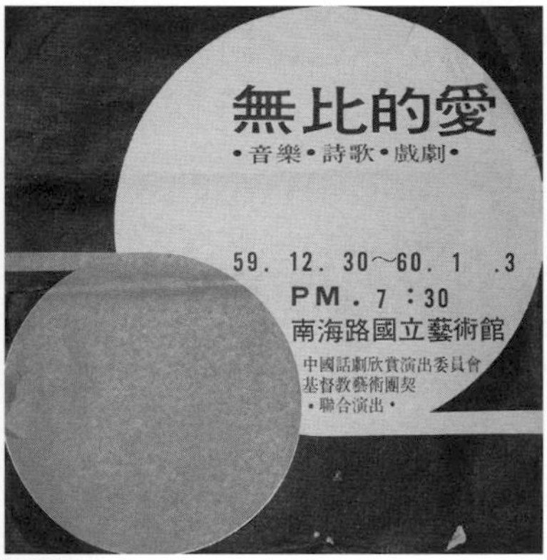

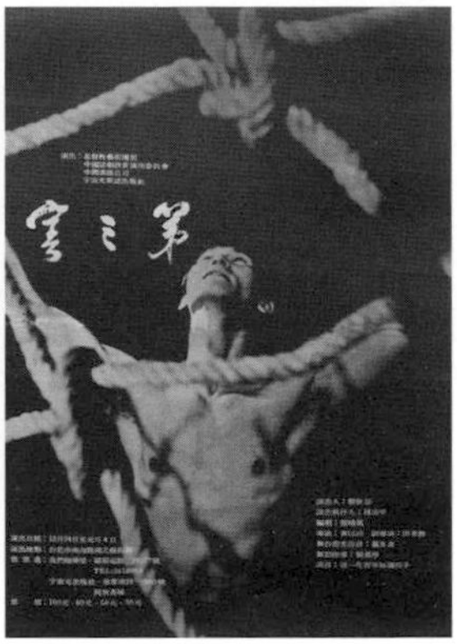

1969～1978年，由張曉風創作劇本、基督教藝術團契演出的話劇海報，內容多為討論基督信仰真諦，或改編自中國古典文學。（張曉風提供）

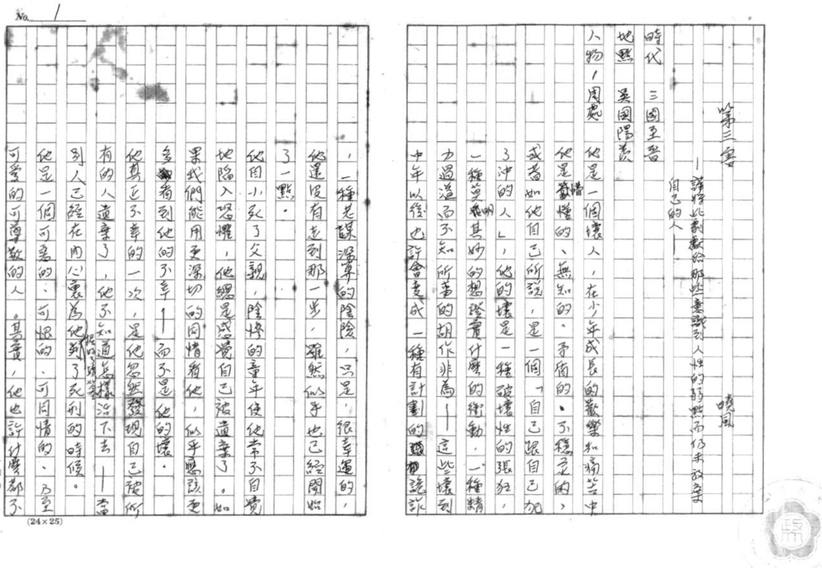

No. 1

第三害

——謹將此劇獻給那些意識到人性的弱點而仍未放棄自己的人—— 曉風

時代 三國至晉

地點 吳國陽羨

人物／周處 他是一個壞人，在少年成長的歡樂和痛苦中他是懵懂的、無知的、矛盾的、不穩定的，或者如他自己所說，是一個「自己跟自己犯了沖的人」，他的壞是一種破壞性的張狂，一種莫名其妙的想證實什麼的衝動，一種精力過溢而不知所事的胡作非為——這些壞到中年以後也許會變成一種有計劃的陰謀詭詐，一種老謀深算的陰險，只是，很幸運的，他還沒有走到那一步，雖然似乎也已經開始了一點。

他自小死了父親，陰慘的童年使他常不自覺地陷入恐懼，他總是感覺自己被遺棄了。如果我們能用更深切的同情看他，似乎應該更多看到他的不幸——而不是他的壞。

他真正不幸的一次，是他忽然發現自己被所有的人遺棄了，他不知道怎樣活下去——當別人已經在內心裏為他掘好了墳墓，判了死刑的時候。

他是一個可惡的、可恨的、可同情的、乃至可愛的可尊敬的人。其實，他也許什麼都不

1975年11月16日，張曉風連載於《中央日報・副刊》10版，改編自中國傳統故事「周處除三害」的劇本〈第三害〉手稿與剪報。（政治大學圖書館提供）

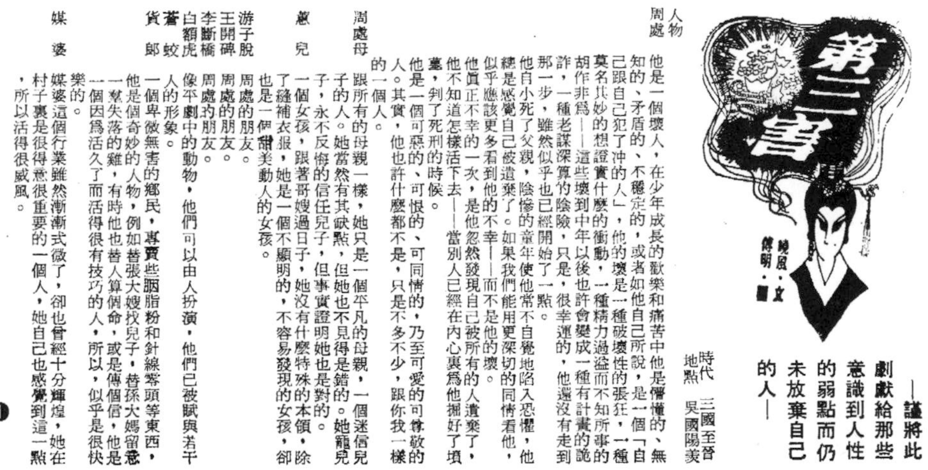

第三害

曉風・文 傅明・圖

——謹將此劇獻給那些意識到人性的弱點而仍未放棄自己的人——

時代 三國至晉

地點 吳國陽羨

人物

周處 他是一個壞人，在少年成長的歡樂和痛苦中他是懵懂的、無知的、矛盾的、不穩定的，或者如他自己所說，是一個「自己跟自己犯了沖的人」，他的壞是一種破壞性的張狂，一種莫名其妙的想證實什麼的衝動，一種精力過溢而不知所事的胡作非為——這些壞到中年以後也許會變成一種有計畫的詭詐，一種老謀深算的陰險，只是，很幸運的，他還沒有走到那一步，雖然似乎也已經開始了一點。

他自小死了父親，陰慘的童年使他常不自覺地陷入恐懼，他總是感覺自己被遺棄了。如果我們能用更深切的同情看他，似乎應該更多看到他的不幸——而不是他的壞。

他真正不幸的一次，是他忽然發現自己被所有的人遺棄了，他不知道怎樣活下去——當別人已經在內心裏爲他掘好了墳墓，判了死刑的時候。

他是一個可惡的、可恨的、可同情的，乃至可愛的可尊敬的人。其實，他也許什麼都不是，只是不多不少，跟你我一樣的一個人。

周處母 跟所有的母親一樣，她只是一個平凡的母親，一個迷信兒子的人。她當然有其缺點，但她也不見得是錯的。她寵兒子，永不反悔的信任兒子，但事實證明她也是對的。

憨兒 一個女孩，跟著哥嫂過日子，她沒有什麼特殊的本領，除了縫補衣服，她是一個不顯明的，不容易發現的女孩，卻也是一個甜美動人的女孩。

游子脫 周處的朋友。

王開碑 周處的朋友。

李斷橋 周處的朋友。

白額虎 像平劇中的動物，他們可以由人扮演，他們已被賦與若干人的形象。

蒼蛟

貨郎 一個卑微無害的鄉民，專賣些胭脂粉和針線等頭等東西，他是個奇妙的人物，例如替張大嫂找兒子，替孫大媽留意一隻失落的雞，有時他也替人算個命，或是傳個信，他是一個因爲活久了而活得很有技巧的人，所以，似乎是很快樂的。

媒婆 媒婆這個行業雖然漸漸式微了，卻也曾經十分輝煌，她在村子裏是很得意很重要的一個人，她自己也感覺到這一點，所以活得很威風。

❶

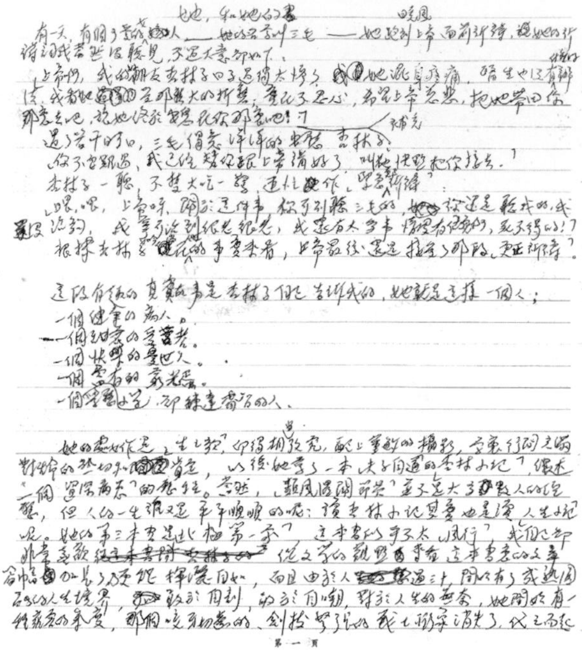

1983年8月，張曉風發表於《文訊》第2期〈她，和她的書〉手稿與當期雜誌內頁，介紹杏林子的《另一種愛情》。（文訊文藝資料中心）

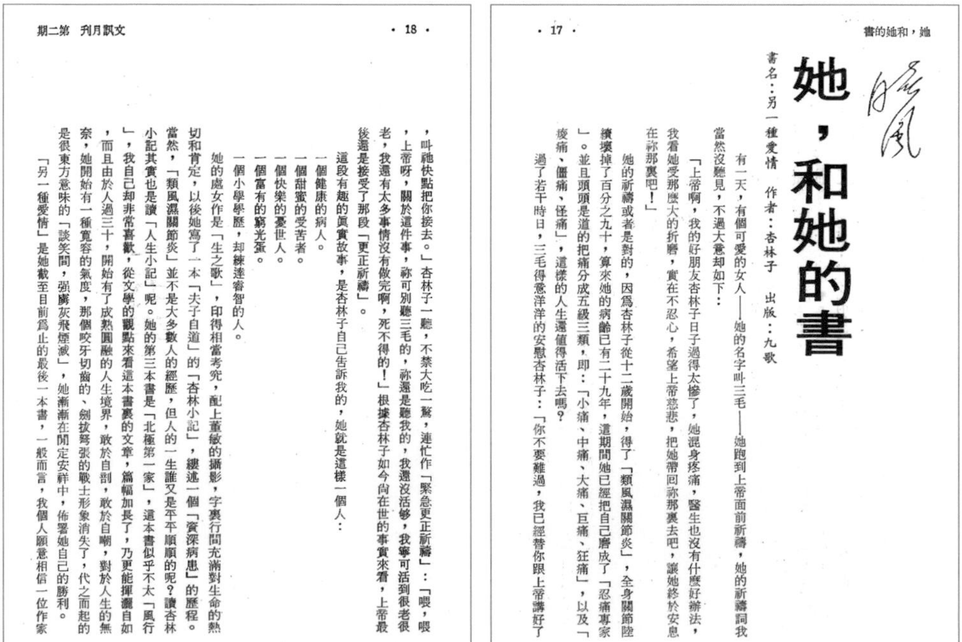

・17・　　她，和她的書

她，和她的書

曉風

書名：另一種愛情　作者：杏林子　出版：九歌

有一天，有個可愛的女人——她的名字叫三毛——她跑到上帝面前祈禱，她的祈禱詞我當然沒聽見，不過大意卻如下：

「上帝啊，我的好朋友杏林子日子過得太慘了，她混身疼痛，醫生也沒有什麼好辦法，我看她受那麼大的折磨，實在不忍心，希望上帝慈悲，把她帶回祢那裏去吧，讓她終於安息在祢那裏吧！」

她的祈禱或者是對的，因爲杏林子從十二歲開始，得了「類風濕關節炎」，全身關節陸續壞掉了百分之九十，算來她的病齡已有二十九年，這期間她已經把自己磨成了「忍痛專家」。並且頭頭是道的把痛分成五級三類，即：「小痛、中痛、大痛、巨痛、狂痛」，以及「痠痛、僵痛、怪痛」，這樣的人生還值得活下去嗎？

過了若干時日，三毛得意洋洋的安慰杏林子：「你不要難過，我已經替你跟上帝講好了

文訊月刊　第二期　　・18・

，叫祂快點把你接去。」杏林子一聽，不禁大吃一驚，連忙作「緊急更正祈禱」：「喂，喂，上帝呀，關於這件事，祢可別聽三毛的，祢還是聽我的，我還沒活夠，我寧可活到很老很老，我還有太多事情沒有做完啊，死不得的！」根據杏林子如今尚在世的事實來看，上帝最後還是接受了那段「更正祈禱」。

這段有趣的眞實故事，是杏林子自己告訴我的，她就是這樣一個人：

一個健康的病人。
一個甜蜜的受苦者。
一個快樂的憂世人。
一個富有的窮光蛋。
一個小學學歷，卻練達睿智的人。

她的處女作是「生之歌」，印得相當考究，配上董敏的攝影，字裏行間充滿對生命的熱切和肯定，以後她寫了一本「夫子自道」的「杏林小記」，縷述一個「資深病患」的歷程。當然，「類風濕關節炎」並不是大多數人的經歷，但人的一生誰又是平平順順的呢？讀杏林小記其實也是讀「人生小記」呢。她的第三本書是「北極第一家」，這本書似乎不太「風行」，我自己卻非常喜歡，從文學的觀點來看這本書裏的文章，篇幅加長了，乃更能揮灑自如，而且由於人過三十，開始有了成熟圓融的人生境界，敢於自剖，敢於自嘲，對於人生的無奈，她開始有一種寬容的氣度，那個咬牙切齒的、劍拔弩張的戰士形象消失了，代之而起的是很東方意味的「談笑間，強虜灰飛煙滅」，她漸漸在閒定安祥中，佈署她自己的勝利。

「另一種愛情」是她截至目前爲止的最後一本書，一般而言，我個人願意相信一位作家

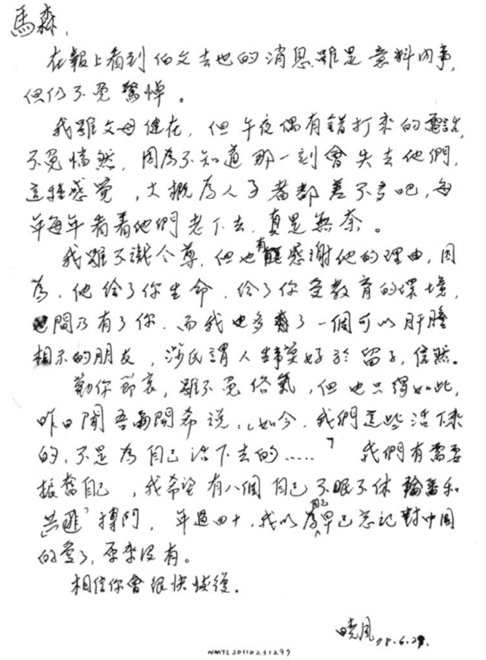

馬森，

在報上看到伯父去世的消息，雖是意料內事，但仍不免驚悼。

我雖父母健在，但午夜偶有錯打來的電話，不免惴然，因為不知道那一刻會失去他們，這種感覺，大概為人子者都差不多吧，每年每年看著他們老下去，真是無奈。

我雖不識令尊，但也有感謝他的理由，因為，他給了你生命，給了你受教育的環境，人間乃有了你，而我也多了一個可以肝膽相示的朋友，淮氏謂人生莫好於留子，信然。

勸你節哀，雖不免俗氣，但也只得如此，昨日聞香港聞希說：「如今，我們這些活下來的，不是為自己活下去的……」我們有需要振奮自己，我希望有八個自己不眠不休輪番和共匪搏鬥，年過四十，我以為自己早已忘記對中國的愛了，原來仍有。

相信你會很快振作。

曉風 78.6.29.

NMTL20110231297

1989年6月29日，張曉風致馬森函，為馬森父親過世的消息表達哀悼與慰問之意。（國立臺灣文學館提供）（上左）

2013年1月31日，張曉風發表於《聯合報．副刊》D3版詩作〈觀畫訣〉手稿與剪報。（張曉風提供）

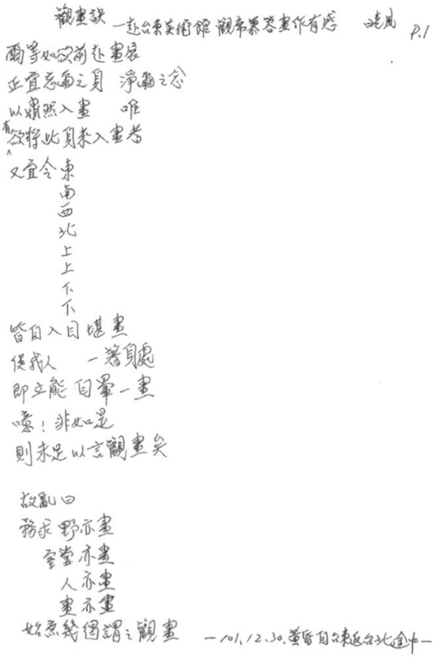

觀畫訣 —赴台東美術館 觀席慕蓉畫作有感 曉風 P.1

爾等如欲前赴畫展
正宜忘爾之身 淨爾之念
以肅然入畫 唯
有欲將此身來入畫者
又宜令東
南
西
北
上
上
下
下
皆自入目堪畫
使我人 一著身處
即立能 自暈一畫
噫！非如是
則未足以言觀畫矣

故亂曰
務求野亦畫
室堂亦畫
人亦畫
畫亦畫
始庶幾得謂之觀畫 —101.12.30.黃昏自台東返台北途中—

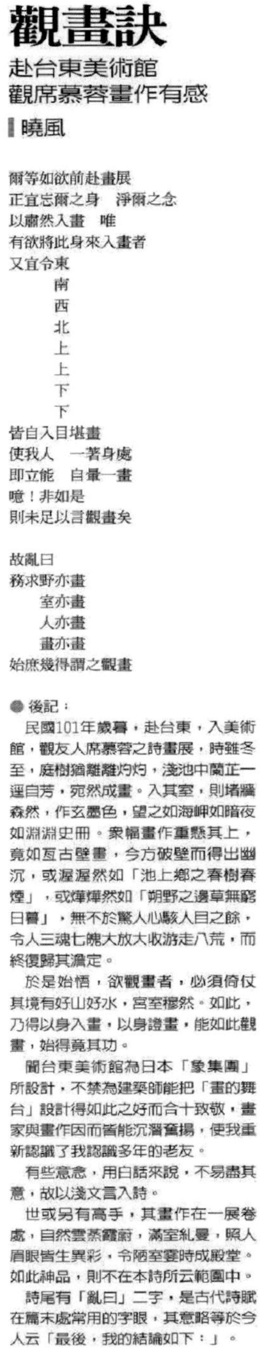

觀畫訣

赴台東美術館 觀席慕蓉畫作有感

曉風

爾等如欲前赴畫展
正宜忘爾之身 淨爾之念
以肅然入畫 唯
有欲將此身來入畫者
又宜令東
南
西
北
上
上
下
下
皆自入目堪畫
使我人 一著身處
即立能 自暈一畫
噫！非如是
則未足以言觀畫矣

故亂曰
務求野亦畫
室亦畫
人亦畫
畫亦畫
始庶幾得謂之觀畫

● 後記：

民國101年歲暮，赴台東，入美術館，觀友人席慕蓉之詩畫展，時雖冬至，庭樹猶離離灼灼，淺池中蘭芷一逕自芳，宛然成畫。入其室，則堵牆森然，作玄墨色，望之如海岬如暗夜如淵淵史冊。衆幅畫作重懸其上，竟如亙古壁畫，今方破壁而得出幽沉，或渥渥然如「池上鄉之春樹春煙」，或燁燁然如「朔野之邊草無窮日暮」，無不於驚人心駭人目之餘，令人三魂七魄大放大收游走八荒，而終復歸其瀗定。

於是始悟，欲觀畫者，必須倚仗其境有好山好水，宮室穆然。如此，乃得以身入畫，以身證畫，能如此觀畫，始得竟其功。

聞台東美術館為日本「象集團」所設計，不禁為建築師能把「畫的舞台」設計得如此之好而合十致敬，畫家與畫作因而皆能沉潛奮揚，使我重新認識了我認識多年的老友。

有些意念，用白話來說，不易盡其意，故以淺文言入詩。

世或另有高手，其畫作在一展卷處，自然雲蒸霞蔚，滿室氤氳，照人眉眼皆生異彩，令陋室霎時成殿堂。如此神品，則不在本詩所云範圍中。

詩尾有「亂曰」二字，是古代詩賦在篇末處常用的字眼，其意略等於今人云「最後，我的結論如下：」。

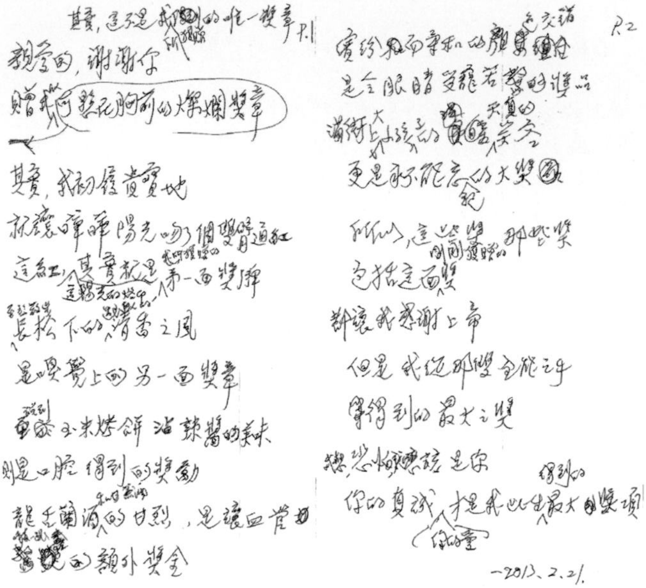

2013年2月21日，時任立法委員的張曉風，與立法院代表團一同前往中美洲，於瓜地馬拉中美洲議會接受「敦睦獎」獎章，並現場賦詩，由外交部隨團專家翻譯為西班牙文朗誦。3月，詩作〈其實，這不是我所獲贈的唯一獎章〉與後記發表於《外交部通訊》第31卷第1期。（國家圖書館提供）

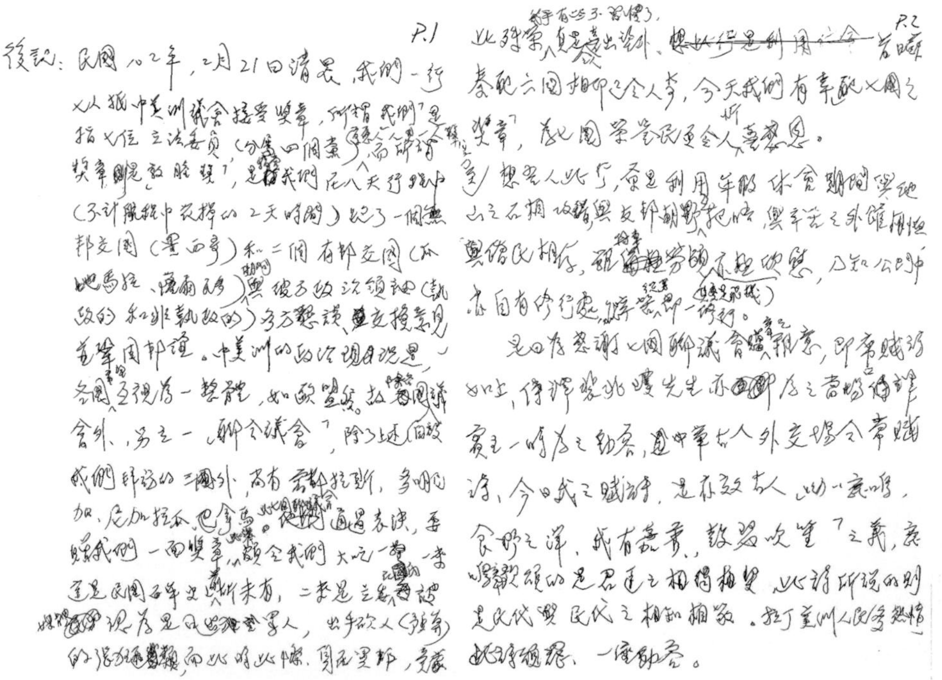

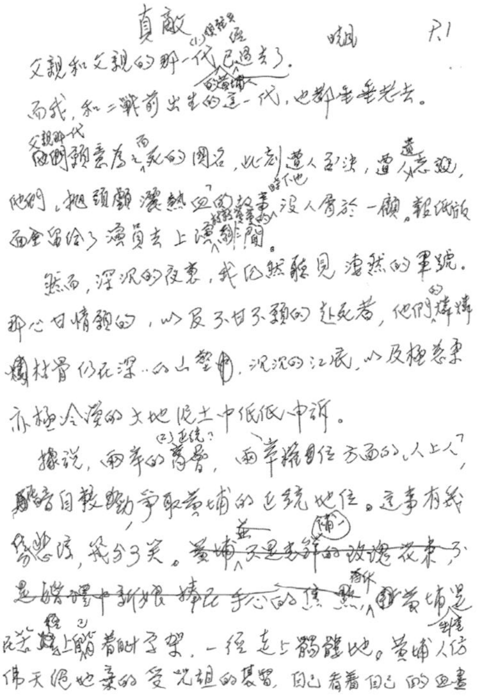

真敵
寫在黃埔軍校九十週年校慶日

⊙張曉風

2014年6月16日，張曉風發表於《中國時報．人間副刊》D4版〈真敵〉手稿與剪報。（張曉風提供）

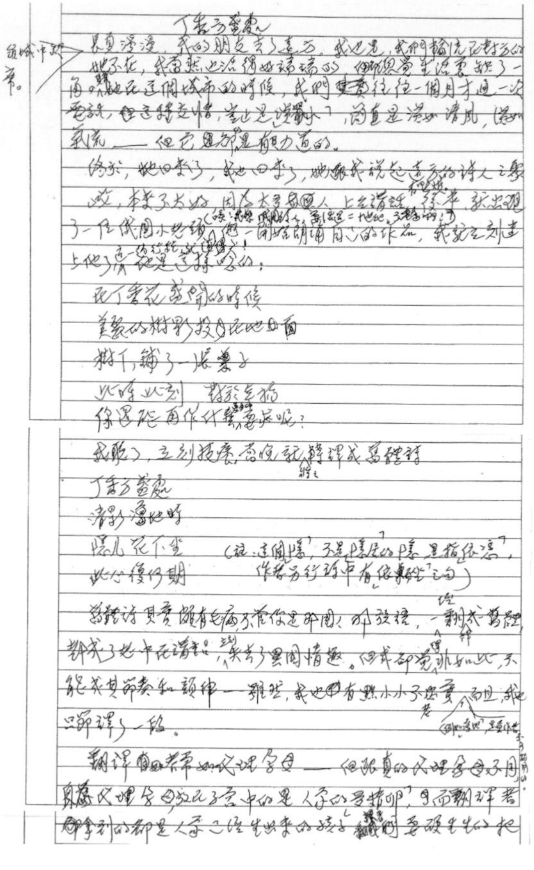

2016年2月5日，張曉風發表於《聯合報．副刊》D3版〈丁香方盛處〉手稿與剪報。（張曉風提供）

D3聯合副刊　　中華民國一〇五年二月五日　星期五　聯合報

丁香方盛處

◎張曉風

長夏漫漫，我的朋友去了遠方——我也是，我們輪流在對方的領域中缺席。

她不在，我當然也活得好端端的，卻總覺得生活裡缺了一角。其實她在這個城市的時候，我們往往一個月才通一次電話，這種交情，豈止是「淡如水」，簡直是淡如清風，淡如氣流——但它卻仍是有其力道的。

終於，她回來了，我也回來了，她興奮地跟我說起遠方的詩人之聚：

「哎，大會進行到後來，出現了一位俄國小老頭，（唉！我想，這俄國詩人，要活過二十世紀，可也不容易啊！他的名字叫庫什涅爾．亞歷山大。）他一開始朗誦自己的作品，我就立刻迷上他了，這一趟行程也就很值得了！那詩人是這樣念的：

在丁香花盛開的時候
美麗的樹影投在地面
樹下，鋪上一張桌子
此時此刻　對於幸福
你還能再作什麼更多的要求呢？」

我聽了，立刻技癢，當晚就將之轉譯成舊體詩，正確地說，是貌似舊體卻又不太守規矩的舊體：

丁香方盛處
清影瀉地時
隱（註）几花下坐
此心復何期

（註：這個「隱」，不是「隱居」的隱，是指「依憑」，作者在另行詩中有「依桌而坐」之句。）

舊體詩其實頗有毛病，不管你是哪國人、哪族語，一經翻譯成舊體，就都成了老中在講華語，立刻失去了生鮮的異國情趣。但我卻又覺得，非如此不能成其節奏和韻律——雖然，我也有點小小不老實（例如「瀉地」，是原作者不可能用的），而且，我也只節譯了一段。

翻譯者常如代理孕母——但跟真的代理孕母不同，身為代理孕母，放在子宮裡的是人家的「受精卵」，而翻譯者拿到的卻是人家已經生出來的「活孩子」，翻譯者要硬生生地把孩子塞回產道再生一次……不過，無論如何，代理孕母也分享了一些創造的喜悅。

我想，我有權利，為我自己一人，來做一次供我個人閱讀的翻譯。雖然，我不懂俄文，但我多麼想用我自己的腔調，去體會俄國雪原上春暖花開時的喜悅和感悟——我用的是百年前林琴南（林紓）式的翻譯法，他並不認識任何一種外國文字，卻膽敢靠別人轉述而譯了英國的、法國的、義大利的、西班牙的……作品，而且居然極受讀者歡迎。

以前，我沒見過丁香花，以後，也未必有機會見到。但不知為什麼，卻也不覺遺憾。生命中有許多好東西知道它在那裡，或，曾在那裡——就好了。難道你會因為沒見過唐朝美女楊貴妃而悲傷遺憾嗎？我既然見過桃花、梅花、梨花、杏花和橘子花、柚子花、櫻花、紫荊花、桐花、杜鵑花、油菜花、流蘇花……那麼，尚未見過丁香也算不得不幸福。

舊詩詞常喜歡把「時」「空」因素加在一起而自成新情境，如：

杜甫的「竹深留客處，荷淨納涼時」；

邵康節的「月到天心處，風來水面時」；

陸游的「十里溪山最佳處，一年寒暖適中時」；

史達祖的「臨斷岸，新綠生時，是落紅，帶愁流處」。

我也沿襲這種美學而譯其句為：

丁香方盛處
清影瀉地時

在「這個時刻」、在「這個地點」、加上「這個我」，不就正是種種交集悲欣的場域嗎？些許激越，些許不悔，些許低迴，些許淒涼，些許沒理由的昂揚自恣……

總之，願丁香花——或任何花——年年歲歲，花盛如斯。

輯二◎生平及作品

小傳◎作品◎年表

小傳

張曉風（1941～）

張曉風，女，筆名曉風、桑科、可叵等，籍貫江蘇銅山，1941 年 3 月 29 日生於浙江金華，1949 年來臺。

東吳大學中國文學系畢業。曾任東吳大學中國文學系助理教授、《基督教論壇報》副刊主編、陽明醫學院（今陽明大學）教授、香港浸會學院（今香港浸會大學）客座教授、搶救國文教育聯盟副召集人、親民黨不分區立法委員。現已退休，專事寫作。曾獲中山文藝獎、話劇金鼎獎、十大傑出女青年獎、時報文學獎、國家文藝獎、聯合報文學獎、吳三連文學獎、中國文藝協會榮譽文藝獎章等。

張曉風的創作文類以散文、劇本為主。其散文風格多變、內容豐富，從《地毯的那一端》充滿少女情懷的書信體創作，《愁鄉石》裡的思鄉情懷，《給妳》中基督信仰，《心繫》的泰北難民村報導散文，到《星星都已經到齊了》中的旅行抒懷，以及近年專注於生態保育與國文教育的篇章。一路行來，張曉風的散文既有柔美深情、秀雅細膩的抒情小品，也不乏瀟灑飄逸、豪邁通達的大塊文章。余光中在評論張曉風散文特色時，將其譽為「亦秀亦豪的健筆」。除上述抒情散文外，張曉風於 1970～1980 年代以「桑科」、「可叵」之名創作的諷喻雜文，內容多寫時事，在嘻怒笑罵、插科打諢之間，展現知識分子對於社會現況的關懷與批判。

在劇本創作方面，1968 年張曉風參加編劇研習班，師從李曼瑰，開啟劇本寫作的道路，其以詩性的語言進行創作，內容多取材自中國傳統故事，如〈桃花源記〉、《晉書・周處傳》等，藉以傳達基督信仰，探討生命價值。1970 年代由張曉風編劇、「基督教藝術團契」演出的劇目蔚為風尚，評論者眾，儘管毀譽參半，但其所引起的舞臺劇狂潮，的的確確為臺灣劇場史添上濃墨重彩的一筆。

張曉風文筆流暢清新、文字靈活精確，擅長以富含詩意的語言進行描述，具有獨特的美學品味，瘂弦因而稱她為「散文的詩人」。而其以中國文化與基督信仰為基底的創作理念，使其優游於東方與西方之間，不受創作形式局限，從散文、劇本、小說、詩作、兒童文學，甚至是歌詞創作，都可以感受到其深厚的國學素養以及對於世間的珍愛與悲憫。

作品目錄及提要

【散文】

文星書店 1966

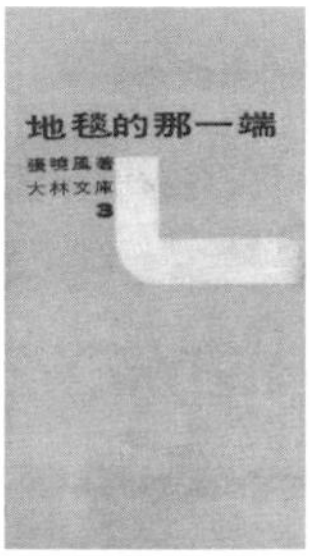

大林出版社 1969

基督教文藝出版社 1978

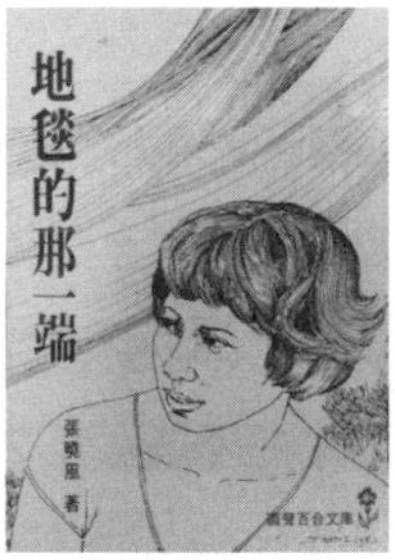

道聲出版社 1981

大林出版社 1982

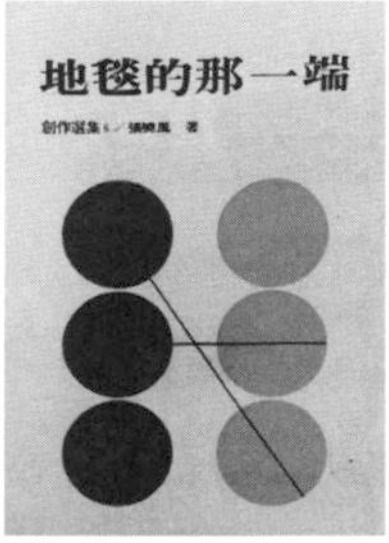

水牛出版社 1986

地毯的那一端

臺北：文星書店
1966 年 8 月，40 開，142 頁
文星叢刊 216

臺北：大林出版社
1969 年 6 月，40 開，142 頁
大林文庫 3

香港：基督教文藝出版社
1978 年 1 月，40 開，143 頁
基文青年叢書・第二輯 7

臺北：道聲出版社
1981 年 10 月，32 開，147 頁
道聲百合文庫 29

臺北：大林出版社
1982 年 3 月，32 開，182 頁
大林文庫 3

臺北：水牛出版社
1986 年 9 月，32 開，182 頁
創作選集 6

臺北：九歌出版社
2011 年 6 月，25 開，222 頁
張曉風作品集 10

本書為作者第一本散文集。全書收錄〈到山中去〉、〈畫晴〉、〈最後的戳記〉等 18 篇。正文前有張曉風〈自序〉。
1969 年大林版：內容與 1966 年文星版同。
1978 年基督教文藝版：正文與 1966 年文星版同。正文前新增張曉風〈仍然（港版序）〉。

九歌出版社 2011

1981 年道聲版：內容與 1966 年文星版同。正文前新增張曉風〈序〉，刪去張曉風〈自序〉。
1982 年大林版：內容與 1966 年文星版同。
1986 年水牛版：內容與 1966 年文星版同。
2011 年九歌版：正文與 1966 年文星版同。正文前新增張曉風〈有少作可悔，幸甚——二〇一一年新版序〉、張曉風〈仍然——一九七八年港版序〉。

基督教文藝出版社
1968

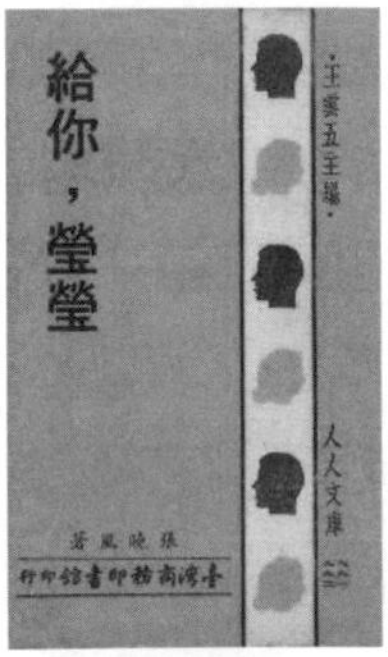

臺灣商務印書館
1969

給你，瑩瑩

香港：基督教文藝出版社
1968 年 7 月，40 開，142 頁
基文青年叢書 1

臺北：臺灣商務印書館
1969 年 3 月，48 開，142 頁
人人文庫 991-992

本書為作者以大姊姊愛護小妹妹的情懷，寫信給就讀大學的少女「瑩瑩」，分享生活經驗與信仰感悟。全書收錄〈多陽光多老樹多松鼠的校園〉、〈我看到自己的影子〉、〈你聽過澗水的奔竄嗎〉、〈那段日子〉、〈他們天生就那麼適合宗教〉等 50 篇。正文前有張曉風〈作者序〉，正文後有張曉風〈後記〉。
1969 年臺灣商務版：內容與 1968 年基督教文藝版同。

晨鐘出版社 1971

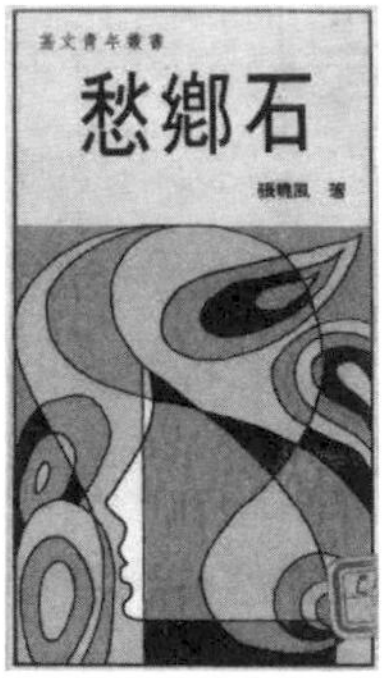

基督教文藝出版社 1971

愁鄉石

臺北：晨鐘出版社
1971 年 4 月，32 開，157 頁
向日葵文叢 28

香港：基督教文藝出版社
1971 年 11 月，40 開，110 頁
基文青年叢書 13

本書描寫作者的思鄉情懷以及對故土的眷戀。全書收錄〈林木篇〉、〈我們的城〉、〈一缽金〉等 15 篇。正文前有張曉風〈遙寄（代序）〉，正文後附錄張曉風〈臺詞〉。
1971 年基督教文藝版：正文新增〈一〉、〈一簾春天〉、〈歌〉，刪去〈十月的陽光〉、〈沒有風的下午〉、〈何厝的番薯田〉。正文前新增張曉風〈自序〉，刪去張曉風〈遙寄（代序）〉，正文後新增張曉風〈縮版的自畫〉。

安全感

臺北：宇宙光出版社
1973 年 8 月，13.5×14 公分，60 頁
宇宙光叢書

本書搭配查理・休茲的插圖，敘述「安全感」的意義。正文前有張曉風〈序言〉。

黑紗

臺北：宇宙光出版社
1975 年 10 月，32 開，61 頁
詹崇新圖

本書為作者悼念蔣中正逝世之文章集結。全書收錄〈黑紗〉、〈詮釋〉、〈我們都在〉等五篇。正文前有張曉風〈序〉。

曉風散文集

臺北：道聲出版社
1976 年 10 月，32 開，350 頁
道聲百合文庫 53

本書集結《地毯的那一端》、《愁鄉石》、《黑紗》及其他散作。全書收錄〈到山中去〉、〈畫晴〉、〈最後的戳記〉、〈綠色的書簡〉、〈回到家裡〉等 53 篇。正文後有林治平〈更好的另一半——我妻曉風〉。

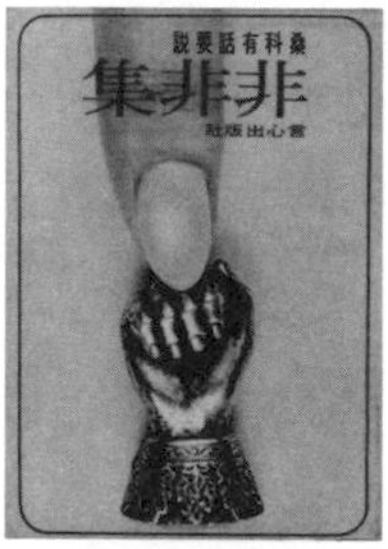

言心出版社 1976

時報文化出版公司 1980

非非集

臺北：言心出版社
1976 年 12 月，32 開，177 頁
人生叢書 6

臺北：時報文化出版公司
1980 年 4 月，32 開，204 頁
時報書系 110

本書以筆名「桑科」出版，為作者諷諭雜文選集。全書收錄〈我恨我不能如此抱怨〉、〈孔子訪問記〉、〈都是竹子害的〉、〈公元 4999 年的臺北人〉等 32 篇。正文前有〈桑科履歷表〉。1980 年時報版：更名為《桑科有話要說》。正文刪去〈罵呂秀蓮〉、〈續罵呂秀蓮〉，新增〈佳話的續篇〉、〈飯館學〉、〈馬釘・北京大學和漿糊〉、〈插嘴〉、〈連國稅局也不眼紅的行業〉、〈洗澡新觀〉、〈測字攤上的神祕客〉、〈毛澤東與樣版豆腐〉。

詩詩、晴晴與我

臺北：宇宙光出版社
1977 年 8 月，32 開，103 頁
陳義仁圖

本書記錄作者自一雙兒女的純稚童語中所得體悟與感受，以及為他們所創作的歌詞。全書分「詩詩、晴晴與我」、「童歌」二部分，收錄〈一朵〉、〈媽媽，我愛你的腳〉、〈漂亮的疤〉、〈你的筷子好溫暖啊〉等 31 篇。正文前有張曉風〈《詩詩、晴晴與我》前言〉。

動物園中的祈禱室

臺北：宇宙光出版社
1977 年 11 月，32 開，82 頁
陳義仁圖

本書收錄作者為以各種動物視角所寫的禱詞。全書收錄〈刺蝟〉、〈孔雀〉、〈袋鼠〉等 17 篇。正文前有周聯華〈序〉、張曉風〈寫在前面〉。

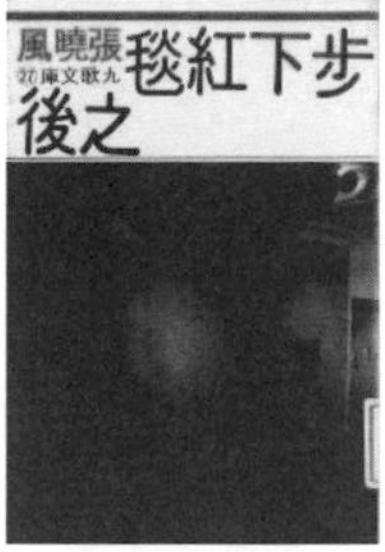

九歌出版社 1979

九歌出版社 2007

步下紅毯之後

臺北：九歌出版社
1979 年 7 月，32 開，231 頁
九歌文庫 27

臺北：九歌出版社
2007 年 11 月，25 開，220 頁
張曉風作品集 06

本書選輯作者 1970 年代晚期作品。全書收錄〈種種可愛〉、〈種種有情〉、〈春之懷古〉等 24 篇。正文前有張曉風〈愛情篇（代序）〉，正文後附錄林治平〈善變的女人〉、張曉風〈我們〉、張曉風〈音樂教室〉、張曉風〈唸你們的名字〉、張曉風〈當胸擁抱傷痕——序《閃亮的生命散文選》〉、張曉風〈序《汪啟疆散文集》〉、張曉風〈序《血笛》〉。
2007 年九歌版：正文刪去〈大音〉，而〈音樂教室〉、〈唸你們的名字〉則由附錄移至正文。正文前新增張曉風〈不悔（新版序）〉，正文後新增〈相關論文索引〉。

花之筆記

臺北：道聲出版社
1980 年 8 月，22×19.5 公分，63 頁
道聲百合文庫 106
王惟、孫佩貞攝影

本書選輯作者 1977 至 1978 年發表於《中央日報・副刊》的「花之筆記」專欄文章。全書收錄〈厚——薄〉、〈虛——實〉、〈花與文體〉等 27 篇。正文前有張曉風〈序〉。

大地出版社 1981

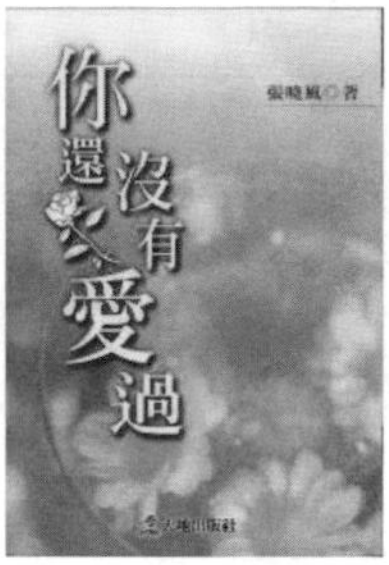

大地出版社 2003

九歌出版社 2007

你還沒有愛過

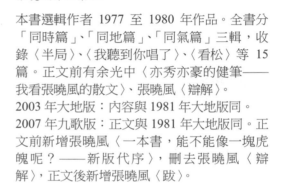

臺北：大地出版社
1981 年 3 月，32 開，239 頁
萬卷文庫 91

臺北：大地出版社
2003 年 7 月，25 開，247 頁
大地文學 17

臺北：九歌出版社
2007 年 6 月，25 開，239 頁
張曉風作品集 05

本書選輯作者 1977 至 1980 年作品。全書分「同時篇」、「同地篇」、「同氣篇」三輯，收錄〈半局〉、〈我聽到你唱了〉、〈看松〉等 15 篇。正文前有余光中〈亦秀亦豪的健筆——我看張曉風的散文〉、張曉風〈辯解〉。

2003 年大地版：內容與 1981 年大地版同。

2007 年九歌版：正文與 1981 年大地版同。正文前新增張曉風〈一本書，能不能像一塊虎魄呢？——新版代序〉，刪去張曉風〈辯解〉，正文後新增張曉風〈跋〉。

爾雅出版社 1982

九歌出版社 2010

再生緣

臺北：爾雅出版社
1982 年 5 月，32 開，288 頁
爾雅叢書 108

臺北：九歌出版社
2010 年 5 月，25 開，256 頁
張曉風作品集 09

本書選輯作者 1970 年代末期至 1980 年代初期作品。全書分「有所思」、「浪跡」、「坐看雲起」、「也是心事」四帙，收錄〈遇〉、〈月，闕也〉、〈問名〉等 26 篇。正文前有曾昭旭〈序〉，正文後有張曉風〈後記〉、〈張曉風寫作年表〉、〈張曉風書目〉。

2010 年九歌版：正文與 1982 年爾雅版同。正文前新增張曉風〈續——續續——序——九歌版新序〉，曾昭旭〈序〉移至正文後並更名為〈民族主義者的自白——一九八二年爾雅版序〉，張曉風〈後記〉更名為〈為今日的自己招魂——一九八二年爾雅版後記〉。

幽默五十三號

臺北：九歌出版社
1982 年 11 月，32 開，211 頁
九歌文庫 107・可叵號第一節車廂

本書選輯作者 1980 至 1981 年發表於《中國時報・人間副刊》的「可叵集」專欄文章。全書收錄〈先說說這個節目名稱〉、〈別名別名〉、〈賴蛤蟆讚〉、〈有錢就是大爺〉、〈竇娥不冤，我冤〉等 65 篇。正文前有王大空〈趁機風光風光——寫在《幽默五十三號》出版之前〉。

給你

臺北：宇宙光出版社
1983 年 3 月，32 開，265 頁

本書選輯作者關於基督信仰的創作。全書收錄〈你說你愛尼采〉、〈自絕峯而下〉、〈我渴望遇見一個對手〉、〈不遇〉、〈笑話〉等 52 篇。正文前有張曉風〈自序〉、張曉風〈楔子〉。

心繫

臺北：百科文化公司
1983 年 5 月，32 開，149 頁
百科文庫 7

本書為作者 1982 年夏季泰北難民村行記。全書收錄〈未了〉、〈永夜〉、〈一句話〉等 11 篇。正文前有張曉風〈序〉、泰北影像。

三弦（與席慕蓉、愛亞合著）

臺北：爾雅出版社
1983 年 7 月，32 開，227 頁
爾雅叢書 6

本書選輯作者與席慕蓉、愛亞三位女作家作品。全書張曉風部分收錄〈高處何所有〉、〈青蚨〉、〈血瀝骨〉等 17 篇。正文前有蔣勳〈女曰雞鳴——序《三弦》〉。

通菜與通婚

臺北：九歌出版社
1983 年 7 月，32 開，238 頁
九歌文庫 123．可叵號第二節車廂

本書選輯作者 1981 至 1983 年發表於《中國時報．人間副刊》的「可叵集」專欄文章。全書收錄〈關於爸爸這種行業的考核制度〉、〈「法律」晨跑記〉、〈可叵派官令〉、〈可叵的娛樂〉、〈可叵語錄〉等 61 篇。正文前有趙寧〈我讀「可叵」〉。

爾雅出版社 1984

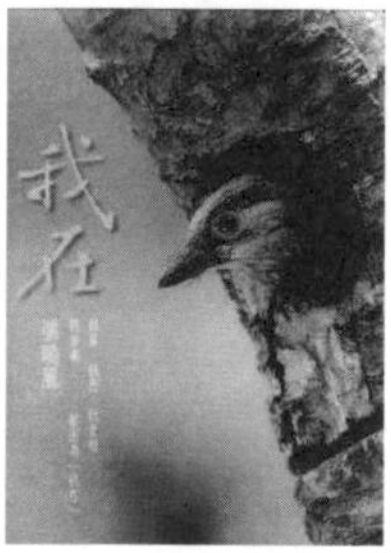

爾雅出版社 2004

我在

臺北：爾雅出版社
1984 年 9 月，32 開，273 頁
爾雅叢書 148

臺北：爾雅出版社
2004 年 12 月，25 開，324 頁
爾雅叢書 148

本書選輯作者 1982 至 1984 年作品。全書分「釀酒的理由」、「矛盾篇」、「四夢」、「那年秋天」、「麗人行」、「人物篇」六輯，收錄〈釀酒的理由〉、〈禮物〉、〈我交給你們一個孩子〉、〈第一個月盈之夜〉等 33 篇。正文前有齊邦媛〈行至人生的中途——《我在》中的曉風〉、張曉風〈我在（代序）〉，正文後有張曉風〈後記〉，附錄林治平〈巧言令色，「鮮」矣人！〉、〈張曉風寫作年表〉、〈張曉風書目〉。
2004 年爾雅版：正文刪去〈也是春香〉。正文前新增張曉風〈我喜歡散文——為《我在》出版二十年而寫〉。

爾雅出版社 1988

從你美麗的流域

臺北：爾雅出版社
1988 年 7 月，32 開，234 頁
爾雅叢書 228

臺北：爾雅出版社
2009 年 11 月，25 開，284 頁
爾雅叢書 228

本書選輯作者 1984 至 1988 年作品。全書分「只因為年輕啊」、「從你美麗的流域」、「二三事」三帙，收錄〈一句好話〉、〈杜鵑

爾雅出版社 2009

之箋注〉、〈幸虧〉等 26 篇。正文前有張曉風〈自序〉，正文後附錄王文興〈張曉風的藝術〉、〈張曉風書目〉。
2009 年爾雅版：內容與 1988 年爾雅版同。正文前新增張曉風〈從上世紀到這世紀（代序）〉，王文興〈張曉風的藝術〉移至正文前，張曉風〈自序〉移至正文後並更名為〈後記〉，正文後新增〈作者年表〉，刪去〈張曉風書目〉。

曉風吹起

臺北：文經出版社
1989 年 11 月，25 開，185 頁
文經文庫 63・中國現代文選系列 2

全書收錄〈畫晴〉、〈霜橘〉、〈歸去〉等 25 篇。正文前有作家照片、吳榮斌〈「中國現代文選」總序〉、張曉風〈序〉，正文後附錄吳榮斌〈訪張曉風教授〉、吳正吉〈「行道樹」賞析〉、〈張曉風作品目錄〉、〈張曉風寫作年表〉。

九歌出版社 1990

九歌出版社 2009

玉想

臺北：九歌出版社
1990 年 7 月，32 開，226 頁
九歌文庫 288

臺北：九歌出版社
2009 年 4 月，25 開，257 頁
張曉風作品集 07

本書選輯作者 1983 至 1990 年作品。全書分「玉想」、「低眉處」、「有願」三輯，收錄〈玉想〉、〈色識〉、〈初心〉等 27 篇。正文前有李霖燦〈序〉、張曉風〈給我一個解釋（代自序）〉，正文後有張曉風〈跋〉。
2009 年九歌版：正文新增〈安全的冒險〉、〈炎方的救贖〉、〈楊貴妃和她的詩〉。正文前新增蔣勳〈重讀曉風《玉想》，兼懷李霖燦老師〉、張曉風〈寫下來，真好〉。

曉風吹起

北京：作家出版社
1992 年 12 月，11×18 公分，207 頁
四季文叢

本書收錄文章與 1989 年文經版同，另新增〈常常，我想起那座山〉、〈也是水湄〉、〈戈壁行腳〉、〈春俎〉、〈玉想〉、〈一個女人的愛情觀〉、〈我有〉、〈眼神四則〉、〈致友人謝贈〉九篇。

九歌出版社 1994

九歌出版社 2005

我知道你是誰

臺北：九歌出版社
1994 年 9 月，32 開，219 頁
九歌文庫 383

臺北：九歌出版社
2005 年 4 月，25 開，220 頁
張曉風作品集 02

本書選輯作者 1991 至 1993 年作品。全書分「小令」、「中調」、「長調」三部分，收錄〈可愛〉、〈遠方的路況〉、〈「黃梅占」和稼軒詞〉、〈致友人謝贈——寄 S〉、〈老教授所懸的賞〉等 69 篇。正文前有張曉風〈自序〉，正文後有張曉風〈後記——凡夫俗子的人生第一要務便是：活著〉。
2005 年九歌版：正文與 1994 年九歌版同。正文前新增張曉風〈兔子慶生記（新版代序）〉。

九歌出版社 1996

這杯咖啡的溫度剛好

臺北：九歌出版社
1996 年 9 月，32 開，228 頁
九歌文庫 448

臺北：九歌出版社
2004 年 12 月，25 開，221 頁
張曉風作品集 01

本書選輯作者 1995 至 1996 年發表於《中國時報．人間副刊》的

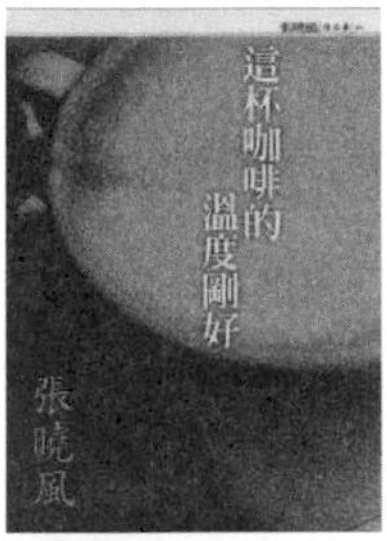

九歌出版社 2004

「三少四壯」專欄文章。全書收錄〈女人，和她指甲刀〉、〈你真好，你就像我少年伊辰〉、〈喂！外太空人，有閒再來坐〉、〈同巷人〉、〈我是擁有一枚柿子的柿長〉等 52 篇。正文前有張曉風〈一本書，仍有它出航的必要〉。
2004 年九歌版：正文與 1996 年九歌版同。正文前新增張曉風〈半片木（新版代序）〉。

常常，我想起那座山

天津：百花文藝出版社
1997 年 8 月，新 25 開，265 頁
臺港名家散文自選叢書

全書分三輯，收錄〈地毯的那一端〉、〈初綻的詩篇〉、〈霜橘〉、〈歸去〉等 37 篇。正文前有張曉風〈自序〉，正文後有〈作者著作出版紀要〉。

九歌出版社 1997

九歌出版社 2002

九歌出版社 2006

「你的側影好美！」

臺北：九歌出版社
1997 年 11 月，32 開，227 頁
九歌文庫 480

臺北：九歌出版社
2002 年 4 月，32 開，227 頁
九歌文庫 480

臺北：九歌出版社
2006 年 9 月，25 開，203 頁
張曉風作品集 03

本書選輯作者 1996 至 1997 年發表於《中華日報・副刊》的「有閒來坐」專欄文章。全書收錄〈正在發生〉、〈回頭覺〉、〈那天下午的哭聲〉、〈省略的主詞〉、〈瓶身與瓶蓋〉等 54 篇。正文前有張曉風〈廓然（代序）〉。
2002 年九歌版：更名為《他？她？》。內容與 1997 年九歌版同。
2006 年九歌版：更名為《他？她？——你的側影好美》。內容與 1997 年九歌版同。

星星都已經到齊了

臺北：九歌出版社
2003 年 5 月，25 開，266 頁
九歌文庫 661

本書選輯作者 1990 至 2002 年作品。全書分「給我一個解釋」、「一半兒春愁，一半兒水」、「鞦韆上的女子」、「放爾千山萬水身」、「又一章」五輯，收錄〈描容〉、〈給我一個解釋〉、〈夢稿〉、〈我撿到了一張身分證〉等 34 篇。正文前有席慕蓉〈相見不恨晚〉、張曉風〈「你欠我一個故事！」（代自序）〉，正文後有張曉風〈跋〉。

張曉風精選集

臺北：九歌出版社
2004 年 6 月，25 開，317 頁
新世紀散文家 13
陳義芝主編

全書分「孤意與深情」、「釀酒的理由」、「我的幽光實驗」、三輯，收錄〈地毯的那一端〉、〈魔季〉、〈初雪〉、〈十月的陽光〉等 40 篇。正文前有陳義芝〈編輯前言・推薦張曉風〉、瘂弦〈散文的詩人——張曉風創作世界的四個向度〉、張曉風〈張曉風散文觀〉，正文後有〈張曉風大事年表〉、〈張曉風散文重要評論索引〉。

再生緣

重慶：重慶出版社
2004 年 9 月，25 開，235 頁
徐學編選

本書僅沿用 1982 年爾雅版書名，內容由徐學重新選編。全書分「美麗的側影」、「從你美麗的流域」、「釀酒的理由」三帙，收錄〈不識〉、〈再跟我們講個笑話吧〉、〈半局〉、〈未絕〉等 40 篇。正文前有作家生活照片、徐學〈再生緣——曉風散文精品序〉，正文後有張曉風〈曉風素描〉。

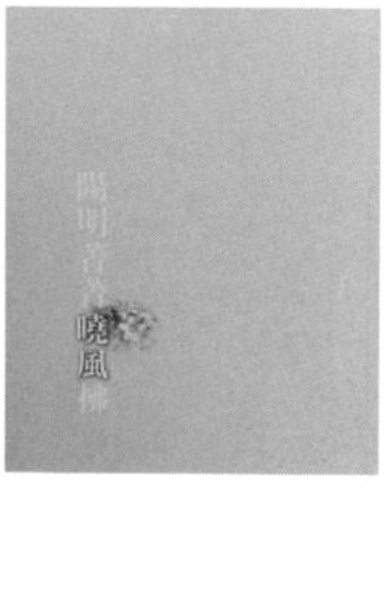

陽明菁菁曉風拂

臺北：陽明大學
2006 年 5 月，15×18.5 公分，143 頁

本書選輯關於陽明大學的創作，為作者於陽明大學退休的紀念特輯。全書收錄〈唸你們的名字〉、〈題外話〉、〈有話要說〉等 13 篇。正文前有吳妍華〈曉風拂過〉、張曉風〈我搶下了一缽花〉。

曉風吹起

臺北：文經出版社
2009 年 7 月，25 開，271 頁
文經文庫 245

本書僅沿用 1989 年文經版書名，內容由作者重新選編。全書分「常常，我想起那座山」、「我不知道怎樣回答」、「人體中的繁星與穹蒼」三部分，收錄〈晝晴〉、〈林木篇〉、〈雨之調〉、〈花朝手記〉等 30 篇。正文前有張曉風〈序——對話〉，正文後附錄吳榮斌〈訪張曉風教授〉、張曉風〈張曉風作品目錄〉、張曉風〈張曉風寫作年表〉。

送你一個字

臺北：九歌出版社
2009 年 9 月，25 開，285 頁
張曉風作品集 08

本書選輯作者 2008 至 2009 年發表於《中國時報・人間副刊》的「三少四壯」專欄文章。全書分「昨夜？枝開」、「送你一個字」、「捨不得懷疑」三輯，收錄〈原來，他們舊學底子那麼好！〉、〈「好的白話」的母親〉、〈「風」比「德」好〉、〈昨夜？枝開〉、〈龍，在藥店裡〉等 64 篇，〈捨不得懷疑——我所知道的別廷芳〉附錄王開平〈關於《桑麻遍野》〉。正文前有徐學〈現代中文的經典——曉風散文半世紀〉、張曉風〈她的信，我不敢看第四遍（代序）〉，正文後有張曉風〈跋〉。

張曉風散文精選

武漢：長江文藝出版社
2010 年 12 月，15×23 公分，345 頁
名家散文經典

全書收錄〈傳說中的寶石〉、〈人生的什麼和什麼〉、〈生命，以什麼單位計量〉、〈我想走進那則笑話裡去〉、〈春日二則〉等 89 篇。

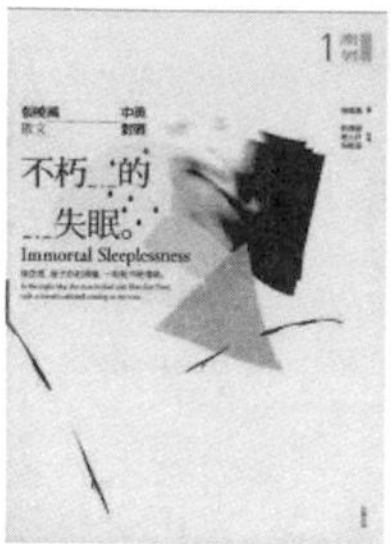

不朽的失眠：張曉風散文中英對照

臺北：九歌出版社
2011 年 1 月，25 開，287 頁
讀名家・學英文 1
彭鏡禧、吳敏嘉、康士林等譯

本書選輯、翻譯作者文章，以中英對照的方式呈現。全書收錄〈不朽的失眠〉、〈就讓他們不知道吧！〉、〈你真好，你就像我少年伊辰〉等 12 篇。正文前有〈欣賞中文與英文雙美〉。

別人的同學會

江蘇：江蘇文藝出版社
2011 年 1 月，25 開，321 頁
張曉風代表作系列
柯志淑編

全書分「半局」、「絲路，一匹掛紅」、「開卷和掩卷」、「別人的同學會」四輯，收錄〈半局〉、〈我聽到你唱了〉、〈看松〉、〈大音〉、〈孤意與深情〉等 68 篇。

那夜的燭光

江蘇：江蘇文藝出版社
2011 年 1 月，25 開，305 頁
張曉風代表作系列
柯志淑編

全書分「如果我看不懂」、「那夜的燭光」、「人生的什麼和什麼」、「誤入桃源」四輯，收錄〈一朵〉、〈媽媽，我愛你的腳〉、〈漂亮的疤〉、〈你的筷子好溫暖啊〉、〈誰都不凶〉等 120 篇。

遊園驚夢

江蘇：江蘇文藝出版社
2011 年 1 月，25 開，314 頁
張曉風代表作系列
柯志淑編

全書分「星約」、「沸點及其他」、「雙倍的年華」、「我彷彿看見」四輯，收錄〈一句好話〉、〈杜鵑之箋注〉、〈幸虧〉、〈春日二則〉、〈想要道謝的時刻〉等 66 篇。

臺灣動物之美

臺北：臺北市立動物園
2013 年 12 月，25.5×25.5 公分，71 頁
楊恩生圖；鄭錫奇、金仕謙科學撰述

本書為作者倡導愛護動物，為動物發聲的作品。全書收錄〈說到「麗」這個字的模特兒〉、〈唯一不值得珍惜的是——牠的命〉、〈山羌的小確幸〉等 15 篇。正文前有張曉風〈「人為萬物之靈」，真的嗎？〉、楊恩生〈重返野域——虛擬動物園〉、鄭錫奇〈人間寶島、動物天堂〉、金仕謙〈現代方舟　野性再現〉。

放爾千山萬水身——張曉風旅遊散文精選

臺北：九歌出版社
2015 年 1 月，25 開，318 頁
張曉風作品集 11

本書選輯作者行旅山水間的抒懷與感悟文章。全書分「山長水遠」、「情之所至」、「人物」、「風物」、「方物」、「傾出古錦囊」六章，收錄〈到山中去〉、〈歸去〉、〈墜星〉、〈好艷麗的一塊土〉等 36 篇。正文前有張曉風〈人生，分明也是一部旅遊紀錄（序）〉，正文後附錄〈《放爾千山萬水身》選文出處〉。

花樹下，我還可以再站一會兒

臺北：九歌出版社
2017 年 2 月，25 開，304 頁
張曉風作品集 12

本書選輯作者 2003 至 2016 年作品。全書分「山事」、「莎小妹和蘇小妹」、「在眾生的眉目間去指認」、「頭寄頸項了無恨　夢縈江山真有情」、「七公分的甘泉」五輯，收錄〈山事〉、〈生生——記二〇一四春天的幸事〉、〈朋友・身體〉、〈偷春體——竊取春天身體〉等 34 篇。正文前有張曉風〈花樹下，我還可以再站一會兒——風雨併肩處，記得歲歲看花人〉，正文後有張曉風〈代後記——雨耨風耕〉。

【小說】

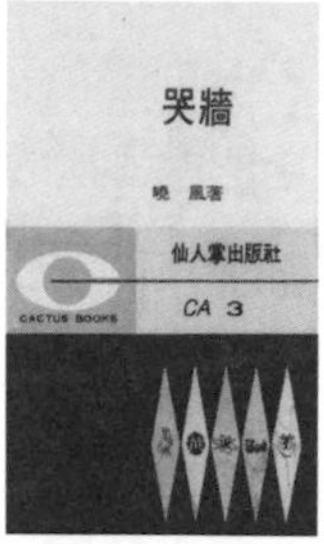

仙人掌出版社 1968

大林出版社 1973

大林出版社 1982

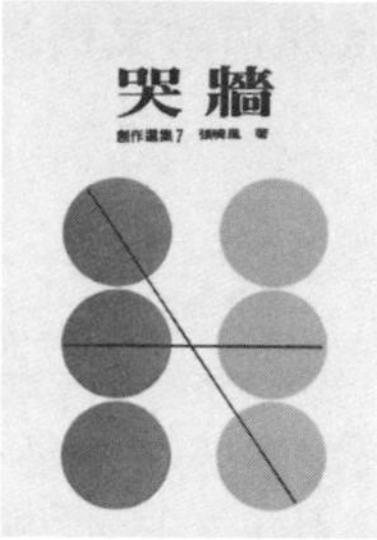

水牛圖書出版公司 1987

哭牆

臺北：仙人掌出版社
1968 年 9 月，40 開，137 頁
仙人掌文庫 3

臺北：大林出版社
1973 年 12 月，32 開，179 頁
大林文庫 41

臺北：大林出版社
1982 年 3 月，32 開，179 頁
大林文庫 41

臺北：水牛圖書出版公司
1987 年 2 月，32 開，179 頁
創作選集 7

短篇小說集。全書收錄〈哭牆〉、〈鐘〉、〈訴〉、〈嗯，很甜〉、〈樹〉、〈潘渡娜〉共六篇。正文前有張曉風〈序〉、〈作者簡介〉。
1973 年大林版：內容與 1968 年仙人掌版同。
1982 年大林版：內容與 1968 年仙人掌版同。
1987 年水牛版：內容與 1968 年仙人掌版同。

曉風小說集

臺北：道聲出版社
1976 年 10 月，32 開，204 頁
道聲百合文庫 54

短篇小說集。全書收錄〈哭牆〉、〈鐘〉、〈訴〉、〈嗯，很甜〉、〈樹〉、〈潘渡娜〉、〈「紅鬼」〉、〈最後的麒麟〉、〈人環〉共九篇。

【劇本】

畫愛

臺北：校園團契出版社
1971 年 10 月，19.3×17.6 公分，102 頁

全書收錄〈畫〉、〈無比的愛〉共二篇。正文前有李曼瑰〈序〉、張曉風〈自序〉，正文後有劇照、張曉風〈戲非戲——寫在《畫》劇演出之前〉、歐陽佐翔〈風雨畫劇〉、康來新〈試評介《畫》劇〉、張曉風〈跋〉。

第五牆

臺北：靈聲雜誌社
1973 年 8 月，17.8×17.4 公分，101 頁
藝契叢書 1

本書主要描述一個平凡小家庭的故事，但其中穿插觀眾、導演與先知三個角色，使得平凡的生活顯得意義非凡。正文前有張曉風〈序曲〉，正文後有龍思良《第五牆》造型圖、聶光炎《第五牆》舞臺設計圖、《第五牆》劇照、喻麗清〈我看《第五牆》〉、如炬〈里程碑——評四幕現代劇《第五牆》〉、〈第五牆〉、陳典義〈一封信〉、董挽華〈試評《第五牆》〉、智平〈深思與頓悟——評第五牆演出〉、〈第五牆座談會紀錄〉、J. P. Brantingham “Impressions of *The Fifth Wall* ”、張曉風〈沽心者〉。

武陵人

臺北：靈聲雜誌社
1973 年 8 月，17.8×17.4 公分，〔156 頁〕
藝契叢書

本書改寫自陶淵明〈桃花源記〉，揭示幸福樂土的幻象本質，闡述苦難的價值與意義。正文前有聶光炎舞臺設計圖、張曉風〈序〉，正文後有聶光炎〈《武陵人》舞臺設計的觀念與過程〉、陳典義〈烏托邦文學與武陵人〉、〈桃花源記的再思〉、如炬〈評張曉風的武陵人〉、孫康宜〈武陵人與布萊克精神〉、周正〈七十年代的武陵人〉、許常惠〈談武陵人的音樂設計〉、陳建台〈武陵人的音樂設計〉、〈武陵人批評索引〉、茅國權〈英譯版導言〉、陳建台〈武陵人音樂曲譜〉。

曉風戲劇集
臺北：道聲出版社
1976年11月，32開，532頁
道聲百合文庫55

全書收錄〈第五牆〉、〈武陵人〉、〈自烹〉、〈和氏璧〉、〈第三害〉共五篇，〈武陵人〉附錄聶光炎〈《武陵人》舞臺設計的觀念與過程〉、孫康宜〈武陵人與布萊克精神〉、〈〈桃花源記〉的再思——張曉風訪問記〉、〈武陵人各界評論索引〉，〈和氏璧〉附錄張曉風〈一塊玉的故事〉、亮軒〈新出土的古玉〉、〈堅持玉的人——〈和氏璧〉作者張曉風女士訪問〉，〈第三害〉附錄〈第三害後記〉。正文前有〈自序——寫在第五牆出版之前〉。

血笛
臺北：黎明文化公司
1977年10月，32開，75頁

本書以詩劇形式改寫漢代大臣蘇武出使匈奴被俘，最後歸漢的故事。正文前有張曉風〈寫在前面〉。

曉風戲劇集
臺北：九歌出版社
2007年1月，25開，446頁
張曉風作品集04

全書收錄〈第五牆〉、〈武陵人〉、〈自烹〉、〈和氏璧〉、〈第三害〉、〈顏子與妻〉、〈位子〉、〈一匹馬的故事〉、〈猩猩的故事〉共九篇，〈第五牆〉附錄張曉風〈寫在第五牆出版之前〉，〈和氏璧〉附錄張曉風〈一塊玉的故事〉，〈第三害〉附錄張曉風〈第三害後記〉。正文前有劇照、張曉風〈我們來看戲，好嗎？——寫在戲劇及整理出版之前〉、馬森〈為曉風的戲劇定位——序《曉風戲劇集》〉。

【兒童文學】

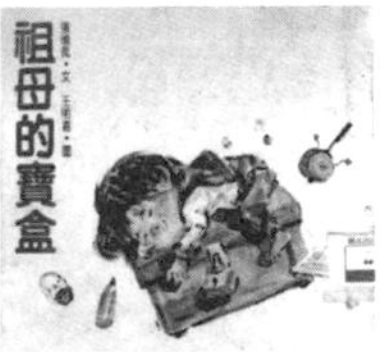

祖母的寶盒

臺北：信誼基金出版社
1982 年 1 月，18.5×17 公分，24 頁
幼幼圖書 1020
王明嘉圖

本書以祖母非常寶貝的一個木盒，闡述珍惜舊物的概念，培養對自我歷史的珍視。

舅媽祇會說一句話

臺北：臺灣省教育廳
1985 年 9 月，17.5×20.5 公分，58 頁
中華兒童叢書
雷驤圖

本書以只會說「謝謝」這句中文的外國舅媽，闡述感謝與感恩的重要性。

談戲

臺北：臺灣省教育廳
1991 年 6 月，17.5×20.5 公分，70 頁
中華兒童叢書・中國文化系列
徐秀美圖

全書共七章，以立達小朋友向二位對戲劇表演頗有研究的方叔叔和石叔叔請教問題的方式，介紹中西方的戲劇發展與形式。

抽屜裡的祕密

臺北：國語日報社
2011 年 10 月，25 開，189 頁
故事館 20
貝果圖

童話故事集。全書收錄〈阿金和阿玉〉、〈小彈和他的謊言〉、〈森林裡的兩棵樹〉等 12 篇。正文前有張曉風〈讓我為你說故事——〉。

誰是天使？
臺北：九歌出版社
2012 年 4 月，17×21 公分，189 頁
九歌故事館 11
kai 圖

本書描述就讀幼稚園大班的連雅文和文彥彥，為了成為天使，努力做好事，為善不欲人知的故事。全書計有：1.天使檔案；2.雅文小天使；3.清明之後；4.天使立志書；5.新天使的第一天等 17 章。正文前有張曉風〈誰不急需故事呢？（自序）〉。

【合集】

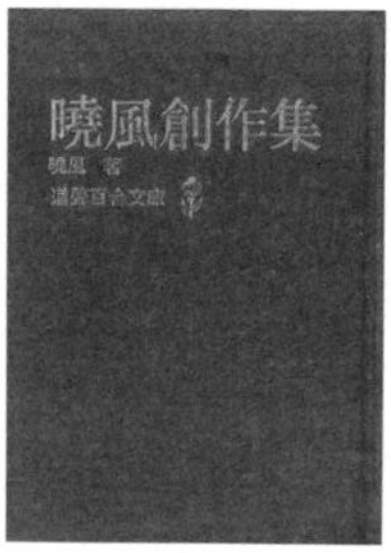

曉風創作集
臺北：道聲出版社
1976 年 12 月，32 開，1085 頁
道聲百合文庫 60

本書收錄《曉風散文集》、《曉風小說集》、《曉風戲劇集》。正文前有張曉風〈臥冰人（代序）〉，正文後有林治平〈更好的另一半——我妻曉風〉、〈曉風創作年表〉。

曉風自選集
臺北：黎明文化公司
1979 年 6 月，32 開，324 頁
中國新文學叢刊 88

本書選輯作者小說、散文、劇本、新詩等作品。全書分「小說」、「散文」、「戲劇」、「雜文」、「宗教文學」、「傳記文學」、「詩」、「報導」、「其他」九輯，短篇小說收錄〈人環〉、〈鐘〉共二篇，散文收錄〈地毯的那一端〉、〈愁鄉石〉、〈初雪〉等 24 篇，劇本〈位子〉一篇，詩作〈偷瞧〉、〈故事的老家〉、〈爸爸為什麼愛喝茶〉等七首。正文前有作家素描、生活照片、手跡、張曉風〈序〉，正文後有〈作品書目〉。

【其他】

時報文化出版公司
1981

時報文化出版公司
2012

看古人扮戲——戲曲故事

臺北：時報文化出版公司
1981 年 1 月，25 開，431 頁
中國歷代經典寶庫

臺北：時報文化出版公司
2012 年 5 月，25 開，324 頁
中國歷代經典寶庫 17

本書為作者改寫的中國古典戲曲故事。全書分「元曲四大家及其代表作品」、「傳奇五大重要作品」、「家庭劇」、「三個與『報』的觀念有關的劇」、「歷史劇」、「以愛情為主題的劇」、「包公劇」、「以『強女子』為主角的劇」、「釋道劇」、「以娼妓為主角的劇」十部分，收錄〈竇娥冤〉、〈救風塵〉、〈漢宮秋〉等 28 篇。正文前有高上秦〈一個中國古典知識大眾化的構想〉、文物選粹、張曉風〈致讀者書〉、〈體例說明〉，正文後附錄〈原典精選〉。
2012 年時報版：正文與 1981 年時報版同。正文前有〈出版的話〉、張曉風〈字裡行間看古人扮戲〉。

文學年表

1941 年	3 月	29 日，生於浙江金華，籍貫江蘇銅山。父親張家閑，母親謝慶歐，家中排行第二，上有相差 16 歲的大姊，為父親過世的前妻所生，下有五妹一弟。
1942 年	本年	因父親在軍中擔任參謀，隨軍隊四處遷移，曾於福建建陽南林村落腳。
1943 年	本年	因戰火蔓延，隨父母遷居重慶。
1946 年	本年	抗戰結束，舉家搬往南京。
1947 年	本年	進入南京崔八巷小學就讀，因個子較高，被分至二年級。
1948 年	本年	全家搬至位於藍家莊的新宿舍，轉學至新成立的南京軍人子弟小學就讀，校長為趙筱梅女士，看到高年級同學將課文內容以短劇形式演出，很是驚奇。 後因局勢不穩，舉家遷往柳州，就讀香山慈幼院小學校，期間學校規定每日以毛筆書寫日記。
1949 年	夏	自廣州輾轉來臺，居住在臺北撫順街，就讀中山國小。
	本年	參加《中央日報・兒童週刊》以「我的父親」為題的徵文比賽，入選；也以〈我最愛做的事〉投稿《中央日報・兒童週刊》，獲當時的主編陳約文女士簽名贈送的《愛麗絲夢遊奇境》。
1950 年	本年	參加陳元潭老師於學校成立的「綠野文藝社」，由他帶領寫作、編輯刊物、演戲。
1952 年	4 月	1 日，詩作〈綠野頌〉發表於《綠野》創刊號。

		16 日，〈笛聲〉發表於《綠野》第 2 期。
	9 月	考入臺北第一女子中學初中部。
	11 月	10 日，〈姐姐難當〉發表於《新生報・兒童之頁》6 版，獲讀者來函鼓勵。
1954 年	本年	於臺北浸信會仁愛堂受洗為基督徒。
1955 年	夏	因父親調職，舉家遷居屏東，就讀屏東女子中學初中部。
	6 月	〈惜別——為初中畢業而作〉以筆名「晨星」發表於《戰鬥文藝》創刊號。
	秋	創作與雙十節有關的短篇小說〈血染雙十節〉，獲國文老師讚賞。
1956 年	6 月	〈補鞋的老人〉以筆名「晨星」發表於《戰鬥文藝》第 7 期。
	9 月	考入屏東女子中學高中部。
	本年	擔任《青年戰士報》駐屏東女子中學記者，於「學府鱗爪」專欄寫通訊稿。
1958 年	春	以短篇小說〈怡怡〉參加香港《燈塔》的徵文比賽，獲第一名。
	8 月	23 日，〈小蒂〉發表於《中央日報・副刊》6 版。
	9 月	19 日，〈傳言多誤〉發表於《中央日報・副刊》7 版。 考入東吳大學中國文學系。
	10 月	6 日，〈直髮時代的結束〉發表於《中央日報・副刊》7 版。
	11 月	3 日，〈大學生活〉發表於《中央日報・副刊》7 版。
1959 年	1 月	12 日，〈第一教室〉發表於《中央日報・副刊》7 版。
	5 月	7 日，〈士林一瞥〉發表於《中央日報・副刊》7 版。
1961 年	8 月	24 日，〈預言〉發表於《中央日報・副刊》7 版。
	9 月	14 日，〈二十個塌塌米的幻想〉發表於《中央日報・副刊》7 版。

		20 日，〈我的臺灣朋友〉發表於《中央日報・副刊》7 版。
1962 年	1 月	12 日，〈客中〉發表於《中央日報・副刊》7 版。
	3 月	19 日，〈最後的戳記〉發表於《中央日報・副刊》7 版。
		28 日，〈慕〉發表於《中央日報・副刊》6 版。
	5 月	26 日，〈綠色的書簡〉發表於《中央日報・副刊》7 版。
	6 月	自東吳大學中國文學系畢業，並留校擔任助教。
	7 月	13 日，〈回到家裡〉發表於《中央日報・副刊》6 版。
		28 日，〈黃昏〉發表於《中央日報・副刊》6 版。
	10 月	9 日，〈聖火〉發表於《中央日報・副刊》6 版。
	12 月	2～3 日，〈勝利者〉連載於《中央日報・副刊》6 版。
		13 日，〈光環〉發表於《中央日報・副刊》6 版。
1963 年	3 月	12 日，〈山路〉發表於《中央日報・副刊》6 版。
	5 月	11 日，〈另一張考卷〉發表於《中央日報・副刊》6 版。
	11 月	26 日，〈到山中去〉發表於《中央日報・副刊》6 版。
1964 年	1 月	27 日，〈霜橘〉發表於《中央日報・副刊》6 版。
	3 月	11 日，〈晝晴〉發表於《中央日報・副刊》6 版。
	8 月	17 日，〈歸去〉發表於《中央日報・副刊》6 版。
		28 日，〈小小的燭光〉發表於《中央日報・副刊》6 版。
	11 月	11 日，與林治平結婚。
	12 月	4 日，〈地毯的那一端〉發表於《中央日報・副刊》6 版。
1965 年	1 月	25 日，〈我喜歡〉發表於《中央日報・副刊》6 版。
	5 月	2 日，〈魔季〉發表於《中央日報・副刊》6 版。
		28 日，〈雨天的書〉發表於《中央日報・副刊》6 版。
	9 月	6～7 日，短篇小說〈嗯，很甜〉連載於《中央日報・副刊》6 版。
	10 月	7 日，短篇小說〈列車〉發表於《徵信新聞報・人間副刊》7 版。

		17 日，〈秋天秋天〉發表於《中央日報・副刊》6 版。
1966 年	2 月	7 日，〈細細的潮音〉發表於《中央日報・副刊》6 版。
	7 月	15 日，〈林木篇〉發表於《中央日報・副刊》6 版。
	8 月	23 日，〈麥餅・小魚——序《地毯的那一端》〉發表於《中央日報・副刊》6 版。
		《地毯的那一端》由臺北文星書店出版。
	11 月	〈十月的陽光〉發表於《幼獅文藝》第 155 期。
	12 月	〈臺詞〉發表於《幼獅文藝》第 156 期。
1967 年	6 月	〈沒有風的下午〉發表於《幼獅文藝》第 162 期。
	8 月	24 日，短篇小說〈哭牆〉發表於《徵信新聞報・人間副刊》9 版。
	10 月	〈何厝的番薯田〉發表於《幼獅文藝》第 166 期。
	11 月	11 日，以《地毯的那一端》獲第二屆中山文藝散文獎。
		13 日，〈愁鄉石〉發表於《中央日報・副刊》9 版。
	12 月	25 日，〈初雪〉發表於《中央日報・副刊》9 版。
1968 年	1 月	8 日，〈我們的城〉發表於《中央日報・副刊》9 版。
	2 月	10 日，兒子林質修（小名詩詩）出生。
	7 月	《給你，瑩瑩》由香港基督教文藝出版社出版。
	8 月	20 日，〈一缽金〉發表於《中央日報・副刊》9 版。
		擔任《基督教論壇報》副刊主編。
	9 月	12～21 日，短篇小說〈潘渡娜〉連載於《中國時報・人間副刊》10 版。
		短篇小說集《哭牆》由臺北仙人掌出版社出版。
	10 月	22 日，〈潮濕的書〉發表於《中央日報・副刊》9 版。
	12 月	〈最後的麒麟〉發表於《幼獅文藝》第 180 期。
	本年	報名中國戲劇藝術中心的編劇研習班，師從李曼瑰。
1969 年	3 月	《給你，瑩瑩》由臺北臺灣商務印書館出版。

	4月	13 日，〈我看《漢武帝》的演出〉發表於《中央日報・副刊》9 版。
	6月	《地毯的那一端》由臺北大林出版社出版。
	9月	26 日，〈如果你是天使——給詩詩之一〉發表於《中國時報・人間副刊》10 版。
		短篇小說〈影〉發表於《幼獅文藝》第 189 期。
	10月	15 日，〈蟬鳴季——給詩詩之三〉發表於《中國時報・人間副刊》10 版。
		16 日，〈劫後〉發表於《中央日報・副刊》9 版。
	12月	25 日，話劇《畫》於臺北臺灣藝術館（今臺灣藝術教育館）演出，至隔年 1 月 3 日止。
		28 日，〈戲非戲——寫在《畫》劇演出之前〉發表於《中央日報・副刊》9 版。
		〈不是遊記〉發表於《現代文學》第 39 期。
		第一部舞臺劇本《畫》，獲第一屆「李聖質先生夫人紀念基金會」宗教劇本創作比賽首獎。
		成立基督教藝術團契。
		女兒林質文出生。
1970 年	2月	女兒林質文夭折。
	3月	29 日，〈給詩詩〉發表於《中國時報・人間副刊》11 版。
	11月	13 日，〈有些人〉發表於《中央日報・副刊》9 版。
	12月	30 日，話劇《無比的愛》由基督教藝術團契於臺北臺灣藝術館演出，至隔年 1 月 3 日止。
1971 年	1月	22 日，〈清明上河圖〉發表於《中央日報・副刊》9 版。
		24 日，〈秋聲賦〉發表於《中央日報・副刊》9 版。
		25 日，〈雨荷〉發表於《中央日報・副刊》9 版。
		女兒林質心（小名晴晴）出生。

	2月	3日，〈青樓集〉發表於《中央日報・副刊》9版。 7日，〈油傘〉發表於《中央日報・副刊》9版。
	3月	20日，短篇小說〈癲者〉發表於《中國時報・人間副刊》10版。 〈一個聲音〉發表於《中央月刊》第3卷第5期。
	4月	《愁鄉石》由臺北晨鐘出版社出版。
	6月	〈血〉發表於《中央月刊》第3卷第8期。
	10月	劇本《畫愛》由臺北校園團契出版社出版。
	11月	《愁鄉石》由香港基督教文藝出版社出版。
	12月	26日，話劇《第五牆》由基督教藝術團契於臺北臺灣藝術館演出，至隔年1月9日止。
1972年	1月	4日，〈沽心者〉發表於《中央日報・副刊》9版。
	3月	以劇本〈第五牆〉獲第七屆話劇金鼎獎編劇特別獎。
	11月	1～3日，短篇小說〈紅鬼〉連載於《中國時報・人間副刊》12版。 劇本〈武陵人〉連載於《中外文學》第1卷第6～7期，至12月止。 〈這樣一位鄰居〉發表於《中央月刊》第5卷第1期。
	12月	25日，話劇《武陵人》由基督教藝術團契於臺北臺灣藝術館演出，至隔年1月7日止。
1973年	1月	14～15日，〈現代劇與古典題材〉連載於《中央日報・副刊》9版。 〈〈武陵人〉是什麼〉發表於《大學雜誌》第61期。
	3月	〈我們是創造的一代〉發表於《中央月刊》第5卷第5期。
	5月	27日，〈詠物篇〉發表於《中國時報・人間副刊》12版。
	夏	完成劇本〈自烹〉，原先預定年底演出，但劇本審查申請兩次，皆因莫名原因未通過，本年基督教藝術團契演出告停。

	8月	《安全感》由臺北宇宙光出版社出版。
		劇本《第五牆》、《武陵人》由臺北靈聲雜誌社出版。
	9月	3日，〈序曲〉發表於《中國時報・人間副刊》12版。
		〈叉路〉發表於《宇宙光》第1期。
		與丈夫林治平一同接下《宇宙光》雜誌。
	10月	〈禱詞〉發表於《中央月刊》第5卷第12期。
	11月	劇本〈自烹〉連載於《宇宙光》第2～3期，至隔年1月止。
	12月	短篇小說集《哭牆》由臺北大林出版社出版。
1974年	2月	10～11日，〈詩的神話〉以筆名「桑科」連載於《中國時報・人間副刊》12版。
	4月	〈觀眾〉發表於《幼獅文藝》第244期。
	5月	4日，〈都是竹子害的〉以筆名「桑科」發表於《中國時報・人間副刊》12版，「非非集」專欄。
		〈我愛讀中國書〉發表於《中央月刊》第6卷第7期。
	6月	19日，〈我恨我不能如此抱怨〉以筆名「桑科」發表於《中國時報・人間副刊》12版。
	7月	10日，〈做蝦當做大龍蝦〉以筆名「桑科」發表於《中國時報・人間副刊》12版，「非非集」專欄。
	8月	21日，〈做花當做玫瑰花〉以筆名「桑科」發表於《中國時報・人間副刊》12版，「非非集」專欄。
		23日，〈禮物〉發表於《中央日報・副刊》10版。
	9月	〈文明是〉、短篇小說〈桑科夫人購衣記〉以筆名「桑科」發表於《宇宙光》第7期。
	10月	劇本〈和氏璧〉連載於《中外文學》第3卷第5～6期，至11月止。
	11月	27～28日，短篇小說〈人環〉連載於《中國時報・人間副刊》12版。

短篇小說〈桑科夫人教子記〉以筆名「桑科」發表於《宇宙光》第 8 期。

12 月 21 日，話劇《和氏璧》由基督教藝術團契於臺北臺灣藝術館演出，至隔年 1 月 5 日止。

1975 年 1 月 〈阿瘦〉發表於《中央月刊》第 7 卷第 3 期。

〈騙局之外〉、〈死的還是活的？〉（筆名桑科）發表於《宇宙光》第 9 期。

2 月 16 日，〈非非集〉以筆名「桑科」發表於《中國時報・人間副刊》12 版。

3 月 〈十月的陽光〉英文版（October Sun）發表於 *The Chinese PEN* 春季號。（施鐵民翻譯）

〈給我們一個年輕人〉發表於《宇宙光》第 11 期。

4 月 12 日，〈黑紗〉發表於《中央日報・副刊》10 版。

30 日，〈我們仍能支持〉發表於《中國時報・人間副刊》12 版。

5 月 〈五月的詩歷〉、短篇小說〈桑科夫人的五月日誌〉（筆名桑科）發表於《宇宙光》第 13 期。

以劇本〈和氏璧〉獲第九屆話劇金鼎獎最佳編劇獎。

6 月 〈詮釋〉發表於《中央月刊》第 7 卷第 8 期。

7 月 〈焦土〉發表於《宇宙光》第 15 期。

9 月 15 日，〈唸你們的名字——寄陽明醫學院大一新生〉發表於《中央日報・副刊》10 版。

應韓偉邀請，前往剛成立的陽明醫學院（今陽明大學）任教。

10 月 12 日，〈音樂教室〉發表於《中央日報・副刊》9 版。

〈「愚不可及」的角色——介紹李曼瑰教授〉發表於《幼獅文藝》第 262 期。

《黑紗》由臺北宇宙光出版社出版。

11月　10日，〈她曾教過我——為紀念中國戲劇導師李曼瑰教授而作〉發表於《中國時報‧人間副刊》12版。

16日，劇本〈第三害〉連載於《中央日報‧副刊》10版，至12月8日止。

12月　22日，〈第三害後記〉發表於《中央日報‧副刊》10版。

24日，話劇《第三害》由基督教藝術團契於臺北臺灣藝術館演出，至隔年1月4日止。

1976年　3月　27日，獲頒第六屆「十大傑出女青年獎」。

28日，〈美國總統出缺記〉以筆名「桑科」發表於《中國時報‧人間副刊》12版，「非非集」專欄。

4月　18日，〈戀愛盛業式微史——緒論〉以筆名「桑科」發表於《中國時報‧人間副刊》12版，「非非集」專欄。

25日，〈戀愛盛業式微史（第一章）〉以筆名「桑科」發表於《中國時報‧人間副刊》12版，「非非集」專欄。

5月　5日，〈戀愛盛業式微史第二章——戀愛與電〉以筆名「桑科」發表於《中國時報‧人間副刊》12版，「非非集」專欄。

7日，〈戀愛盛業式微史第三章——戀愛與速食麵〉以筆名「桑科」發表於《中國時報‧人間副刊》12版，「非非集」專欄。

20日，〈戀愛盛業式微史第四章——萬應保險公司〉以筆名「桑科」發表於《中國時報‧人間副刊》12版，「非非集」專欄。

22日，〈戀愛盛業式微史第五章——新舉業〉以筆名「桑科」發表於《中國時報‧人間副刊》12版，「非非集」專欄。

30 日，〈戀愛盛業式微史第六章——與××業之間的同業競爭〉以筆名「桑科」發表於《中國時報‧人間副刊》12 版，「非非集」專欄。

〈中國戲劇發展較西方為遲緩的原因〉發表於《中外文學》第 4 卷第 12 期。

6 月　9 日，〈戀愛盛業式微史第七章——四季如春以後〉以筆名「桑科」發表於《中國時報‧人間副刊》12 版，「非非集」專欄。

22 日，〈戀愛盛業式微史第八章——絕技〉以筆名「桑科」發表於《中國時報‧人間副刊》12 版，「非非集」專欄。

25 日，〈戀愛盛業式微史第九章——路見不平拔刀相助〉以筆名「桑科」發表於《中國時報‧人間副刊》12 版，「非非集」專欄。

27 日，〈戀愛盛業式微史第十章——完結篇〉以筆名「桑科」發表於《中國時報‧人間副刊》12 版，「非非集」專欄。

7 月　7 日，〈指名帶姓罵　緒論——致將要慘遭我罵的女士先生〉以筆名「桑科」發表於《中國時報‧人間副刊》12 版，「非非集」專欄。

20 日，〈指名帶姓罵：第一章——罵呂秀蓮〉以筆名「桑科」發表於《中國時報‧人間副刊》12 版，「非非集」專欄。

28 日，〈我不知道怎樣回答〉發表於《中央日報‧副刊》14 版。

29 日，〈指名帶姓罵：第二章——續罵呂秀蓮〉以筆名「桑科」發表於《中國時報‧人間副刊》12 版，「非非集」專欄。

8月 28 日，〈親愛的女王陛下〉以筆名「桑科」發表於《中國時報・人間副刊》12 版，「非非集」專欄。

9月 9 日，〈哲學家與牙痛〉以筆名「桑科」發表於《中國時報・人間副刊》12 版，「非非集」專欄。

20 日，〈挨罵的哲學〉以筆名「桑科」發表於《中國時報・人間副刊》12 版，「非非集」專欄。

10月 《曉風散文集》、短篇小說集《曉風小說集》由臺北道聲出版社出版。

11月 5 日，〈我們是很忙碌的〉以筆名「桑科」發表於《中國時報・人間副刊》12 版，「非非集」專欄。

13～19 日，劇本〈嚴子與妻〉連載於《中國時報・人間副刊》12 版。

16 日，〈我們是很忙碌的之二——挖與補〉以筆名「桑科」發表於《中國時報・人間副刊》12 版，「非非集」專欄。

20 日，〈孔子訪問記〉以筆名「桑科」發表於《聯合報・副刊》12 版。

劇本《曉風戲劇集》由臺北道聲出版社出版。

12月 3 日，〈都是一樣的〉以筆名「桑科」發表於《中國時報・人間副刊》12 版，「非非集」專欄。

5 日，〈桑科挨訓記〉以筆名「桑科」發表於《中國時報・人間副刊》12 版，「非非集」專欄。

14 日，〈臥冰人——寫在《曉風創作集》出版之前〉發表於《中國時報・人間副刊》12 版。

19 日，〈嚴子與妻後記〉發表於《中國時報・人間副刊》12 版。

24 日，〈耶誕拓片〉發表於《聯合報・萬象》9 版。

26 日，話劇《嚴子與妻》由基督教藝術團契於臺北臺灣藝術館演出，至隔年 1 月 5 日止。

《非非集》由臺北言心出版社出版。

《曉風創作集》由臺北道聲出版社出版。

1977 年 2 月 1 日，〈兄弟是什麼意思——關於〈嚴子與妻〉〉發表於《中央日報・副刊》10 版。

4 月 18 日，〈動物園中的祈禱室〉連載於《聯合報・副刊》12 版，至 8 月 6 日止。

20 日，〈種種可愛〉發表於《中國時報・人間副刊》12 版。

5 月 5 日，〈花之筆記〉連載於《中央日報・副刊》10 版，至 6 月 11 日止。

17 日，〈好艷麗的一塊土〉發表於《聯合報・副刊》12 版。

6 月 〈孤意與深情〉發表於《自由青年》第 17 卷第 5 期。

7 月 6 日，〈樣版豆腐〉以筆名「桑科」發表於《中國時報・人間副刊》12 版。

24 日，〈地泉〉發表於《中央日報・副刊》10 版。

與林治平合著《如果你有一首歌》，由臺北宇宙光出版社出版。

8 月 28 日，〈詩詩・晴晴和我〉發表於《聯合報・副刊》12 版；〈馬釘・北京大學和漿糊〉以筆名「桑科」發表於《中國時報・人間副刊》12 版。

30 日，〈詩詩・晴晴和我之二〉發表於《聯合報・副刊》12 版。

《詩詩、晴晴與我》由臺北宇宙光出版社出版。

9月 2日，〈詩詩・晴晴和我之三〉發表於《聯合報・副刊》12版；〈佳話的續篇〉以筆名「桑科」發表於《中國時報・人間副刊》12版。

3～8日，劇本〈血笛——我的血管是最紅最熱的一管笛〉連載於《中央日報・副刊》14、10版。

18日，〈給薛湘靈〉發表於《中央日報・副刊》10版。

19日，〈飯館學〉以筆名「桑科」發表於《中國時報・人間副刊》12版。

10月 17日，〈張三和李四的故事〉以筆名「桑科」發表於《中國時報・人間副刊》12版。

劇本《血笛》由臺北黎明文化公司出版。

11月 《動物園中的祈禱室》由臺北宇宙光出版社出版。

12月 15～20日，劇本〈位子〉連載於《聯合報・副刊》12版。

1978年 1月 1日，詩作〈玉山還是玉山〉發表於《中國時報》14版。

21日，話劇《位子》由基督教藝術團契於臺北臺灣藝術館演出，至2月5日止。

24日，〈種種有情〉發表於《中國時報・人間副刊》12版。

25日，〈我一直想寫一個戲——寫在〈位子〉之後〉發表於《聯合報・副刊》12版。

《地毯的那一端》由香港基督教文藝出版社出版。

2月 27日，〈春之懷古〉發表於《聯合報・副刊》12版。

4月 1日，〈步下紅毯之後〉發表於《中國時報・人間副刊》12版。

5日，〈中庭蘭桂〉發表於《聯合報》15版。

5月 3日，〈插嘴〉以筆名「桑科」發表於《中國時報・人間副刊》12版。

6月 2日，〈洗澡新觀〉以筆名「桑科」發表於《中國時報・人間副刊》12版。

24日，詩作〈湄公河的關雎章〉發表於《聯合報・副刊》12版。

8月 16日，詩作〈放心——觀楊漢宗先生水墨畫〉發表於《聯合報・副刊》12版。

10月 以〈新燈・舊燈——林安泰古厝拆屋第一日紀實〉獲第一屆時報文學獎報導文學佳作。

11月 11日，〈花之筆記〉發表於《中國時報・人間副刊》12版。

12月 27日，〈燈芯就有多長——夜多長，燈芯就有多長〉發表於《聯合報・副刊》12版。

1979年 1月 26～27日，〈新燈・舊燈——林安泰古厝拆屋第一日紀實〉連載於《中國時報・人間副刊》12版。

28日，〈梅妃〉發表於《聯合報・副刊》3版。

2月 24日，〈我們不是值得尊敬的嗎？——致美國奧克拉荷馬州參議員羅斯達克先生〉發表於《聯合報・副刊》12版。

3月 27日，〈鳥喧花靜——紀念顧獻樑教授〉發表於《聯合報・副刊》12版。

5月 12日，〈母親的羽衣〉發表於《聯合報・副刊》12版。

6月 10日，〈一路行去〉發表於《聯合報・副刊》12版。

17日，〈飲啄篇〉發表於《中央日報・副刊》10版。

21日，〈許士林的獨白——獻給那些睽違母顏比十八年更長久的天涯之人〉發表於《中國時報・人間副刊》12版。

30日，〈曾經〉發表於《聯合報・副刊》12版。

《曉風自選集》由臺北黎明文化公司出版。

7月 15日，〈愛情篇——關於《步下紅毯之後》〉發表於《聯合報・副刊》12 版。

〈好情懷〉發表於《中央月刊》第 11 卷第 9 期。

《步下紅毯之後》由臺北九歌出版社出版。

8 月　6 日，〈背袋、牛仔長裙及其他〉發表於《中國時報・人間副刊》12 版；〈三個人裡面聰明的那一個〉以筆名「桑科」發表於《聯合報・副刊》8 版。

9 月　22～23 日，〈常常，我想起那座山〉連載於《中國時報・人間副刊》8 版。

10 月　9 日，詩作〈十月十〉發表於《聯合報・副刊》8 版。

11 日，〈前身——題梁正居的攝影〉發表於《聯合報・副刊》8 版。

以〈許士林的獨白〉獲第二屆時報文學獎散文推薦獎。

12 月　20 日，〈畫布——給一個年輕人婚禮的祝辭〉發表於《中央日報・副刊》10 版。

1980 年　1 月　11 日，〈歸人〉發表於《聯合報・副刊》8 版。

14 日，詩作〈最後一次遠足——懷念盧光舜大夫〉發表於《聯合報・副刊》8 版。

18 日，〈寫給大磕頭韓〉以筆名「桑科」發表於《中國時報・人間副刊》8 版。

以《步下紅毯之後》獲第五屆國家文藝散文獎。

3 月　1 日，〈不要！〉發表於《聯合報》3 版。

20 日，以筆名「可叵」於《中國時報・人間副刊》撰寫「可叵集」專欄，至 1983 年 2 月 17 日止。

4 月　4 日，〈把我們愛你的愛　去愛你所愛過的人世〉發表於《聯合報》13 版。

9 日，短篇小說〈阿雄在嗎？〉發表於《聯合報・副刊》8 版。

《桑科有話要說》由臺北時報文化出版公司出版。

主編《親親》，由臺北爾雅出版社出版。

5月 15日，〈遇〉發表於《聯合報・副刊》8版。

7月 8日，〈老鄉，你還有什麼話要交代——看抗戰時期的一張照片有感〉發表於《聯合報・副刊》8版。

28日，〈大型家家酒〉發表於《中國時報・人間副刊》8版。

8月 20日，〈那部車子〉以筆名「桑科」發表於《聯合報・副刊》8版。

25日，〈花，驚嘆號——序《花之筆記》〉發表於《中央日報・副刊》11版。

《花之筆記》由臺北道聲出版社出版。

9月 16日，〈海鮮〉以筆名「桑科」發表於《聯合報・副刊》14版。

22日，〈〈最平凡的傳奇〉讀後〉發表於《聯合報・副刊》8版。

〈四個著名的元雜劇〉連載於《明道文藝》第54～55期，至10月止。

以〈海鮮〉獲聯合報第五屆極短篇小說獎。

主編《蜜蜜》，由臺北爾雅出版社出版。

10月 10～12日，〈承受第一線晨曦的〉連載於《聯合報・副刊》8版。

16日，〈再生緣〉發表於《中國時報・人間副刊》8版。

以〈再生緣〉獲第三屆時報文學獎散文優等獎。

11月 30日，〈他們都不講理〉發表於《中國時報・人間副刊》8版。

〈四個最出名的傳奇戲劇故事〉連載於《明道文藝》第56

～57 期，至 12 月止。

12 月 短篇小說〈東堂老〉發表於《幼獅少年》第 50 期。

1981 年 1 月 7 日，〈益民寮的故事〉發表於《聯合報・副刊》8 版。

〈花園的花是怎麼開的〉發表於《中央月刊》第 13 卷第 3 期。

《看古人扮戲——戲曲故事》由臺北時報文化出版公司出版。

主編《有情人》、《有情天地》，由臺北爾雅出版社出版。

2 月 〈你來坐嗎〉發表於《中央月刊》第 13 卷第 4 期。

3 月 29 日，〈就讓他們不知道吧！——寫給這一代的青年〉發表於《中國時報・人間副刊》8 版。

〈散文，在中國〉發表於《中央月刊》第 13 卷第 5 期。

《你還沒有愛過》由臺北大地出版社出版。

4 月 16 日，詩作〈親愛的港督大人〉以筆名「桑科」發表於《聯合報・副刊》8 版。

20 日，〈綠豆兒〉發表於《聯合報・副刊》8 版。

5 月 8～14 日，劇本〈一匹馬的故事〉連載於《中國時報・人間副刊》8 版。

9 日，〈我的生活設計〉發表於《聯合報・萬象》12 版。

26 日，〈留魄——曾經，我們在一個島上〉發表於《中國時報・人間副刊》8 版。

8 月 6～7 日，〈琴之出匣——訪青年音樂家陳建台〉連載於於《中央日報・晨鐘副刊》12 版。

9 月 15 日，〈毛弟・我・蘭嶼・聯合報〉發表於《聯合報・副刊》8 版。

10 月 10 日，〈地篇〉發表於《聯合報・副刊》8 版。

16 日，〈請大家愛惜珍禽〉發表於《聯合報》3 版。

詩作〈問〉發表於《學前教育》第4卷第7期。
《地毯的那一端》由臺北道聲出版社出版。
主編《錦繡天地好文章》，由臺北綜合月刊社出版。
以〈夜診〉獲第四屆中國時報文學獎報導文學佳作。

11月 6日，〈那隻倒霉公雞的告白〉發表於《聯合報》3版。
〈轉品的例——新舊詩共同的修辭方式之一〉發表於《書和人》第428期。

12月 9日，〈絲路，一匹掛紅——夜讀《絲路之旅》有感〉發表於《聯合報・副刊》8版。
24日，〈爭回看鳥權〉發表於《中國時報》12版。
30～31日，〈情懷〉連載於《中央日報・晨鐘副刊》10版。

1982年 1月 5日，〈一顆拔腹而起的松樹〉發表於《中國時報・人間副刊》8版。
17～18日，〈遠程串門子——記尼泊爾之遊〉連載於《中國時報・人間副刊》8版。
19～23日，〈交會〉連載於《中國時報・人間副刊》8版。
兒童文學《祖母的寶盒》由臺北信誼基金出版社出版。

3月 10日，詩作〈閨友〉發表於《聯合報・副刊》8版。
27日，〈中國的眼波〉發表於《中央日報・晨鐘副刊》10版。
《地毯的那一端》、短篇小說集《哭牆》由臺北大林出版社出版。
主編《大地之歌》，由臺北大地出版社出版。

4月 24～25日，〈情塚——記印度阿格拉城泰姬瑪哈陵〉連載於《中國時報・人間副刊》8版。
26～28日，〈地杓——記達爾湖以及湖所在的喀什米爾〉

連載於《中國時報・人間副刊》8 版。

5 月　3 日，〈未絕——一位作者的成長〉發表於《臺灣時報・副刊》12 版。

10 日，〈千手萬指的母親〉發表於《聯合報・副刊》8 版。

《再生緣》由臺北爾雅出版社出版。

6 月　3 日，〈刻痕〉發表於《聯合報・副刊》8 版。

21 日，〈回家的感覺〉發表於《中國時報・人間副刊》8 版。

7 月　5 日，〈如果你跟蹤春天——序《江南風情》〉發表於《中央日報・晨鐘副刊》10 版。

9 日，〈高處何所有？——贈給畢業同學〉發表於《聯合報・副刊》8 版。

10 月　8 日，〈水波澄碧的半畝方塘〉發表於《中央日報・晨鐘副刊》10 版。

19 日，〈妙嚮導〉發表於《中央日報・晨鐘副刊》10 版。

23 日，〈泰戈爾——恆河畔的沉思者〉發表於《中央日報・晨鐘副刊》10 版。

26 日，〈扛負一句叮嚀的人——贈別索忍尼辛〉發表於《中國時報・人間副刊》8 版。

11 月　11 日，〈榮花女——阿芙蓉花的神話〉發表於《聯合報・副刊》8 版。

28 日，〈從「醫生的老師」到「醫生的徒弟」——泰北侍醫記〉發表於《聯合報・副刊》8 版。

《幽默五十三號》由臺北九歌出版社出版。

12 月　14～30 日，〈一句話〉連載於《中國時報・人間副刊》8 版。

26 日，〈「石灣公仔」會被拒嗎？〉以筆名「桑科」發表於《中國時報・人間副刊》8 版。

1983 年 1 月 11 日，詩作〈盆景之疑案〉以筆名「桑科」發表於《中國時報・人間副刊》8 版。

31 日，〈豬　香水　黑蘑菇〉發表於《聯合報・萬象》12 版。

2 月 13 日，〈年年歲歲　歲歲年年〉發表於《中國時報・人間副刊》3 版。

27 日，〈第一個月盈之夜〉以筆名「市井人」發表於《中國時報・人間副刊》8 版。

3 月 6 日，〈記事——序張智人的《繩結藝術》〉發表於《中國時報・人間副刊》8 版。

11 日，〈同行〉發表於《中國時報・人間副刊》8 版；〈先正上樑〉發表於《聯合報》3 版。

《給你》由臺北宇宙光出版社出版。

4 月 4 日，〈我交給你們一個孩子〉發表於《中國時報・人間副刊》8 版。

14 日，〈禮物〉發表於《聯合報・副刊》8 版。

19 日，詩作〈草梅題辭〉發表於《中央日報・晨鐘副刊》10 版。

5 月 7 日，〈容許我愈來愈土〉發表於《聯合報・副刊》8 版；〈大哉問——一個新舊文學所共同喜愛的修辭技巧〉發表於《中國時報・人間副刊》8 版。

《心繫》由臺北百科文化公司出版。

6 月 2 日，〈衣宮半日記〉發表於《中國時報・人間副刊》8 版。

10 日，〈受餽篇〉發表於《中國時報・人間副刊》8 版。

18 日，〈給我一點水〉發表於《自立晚報・副刊》10 版。

30 日，〈心繫〉發表於《中央日報・晨鐘副刊》10 版。

7 月　《通菜與通婚》由臺北九歌出版社出版。

與席慕蓉、愛亞合著《三弦》，由臺北爾雅出版社出版。

8 月　22 日，〈夜間部的花——睡蓮〉發表於《聯合報・萬象》12 版，「花之筆記」專欄。

29 日，〈天公疼憨花——日日春〉發表於《聯合報・萬象》12 版，「花之筆記」專欄。

30 日，〈「回首」的回首——讀聯副三十年文學大系散文卷之一《回首故園》小記〉發表於《聯合報・副刊》8 版。

〈她，和她的書〉發表於《文訊》第 2 期。

9 月　5 日，〈匍匐者——松葉牡丹〉發表於《聯合報・萬象》12 版，「花之筆記」專欄。

12 日，〈玄味的名字——軟枝黃蟬〉發表於《聯合報・萬象》12 版，「花之筆記」專欄。

26 日，〈澎湖沙磧上的金子——小野菊〉發表於《聯合報・萬象》12 版，「花之筆記」專欄。

詩作〈彷彿看見〉發表於《學前教育》第 6 卷第 6 期。

赴香港浸會學院擔任客座教授，至隔年 2 月結束。

10 月　3 日，〈花餘——蓮蓬〉發表於《聯合報・萬象》12 版，「花之筆記」專欄。

31 日，〈美麗的家族——射干〉發表於《聯合報・萬象》12 版，「花之筆記」專欄。

11 月　7 日，〈足跡——羊蹄甲〉發表於《聯合報・萬象》12 版，「花之筆記」專欄。

12 月　6 日，〈河出圖——記水禾田的黃河攝影系列〉發表於《中國時報・人間副刊》8 版。

29 日，〈也是春香——遙寄韓人〉發表於《中國時報・人間副刊》8 版。

1984 年 1 月 5 日，〈一個女人的愛情觀——寄外〉、〈絲棉之為物〉發表於《中國時報・人間副刊》8 版。

主編《第一篇詩》，由臺北爾雅出版社出版。

2 月 8 日，〈書・墜樓人〉發表於《聯合報・副刊》8 版。

24 日，〈他人的情節〉發表於《中國時報・人間副刊》8 版。

3 月 26 日，〈欲淚的時刻〉發表於《中央日報・晨鐘副刊》10 版。

4 月 4 日，〈精緻的聊天〉發表於《聯合報》特刊 3 版。

20 日，〈待理〉發表於《聯合報・副刊》8 版。

5 月 9 日，〈詩課〉發表於《國語日報》6 版。

17 日，〈麗人行〉發表於《中華日報・副刊》10 版。

22 日，〈矛盾篇〉發表於《聯合報・副刊》8 版。

23 日，〈釀酒的理由〉發表於《中國時報・人間副刊》8 版。

30 日，〈山海經的悲願〉發表於《中國時報・人間副刊》8 版。

〈一念之憐〉、〈縫在胸口上〉發表於《宇宙光》第 121 期。

主編《問題小說》，由臺北現代關係出版社出版。

6 月 14 日，〈贏與敗〉發表於《聯合報・副刊》8 版，「矛盾篇」專欄。

25 日，〈專寵〉發表於《中央日報・副刊》11 版。

〈就讓他們不知道吧！〉英文版（Just Let Them Not Know!）發表於 *The Chinese PEN* 夏季號。（陳懿貞翻譯）

7 月 4 日，〈喜與悲〉發表於《聯合報・副刊》8 版，「矛盾篇」專欄。

27 日，〈杜鵑之緯讖〉發表於《中國時報・人間副刊》8 版。

〈沸點及其他〉發表於《幼獅少年》第 93 期。

8 月　10 日，〈受降者〉發表於《聯合報・萬象》12 版。

16 日，〈我要去放風箏〉發表於《中國時報・人間副刊》8 版。

20 日，〈知足與有憾〉發表於《聯合報・副刊》8 版，「矛盾篇」專欄。

28 日，〈發行量要像螽斯〉發表於《聯合報・副刊》8 版。

9 月　7 日，詩作〈數羊個案〉發表於《聯合報・副刊》8 版。

26 日，〈鼻子底下就是路〉發表於《中央日報・副刊》12 版。

30 日，〈召喚與迴聲〉發表於《聯合報・副刊》8 版。

《我在》由臺北爾雅出版社出版。

12 月　30 日，〈從你美麗的流域〉發表於《聯合報・副刊》8 版。

1985 年　1 月　3 日，〈玉想〉發表於《聯合報・副刊》8 版。

26 日，〈押韻的人〉發表於《聯合報・副刊》8 版。

2 月　21 日，〈一句好話〉發表於《中國時報・人間副刊》3 版。

3 月　1 日，〈詩的插圖——睫穗蓼〉發表於《聯合報・萬象》12 版，「花間集」專欄。

4 日，〈河飛記〉發表於《中華日報・副刊》10 版。

11 日，〈且來讀唇——通泉草〉發表於《聯合報・萬象》12 版，「花間集」專欄。

15 日，〈幸虧〉發表於《中國時報・人間副刊》8 版。

29 日，〈淡色的泡沫——樟樹花〉發表於《聯合報・萬象》12 版，「花間集」專欄。

5月 7日，〈春日二則〉發表於《中國時報・人間副刊》8版。
23日，〈也算攔輿告狀〉以筆名「可叵」發表於《中國時報・人間副刊》8版。
30日，〈神木之鄉・忠烈長青——應該保存別人為我們建造的仿唐建築〉發表於《聯合報・萬象》12版。
〈西湖十景〉發表於《陽明醫技》第6期。

6月 1日，〈如果你錯了和如果我錯了〉發表於《中國時報・人間副刊》8版。
8日，〈一抹綠〉發表於《聯合報・副刊》8版。
20日，〈只因為年輕啊！〉發表於《中國時報・人間副刊》8版。

7月 〈色識——中國情結〉發表於《故宮文物月刊》第28期。

9月 14日，〈你來嗎？在鑼聲響處〉發表於《民生報》9版。
14～16日，劇本〈猩猩的故事〉連載於《中國時報・人間副刊》8版。
〈回首風煙〉發表於《張老師月刊》第93期。
兒童文學《舅媽衹會說一句話》由臺北臺灣省教育廳出版。

10月 1日，〈會過日子的女人——談《我》劇中的楊惠珊〉發表於《中國時報・人間副刊》8版。
31日，〈尋找「山的容顏」〉發表於《中國時報・人間副刊》8版。

11月 18日，〈局長，請聽我說一個觀念〉發表於《中國時報・人間副刊》8版。
〈人體中的繁星與穹蒼〉發表於《牛頓雜誌》第31期。

12月 25日，〈星約〉發表於《中國時報・人間副刊》8版。
29日，〈故事行〉發表於《聯合報・副刊》8版。

1986年 1月 7日，〈火中取蓮〉發表於《中國時報・人間副刊》8版。

		14 日，〈廖輝英和她的紙上舞臺〉發表於《中國時報・人間副刊》8 版。
	2 月	6 日，〈林中雜想〉發表於《中國時報・人間副刊》8 版。
		12 日，〈誰敢？〉發表於《中國時報・人間副刊》8 版。
	4 月	4 日，〈二三事——記我自己〉發表於《中華日報・副刊》11 版。
		6 日，〈給我說一個故事〉發表於《中國時報・人間副刊》8 版。
	6 月	4 日，〈觸目——記二幀照片〉發表於《聯合報・副刊》8 版。
		10 日，〈那件事〉發表於《中國時報・人間副刊》8 版；〈我彷彿看見〉發表於《聯合報・副刊》8 版。
		17 日，〈學樣〉發表於《中央日報・副刊》12 版。
	7 月	5 日，〈你要做什麼？〉發表於《中國時報・人間副刊》8 版。
	8 月	29 日，〈阡陌路——序殷穎散文《秋之悸》〉發表於《中央日報・副刊》11 版。
	9 月	14 日，〈遊園驚夢〉發表於《中國時報・人間副刊》8 版。
		《地毯的那一端》由臺北水牛出版社出版。
	11 月	21 日，〈搖動過，但依然是我的土地〉發表於《中國時報・人間副刊》8 版。
	12 月	6 日，〈選舉像甚麼〉以筆名「可叵」發表於《中國時報・人間副刊》8 版。
		18 日，〈眼神四則〉發表於《中國時報・人間副刊》8 版。
1987 年	2 月	短篇小說集《哭牆》由臺北水牛圖書出版公司出版。
	3 月	2 日，〈純種土話〉發表於《中央日報・副刊》10 版。
	4 月	2 日，〈有願〉發表於《聯合報・副刊》8 版。

19 日，〈溯游〉發表於《聯合報・副刊》8 版。

5 月 13 日，〈從垃圾想起〉發表於《中國時報・人間副刊》8 版。

19～20 日，〈值得歡喜讚嘆的《歡喜讚嘆》〉連載於《中央日報・副刊》10 版。

21 日，〈動情二章〉發表於《中國時報・人間副刊》8 版。

6 月 18 日，以「曉風近作兩帖」為題，〈海灘和狗〉、〈釘痕〉發表於《中央日報・副刊》10 版。

9 月 26 日，〈仗美執言——談粘碧華的刺繡首飾〉發表於《中央日報・副刊》10 版。

10 月 14 日，〈你不能要求簡單的答案〉發表於《中央日報・副刊》10 版。

11 月 28 日，〈山的春・秋記事〉發表於《中國時報・人間副刊》8 版。

1988 年 1 月 1 日，〈初心〉發表於《中國時報・大地副刊》23 版。

16 日，〈一同行過〉發表於《中國時報》18、23 版。

〈天門〉發表於《聯合文學》第 39 期。

2 月 14 日，〈來，投宿在我們心中〉發表於《中國時報・大地副刊》23 版。

5 月 12 日，〈草莽文人〉發表於《中國時報・人間副刊》18 版。

28 日，〈砌花〉發表於《中國時報・人間副刊》18 版。

7 月 《從你美麗的流域》由臺北爾雅出版社出版。

8 月 18 日，〈還有第十二個——記趙二呆先生〉發表於《中國時報・人間副刊》18 版。

9 月 2 日，〈從你美麗的流域〉發表於《中央日報・副刊》16 版。

10月 9日，〈幽明三則〉發表於《聯合報・副刊》21版。

16日，〈魂夢三則〉發表於《中國時報・人間副刊》18版。

30日，〈可以期待的名字〉發表於《中央日報・副刊》6版。

〈春暉閣裡〉發表於《聯合文學》第48期。

11月 22日，〈月光女子——寫給《金瓶梅》裡的月娘〉發表於《中國時報・人間副刊》23版。

12月 3日，〈誰都不該把一個女兒嫁兩次，對嗎？——寫給臺北市長〉發表於《中國時報・人間副刊》23版。

1989年 1月 13日，〈恍如看見他的傷痕——記經國先生所愛的一首歌〉發表於《中國時報・人間副刊》23版。

3月 12日，〈盤谷的汗毛——談森林〉發表於《中國時報・人間副刊》23版。

22日，〈花朝手記〉發表於《聯合報・副刊》21版。

5月 29～31日，〈二十年來的散文〉連載於《中央日報・副刊》16版。

31日，詩作〈給翅膀一片天空〉發表於《聯合報・副刊》27版。

主編《中華現代文學大系——臺灣1970～1989・散文卷》（四冊），由臺北九歌出版社出版。

6月 3日，〈我要去和他們一起站站——讀《我們走過的路》〉發表於《中央日報・副刊》16版。

6日，詩作〈原來一輛坦克的輾過是這麼輕這麼溫柔〉發表於《中央日報・副刊》16版。

8～9日，〈小學詩教的省思〉連載於《聯合報・副刊》27版。

14日，詩作〈鄧皇帝萬歲萬萬歲〉以筆名「可叵」發表於《中國時報・人間副刊》23版。

19 日，詩作〈十一億個抗議〉發表於《中央日報・副刊》16 版。

7 月 4 日，〈學生真的是一個也沒有死〉發表於《中國時報・人間副刊》23 版。

〈為神州哀哭，為同胞祈禱〉發表於《中央月刊》第 22 卷第 7 期。

11 月 《曉風吹起》由臺北文經出版社出版。

12 月 5 日，〈可叵採謠錄〉以筆名「可叵」發表於《中國時報・人間副刊》27 版。

22 日，〈錯誤——中國故事常見的開端〉發表於《中國時報・人間副刊》27 版。

1990 年 3 月 15 日，〈孩子，我知道有人該向你道歉〉發表於《聯合報・副刊》29 版。

23 日，〈給我一個解釋〉發表於《中國時報・人間副刊》27 版。

5 月 9 日，〈留一座歷史方面的國家公園吧！〉發表於《中國時報・人間副刊》31 版。

11 日，〈「今年你能使回來啵？」〉發表於《中央日報・副刊》18 版。

24 日，〈一道菜大家嚐　一條路大家走〉發表於《中央日報・副刊》16 版。

28 日，〈詩，是民族共同的記憶〉發表於《中央日報・副刊》16 版。

7 月 2 日，〈驢背上的歌者〉發表於《中央日報・副刊》16 版。

《玉想》由臺北九歌出版社出版。

8 月 10 日，〈開著櫻花的那一家〉發表於《聯合報・副刊》29 版。

	11月	13日，〈致施啟揚、馬英九的一封公開信〉發表於《中央日報・副刊》16版。
1991年	2月	1日，〈兩性物語〉發表於《聯合報・副刊》25版。
	3月	8日，〈盒子〉發表於《聯合報・副刊》25版。
		24日，〈說到「櫥子」〉發表於《中央日報・副刊》9版。
	4月	7日，〈描容〉發表於《中國時報・人間副刊》31版。
		13日，〈「我的藥呢？」〉發表於《中國時報・人間副刊》27版。
	6月	兒童文學《談戲》由臺北臺灣省教育廳出版。
	8月	8日，〈星星都已經到齊了〉發表於《中國時報・人間副刊》31版。
		17日，〈一架荒腔走板的琴——談黑澤明的新作《八月狂想曲》〉發表於《中國時報・人間副刊》27版。
		30日，〈蒙古記遊——難以為譯的那些……〉發表於《中央日報・副刊》16版。
	11月	3日，〈戈壁行腳〉發表於《中國時報・人間副刊》43版。
		11日，〈告別衿底藏珠而不自知的乞丐生涯〉發表於《中國時報・人間副刊》27版。
		20～22日，〈日色中亦冷亦暖的青松——論陳之藩的散文〉連載於《中央日報・副刊》16版。
1992年	1月	1日，於《中國時報・人間副刊》撰寫「寧靜海」專欄，每週三固定發表，至12月30日止。
		18日，〈沒有人叫我「阿山」〉發表於《中國時報・人間副刊》27版。
	2月	28日，〈智慧鳥的故事〉發表於《聯合報・副刊》25版。
	4月	9日，〈理想的「林相」——總評大專散文組作品〉發表於《中央日報・副刊》16版。

	5月	6 日，〈對「自願升學」方案公平性質疑——從我兒一百零七分的操行談起〉發表於《中國時報・人間副刊》35 版。
		19 日，〈這碗麵，大家都得吃的！——就教於臺北市教育局長林昭賢先生〉發表於《中央日報・副刊》16 版。
		22 日，〈我知道你是誰〉發表於《聯合報・副刊》39 版。
	6月	5 日，〈把「讀詩」的棒子交下去〉發表於《中國時報・人間副刊》35 版。
		10 日，〈屬於一枚鹹鴨蛋的單純〉發表於《中國時報・人間副刊》27 版；〈投湖〉發表於《聯合報・副刊》25 版。
	7月	19 日，詩作〈緊急電話〉以筆名「可叵」發表於《中國時報・人間副刊》27 版。
	9月	18 日，〈請不要對我說歡迎——西行手記〉發表於《中國時報・人間副刊》35 版。
	11月	10 日，〈我選孫悟空〉以筆名「可叵」發表於《中國時報・人間副刊》27 版。
		14 日，〈城門啊，請為我開啟〉發表於《中國時報・人間副刊》22 版。
	12月	《曉風吹起》由北京作家出版社出版。
1993 年	1月	24 日，〈奮而顧身——寄語寄青〉發表於《中國時報・人間副刊》3 版。
	2月	9 日，〈不要為此噴飯・好嗎？——兼談漢族沙文主義思想〉發表於《中央日報》17 版。
	3月	26 日，〈第一幅畫〉發表於《聯合報・副刊》45 版。
	5月	12 日，〈我有一個夢〉發表於《中央日報・副刊》16 版；〈汪校長站在苗圃裡〉發表於《中國時報・人間副刊》27 版。
	6月	1 日，〈琴傷〉發表於《中央日報・副刊》16 版。

		12 日，〈萬丈高樓平地起　千年古樹靠根撐〉發表於《中央日報・副刊》16 版。
	7 月	5～6 日，〈近日三件事的聯想——兼論文藝教學與國文程度〉連載於《中央日報・副刊》16 版。
		13 日，〈戈壁酸梅湯和低調幸福〉發表於《中華日報・副刊》11 版。
		19 日，〈「呷一句陶淵明，免錢！」——推介《陶淵明集》〉發表於《聯合報・副刊》35 版。
		20 日，〈凡夫俗子的人生第一要務便是：活著〉發表於《中國時報・人間副刊》27 版。
		25 日，〈九十九年的愛——寫在中國國民黨十四全會之前〉發表於《中央日報》2 版。
	8 月	6 日，〈我的幽光實驗〉發表於《聯合報・副刊》37 版。
	10 月	29 日，〈我想走進那則笑話裡去〉發表於《中國時報・人間副刊》39 版。
	12 月	4 日，〈為什麼不設「十大傑出病人獎」？〉發表於《聯合報・副刊》37 版。
		14 日，〈受苦者的肢體（及其他）〉發表於《中國時報・人間副刊》39 版。
		28 日，〈顧二娘和歐基芙〉、〈一則關於朝顏的傳說〉、〈生命，以什麼單位計量〉發表於《聯合報・副刊》37 版。
1994 年	1 月	18 日，〈一齣「因故遲演」的戲——寫在《自烹》演出之前〉發表於《聯合報・副刊》35 版。
		30 日，〈等待春天的八十一道筆劃〉發表於《中國時報・人間文學》35 版。
	4 月	18 日，〈我出發去尋找一個名叫中國的地方〉發表於《中

國時報‧人間副刊》39 版。

6 月 11 日，〈幽默的良性飢餓〉發表於《中央日報‧副刊》16 版。

7 月 14 日，〈噓！我們才不要去管它什麼畢業不畢業的鬼話〉發表於《聯合報‧副刊》37 版。

9 月 7 日，〈仗了好風好日的膽子〉發表於《聯合報‧副刊》37 版。

《我知道你是誰》由臺北九歌出版社出版。

11 月 28 日，〈暴牙的選暴牙的〉以筆名「可叵」發表於《中國時報‧人間副刊》39 版。

29 日，〈「金風送爽」季節　好事來咧〉以筆名「可叵」發表於《聯合報‧民意論壇》11 版。

12 月 1 日，〈碰！碰！碰！有人在家嗎？〉以筆名「可叵」發表於《中國時報‧人間副刊》39 版。

1995 年 1 月 2 日，詩作〈寂寞——人——花——之廻文〉以筆名「可叵」發表於《中國時報‧人間副刊》35 版。

23 日，〈「巴伐洛夫」，是誰的名字？〉發表於《聯合報‧副刊》37 版。

3 月 6 日，詩作〈是那個糊塗的傢伙〉以筆名「可叵」發表於《中國時報‧人間副刊》35 版。

5 月 22 日，於《中國時報‧人間副刊》撰寫「三少四壯集」專欄，每週一固定發表，至隔年 5 月 13 日止。

9 月 12 日，〈淡出〉發表於《中國時報‧人間副刊》39 版。

〈不朽的失眠〉英文版（Immortal Sleeplessness）發表於 *The Chinese PEN* 第 93 期。（杜南馨翻譯）

11 月 19 日，〈有木氏淩拂〉發表於《中國時報‧人間副刊》39 版。

1996年 1月 12 日，〈西方國家護寶之心　我們比得上嗎？〉發表於《中國時報‧時論廣場》11 版。

31 日，〈這杯咖啡的溫度剛好〉發表於《中央日報‧副刊》18 版。

〈我家獨製的太陽水〉發表於《講義》第 106 期。

4月 14～15 日，短篇小說〈1230 點〉連載於《聯合報‧副刊》37 版。

30 日，〈「青目覩人少」的詮釋〉發表於《中央日報》19 版。

〈秋光的漲幅〉發表於《講義》第 109 期。

5月 28 日，〈當子夏哭瞎了他的老眼——生命的路仍須前行〉發表於《民生報》30 版。

6月 12 日，〈總統府？規畫？我？〉發表於《中國時報‧人間副刊》35 版。

14 日，〈我所知道的別廷芳〉發表於《聯合報‧副刊》37 版。

19 日，於《中華日報‧副刊》撰寫「有閒來坐」專欄，每週三固定發表，至隔年 6 月 25 日止。

〈開卷與掩卷——請問 X 君什麼時候才能碰到文學？〉發表於《中國現代文學理論》第 2 期。

7月 〈獎金六元〉發表於《講義》第 112 期。

8月 〈那夜的燭光〉發表於《講義》第 113 期。

9月 9 日，〈如果文學碰不到人生最劇烈的悲情〉發表於《中國時報‧人間副刊》19 版。

〈高處何所有〉發表於《講義》第 114 期。

短篇小說〈1230 點〉英文版（1230 Spots）發表於 *The Chinese PEN* 第 97 期。（彭鏡禧翻譯）

《這杯咖啡的溫度剛好》由臺北九歌出版社出版。

12 月 4～5 日，〈塵緣〉連載於《聯合報・副刊》37 版。

〈甘醴〉、〈從夢境裡移植出來的木板橋〉發表於《幼獅文藝》第 516 期。

〈寫給西緬〉發表於《聯合文學》第 146 期。

本年 父親張家閑過世。

1997 年 1 月 12 日，〈不識〉發表於《中國時報・人間副刊》31 版。

17 日，〈同色〉發表於《聯合報・副刊》37 版。

20 日，〈「你們害的！」〉發表於《聯合報・副刊》37 版。

3 月 10 日，〈祇是跟著一個夢走罷了！——邵玉銘《飄泊——中國人的新名字》〉發表於《中央日報・副刊》18 版。

31 日，〈在公路上撒「露奔」花籽的女子〉發表於《中央日報・副刊》18 版。

4 月 〈作文簿上的小說〉發表於《聯合文學》第 150 期。

〈女子層〉發表於《講義》第 121 期。

5 月 14 日，〈寫給荊棘〉發表於《中國時報・人間副刊》27 版。

6 月 12 日，〈阿扁，你跟有一種叫樹的東西有仇嗎？〉發表於《中國時報・人間副刊》27 版。

〈遇見〉發表於《講義》第 123 期。

8 月 〈白千層〉發表於《講義》第 125 期。

《常常，我想起那座山》由天津百花文藝出版社出版。

9 月 〈你失去了什麼？——如果你不懂土典故或洋典故〉發表於《中國現代文學理論》第 7 期。

11 月 14 日，獲頒第 20 屆吳三連散文類文學獎。

14～15 日，〈巨人橋〉連載於《中國時報・人間副刊》27 版。

《「你的側影好美！」》由臺北九歌出版社出版。

1998年 1月 9日，〈廓然〉發表於《中華日報・副刊》16版。

2月 16日，〈再跟我們講個笑話吧！——懷念世棠〉發表於《中國時報・人間副刊》27版。

4月 22日，〈一壺、一灶、一小窗〉發表於《中國時報・人間副刊》37版。

5月 12日，〈我撿到了一張身分證〉發表於《聯合報・副刊》37版。

6月 〈雲鞋〉、〈大蘋果〉、〈樹的名字〉、〈黃花〉發表於《聯合文學》第164期。

7月 14日，〈聊天、喝茶和殺人都是對的〉發表於《聯合報・副刊》37版。

8月 27日，〈燃燒的冰〉發表於《中華日報・副刊》16版。

10月 25日，〈充滿個人色彩的一本散文《垂釣睡眠》〉發表於《中國時報》23版。

12月 21日，〈偷錢事件〉發表於《中華日報・副刊》16版。

31日，〈近照及其他〉發表於《聯合報・副刊》37版。

〈坡丘的聯想——觀楊桂娟《山與狗》之舞和舞臺〉發表於《表演藝術》第72期。

〈尚未倦勒的鳥巢蕨〉發表於《講義》第141期。

〈我撿到了一張身分證〉英文版（Finding An ID）發表於*The Chinese PEN*第106期。（康士林翻譯）

1999年 1月 〈春水初泮的身體——觀雲門《水月》演出〉發表於《表演藝術》第73期。

〈《四郎探母》與三一律〉發表於《復興劇藝學刊》第26期。

2月 1日，〈死亡，你的勝利何在？〉發表於《聯合報・副刊》37版。

		21 日，〈平視，也有美景〉發表於《中華日報・副刊》16 版。
		〈卓文君和她的一文銅錢〉發表於《聯合文學》第 172 期。
	5 月	26 日，〈曾經，此水清清——溪城憶往〉發表於《中華日報・副刊》16 版。
		〈母親・姓氏・里貫・作家〉發表於《臺北畫刊》第 376 期。
	6 月	17～18 日，〈鞦韆上的女子〉連載於《中國時報・人間副刊》37 版。
	7 月	18 日，〈重讀一封前世的信〉發表於《聯合報・副刊》37 版。
2000 年	2 月	17 日，〈如果有人罵你「隔聊」〉發表於《聯合報・副刊》37 版。
	3 月	1 日，〈衣衣不捨〉發表於《中國時報・人間副刊》37 版。
	9 月	主編《小說教室》，由臺北九歌出版社出版。
2001 年	3 月	30 日，〈放爾千山萬水身〉發表於《人間福報・覺世副刊》9 版。
	4 月	23 日，〈有求不應和未求已應〉發表於《聯合報・副刊》23 版。
	8 月	1 日，〈親愛的臺灣〉發表於《中國時報・人間副刊》23 版。
	10 月	2 日，〈道具〉發表於《中國時報・人間副刊》39 版。
	12 月	〈月，闕也〉英文版（The Moon, The Imperfect）發表於 *The Chinese PEN* 第 118 期。（胡守芳翻譯）
2002 年	2 月	7 日，〈一隻舊杯子〉發表於《聯合報・副刊》37 版。
		19 日，〈記憶的集資——一個評審的心路歷程〉發表於《中央日報・副刊》18 版。

	3月	18 日，〈壞事是做不得的〉發表於《中國時報・人間副刊》39 版。
		25～26 日，〈以文學來銘記新的世紀〉連載於《中央日報・副刊》18 版。
	4月	《他？她？》由臺北九歌出版社出版。
		主編《九十年散文選》，由臺北九歌出版社出版。
	6月	27 日，〈誰在「做他自己」？〉發表於《聯合報・副刊》39 版。
	7月	1 日，〈公園裡的小男孩是你嗎？〉發表於《聯合報・副刊》39 版。
		27 日，詩作〈如果你幫我把一個小孩推進大水缸——詠都會兒童〉發表於《中國時報・人間副刊》39 版。
	9月	11 日，〈「痰盂」和女兒〉發表於《聯合報・副刊》39 版。
		〈巷底〉發表於《講義》第 186 期。
	12月	3 日，〈幸福街十二號〉發表於《聯合報・副刊》39 版。
		9 日，〈誰要跟上帝的祕書講話？〉發表於《聯合報・副刊》39 版。
		24 日，〈竊據〉發表於《中國時報・人間副刊》39 版。
		〈食橘者〉發表於《講義》第 189 期。
		〈你真好，你就像我少年伊辰〉英文版（You're So Good, You're Just Like Me When I Was Young）發表於 *The Chinese PEN* 第 122 期。（彭安之翻譯）
2003 年	1月	7 日，〈從前，有個國家……〉發表於《聯合報・副刊》39 版。
	2月	22 日，〈不好好活著？你敢！〉發表於《中華日報・副刊》19 版。

25 日，〈甜蜜的受苦者——劉俠的履歷〉發表於《中國時報・人間副刊》39 版。

3 月　16 日，〈手之澤〉發表於《中國時報・人間副刊》39 版。

19 日，〈我在的，以及我不在的地方——擬劉俠作〉發表於《聯合報・副刊》39 版。

4 月　5 日，〈美目盼兮費雯麗〉發表於《中國時報・人間副刊》39 版。

25 日，〈我所認識的老舍〉發表於《聯合報・副刊》E7 版。

5 月　7 日，〈都是歐副市長惹的禍〉以筆名「可叵」發表於《中國時報・浮世繪》E6 版。

8 日，〈你欠我一個故事〉發表於《中國時報・人間副刊》E7 版。

10 日，〈美娃為什麼還沒死？〉發表於《聯合報・副刊》E7 版。

〈古典小說中所安排的疾病和它的象徵〉發表於《中外文學》第 31 卷第 12 期。

《星星都已經到齊了》由臺北九歌出版社出版。

6 月　12 日，〈當身邊只剩一本書——追念潘重規教授〉發表於《中華日報・副刊》19 版。

20 日，〈誰來盜領？〉發表於《聯合報・副刊》E7 版。

7 月　21 日，〈大阿姨，她的第三十五號學生〉發表於《聯合報・副刊》E7 版。

〈過五關〉發表於《聯合文學》第 225 期。

《你還沒有愛過》由臺北大地出版社出版。

8 月　11 日，〈碎碎唸來〉發表於《中國時報・人間副刊》E7 版。

9 月　11～13 日，〈但願人長久　千里共文學〉連載於《中華日報・副刊》19 版。

10 月　1 日，〈走，怎麼走？〉發表於《聯合報・副刊》E7 版；〈咦？我幹麼要對你好？——想到文學和文學獎〉發表於《中國時報・人間副刊》E7 版。

主編《中華現代文學大系（貳）——臺灣 1989～2003・散文卷》（四冊），由臺北九歌出版社出版。

11 月　21 日，〈文學・獎〉發表於《中國時報・人間副刊》E7 版。

2004 年　1 月　30 日，〈「公投」不如「毋投」〉以筆名「可叵」發表於《聯合報・民意論壇》A15 版。

2 月　8 日，〈薑和蒜〉發表於《聯合報・副刊》E7 版。

16～17 日，〈爍爍的眼睛〉連載於《中國時報・人間副刊》E7 版。

20 日，〈楊貴妃和她的詩〉發表於《聯合報・副刊》E7 版。

3 月　7～9 日，〈我所遇見的崑曲〉連載於《中國時報・人間副刊》E7 版。

4 月　〈那個純真年代〉發表於《幼獅文藝》第 604 期。

5 月　4 日，〈炎方的救贖——讀湯顯祖《牡丹亭》〉發表於《中國時報・人間副刊》E7 版。

10 日，〈那個嫵媚的男人〉發表於《聯合報・副刊》E7 版。

24 日，〈不掩國色——張曉風談散文〉發表於《聯合報・副刊》E7 版。

6 月　《張曉風精選集》由臺北九歌出版社出版。

8 月　30 日，〈急徵小人〉發表於《聯合報・副刊》E7 版。

9 月　《我在》由臺北爾雅出版社出版。

《再生緣》由重慶出版社出版。

10 月 25 日，〈「香蕉式」還是「月亮式」？——聽來的馬達加斯加島的傳說〉發表於《自由時報・副刊》47 版。

12 月 《這杯咖啡的溫度剛好》由臺北九歌出版社出版。

2005 年 1 月 擔任「搶救國文教育聯盟」副召集人。

4 月 《我知道你是誰》由臺北九歌出版社出版。

5 月 15 日，詩作〈總之，我不能對他下毒手——W 和死神道情〉發表於《中國時報・人間副刊》E7 版。

10 月 確診罹患大腸癌第二期。

2006 年 4 月 1 日，〈一封一時不知向何處投遞的信〉發表於《聯合報・副刊》E7 版。

5 月 因即將屆齡退休，陽明大學特編選一本紀念文集，《陽明菁菁曉風拂》由臺北陽明大學出版。

6 月 15 日，〈我搶下了一缽花——寫在退休前〉發表於《聯合報・副刊》E7 版。

16 日，自陽明大學通識教育中心退休。

20 日，〈幸福事件——談痙弦的聲音〉發表於《中國時報・人間副刊》E7 版。

8 月 21 日，〈送你一個字——給一個常在旅途上的女子〉發表於《中國時報・人間副刊》E7 版。

9 月 《他？她？——你的側影好美》由臺北九歌出版社出版。

10 月 5 日，〈代替那些人，我要去坐一坐〉發表於《聯合報・副刊》E7 版。

11 月 12 日，〈賣花人去路還香——懷念胡品清教授〉發表於《聯合報・副刊》E7 版。

20 日，〈不是召喚，是蒙召〉發表於《聯合報・副刊》E7 版。

2007年　1月　7日，〈寶石包袱〉發表於《聯合報・副刊》E7版。
10日，〈我們來看戲，好嗎？〉發表於《中國時報・人間副刊》E7版。
劇本《曉風戲劇集》由臺北九歌出版社出版。
3月　1日，〈什麼東西可以如珠？〉發表於《聯合報・副刊》E7版。
8日，詩作〈順便當眾公然流淚〉發表於《中國時報・人間副刊》E7版。
4月　26日，〈他背著古錦囊〉發表於《中國時報・人間副刊》E7版。
〈誰傾銀漢成孤注——箋注大綱老師〉發表於《聯合文學》第270期。
5月　4～5日，〈懂點文言，才真能品賞臺語哦！——兼談九八課綱中文言白話比例〉連載於《聯合報・副刊》E3版。
主編《小說教室》，由臺北九歌出版社出版。
6月　10日，〈煙鎖池塘柳——酒熏壚案鐏〉發表於《聯合報・副刊》E7版。
《你還沒有愛過》由臺北九歌出版社出版。
8月　3日，〈冰泮〉發表於《聯合報・副刊》E7版。
6日，〈八公尺的愛〉發表於《聯合報・副刊》E7版。
17日，〈名廚，有用嗎？——兼談教改〉發表於《中國時報・人間副刊》E7版。
29日，詩作〈苦等甜點〉發表於《中國時報・人間副刊》E7版。
9月　28日，詩作〈「文武百官　至此下馬」，好嗎？——寫給當朝，在孔誕，而所謂「朝」廷之朝，也是「朝」夕之朝〉發表於《聯合報・副刊》E7版。

11月 19日，詩作〈捱過癌（ㄞ ㄞˊㄞˇㄞˋ歌）——贈海北〉發表於《聯合報・副刊》E7版。

28日，〈不悔〉發表於《聯合報・副刊》E7版。

《步下紅毯之後》由臺北九歌出版社出版。

12月 17日，〈人家鬼神又豈能時時因你而泣——記一場演講兼談寫作取材〉發表於《人間福報・副刊》15版。

2008年 1月 4日，詩作〈現代招飲〉發表於《聯合報・副刊》E7版。

17日，〈小說的紙上祭典〉發表於《中國時報・人間副刊》E7版。

24日，詩作〈擬未婚妻之言——兼致某政黨，在某次大選獲勝之餘〉發表於《聯合報・副刊》E3版。

〈港人曬衣法〉發表於香港《明報月刊》第505期。

4月 〈用地毯來記憶〉發表於香港《明報月刊》第508期。

〈赤壁・東坡・一〇八二年〉發表於《印刻文學生活誌》第56期。

5月 4日，詩作〈三問——問總統，在五四文藝節〉發表於《聯合報・副刊》E3版。

19日，於《中國時報・人間副刊》撰寫「三少四壯集」專欄，每週一固定發表，至隔年5月11日止。

31日，〈六言之美——兼談短文寫作〉發表於《中國時報・人間副刊》E7版。

6月 24日，詩作〈拆開一封2007的信〉發表於《聯合報・副刊》E3版。

7月 〈臺北市最好的事〉發表於香港《明報月刊》第511期。

9月 13日，〈馬上得天下，以後呢？〉發表於《聯合報・副刊》E3版。

〈你為什麼拿這一個？〉發表於《講義》第258期。

	11月	18 日，詩作〈我醉欲眠卿且去——送劉海北教授（1938～2008）〉發表於《聯合報・副刊》E3 版。
		27 日，〈「倒著讀」不如「大了讀」〉發表於《中國時報・人間副刊》E4 版。
	12月	〈華語教師要遭砍頭？〉發表於香港《明報月刊》第 516 期。
		〈我會念咒〉發表於《講義》第 261 期。
2009年	1月	6 日，〈聖經　真正的好書〉發表於《聯合報》A6 版。
		短篇小說〈玫瑰事件〉發表於《文訊》第 279 期。
	2月	〈垃圾堆與天人合一〉發表於香港《明報月刊》第 518 期。
	4月	7 日，〈安全的冒險——談鬼戲〉發表於《聯合報・副刊》E3 版。
		〈香港第二美景〉發表於香港《明報月刊》第 520 期。
		《玉想》由臺北九歌出版社出版。
	5月	1 日，〈「我的車小！」〉發表於《聯合報・副刊》D3 版。
		4 日，獲頒本年度中興榮譽文藝獎章。
	7月	10 日，詩作〈遙寄橋橋〉發表於《聯合報・副刊》D3 版。
		16～17 日，〈莎小妹和蘇小妹〉連載於《聯合報・副刊》D3 版。
		〈「八月十五日不是我的真生日！」——記 1949 的離散情節〉發表於《文訊》第 285 期。
		《曉風吹起》由臺北文經出版社出版。
	8月	5 日，〈反義詞——答肇慶市的麥姓小友〉發表於《聯合報・副刊》D3 版。
		25 日，〈他的信，我不敢看第四遍〉發表於《聯合報・副刊》D3 版。

30 日，〈林語堂、梁實秋、趙寧〉發表於《中國時報・周日旺來報》，「人間新舞臺」6 版。

〈「你，還在『人間』嗎？」——悼念「亦狂亦俠亦溫文」的信疆〉發表於《文訊》第 286 期。

9 月　4～5 日，兒童文學〈繡球花上的小紫蝶又回來了〉連載於《國語日報・兒童文藝》11 版。

18～19 日，兒童文學〈阿金和阿玉〉連載於《國語日報・兒童文藝》11 版。

28 日，詩作〈燈下，那人端坐讀《大學》——為 2560 孔誕而作，兼贈某法官〉發表於《聯合報・副刊》D3 版。

《送你一個字》由臺北九歌出版社出版。

10 月　2～3 日，兒童文學〈森林裡的兩棵樹〉連載於《國語日報・兒童文藝》11 版。

16～17 日，兒童文學〈打來打去〉連載於《國語日報・兒童文藝》11 版。

30～31 日，兒童文學〈小彈和他的謊言〉連載於《國語日報・兒童文藝》11 版。

主編《中華現代文學大系（貳）——臺灣 1989～2003・散文卷（一）》、《中華現代文學大系（貳）——臺灣 1989～2003・散文卷（二）》，由臺北九歌出版社出版。

11 月　13～14 日，兒童文學〈白雲・晚霞・攝影家〉連載於《國語日報・兒童文藝》11 版。

《從你美麗的流域》由臺北爾雅出版社出版。

主編《中華現代文學大系（貳）——臺灣 1989～2003・散文卷（三）》、《中華現代文學大系（貳）——臺灣 1989～2003・散文卷（四）》，由臺北九歌出版社出版。

12 月　1～2 日，〈護井的人——寫范我存女士〉連載於《聯合報・副刊》D3 版。

29 日，詩作〈我的朋友都很安全——關於我的電話簿，兼侃外子以及自己〉發表於《中國時報・人間副刊》E4 版。

2010 年　1 月　8～9 日，兒童文學〈老黃和野咪〉連載於《國語日報・兒童文藝》11 版。

22～23 日，兒童文學〈密斯脫全新〉連載於《國語日報・兒童文藝》11 版。

2 月　5～6 日，兒童文學〈在筆筒裡〉連載於《國語日報・兒童文藝》11 版。

9～10 日，〈朋友・身體〉連載於《聯合報・副刊》D3 版。

19～20 日，兒童文學〈那天　跟外婆一起收拾〉連載於《國語日報・兒童文藝》11 版。

3 月　5～6 日，兒童文學〈外婆名字背後的祕密〉連載於《國語日報・兒童文藝》11 版。

19～20 日，兒童文學〈抽屜裡的祕密〉連載於《國語日報・兒童文藝》11 版。

〈年輕時碰到的一本書〉發表於《文訊》第 293 期，「東門町雜俎」專欄。

4 月　15～17 日，兒童文學〈天使檔案〉連載於《國語日報・兒童文藝》11 版。

30 日，兒童文學〈雅文小天使〉連載於《國語日報・兒童文藝》11 版，至 5 月 1 日止。

5 月　4～5 日，〈報告總統，我可以有兩片肺葉嗎？〉連載於《聯合報・副刊》D3 版。

12 日，〈生活筆記簡訊〉發表於《中國時報・人間副刊》E4 版。

14～15 日，兒童文學〈清明之後〉連載於《國語日報‧兒童文藝》11 版。

25 日，詩作〈撿起不知什麼人丟下的菸蒂——懷念救國團宋時選主任，兼向宋師母致敬〉發表於《聯合報‧副刊》D3 版。

28～29 日，兒童文學〈天使立志書〉連載於《國語日報‧兒童文藝》11 版。

《再生緣》由臺北九歌出版社出版。

6 月　4 日，詩作〈感恩篇——為「202 案」自勉〉發表於《聯合報‧副刊》D3 版。

11～12 日，兒童文學〈新天使的第一天〉連載於《國語日報‧兒童文藝》11 版。

25～26 日，兒童文學〈誰替嘻嘻哈擦了口水？〉連載於《國語日報‧兒童文藝》11 版。

〈「我好奇，你當時為什麼來救我們？」〉發表於《文訊》第 296 期，「東門町雜俎」專欄。

7 月　9～10 日，兒童文學〈我要去講給同學聽！〉連載於《國語日報‧兒童文藝》11 版。

23 日，詩作〈包包——友人贈母親包包，代賦〉發表於《聯合報‧副刊》D3 版。

23～24 日，兒童文學〈勸說天使〉連載於《國語日報‧兒童文藝》11 版。

8 月　6～7 日，兒童文學〈聆聽天使〉連載於《國語日報‧兒童文藝》11 版。

20～21 日，兒童文學〈這些魚　是哪裡來的？〉連載於《國語日報‧兒童文藝》11 版。

9 月　3～4 日，兒童文學〈哈齊齊的請客名單〉連載於《國語日報・兒童文藝》11 版。

17～18 日，兒童文學〈我們提了十二串香蕉來了！〉連載於《國語日報・兒童文藝》11 版。

〈雞婆救書記〉發表於《文訊》第 299 期，「東門町雜俎」專欄。

10 月 1～2 日，兒童文學〈不知道自己是天使的天使〉連載於《國語日報・兒童文藝》11 版。

15～16 日，兒童文學〈不要不看人！〉連載於《國語日報・兒童文藝》11 版。

25 日，〈報告總統，我錯了——讓臺灣再光復一次吧！〉發表於《聯合報・副刊》D3 版。

29～30 日，兒童文學〈藍得如此如此的藍〉連載於《國語日報・兒童文藝》11 版。

11 月 10 日，〈給慈濟上人的公開信〉發表於《中國時報・時論廣場》A16 版。

29 日，〈為她燃起一百萬隻蠟燭——為新希望基金會的善願祝福〉發表於《中國時報・人間副刊》E4 版。

12 月 3～4 日，兒童文學〈站在木頭箱子上的演說家〉連載於《國語日報・兒童文藝》11 版。

17～18 日，兒童文學〈風很和氣　一點也不兇〉連載於《國語日報・兒童文藝》11 版。

〈說到白咖啡〉發表於《文訊》第 302 期，「東門町雜俎」專欄。

《張曉風散文精選》由武漢長江文藝出版社出版。

2011 年 1 月 《不朽的失眠：張曉風散文中英對照》由臺北九歌出版社出版。（彭鏡禧、吳敏嘉、康士林等翻譯）

《別人的同學會》、《那夜的燭光》、《遊園驚夢》由江蘇文藝出版社出版。

2月　14 日，〈爭來 1 小時　怎麼讀孔孟？〉發表於《聯合報・民意論壇》A15 版。

3月　〈七公分的甘泉——隨口做好事〉發表於《文訊》第 305 期，「東門町雜俎」專欄。

6月　7 日，〈連鬼都愛作詩——唐朝的詩彷彿簡訊〉發表於《中國時報・人間副刊》E4 版。

〈有少作可悔，幸甚〉發表於《文訊》第 308 期，「東門町雜俎」專欄。

《地毯的那一端》由臺北九歌出版社出版。

7月　5 日，〈他年的魂夢歸處——記陽明，我優游其間三十六年的學校〉發表於《聯合報・副刊》D3 版。

26 日，〈阿塱壹古道之歌〉發表於《聯合報・副刊》D3 版。

29 日，〈荒謬的修路邏輯〉發表於《中國時報・時論廣場》A24 版。

9月　〈行過百年一女子〉發表於《文訊》第 311 期，「東門町雜俎」專欄。

10月　4 日，〈劇本——比詩集更為劇毒〉發表於《聯合報・副刊》D3 版。

兒童文學《抽屜裡的祕密》由臺北國語日報社出版。

12月　〈山寨版的齊王盛饌〉發表於《文訊》第 314 期，「東門町雜俎」專欄。

本年　母親謝慶歐過世。

2012年　1月　14 日，以親民黨不分區立委候選人身分，當選第八屆立法委員。

30～31 日，〈那五個有超能力的壯丁做了什麼事？〉連載於《中國時報‧人間副刊》E4 版。

2 月 12 日，〈誰不急需故事呢〉發表於《國語日報》12 版。

17 日，〈詠物，物是什麼？——有人問我為什麼寫〈詠物篇〉〉發表於《聯合報‧副刊》D3 版。

3 月 2 日，〈去找個小小的祕境吧！〉發表於《聯合報‧副刊》D3 版。

4 月 9～12 日，兒童文學〈那隻變成王子的青蛙〉連載於《國語日報‧兒童文藝》11 版。

30 日，〈房春明只是配合演出啦！〉以筆名「可叵」發表於《聯合報‧副刊》D3 版。

兒童文學《誰是天使？》由臺北九歌出版社出版。

5 月 《看古人扮戲——戲曲故事》由臺北時報文化出版公司出版。

7 月 7 日，〈如此而已——寫給一位新鮮的寫作人〉發表於《聯合報‧副刊》D3 版。

8 月 10 日，詩作〈紅紅的蓮霧落了一地——兼問天：「小孩，都去了哪裡？」〉發表於《中國時報‧人間副刊》E4 版。

9 月 7 日，詩作〈釣魚臺對話——哈哈哈，不知這首詩，外交部徵文願意給獎否？〉以筆名「可叵」發表於《聯合報‧副刊》D3 版；詩作〈而今安在哉？——致某保釣老將〉以筆名「可叵」發表於《中國時報‧人間副刊》E4 版。

2013 年 1 月 30 日，〈在那裡，蜥蜴與他互換眼神〉發表於《中國時報‧人間副刊》E4 版。

31 日，詩作〈觀畫訣——赴臺東美術館觀席慕蓉畫作有感〉發表於《聯合報‧副刊》D3 版。

3 月 4 日，詩作〈他們說，她不該繫上那條花裙——哭泰戈爾的妹妹〉發表於《聯合報‧副刊》D3 版。

15 日，辭去立法委員職務。

6 月 12 日，詩作〈白袍——寫給陽明大學第 34 屆加袍典禮〉發表於《中國時報・人間副刊》E4 版。

9 月 12 日，〈千古是非心　一夕漁樵話——觀《阿罩霧風雲》電影有感〉發表於《聯合報・副刊》D3 版。

10 月 28 日，〈窺浴〉發表於《中國時報・人間副刊》D4 版。

12 月 《臺灣動物之美》由臺北市立動物園出版。

2014 年 1 月 15 日，〈「人為萬物之靈」，真的嗎？〉發表於《聯合報・副刊》D3 版，「牠們是和我們作伙的」專欄。

20 日，〈臺灣奇蹟——櫻花鉤吻鮭〉發表於《中國時報・人間副刊》D4 版。

22 日，〈說到「麗」這個字的模特兒〉發表於《聯合報・副刊》D3 版，「牠們是和我們作伙的」專欄。

29 日，〈唯一不值得珍惜的是——牠的命〉發表於《聯合報・副刊》D3 版，「牠們是和我們作伙的」專欄。

2 月 5 日，〈山羌的小確幸〉發表於《聯合報・副刊》D3 版，「牠們是和我們作伙的」專欄。

11 日，〈羊和美〉發表於《中國時報・人間副刊》D4 版。

12 日，〈水獺，用了太多好材料〉發表於《聯合報・副刊》D3 版，「牠們是和我們作伙的」專欄。

15 日，應邀擔任香港大學中文學院年度駐校作家，至 4 月 14 日結束。

19 日，〈寫給雲新〉發表於《聯合報・副刊》D3 版，「牠們是和我們作伙的」專欄。

26 日，〈你看過ㄕˊㄏㄨˇ嗎？〉發表於《聯合報・副刊》D3 版，「牠們是和我們作伙的」專欄。

3 月 5 日，〈麝過春山草自香〉發表於《聯合報・副刊》D3

版，「牠們是和我們作伙的」專欄。

12 日，〈長舌族與另類詩人〉發表於《中國時報・人間副刊》D4 版；〈「匆——匆——匆溜」啊！〉發表於《聯合報・副刊》D3 版，「牠們是和我們作伙的」專欄。

18 日，〈那條通體瑩碧、清涼柔軟的緬甸翠玉〉發表於《聯合報・副刊》D3 版，「牠們是和我們作伙的」專欄。

4 月 7～10 日，兒童文學〈房子國的眾生圖〉連載於《國語日報》7 版。

〈讓母子得遂其初——記 30 年前寫〈許士林的獨白〉的原委〉發表於《文訊》第 342 期。

6 月 16 日，〈真敵——寫在黃埔軍校九十週年校慶日〉發表於《中國時報・人間副刊》D4 版；〈頭寄頸項了無恨　夢縈江山真有情——記一位「黃埔人」，於黃埔建校 90 週年之際〉發表於《聯合報・副刊》D3 版。

9 月 開始於香港《明報月刊》撰寫「心田集」專欄。

12 月 14 日，詩作〈飽蠹之歌〉發表於《聯合報・副刊》D3 版。

2015 年 1 月 《放爾千山萬水身——張曉風旅遊散文精選》由臺北九歌出版社出版。

4 月 12 日，〈古人的幻事——兼談《化人遊》的演出〉發表於《聯合報・副刊》D3 版。

28～29 日，〈山事〉連載於《中國時報・人間副刊》D4 版。

6 月 12 日，〈趨〉發表於《中國時報・人間副刊》D4 版。

7 月 17 日，〈生生——記 2014 春天的幸事〉發表於《聯合報・副刊》D3 版。

〈高級誠實——人物品藻〉發表於《文訊》第 357 期。

9 月 15 日，〈在眾生的眉目間去指認〉發表於《中國時報・人間副刊》D4 版。

11 月　2 日，詩作〈中山堂竹枝詞〉發表於《中國時報・人間副刊》D4 版。

10 日，〈那棵異鄉的大樹……〉發表於《聯合報・副刊》D3 版。

12 月　17 日，〈橋廊及橋廊所見〉發表於《中國時報・人間副刊》D4 版。

2016 年　1 月　1 日，〈在 D 車廂〉發表於《聯合報・副刊》D3 版。

28 日，〈花樹下，我還可以再站一會兒——風雨並肩處，記得歲歲看花人〉發表於《聯合報・副刊》D3 版。

2 月　5 日，〈丁香方盛處〉發表於《聯合報・副刊》D3 版。

7 月　14 日，〈一篇四十年前的文章〉發表於《中國時報・人間副刊》D4 版。

9 月　12 日，〈一部美如古蕃錦的花間集——談千年前蜀中「遠域文學」〉發表於《聯合報・副刊》D3 版。

22 日，〈幾乎沒有指紋的手指〉發表於《中國時報・人間副刊》D4 版。

28 日，詩作〈他的風姿——一個教師為學生的祈禱〉發表於《聯合報・副刊》D3 版。

11 月　3 日，〈我的第一口天之美祿〉發表於《聯合報・副刊》D3 版。

17 日，詩作〈走走蹭蹭　蹭蹭走——道情歌〉發表於《聯合報・副刊》D3 版。

2017 年　1 月　11 日，〈這些芒果，是偷來的嗎？〉發表於《聯合報・副刊》D3 版。

2 月　26 日，〈「你得給我盛餃子！」〉發表於《自由時報・副刊》D5 版。

《花樹下，我還可以再站一會兒》由臺北九歌出版社出版。

4月　19 日，〈她說，前方有一棵樹〉發表於《自由時報・副刊》D9 版。

6月　1 日，〈日本故事中的風沙與皮箱〉發表於《中國時報・人間副刊》C4 版。

7月　6～7 日，〈寫給外公——兼懷上一代英靈〉連載於《聯合報・副刊》D3 版。

8月　16～18 日，兒童文學〈祖母的寶盒〉（改寫舊作）連載於《國語日報》7 版。

9月　18 日，〈除了為小水獺垂淚之外〉發表於《聯合報・副刊》D3 版。

參考資料：

- 文訊雜誌社編，《光復後臺灣地區文壇大事記要（增訂本）》，臺北：文訊雜誌社，1995 年 6 月。
- 金明瑋，《張曉風》，臺北：行政院文建會，2004 年 12 月。
- 張曉風，《地毯的那一端》，臺北：大林出版社，1969 年 6 月。
- 張曉風，《我在》，臺北：爾雅出版社，1984 年 9 月。
- 張曉風，《從你美麗的流域》，臺北：爾雅出版社，1988 年 7 月。
- 張曉風，《玉想》，臺北：九歌出版社，1990 年 7 月。
- 張曉風，《我知道你是誰》，臺北：九歌出版社，1994 年 9 月。
- 張曉風，《這杯咖啡的溫度剛好》，臺北：九歌出版社，1996 年 9 月。
- 張曉風，《「你的側影好美！」》，臺北：九歌出版社，1997 年 11 月。
- 張曉風，《星星都已經到齊了》，臺北：九歌出版社，2003 年 5 月。
- 張曉風，《送你一個字》，臺北：九歌出版社，2009 年 9 月。
- 張曉風著；彭鏡禧、吳敏嘉、康士林等譯，《不朽的失眠：張曉風散文中英對照》，臺北：九歌出版社，2011 年 1 月。

・張曉風，《誰是天使？》，臺北：九歌出版社，2012 年 4 月。

・張曉風，《花樹下，我還可以再站一會兒》，臺北：九歌出版社，2017 年 2 月。

輯三◎

研究綜述

張曉風研究綜述

◎徐國能

一、緒言

張曉風（1941～）有多重身分，一生經歷教授、學者、環保工作者、國文教育改革者、國會議員等職位，但她最重要的身分，還是作家，「作家」應該是她最初，也必然會永遠伴隨她的頭銜。

張曉風在寫作上的才華與努力無庸置疑，少年時即顯露文學才華，一生風格屢變，至今仍執筆不輟，臺灣最重要的榮譽獎項都曾頒贈給她，如：中山文藝獎（《地毯的那一端》，1967 年，第二屆）、國家文藝獎（《步下紅毯之後》，1980 年，第五屆）及吳三連文學獎（1997 年，第 20 屆）等；而徵文型的獎項，如時報文學獎[1]及聯合報文學獎[2]等，她也多次獲得。張曉風的寫作層面十分廣泛，文類上，不斷嘗試各類型寫作，遍及新詩、散文、小說、戲劇劇本、兒童文學、歌詞等，凡所涉及，都有相當亮眼的成就。風格上，張曉風以柔美深情的抒情作品為開端，但也有幽默諷刺、尖酸辛辣的批判作品，近年更是結合環保與教育議題，拓展了文字的關懷層面。

張曉風的創作以深厚的國學修養為基底，復加以心思靈敏善感，對語言操縱自如，因此總能隨時敏捷，創造出具有時代意味的深沉作品；同時

---

[1]1978 年，〈新燈舊燈——林安泰古厝拆除一日記實〉獲第一屆報導文學佳作獎。1979 年，〈許士林的獨白〉獲第二屆散文推薦獎。1980 年，〈再生緣〉獲第三屆散文優等獎。1981 年，〈夜診〉獲第四屆報導文學推薦獎佳作。

[2]1980 年，〈海鮮〉獲第五屆極短篇小說獎。

她少年時期即接受基督信仰，作品中也經常流露對世間的愛與悲憫，天真溫柔的筆觸又有另一種不同的風貌。而她辛辣的雜文、幽默的小品，也構成了她的另一種文體面向。放眼文壇，楊牧、余光中詩文並美，崛起為永難超越的高峰；劉大任、駱以軍在散文及小說上都有傑作，也信能傳諸後世；但像張曉風這樣全才而多面的作家，可以說是臺灣文壇數十年來極為罕見的現象。張曉風各類作品都有相關評論，不過多數仍集中在作品最多、影響最大的散文創作及舞臺劇劇本創作兩類之上。

張曉風在 1964 年步入婚姻，1966 年出版了第一本散文集《地毯的那一端》，一直到今年，張曉風的散文創作仍在持續，2 月時出版了《花樹下，我還可以再站一會兒》（九歌，2017）；舞臺劇劇本則始於 1969 年的〈畫〉，其後共寫了〈自烹〉、〈和氏璧〉、〈武陵人〉、〈嚴子與妻〉、〈第五牆〉、〈第三害〉、〈一匹馬的故事〉、〈猩猩的故事〉、〈位子〉等九齣名劇，收錄於《曉風戲劇集》（九歌，2007），本文有關她的評論與研究主要包含這兩部分。

評述張曉風散文和舞臺劇劇本的名家甚多，本文所論及者，不僅在能析其意涵、解其構造，同時亦期許這些篇章能呈現張曉風多元的創作樣貌及真實的時代感受。尤其可注意者，張曉風不僅是一位作家，也是一位敏銳的觀察者與精準的論述者，自剖其作，往往也有他人所不能及者，故本文中亦採納了張曉風的夫子自道，期待能呈現半個世紀以來，中外學人對張曉風的整體評價。

二、張曉風其人

雖然目前並沒有張曉風的專屬傳記，但在臺灣，迄今（2017 年 7 月）有二本博士論文，16 種碩士論文和張曉風相關；中國大陸方面則有六部碩士論文以張曉風為研究對象。這些著作都包含了張曉風的人生經歷和重要事蹟的陳述，勾勒出張曉風完整的人生面貌。在涉及張曉風個人形象及內涵的論述中，我認為主要呈現了兩個部分：1.張曉風對自我的深度自覺；2.內在思想的中西並具。以下分述之：

（一）深度的自覺

2013 年，張曉風請辭親民黨立法委員一職，政治評論家王健壯在〈張曉風果然「非常的桑科」〉一文中，注意到張曉風早期的筆名「桑科」，這是她 1973 年，用來寫諷刺小品文的筆名，後集結出版了《桑科有話要說》（時報，1980），王健壯說：

> 有人曾問張曉風何以取名桑科？她說：「我不是一流人才，只能算個桑科型人物，跟著理想主義往前衝」。桑科本來是個農民，後來跟著唐吉訶德追尋騎士夢；張曉風本來是個作家，70 歲時跟著親民黨，或者說宋楚瑜，追尋政治夢。[3]

張曉風未必不是「一流人才」，但她對於自己的認識和反省，卻相當敏銳、直接。桑科（Sancho Panza）是《唐吉訶德》中的重要角色，陪伴、見證了唐吉訶德的騎士精神，張曉風除了謙遜自我之平凡，也強調內心懷有追求理想與保持無畏的氣質，她在《地毯的那一端・自序》中採錄了一段她與老師對話後的自省：

> 「如果將來的文學史，獨有我們這一代是一個空檔，別人可以不負責任，我們卻無以辭其咎！」
> 他點點頭，我知道，他的心裡有著同樣的沉重。
> 其實，我也可以不想這些問題的。我還這樣年輕，天下事無論如何是輪不到我來憂愁的。引一代文學為一己之咎，是未免太張狂了。但是天生成我有比別人熱的血，比別人敏感的心，遂使我不能不背負著這些神聖的憂愁。[4]

---

[3]王健壯，〈張曉風果然「非常的桑科」〉，「天下獨立評論」網站（2013 年 3 月 18 日，網址：http://opinion.cw.com.tw/blog/profile/45/article/210），瀏覽日期：2017 年 10 月 27 日。
[4]張曉風，〈自序〉，《地毯的那一端》（臺北：文星書店，1966 年），頁 2～3。

「我還這樣年輕，天下事無論如何是輪不到我來憂愁的」這是她對自我存在之清醒認知；但她隨即又自勉「使我不能不背負著這些神聖的憂愁」，這就是她自覺的理想性，這時張曉風還不到25歲。

而這種青年時期的天真情懷，在往後的歲月，往往因為成長而不免自嘲，但張曉風在2011年的新版自序中說：

> 古人便有「悔其少作」的話，意思是指年老了，回頭去看自己年輕時的作品難免覺得幼稚不成熟，因而生悔心。我回頭校對自己，卻並不覺得有抱歉之必要，這倒不是傲慢，而是因為一生有點長，「行年五十，而知四十九之非」，同理，「行年九十，而知八十九之非」，一個人如果一路悔其前愆，那真要悔個不完了。我的想法相反，我很慶幸當年曾留下少作。[5]

能對自己的作品真誠地作出回顧與評價，這是張曉風迥然不同於其他作者的地方。而她筆下時時流露出的堅定、自信和小小幽默，也是她個人最真實的寫照，文如其人，在張曉風自述性的文字中，最能體現此觀。

（二）中國與基督

思想內涵往往決定了一位作家的寫作方向和作品高度，有關張曉風思想的成形，論者亦多，瘂弦便曾記載：

> 張曉風曾在一次記者訪談中表示，影響她最大的兩部書，一是《聖經》，另一是《論語》。這兩部同屬語錄性質的典範著述，是她人生信仰和文學思想的源頭活水。在寫作上，無論她的想像怎樣恣意馳騁、天馬行空，這中西兩部大經大典，永遠是她作品中反覆出現的原型意象和原型敘述。[6]

---

[5]張曉風，〈有少作可悔，幸甚——二〇一一年新版序〉，《地毯的那一端》（臺北：九歌出版社，2011年），頁20。

[6]瘂弦，〈散文的詩人——張曉風創作世界的四個向度〉，《張曉風精選集》（臺北：九歌出版社，2004年），頁16。

《論語》和《聖經》分別代表張曉風心中兩個文化傳統和價值體系，當然，除了《論語》以外，張曉風作品中取材中國傳統元素也是她的創作特色，熟悉張曉風作品的讀者或許可以立刻想到散文如〈許士林的獨白〉，戲劇如〈和氏璧〉、〈武陵人〉、〈嚴子與妻〉等，都是取材中國傳統故事再加以轉化擴寫而成的名篇；但其實深入張曉風的各個篇章，都存在著中國文化的韻味。

曾昭旭在《再生緣・序》中稱此書是「一個民族主義者的自白」[7]，這裡的「民族主義」並非指狹隘的民族優越論或民族優先論，而是對自我民族文化的孺慕，以及欲復興民族文化的大志，正如張曉風自己所謂：「因為我們愛我們民族的年齡，因為我們肯定我們民族的歲月，所以我們持守了我們對舊文化的信仰和喜悅。……當我和你說話，我的舌上吐露著五千年來的語言，每一個中國人，活著，站在地球上，他本身就是歷史中國，他本身就是文化中國。」[8]一生受惠於文化中國的張曉風，對於中國文化的崇慕是她思想上最基礎也重要的特質。

其思想情懷除了來自中國傳統文化，基督教信仰也深切影響了張曉風，她曾自道：「我覺得，人活著，最大的權利是享受美，最大的義務是製造美。我接受基督，是因為知道除此之外，別無他途使人生真正完美……我期望人人都建立起美的王國。」[9]可見基督精神與她美的創造，有密不可分的關係。

以張曉風基督信仰介入文學創作的討論是張曉風研究中的一個重點，許多學位論文在敘述張曉風生平都必然涉及到此一觀點。年輩與曉風相近的夏祖麗，在 1973 年便曾注意到張曉風的宗教情懷：「她（曉風）認為宗教能使人的感情和同情更敏銳、更強烈。在這個人們彼此孤立的社會中，宗教往往能使全世界有了宗族感」[10]，順便一提，本篇簡單的文字也敘述了

---

[7]曾昭旭，〈序〉，《再生緣》（臺北：爾雅出版社，1982 年），頁 7。
[8]張曉風，〈癒合的桂樹〉，《再生緣》，頁 242～243。
[9]張曉風，〈自序〉，《畫愛》（臺北：校園團契出版社，1971 年），頁 3。
[10]夏祖麗，〈曉風在地毯的這一端〉，《她們的世界》（臺北：純文學出版社，1973 年），頁 263。

張曉風作為妻子與母親的忙碌形象，這與我們熟悉由張曉風自己建構的溫婉女性形象頗有一些落差。

有關基督精神的討論，中國學者楊劍龍〈一個是「中國」，一個是「基督教」——論張曉風的創作與基督教文化〉一文也細剖基督精神和曉風作品的關係，文中指出，她不論寫人寫景，其中都蘊藏基督無私、博愛的精神。斯洛伐克的學者馬立安・高利克，也在〈評張曉風初登文壇的小說〈哭牆〉〉一文中提到了信仰對文學的作用，並比較了影響女作家冰心和張曉風的《聖經》經文，並說：「冰心、張曉風兩人都是受到泰戈爾影響的典型，是他的詩歌和哲學帶領她們進入到基督教的世界之中。」[11]

在現有的資料中，張曉風的自述呈現了她熱情追求真理與藝術的生命型態，是理想主義的追隨者，對自己的創作有自覺亦有自省，溫柔而尖銳，富於嘗試的文字，亦代表了她的完整個性。其他研究者對她的敘述，則是注意到她對中國傳統文化的懷抱，以及深受基督精神博愛奉獻的影響。其實，張曉風在 2012 年紀州庵的演講「那些年，我們一起追求的文學」中提到了民國 38 年到 50 年間的文學發展，她認為當時「古典文學」的研究和「西方文學」的吸收是當時文學成長的要素，而張曉風也正是在這樣的環境氛圍中所成長起來的，時代風潮在她的思想內涵上留下了深深的痕跡。

三、散文評價

張曉風對於自己的散文寫作有強烈的自覺與使命感，她在第一本著作《地毯的那一端・自序》中用《聖經》裡「五餅二魚」的故事來形容自己的寫作：「當一個人的奉獻在物質之外還包含著他全部的熱愛時，其力量是

[11]冰心受到《聖經・詩篇 19：1》：「諸天訴說神的榮耀，蒼穹傳揚他的手段」，曉風則是《聖經・約翰一書 4：9》：「神差他的獨生子來到世間，使我們藉著他得生，神愛我們的心在此就顯明了。」引自《華文文學》第 115 期（2013 年 4 月），頁 113。

足以排山倒海的。」而她的散文集就是「說明曾有一個女孩子那樣熾烈地愛過這世界」。

以愛之名、以奉獻之名，張曉風在自述中完整說明了她的創作動機和高度。但為何選擇「散文」這個文類呢？張曉風為《我在》出版 20 年寫的序文中，以「我喜歡散文」為標題，說明了她選擇散文創作的最基本原因，她舉出三個對比：

詩如酒，散文如水。
詩如舞，散文如行路。
詩如唱歌，散文如說話。

以此指出散文樸實無華、易學難工的特質，她說：「它（散文）和讀者素面相見，卻足感人。它憑藉的不是招數，而是內功。」

影響張曉風散文評價最重要的一篇評論，是余光中〈亦秀亦豪的健筆——我看張曉風的散文〉[12]，後來討論張曉風散文，幾乎必然引用此文，陳芳明在 2016 年出版的《臺灣新文學史》，論及張曉風，也必須討論余光中此文的觀點。

余光中視野寬宏，將國民政府遷臺後臺灣散文區別為四代，第一代如梁實秋、第二代如琦君、第三代如王鼎鈞、第四代如林清玄，而當時 40 歲的張曉風，為余氏劃歸在第三代中，其特色是擺脫了「五四」以來的影響，接受了「現代文藝」的洗禮，在語言和內容上都和前兩代作家有所區隔。「現代化」是余光中此文著力陳述的觀點，他早期曾認為：「至少有三個因素使早期的曉風不能進入現代：中文系的教育，女作家的傳統，五四新文學的餘風」，但他在此文推翻自己過去的觀點，承認曉風：

---

[12]此文初發表於 1981 年《聯合報》，後收錄於《張曉風精選集》，亦收錄於《余光中跨世紀散文》（臺北：九歌出版社，2008 年）。

> 免於一般西化的時尚，既不亂嘆人生的虛無，也不沉溺文字的晦澀……不自囿於所謂「舊文學」……既少飽飣其表的四字成語或經典名言，也無以退為進以酸為雅的謙虛作態……能夠擺脫許多女作家，尤其是一些散文女作家常有的那種閨秀氣。

此外，「題材上頗見拓展」、「精神領域如何開闊」、「用知性來提升感性」、「把小我拓展到大我」等語，為張曉風散文作了最完整的定調，陳芳明說：「張曉風以實踐的方式，使余光中的散文革命主張獲得了響應」[13]，正可以解釋余光中對張曉風的肯定。

張曉風散文不僅思想靈犀而深具啟發，讀者應對她文字靈妙無方也感到印象深刻，詩人瘂弦在〈散文的詩人——張曉風創作世界的四個向度〉中很精確指出了張曉風散文的特色，包括：「文學的原型」、「散文的詩學」、「性別的賦格」、「華茂的辭章」。

本文最重要的，在賦予張曉風「美文作家」的意義。

所謂的美文，乃指「她掌握到中國散文那種以詩為主軸的精神，從而營造出她獨特的寫作風格」，瘂弦進一步解釋，張曉風的美文，「不只是修辭的勝利，更重要的是意象的勝利。」[14]將詩的概念寫入散文中而能傳達藝術之思與成就風格，這是張曉風最值得品味的藝術創造。除此，瘂弦另指出張曉風散文的一個不可忽視的特質，即作品中同時存在陰陽二元的聲部，這不是以生理性別作為區分，而是從文章風格、理想與關懷層面來著眼；瘂弦認為曉風：「『柔情的守護人』的夏娃背後，還隱藏著一個象徵『嚴厲力量』的亞當」，後者乃體現於「詠史和表現大我的意圖上」，盛讚她是「一個高舉現實主義和浪漫主義風旗的勇士」。

瘂弦此文一方面解釋了張曉風散文真正的藝術創造，一方面也提供了讀者超越性別的思考，「女作家」一詞的文化脈絡和風格指向是否適用於張

[13]陳芳明，《臺灣新文學史》（臺北：聯經出版公司，2011 年），頁 469。
[14]瘂弦，〈散文的詩人——張曉風創作世界的四個向度〉，《張曉風精選集》，頁 22、24。

曉風？

2006 年，麥田出版公司出版了由陳芳明、張瑞芬主編的《五十年來臺灣女性散文》，包括「選文篇」和「評論篇」，張曉風自然廁身其中。學者張瑞芬〈鞦韆外的天空——論張曉風散文〉大致指出了曉風寫作的歷程，她認為：

> 張曉風早期散文的風格類似張秀亞、胡品清、艾雯，許多書信式的體裁，喃喃傾訴的告白，在新綠耀眼，靈心早慧之餘，似未能超越前人的格局，……1970 年代中期到 1980 年代中期，是張曉風散文成就的高峰，……1990 年代，張曉風筆力雖不減當年，《玉想》、《我知道你是誰》以降，含蓄蘊藉，多以短文出現，成為她散文寫作的第三期，往昔氣勢磅礴的長篇散文，似乎已難再現。[15]

「三期論」勾勒出張曉風創作歷程的輪廓，可以注意的是，張瑞芬在該文中提到「（張曉風）1973 年開始以『桑科』、『可叵』為筆名寫一系列插科打諢的雜文」，這裡指的應是《桑科有話要說》、《幽默五十三號》（九歌，1982）、《通菜與通婚》（九歌，1983）三本具有諷刺意味的雜文小品。

臺灣幽默文學的傳統，自早期的林語堂，稍晚的夏元瑜，爾後的王大空、趙寧等，都有個人特色與時代感；張曉風的《桑科有話要說》、《幽默五十三號》和《通菜與通婚》，也可看作是幽默文學的傳統。幽默文學在臺灣的寫作，多以短小雜文的方式呈現，不事文字雕琢，但求一語中的，這和張曉風賴以成名的「美文」，正屬兩個極端，但她也能相當自然從容地出入兩者之間，寫出使人會心的佳構。

王大空〈藉機風光風光——寫在《幽默五十三號》出版之前〉、沈謙〈跳脫傳神的諷喻文學——評張曉風《幽默五十三號》〉、趙寧〈我讀可

---

[15]張瑞芬，〈鞦韆外的天空——論張曉風散文〉，《五十年來臺灣女性散文・評論篇》（臺北：麥田出版公司，2006 年），頁 169～172。

叵〉三篇評述完整地呈現張曉風幽默諷刺文學的樣貌，值得注意的是，這三位作者，都是當年的「名嘴」，也以幽默能言著稱。可見張曉風在建構其蘊藉深情的純文學時，亦期待能用另一種面貌、另一種聲音來接觸社會，與讀者對話。王大空稱可叵：「每篇文章，都有它的新聞性和社會性，是張曉風用她獨長的慧眼靈心，觀察感應對人情世象所作的諷喻褒貶」[16]；沈謙則提出了「對比映襯」、「側面諷刺」兩種手法，並言可叵的《幽默五十三號》：「寓教化於詼諧，是雅俗共賞的可愛文章。」[17]

張曉風的社會關懷和批判意識展現在這類作品中，彰顯了張曉風企圖改革社會的意志，也揭櫫了她對自己身為一個知識分子的認知，齊邦媛〈行至人生的中途——《我在》中的曉風〉一文分析最為精闢：

> 由種種跡象看來，對曉風而言，無論用什麼文體，「說些什麼」是最重要的事，她也一向是有意見的，有話要說的人。在劇本之後，她突然以桑科為筆名，寫了一些短小精悍的雜文，用極輕快的嘻笑怒罵方式諷刺社會的一些現象。民國70年左右文壇上又出現了一個筆名可叵的作者，用辛辣的嘲諷，巧妙的比喻、象徵，寫了不少關懷時事，棒喝沉迷的短篇，其中有許多篇假想孔子生當今世會反應如何的妙文，如〈孔子是怎麼死的？〉、〈孔子點名記〉、〈孔子郊遊記〉、〈夫子違禁記〉和〈孔子說：給他穿上……〉等等；另有些篇故意採取受害者小市民的低姿態的，如〈竇娥不冤，我冤〉、〈當可叵生氣的時候〉等，每在報紙副刊登出，必引來一陣會心的笑聲，而紛紛打聽，這個有趣的可叵是誰呀？當然，在人煙稠密的臺灣，很少人能隱藏這種「祕密」，民國 72 年可叵雜文集《幽默五十三號》和《通菜與通婚》出版的時候，不但有張曉風的真名、簡歷，還有一幅很像男生的速寫像呢。這個「發現」更加令人讚嘆曉風關懷面之廣，想像力之豐富

[16]王大空，〈藉機風光風光——寫在《幽默五十三號》出版之前〉，《幽默五十三號》（臺北：九歌出版社，1982年），頁6。
[17]沈謙，〈跳脫傳神的諷喻文學——評張曉風《幽默五十三號》〉，《書本就像降落傘》（臺北：黎明文化公司，1992年），頁49。

和筆鋒之銳利了。遊刃於各種文體之間，曉風不僅說了她想說的話，也增添了寫作的層面。不必擔心別人把完整的張曉風局限在有限的紅毯上。

沒錯，張曉風始終是「有話要說的人」，也不能「把完整的張曉風局限在有限的紅毯上」，這也解釋了張曉風一直以來對社會的參與，趙寧在〈我讀可叵〉文末提到她對泰北的救助、對殘障的募捐，「一字一句，一點一滴的把自己奉獻給社會」[18]，這也許才是張曉風最真切的評價。

四、張曉風舞臺劇劇本評述

1968 年，張曉風參加了由李曼瑰出資、中國戲劇藝術中心開辦的編劇研習班，從此展開了十餘年的舞臺劇劇本創作生涯，重要劇本後皆收錄於《曉風戲劇集》，而她一路寫戲、演出的歷程，在行政院文建會所主導的「臺灣戲劇館資深戲劇家」計畫，由金明瑋在 2004 年完成的《張曉風》一書中有完整的交代。[19]

張曉風戲劇首次獲得成功，應該是《第五牆》，此劇受到美國實驗劇場的影響，相當具有實驗性，羅青在〈張曉風的《第五牆》讀後〉一文中解析了此劇受美國劇作家桑頓・懷爾德（Thornton Wilder, 1897-1975）的影響，透過「反劇」的形式反映社會、針砭人生，不過羅青也點出此劇「先知」角色的失敗和宗教色彩過度的問題。[20]但《第五牆》的劇本和演出，由於形式新穎、觀念前衛，在當時廣受好評，當年還獲得了話劇大公演金鼎獎及編劇、導演特別獎。

張曉風受到《第五牆》成功的鼓舞，後來陸續推出許多不同創意的作品，雖然佳評如潮，卻也有一些負面的評語，例如《武陵人》主題深具哲學思辨，但何懷碩、唐文標等人皆為文否定。不過對此劇評議最為深刻

---

[18]趙寧，〈我讀可叵〉，《通菜與通婚》（臺北：九歌出版社，1983 年），頁 6。

[19]見金明瑋，《張曉風》（臺北：行政院文建會，2004 年）；張曉風在〈我們來看戲，好嗎？〉一文也述及此事，見《曉風戲劇集》，頁 19～27。

[20]引自《書評書目》第 64 期（1978 年 8 月），頁 131～144。

的，是孫康宜〈武陵人與布萊克精神〉，孫康宜將此劇對比英國詩人威廉‧布萊克（William Blake, 1757-1827）的哲學思想，孫康宜認為此劇：

> 張曉風給我們的是一個現代得不能再現代的啟示：在今日忙忙碌碌，金錢至上，人人只求「活著」的社會裡，我們能不能放棄世俗的桃源，而渴想最高的理想境界？[21]

張曉風的戲始終充滿爭議，《自烹》因為政治因素在臺灣無法演出，《和氏璧》則讓張曉風及導演黃以功再度獲得最佳編劇與導演的金鼎獎，同時剛從屏東到臺北發展的金士傑，也參與此劇的演出，展開輝煌的演藝生涯。然此劇再度被指出「未循古籍」、「宗教意味濃厚」、「詩樣語言不適合舞臺演出」等評語；能對曉風戲劇提出全面而公允評價的是林鶴宜〈臺灣戲劇現代化的一段序曲——論張曉風《曉風戲劇集》〉[22]一文。

林鶴宜闡述《曉風戲劇集》何以能列入「臺灣文學經典」[23]，她將張曉風的劇作及演出，放在臺灣戲劇發展史的脈絡中思考，用于善祿的話來說是：「真正走過整個 1970 年代而較具規模的，就數張曉風領導的『基督教藝術團契』了」，既然是一個團契劇團的演出，則其中精神思想也不能苛責，林鶴宜文中指出：

> 能夠從單純的傳道中走出來，將焦點自「說服信仰」逐漸延伸到對生命的思考，帶領觀眾一起反省人性和人生，這是劇作家本身的進步。劇本中許多雋語警句，至今讀來仍頗耐人尋味。

---

[21]孫康宜，〈武陵人與布萊克精神〉，《曉風創作集》（臺北：道聲出版社，1976 年），頁 745。

[22]林鶴宜，〈臺灣戲劇現代化的一段序曲——論張曉風《曉風戲劇集》〉，《臺灣文學經典研討會論文集》（臺北：行政院文建會、聯經出版公司，1999 年），頁 427～439。

[23]此活動名稱為：「臺灣文學經典三十」。1999 年，行政院文化建設委員會委託《聯合報》評選「臺灣文學經典名著」，最後入選決審 30 本書，戲劇類三種：姚一葦《姚一葦戲劇六種》、賴聲川《那一夜，我們說相聲》、張曉風《曉風戲劇集》。

林鶴宜不僅能注意到曉風思想哲學的延伸，也同時指出她戲劇中「虛擬」和「寫意」手法的運用，林鶴宜認為張曉風在戲劇構思上帶來的新變，「反映 1970 年代知識分子對自我文化認同的覺醒」、「也符合世界戲劇『回歸東方』的趨向」。除此之外，此文也很重視張曉風編劇的文字對導演的影響，張曉風意象化的文字，對導演的功力是一種考驗；本文最終也提出了「（張曉風）學習西方戲劇，卻不自囿於寫實劇場的格局」的看法，肯定張曉風在劇本創作上的貢獻與成就。

除了林鶴宜的評述，收錄在《曉風戲劇集》中，馬森〈為曉風的戲劇定位——序《曉風戲劇集》〉一文對張曉風的戲劇也有精準的說明，針對人物的型塑，他說：

> 曉風劇中的人物並不具有寫實劇中所謂的血肉，但卻充注了詩劇中的象喻意義。每一個人物都代表了作者所賦予的某種抽象的意旨，可能是一種情感的化身，也可能是人的某種特質的具體形象。這樣的人物在寫實劇中可能顯得不夠豐滿，但在詩劇中卻易於突顯其詩情與詩意。[24]

馬森說的沒錯，張曉風自始創作戲劇，皆無法構築寫實劇中強烈的人物性格和張力十足的劇情，而是直接參照了美國實驗劇場中的某些精神，用她本人所擅長的散文及詩歌語言，闡述某種先行於作品的作者意念，對於秉持寫實劇的觀眾或評家而言，這種詩化的劇，不免充滿挑戰性。而馬森同樣也對充斥於劇作中的基督精神提出看法：

> 她的信仰當然會反映在她的作品裡，那就是使她的作品充盈著寬容的恕道。但是有時也會因此形成一個小小的局限，在不留意的時候容易顯示出作者強調自我信念的企圖，予人有不容置疑的感覺。然而對這一點，

[24]馬森，〈為曉風的戲劇定位——序《曉風戲劇集》〉，《曉風戲劇集》，頁 33～34。

> 穎悟的讀者或觀眾當然會有自己判斷的能力。[25]

的確，我們不能忘記張曉風的戲劇之路，開啟於李曼瑰的「李聖質先生夫人紀念基金會宗教劇本創作獎金」，而 1970 年代，曉風的戲是為「基督教藝術團契」而創作的，因此用劇本來傳播基督信仰，榮耀上帝是一個重要的宗旨。但馬森也很樂觀的期待：

> 曉風的散文既是詩意的，她的戲劇也是富於詩意的散文。如果未來的導演及演員把握到曉風散文的特質，一定會把她的戲劇在舞臺上展現出一種從「春柳社」以來從未曾有過的詩劇的新形貌。[26]

戲劇劇本是張曉風在散文外成果最大，爭議也最多的創作。從肯定與批評之中，我們可以發現張曉風求新、求變，努力創造與突破既有的創作理念，也可以再次看見她融匯中西，汲古潤今的文學信仰。

五、結語

張曉風對自己有段幽默的評論：

> 批評家常常帶著鐵鍊來拿人，想把作者各自鎖入「寫實主義」或「鄉土作家」或「軍中作家」或「散文作家」的牢籠裡。可是，一個活蹦亂跳的作家哪能那麼容易就來就範呢？你抓，他當然要跑——
> 好，你說我是寫散文的嗎？我就偏寫戲劇給你看。
> 及至你來宣布我是劇作家，我又偏去寫兒童故事。
> 等你說我擅寫兒童故事，我就跑去寫論文。

[25]馬森，〈為曉風的戲劇定位——序《曉風戲劇集》〉，《曉風戲劇集》，頁 34。
[26]馬森，〈為曉風的戲劇定位——序《曉風戲劇集》〉，《曉風戲劇集》，頁 34。

等你承認我能寫論文，我就跳出去組織「搶救國文聯盟」給你瞧。[27]

說這段話時，她可能還不知道自己未來會成為生態保育者和國會議員，不然她的身分可能更加多重。張曉風是不斷求變的，永遠用不完的創造力與寫作才華，支持著她跨足新領域，因此對她的評論與研究，也將隨著她一再突破自我而產生新的方向與重心。

張曉風的研究者非常多，相信未來會有更多學者投入對張曉風的研究，張曉風始終想成為一個先行者，一個拋出自我而激發他人成就一番偉業的奉獻者。因此我們也可以期待，張曉風必然會為這個世界帶來更多值得研究的議題和藝術創造，也許作為一個「創造者」，才是她真正的本心吧？

---

[27]張曉風，〈我們來看戲，好嗎？——寫在戲劇集出版之前〉，《曉風戲劇集》，頁25～26。

輯四◎
重要評論文章選刊

《地毯的那一端》自序

◎張曉風

這是我的第一本書。

許多日子以來，無論走著坐著，那個意念總來干擾我，對我說：

「你就要出第一本書了。」

像一年半以前踏著音樂步入聖堂的那天一樣，我的心被快樂和莊嚴的感覺包圍著。

在這種年齡就把自己呈現給讀者，惶恐是免不了的。這些年來，我的作品極少。翻開剪貼簿，發現四年來總共也就只有這些篇數。很久以前，我就為自己訂下一個原則，除非深深感動了我的那些東西，我絕不去寫它。所以，這些作品容或缺少彩色，但絕不缺少誠懇。故此，我敢於把這本畫冊放在每一個發亮的玻璃櫥裡，以及每一顆仍然年輕的心裡。因為我的畫筆雖然拙劣，我所企圖表現的卻並不如此。

八年了，生活在線裝書的扉頁裡。前四年是中文系的學生，後四年是中文系的助教。讀中文給了我許多意想不到的享受，也給了我許多意想不到的負擔。

在這些偏安的日子裡，我們這一代居然沒有在學業上耽擱過什麼。學校座落在外雙溪的山腳下，就著水聲，我可以安心的圈點四書五經，可以閒適的低吟詩詞歌賦，只是在這些美好的時光裡，我的心悲哀著。

記得那一天，在交通車裡，四月的稻香從玻璃窗外湧進來，我迷惘地問身旁的老教授：

「每一代都有每一代的文學，而我們這一代的文學是什麼呢？」

「沒有，我們這一代沒有文學！」

「我們總該有一個方向，是不是？」我說：「詩過去了，樂府過去了，詞過去了，曲過去了。如果我們不能挽回那個時代，什麼又是我們的新方向呢？」

「這個，」他沉吟了一會，「我也正在想，我們要變。」

「如果將來的文學史，獨有我們這一代是一個空檔，別人可以不負責任，我們卻無以辭其咎！」

他點點頭，我知道，他的心裡有著同樣的沉重。

其實，我也可以不想這些問題的。我還這樣年輕，天下事無論如何是輪不到我來憂愁的。引一代文學為一己之咎，是未免太張狂了。但是天生成我有比別人熱的血，比別人敏感的心，遂使我不能不背負著這些神聖的憂愁。

只是我掙扎著（我知道有許多人也正在和我作同樣的掙扎），要把這一代年輕人的思想表現出來。讓人知道，中華民族的每一代都有血，都有淚，都有純潔的心跡和不朽的希望——他們並不見得只曉得通過松山機場去取得美國國籍。

將來的歷史怎樣描述我們這個離亂的時代，我們不知道。我們只知道盡一項義務——阻止他們把這個時代寫成一個死寂的時代。

在《新約聖經》裡，有這樣一段記載：

一個孩子，夾在五千名群眾裡聽耶穌的教訓，當長長的訓誨結束的時候，天色已經晚了，群眾無法在曠野裡找到什麼吃的，他們全都飢餓著，而家還在很遠以外的城鎮上。

那孩子於是獻出他所有的一份口糧——五個麥餅、兩條小魚，耶穌接過那簡單的食物，擘開，分給眾人，他們就都吃飽了。

也許有人並不相信這個故事，五個餅、兩條魚分給五千名群眾是不生作用的。但我們卻不得不承認一件事實——當一個人的奉獻在物質之外還包含著他全部的熱愛時，其力量是足以排山倒海的。

這本小書在這個嗜血的世紀裡能顯出什麼樣的作用，似乎是很難猜的，但正如那個不知名的幼童一樣，我所獻出的已是我手中所有的了。這些字句也許只能稱為一抹淡淡的痕跡，但它足以說明曾有一個女孩子那樣熾烈地愛過這個世界。

——選自張曉風《地毯的那一端》

臺北：文星書店，1966 年 8 月

為今日的自己招魂

1982 年爾雅版後記

◎張曉風

據說，在一棟老舊故宅的門柱上，有母親為我畫下身高紀錄的刻痕，我有時有點好奇，想看看那一截一截往上升的線條是怎樣的，如果自己親手摸，會不會像觸到年華歲月一般驚顫？然而故宅太遠，回不去了。

喜歡歲月和風霜的感覺，喜歡繡樓上的王三姐剛脫新娘衣服便悠悠 18 年過去，她變成一個強悍的，蹲在武家坡上的土岩上挖野菜的婦人，18 年前自有其春天，春日樓頭丞相府中的女孩自有其天真的激情，後花園裡也自有其永遠重複的情節，但畢竟 18 年已過去，她只顧在沙塵中挑起一棵野菜。

白居易晚年的時候，很不以眾人傳誦他的〈長恨歌〉為然，同為執筆的文人，我很相信白居易並不後悔寫了〈長恨歌〉，他氣的只是別人似乎已把「完整的白居易」變成「有限的長恨歌」，他渴望別人認識他更多的層面，我自己在別人提到《地毯的那一端》的時候也有類似的懊惱，我仍然肯定當年 23 歲的我，當年作品中的稚拙，也不覺有必要去臉紅，但我更心許的卻是今日的自己。

把今日的自己招魂，濃縮為一本小小的書，便是這本《再生緣》了，這是截至目前為止我對自己最滿意的書，希望別人也是。

——選自張曉風《再生緣》

臺北：九歌出版社，2010 年 5 月

我喜歡散文

為《我在》出版 20 年而寫

◎張曉風

一、楔子

有人要我說一說我的散文觀。

「你出過的散文集超過十冊了吧？應該很有資格發表點意見了。」

「可是，我自己並不這麼想！」

「咦？為什麼，裝謙虛嗎？」

「不，不，這跟謙不謙虛不虛無關，我說個譬喻你聽：這就如同，有的女人能生，生了十幾二十胎（紀錄上還有更多的），但這女人其實你要她站上臺來講述胚胎、卵子、精子、子宮……她卻一概不知！」

「但是，寫散文這件事不好拿生孩子來比，我想，寫散文總會多一些專業性吧！」

「也許，但有一點，這兩件事是相同的：那就是鄭愁予詩裡說的：『我是北地忍不住的春天。』生孩子，是因為非生不可，胎死腹中是很嚴重的。寫文章也是非寫不可，不寫，地都會裂、山都會爆。你想，人在這種時候，哪裡會有什麼理論和觀點可言，只是『忍不住』而已。」

「不過，不過，你隨便說兩句不行嗎，例如感言什麼的？」

「有人生了孩子還要發表『生兒演說』的嗎？生小孩很累！生完了就該休息了吧！」

「唉，不過要你表示表示意見，沒什麼大不了啦，反正一百個一千個人裡面未必有一個人聽你，你就當自言自語好玩嘛！又不是什麼『一言而為天下法』。」

「咦，這句話還有點道理，我姑且隨便聊聊。」

二、「喔，你是寫散文的。」「哇！你是寫劇本的！」

偶然，在國內或國外，我會碰上一些異國人士，有時我必須自我介紹，有時是朋友替我介紹。這對手，十之八九，以後是看不到的了，這不過是一面之雅，又不是什麼義結金蘭，犯不著好好交代身家，所以多半隨便一句：

「How do you do？」

也就算了。

不過也有人會多問幾句的。那人或許受朋友瞎捧所蠱，便不免興致高昂。一般而言，如果朋友說我是「林太太」，就沒人有興趣再多問什麼了。如果說是「教授」，人家也只禮貌地致敬一下。朋友如果說「名作家」，那老外就不免有幾分興趣，接下來的問題便是：

「請問，你寫什麼？」

我多半的回答是：

「哦，我寫散文。」

這種答案有點令他們失望，當然，他也不方便表現出來，只好草草敷衍我一下，就走開了，頂多加一句：

「喔——你是寫散文的。」

我也偶然興起，想做個實驗，便說：

「I am a playwriter.」（我是寫劇本的。）

這下可不得了，對方立刻雙眼放光，人也幾乎要彈跳起來：

「哇！哇！哇！你是寫劇本的呀！」

唉，有些事，讀書是讀不出來的，如果有一本書來告訴我：

「西方文學，重劇本而輕散文。」

我讀了也不覺什麼。

但當面看到人家對我的兩種面目，不免感慨良多。

我常常心裡暗笑：

「欸！欸！你這老外真不曉事，寫劇本是小技耳，寫散文才是真正的大業咧！」

在臺灣，如果問出版商，什麼書最有銷路，你得到的答案一般是：

「散文最有銷路！」

（雖然小說和詩偶然也暢銷。）

看來，老外喜歡那些故事和情節。但老中所喜歡的散文卻沒有那些花俏。老中為什麼要喜歡散文？這恐怕是說來話長的話題了。

三、三個譬喻

至於散文和它另一個近親「詩歌」之間怎麼分？有人打譬喻，說：

> 詩如酒，散文如水。
>
> 詩如舞，散文如行路。
>
> 詩如唱歌，散文如說話。

如果跟著這個比喻想下去，詩好像比散文「專業」，或者說，「高尚」。

但是我並不這麼想。

好酒我喝過，好水卻不常喝到。我唯一牢記且懷念的水是有一次去走加拿大班芙國家公園，去到一個叫哥倫比亞大冰原的地方，我帶著小瓶子，在融冰中舀了一點水，喝下去，甘冽冰清，令人忍不住想對天「謝水」（基督徒有「謝飯」之禮儀），原來水是這麼好喝的。至於我日常喝的，其實都只是「維生所需」而已。

至於舞蹈，我也大致知道一些這城市中的優秀舞蹈家。至於誰行路如玉樹臨風，好像我反而想不起來。印象裡行走得高貴的人好像只有二個明星，男的是史都華格蘭傑，女的是凱塞琳赫本，此二人有帝后風儀。至於奧黛麗赫本也不錯，但只像公主而已。

至於說話和唱歌，我倒都聽過好的。不過，說得好的，還是比唱得好的為少。

以上三例，剛好說明散文其實是「易學難工」的，好水比好酒難求，「善於美姿走路的」比「善舞者」難求，「善說話的人」比「善歌者」難求。

從那三個比喻可以看出散文的特質，它不借重故事、情節。一般而言，它也不去虛構什麼。它更不在乎押韻造成的「音樂性加分」。它在大多數狀況下無法入歌。它和讀者素面相見，卻足感人。它憑藉的不是招數，而是內功。

四、內功？內功不是那麼容易獲得的

李白寫〈春夜宴桃李園序〉，一開頭的句子便是：

「夫天地者，萬物之逆旅。光陰者，百代之過客。」

李白寫的絕不是「記述文」，他的企圖也絕不是記錄某一次宴會的盛況而已。他是把一生累積的見識，來寫這一小篇文章，這叫內功。

王禹偁寫〈黃崗竹樓記〉，其中有些句子形容竹樓之雅，可算是很唯美的句子，如：「夏宜急雨，有瀑布聲。冬宜密雪，有碎玉聲……」

但最最令人心疼的句子卻是在行家告訴他竹樓的壽命一般不過十年，如果做加工處理，可至二十年，然而，他拒絕了。他在歷數自己宦途流離的紀錄之後加上一句：

「……未知明年又在何處，豈懼竹樓之易朽乎？」

這一句，把整篇文章提到不一樣的高度，借王國維的話，這叫「感慨遂深」。當然，你也可以叫它為「內功」。

如果要歸納一下，容我這樣說吧：

散文是一種老中特別喜歡寫、喜歡讀的文類。

散文可以淺，淺得像談話。可以深，深得像駢文。但都直話直說，直抒胸臆！是一種透明的文體。

讀者在閱讀散文時，希望讀到的東西如下：

1.希望讀到好的文筆，好的修辭。

2.希望讀到對人生的觀察和體悟。

3.希望隱隱如對作者，但並不像日本人愛讀「私小說」那樣，因此散文讀者想知道的是作者的生活、見識和心境，「私小說」的讀者想知道的多半是作者的隱私，特別是性的隱私。

4.希望收穫到「感性的感動」也希望讀到「知性的深度」。

5.一般人購買散文，是因為他們相信，不久以後，他們會再讀它一次。很少有人會「再一次讀看過的小說」，可是有很多人「一再讀他看過的散文」。

在古代文學史裡有兩位（其實當然不止此數）文人，其一是詩人，另一位是詞人，這兩個人都曾因為寫散文寫得太好，害得他們某首詩詞竟然失了色。

其一是陶淵明，有一次，他本來是要寫桃花源詩的，但不得不先把去桃花源的漁人的航船日誌公布一下。不過，因為這篇用散文體寫成的序太精采了，結果大家都去唸「晉太元中，武陵人……」，至於「嬴氏亂天紀，賢者避其世……」有誰知道呢？

其二是姜白石，他自度了一闋詞叫〈揚州慢〉。不過，同樣地，他也必須說明一下，他眼中的揚州如何在一番戰火之餘竟成衰敗零落。那篇插在詞前的小序寫得太好，結果有人認為「四顧蕭條，寒水自碧，暮色漸起，戍角悲吟，予懷愴然……」比詞更耐讀，這，也是無可奈何之事。

這兩個例子，其實都說明散文的勝利。沒有故事的華服，沒有韻律的化妝，散文素著一張臉，兀自美麗。借王國維的話是「粗服亂頭不掩國色」。

五、二分之一的擎天柱

在西方，散文是三大文體（戲劇、小說、詩歌）之外的小附庸。在中文世界，散文是二分之一的擎天柱。（我們分文章為「散文」、「韻文」兩類）。

我喜歡散文（雖然也喜歡其他三類），我喜歡我在此行列中執勤，我喜歡這是一個老外看不出好處的文類，我喜歡和我「同文」的人來分享它的深雅和醇厚。

——選自張曉風《我在》

臺北：爾雅出版社，2004 年 12 月

有少作可悔，幸甚
2011年新版序

◎張曉風

一

年少的時候，——啊！最近我常用這句話來開頭，這句話幾乎快變成我的口頭禪了。

嗯，年少的時候，我們如果罵什麼人或什麼事，想表明此事遙遙無期，毫無改善之可能，簡直等同於絕望，則會大嚷一聲：

「哼，那就等到民國100年吧！」

我們那時以為民國 100 年是永遠永遠等不到的邈遠的日子。倒不是在政治上對中華民國沒信心，而是覺得 100 那個數字太大，大到跟我們不可能有關係。

可是，天哪！過著過著，宇宙間真的出現了一個民國 100 年，這對我而言真是又驚又喜，比西元2000年還更覺不可思議。我能站在民國100年的時間舞臺上演出，委實是幸運到無法形容的幸運。老共不喜歡民國 100 年，於是發明了「辛亥百年」的說法——不過，好吧！就算辛亥百年也是百年，百年可不是簡單的事情呢！

二

以上的話，都是我在校對《地毯的那一端》這本書的連帶感想。校對工作其實又煩又悶，哪有什麼心得可言？但看到某篇文章是民國 51 年寫的，屈指算來也竟半世紀了，真不得不暗自慶幸。如今的人個個壽攷，臺灣女性平均壽命竟到 82.5，我因拜「未夭」之賜，才有餘暇來整頓前半生的雪泥鴻爪，如果像袁子才說的，「韓蘇李杜從頭數，誰是人間七十翁」，那實在有點令人來不及去做某些事了。

《地毯的那一端》是大學畢業前、畢業後加新婚時期的作品，照我自己一磨三蹭的性子，大概不會想到那麼早就來結集出書。可是這期間卻因冒出一個熱心的「未來天才出版家」隱地，而使事情整個改觀。民國 55 年，他蒐集了十個年輕人的作品，做成專案，建議當時最旺氣的文星出版社的蕭孟能先生來出這批書。蕭先生讀了他拿來的稿件，百分之九十同意，只剔掉一件，他覺得那作者還太嫩，才高中。50 年後再回頭來看，其實證明隱地是對的，反而是蕭先生看走眼了，那個被他刪掉的名字是林懷民。

其他九個人是誰呢？算來除了我另外八人是

邵僩
康芸薇
葉珊（後來的筆名改成楊牧）
舒凡
江玲
隱地
劉靜娟
趙雲

當時余光中先生好像剛回國，他也熱心地跳下來幫忙打書，他把這套書的作者定位為「九個青青的名字」。啊，出書的感覺真不錯，尤其是在文星出，文星當年不管是出書或櫥窗布置都是文化界的地標。就連龍思良把「一籮筐真的生雞蛋」放在書店門口也是令大家覺得驚豔的創作。蕭先生請我們在「自由之家」喝下午茶，順便照個相，以便放在封底，（那年頭，大家自己拿得出來的照片都是板板的大頭照。）我記得攝影家是柯錫杰，但此事隱地最近去向柯錫杰求證，柯錫杰卻說沒印象，隱地也記得有照相的事，但他猜可能是龍思良，不料去求證另一人，得到的答案卻是根本沒有下午茶一事，而我們中間更另有一位卻已輕微失智了，原來當年那些事都如夢似幻難於複述啊！但我卻又分明記得，我穿一件湖色帶白點的洋裝，裙子短短的，袖子卻極大，翩翩迎風。

三

我走進蕭先生的辦公室——文星當年我記得有三個據點，一是臺銀總行隔壁的巷子，一在衡陽路三葉莊對面，一在峨嵋街。寫散文的張菱舲（大約三年前去世了）曾說：「哼，他們搬到哪，風水就跟著旺到哪！」——我去的是第一個地址，那裡似乎是他們的行政中心，是一處鬧中取靜、簡單明亮、樸素大方的辦公室，蕭先生操上海一帶口音，其本人則高大白皙溫文爾雅，他說：

「你的作品，我讀了，讓我想起泰戈爾和冰心——」

我一下子陷在「被識破」的震驚和喜悅裡，這一震，讓我簡直忘記我是為簽約而來的。我只想，啊！他怎麼竟知道？約，就隨便簽了，3000 元賣了，其中還要扣 150 元的稅，加上自己認購的 1000 元的書，所以實際上付的錢是 1850 元，現在看來有點像個笑話。

書既賣掉了，所以賠不賠賺不賺一概不干我事，但我還是好奇，大約在前三個月的時候，我每週都會跑去看銷售表，過了一陣子我大約知道暢銷的程度，領先的是我和葉珊，但因和金錢無關，所以只是「純關切」，只想知道，真有人在讀我嗎？

四

錢雖沒賺到，倒是發生了幾件好事，好事之一是文壇大老林海音寫信給我，那時代的大老很有大老風，常關懷晚輩，她對文星把此書歸為小說很驚奇，因為明明是散文嘛，（她不說，我也沒發現文星書訊上不合理的分類，也許是為了促銷。）但她的結語頗令我雀躍，她說，「算了，不管是小說是散文，反正，你織了一張好毯，我喜歡。」當時的沉櫻也給了我信，這兩人的字都漂亮，林的字疏朗流麗，沉的字則在秀逸外有一份國文老師的端雅（她在北一女教國文）。有一天我在林海音家中做客（那時她住在重慶南路的日式房子裡），有人打電話進來，也是文壇之人，林海音正忙著晚餐沒接電話，是小女兒代接代聊的，事後接電話的人向大家複述，來電者問家中如此熱鬧是幹嘛？有哪些人在場？知道有曉風在就說她也喜歡曉風。不料沉櫻聽了，撇嘴道：「哼，她也來喜歡曉風！」沉櫻其人質樸風趣直話直說，林海音則頗有「大姊頭」風，她便拉高嗓門說：「啊喲，就只准我們喜歡曉風，別人都不許嗎？」沉櫻也就笑了。現在回想起來，感到能為長輩愛寵，「幸福感」真的如暖裘環身，難以忘懷。

好事之二是民國 55 年出書，56 年就得了中山文藝獎，據多年後我聽某王姓大老說，當時也是頗有一番爭執的。反對的人認為年輕小孩才出一本書，輪得到她嗎？贊成的人則認為用實力來比嘛，管她是誰。至於當年誰挺我、誰反我，感謝上帝我一無所知。不過現在我偶爾也做評審，評審會其實幾乎沒有不起爭執的。

好事之三是我在當年買了棟房子，在新生南路，價錢是 21 萬 5 千，而獎金是 5 萬元，我差不多忽然付了四分之一的房貸，也真是傻人傻福。今天的國家文藝獎獎金雖高達 100 萬，但絕不夠在臺北買四分之一幢房子。

但壞事也有，不久後文星忽然收了，這麼大的店，說沒有就沒有了。我們的書被一位叫××帆的人拿去出版（不單我，許多文星的書，連余光中等人的大作也都被轉過去了），××帆那人我略有所聞，他當年牽在一件奇異的情死案裡。他是外省男人，他有個臺籍女友，名叫×素卿，兩人因結不成婚相約去赴死，拿一條繩子綁兩個人一起跳下淡水河，怪就怪在女的死了，男的卻又爬上岸來了。事後研判似乎女的打的是死結，男的打的卻是活結，此人於是被判坐牢。但此刻，出獄後的他卻宣稱因為蕭孟能欠了他錢，所以他有權拿這些書來抵債，奇怪，蕭怎麼會欠××帆的錢呢？此事如果屬實，則我們作者的作品簡直是奴隸，可以在財主間拿來互相作抵押品！

除了在臺灣被剝削，在香港居然也有位「文化界人士王×羲」把文星的書拿去在香港盜版。王×羲是僑生，自己也能寫，曾在臺大讀外文系，回到香港則辦雜誌，盜印臺灣的書，頗有些靠山吃山的味道。既然熟悉臺灣文壇，不盜白不盜。而朋友們大多面皮薄，真要去開罵或上法庭也太撕破臉了，更何況跨海打官司成本太高也落不到什麼便宜。加上在國際間臺灣也常以盜版王國馳名，臺灣作者被盜，人家也就沒有什麼同情心。

接著下來，就輪到大陸出版商來盜了。盜分兩路，一種是流寇，是游走型的，一種是山寨王，是正式的堂而皇之的出版社，兩者都吃定我們。

但如果無視自己的版稅方面的金錢損失，無視別人的霸凌無賴，則作品既已行遍天下，而自己也還沒有像杜甫那樣慘遭餓死，那就看開些吧！而香港的王×羲的「盜版人生」也已在二年前草草落幕，那，也就一筆勾消算了吧！厚道的朋友不妨把他看作「為臺灣文藝界作推廣工作並約定互不付費的人」。

寫作，哪能光想到版稅呢？孔子作《春秋》，好像什麼也沒有拿到呢！

只希望將來的作者不會再是遭人剝皮吸髓的人。

五

如果你要問我當年出書印象最深的事，說來也許你不信，居然是顏色。

那是一個晴好的下午，我騎腳踏車到文星在衡陽路的店，在店門口未上樓之前碰到三毛。二人手裡拿著的是同樣的東西，都是色樣——我拿的是紫色，她拿的是「橄欖綠」（亦稱「秋香綠」或「酪梨綠」），我的紫色是朋友陳驌幫忙調的，三毛則是為舒凡的書調的（那時候，她是舒凡的女朋友），那時她的生命中還沒有出現西班牙、荷西以及撒哈拉沙漠。文星版的書是素面的瘦長小開本（大約是18.5公分×11公分，但因當年字小，所以內容字數倒不比現在的大開本為少），封面上既沒有圖案，也沒有攝影，重點全在顏色，所以選色成了大事。我那時新婚不久，家裡全是紫色，也就把紫色延漫到新書的封面上去了。而三毛調的顏色極其沉穩玄祕，她本人的打扮也一向美麗落拓而亮眼，那天陽光下她微笑和我打招呼，我隱約記得她上著一件極白的白衫，下繫一條華麗的彩裙，我們原是舊識，不久前她才為我畫了一幅結婚簽名綢，上面盛開著粉色的牡丹。此刻她的表情在羞怯中有幾分偷偷分享了男友榮耀的小女人的喜悅，卻又掩飾著，她的笑容看起來有點像 11 歲小女孩的純真。啊，我說這些幹什麼呢？她離開人世已有 20 年了，啊，那幽幽的沉沉的橄欖綠啊！那又馥郁又悵惘的顏色啊，那女子精緻的靈魂啊！

六

校對時有個地方常錯，我努力把它們都改了。不是我錯，我們同時代的人都常犯那個錯，那就是把「五節芒」（亦稱「菅芒」）誤為蘆葦了，那時代的「新移民」都搞不清楚其間的差別。

另外有幾個「代號」，過了近半世紀也不妨一一道破。

〈地毯的那一端〉中的「德」是我的丈夫林治平，所以用「德」，是因他在族譜中的名字是仲德。

在〈歸去〉中的「峙」也是他，取其和治字同音。

至於「依」，則是黃珍琪教授，在東吳經濟系執教，用「依」，是因她是天主教徒，長長的聖名中有個音是「依」。

「茅」是杜奎英教授的代號，他後來成了「依」的丈夫，卻不幸早逝，我在一篇〈半局〉中寫過他，他因常喜歡用他的東北國語說「什麼張阿貓、李阿狗的」，我便偷叫他「張阿貓、李阿狗」，「茅」其實是「貓」的諧音。

〈小小的燭光〉中的「桑先生」其實是戴桑先生，而「徐」則是徐世棠，他後來任職外貿協會，死於英國任上，我在〈再給我們講一個笑話吧！〉一文中寫了他。

〈細細的潮音〉中的「汪老師」是汪經昌，號薇史，死於香港，我在〈一半兒春愁一半兒水〉中寫過他，老師似乎是死於車禍的後遺症。我後來經過香港時總是去美孚新村看看汪師母。猶記汪師母有一次很興奮，說：「唉呀，真好呀，我看了報，報上說你得了市長獎呀！」我楞了一下，奇怪，她說什麼呀？我又不是小學生，得什麼市長獎？後來想了半天，想通了，原來我得了吳三連文學獎，而在師母輕微失智的腦海中，吳三連仍是臺北市長，她常跟我說：「有空就來坐啊，要知道，見一次就少一次囉！」而現在，我已經再也不能去會晤她了。

七

中國文化的傳統中難免有因「崇老」而「抑少」的現象，古人便有「悔其少作」的話，意思是指年老了，回頭去看自己年輕時的作品難免覺得幼稚不成熟，因而生悔心。我回頭校對自己，卻並不覺得有抱歉之必要，這倒不是傲慢，而是因為一生有點長，「行年五十，而知四十九之非」，同理，「行年九十，而知八十九之非」，一個人如果一路悔其前愆，那真要悔個不完了。我的想法相反，我很慶幸當年曾留下少作，且慶幸「步上紅毯」已成為一代語彙，在兩岸都成為「結婚」的代用語。

總之，有少作可供慚愧，也是好得無比的事啊！

曉風　2011 年 3 月

——選自張曉風《地毯的那一端》

臺北：九歌出版社，2011 年 6 月

《再生緣》序

◎曾昭旭*

我一直很納悶：曉風為什麼要找我為她的散文集寫序？我既非文藝作家，也不算在從事文學批評；甚至，連曉風這個人我也只有數面之雅；對她的認識，除了來自報端偶而一讀的她的作品，毋寧說大都得諸傳聞。而傳聞是不可信的，它們不但經常是彼此矛盾，且即使不矛盾也只屬意義不確定的片斷現象，因而只堪存疑的究竟我何所知於她而足以為她寫序，她又何所知於我而竟敢請我寫序呢？

我當初之所以答應，大約只因在通電話的造次之際，無暇細想，因而隨順我耳軟的習氣胡亂應允的罷！

因此，剛一放下電話，我的納悶就升起了。

但事已至此，也只有先讀讀她的集子再說。

而說來其實慚愧。我到如今才算認真細讀過她的文章；然後自其中，我慢慢剝落種種傳聞的印象、文章的華采，而認識到作品內裡的這位主人，且深深地愛重她了。

於是，我甚且自以為是她的知己，有義務去介述她的菁華。

當然，我依然不是文學家或者文評家，對曉風豐富的想像力與宛轉多姿的文筆不能贊一辭。但我本來就認為作為一位作家的要義原不在此；而曉風之所以為曉風，毋寧在她內裡的愛。

而愛，不是指男女的怨慕、親子的關情、朋友的道義或家國的激昂；而是指那普遍洋溢於一切存在之上的愛之自身。然後，男女的怨慕才真成

---

*發表文章時為高雄師範學院國文研究所所長，現為淡江大學中國文學學系榮譽教授。

為怨慕，家國的激昂才真成其為激昂。

要成為一位作家，乃至成為一切形態的志士仁人，都是先得自男女親子友朋等等個人的經驗中提升超越，以觸及那普遍洋溢的愛才行的。

因為人必須先具此超越洋溢的宇宙情懷，才能具體落實去愛世上一切眾生，而不致封限於某一特定對象中以成為私愛。

古語說：「老吾老以及人之老，幼吾幼以及人之幼。」是的，林覺民便是因深愛他的妻子而頓覺天下有情人不能成眷屬之可悲，因而毅然離開他的妻子去為天下人致其身的。海倫凱勒亦因一己之盲聾的痛切經驗而推愛及於世上一切盲聾之人而成其為海倫凱勒；史懷哲亦因一己身世之幸而反照見世人之多不幸而投身非洲黑暗大陸而成其為史懷哲。至於孔子釋迦基督之所以為孔子釋迦基督，乃至一切人之所以為人，也莫不因此有與一切人同情的心懷所致。而此一普遍的心懷，我在讀曉風的作品時，深幸能時時覿面。

在〈前身〉中，曉風如此宣示：「當我們讀一切歷史，一切故事，一切詩歌的時候，我們血脈賁張，我們扼腕振臂，我們淒然淚下，我們或哂或笑，或歌或哭，當此之際，我們所看到的豈是別人的故事，我們所看到的是我們自己。」

於是，無論是俞伯牙、陶淵明、孔夫子、陳子昂、諸葛亮、白素貞、漢高祖，乃至西方小說中的頑強漁夫夢幻騎士，一例都是我們的前身。「我們在一切往者身上看到自己。我們彷彿活了千千萬萬遍，我們彷彿經歷了累世累劫。」的確，仁者與天地萬物為一體，而我們每一人本來都是仁者。

於是，我們之所以若與人陌生而無情，並非因我們生命本質中與人有隔，而只因為緣的偶未曾至。當驚鴻乍現，人與人是可以當下結為兄弟的。真的，「好天好日，好風好鳥，我們跟每一個擦肩而過的人都有一段好因緣」。也許因著一把豆子，也許因著一件毛衣，也許因著一匹掛紅。此一樹與彼一樹，雖若渺不相屬，而實可以異株而同根。每一緣之所發，都溝通了兩個遠離的生命，而印證了亙古的愛之自身的存在。因此，每一種形態的交會都是宇宙混沌的靈光爆破。「印度人一向認為凡是兩河交會點一定是聖地」，曉風也一向認為凡「心思靈明的交會也是聖的」罷！

然後，人才真可以於世上的一切人事、一切器物、一切歷史有所感激，有所愛護，乃至於有所抱憾，有所憤激。因為這種種感情，都直出於人性中最高貴的理想最純潔的愛。

「我們是受人布施的托缽人，世界人群給我們的太多，我至少應該記下我曾經領受的食物名稱。」

而我們所領受的食物豈止是現實的黍稷稻粱，更是抽象的文明禮樂；我們所長成的豈止是區區百年的肉體之身，更是累世累劫所積的文化之身。自黃帝以下，我們都已四千六百餘歲了，自孔子以下，我們也都已兩千五百餘歲了。秉此大愛，以愛吾身，而既愛吾身，則焉得不兼愛吾民，以及吾民所有的民族與文化？曉風的心中，以是總有一自「古老的童年時代就玩起的古調」在悠悠向她召喚，那是「一種幾乎是命定的無可抗拒的召喚」。這種召喚之無可抗拒，乃因它直來自那普遍洋溢的大愛，且即是那超越之愛的具體落實，或者換句話說，那就是上帝的無上命令，命令人即從寶愛其自己以彰顯上帝的榮光。曉風說：「真能使我血脈賁張，心如搗臼的仍是一張張中國人受苦的臉。」為此曉風自信地肯定「連上帝也必須原諒她小小的自私」，而我則毋寧認為須得如此才符合上帝的旨意。

於是，曉風以其親身，印證了作一個赤誠的民族主義者與作一個虔摯的基督徒之兩不相妨且實兩相成全；換句話說，印證了落實具體的愛之表現與超越普遍的愛之根源的實為一體。而我亦終於了解曉風何以足知我我何以足知曉風，乃因我雖不是基督徒而實與曉風在形而上處共此大愛，且在落實處共此民族共此文化。

然而，真落到現實上去愛是很艱難的，它全不像發抒對宇宙情懷之體驗那樣，心境可以如此潔淨精微、平安喜樂，它是要面對人間的殘缺與自我的有限。在曉風年輕時，也許是我的錯覺，我曾覺得她的情懷太浪漫，太文學，不真知人間的嚴肅與艱苦。而如今讀她的〈情懷〉，始覺得她已漸成熟，可以不只作一個文學家，而更去作一個人道的實踐者。她說：「行年漸長，許多要計較的事都不計較了，許多渴望的夢境也不再使人顛倒，表面看起來早已經是個可以令人放心循規蹈矩的良民，但在胸臆裡仍然暗暗的鬱勃著一聲悶雷，等待著某種不時的炸裂。」她的生命的確已不是青年式的飛揚跳脫，而是「終於慢慢明白，在這個世界上自己能管的事太少」。但儘管少，遇到時還是不能不管的，因為那本來根於那普遍永恆的愛，雖然偶因未遇而像悶雷之鬱勃，但時機對上了仍自然要炸裂。於是，「像古代長安街上的少年，耳中猛聽得金鐵交鳴，才發覺抽身不及，自己又忘了前約，依然伸手管了閒事」。

曉風遂為了赫氏角鷹僕僕風塵。

莫錯看了這一鷹之區區，人之肯放棄非轟轟烈烈的大事不做而平平實實做身邊的小事，便是成熟的象徵。所謂「能近取譬，可謂仁之方也已。」國家民族、文化社會之愛，哪裡是浪漫激情的自我宣洩？實在得是人我間一點一滴的落實交流。因為只有在人我的交流中、在兩像的輝映間，才能見得到最真實動人的人間至情啊！

於是曾經少年而浪漫的曉風，如今是如此平實而聰慧，她說：「在這塊溫暖而富生機的土地上，讓我們這些平凡人各親其親，各子其子。這樣，或者也可算是對那些身在劫數中不能親其親的人類手足的一種同情吧！」

這整一本書，可以說是一個民族主義者張曉風的自白。她所以取名為「再生緣」（擬魏台生寄魏京生），應不無微意。而我雖也一向自許為一個民族主義者，而實在諸多地方與曉風有極大的不同。今我秉其異而觀其同，竟在讀完全書之後有著極深的感懷，且深信如此之感懷必大不同於一般純以文學的眼光去讀的感懷。我以是終於知曉風為何要我來寫這一篇序，她是要我以這枝理性之筆，去印證她那份感性之懷嗎？而理性感性之相知，豈不因於它們亦是異株而同根？唐君毅先生嘗有言：「在遙遠的地方，一切虔誠終必相遇。」願世上一切異路眾生，因讀此書而興懷。

——選自張曉風《再生緣》

臺北：爾雅出版社，1982 年 5 月

張曉風：我在／不在中國

◎鍾怡雯[*]

張曉風以《地毯的那一端》成名於 1960 年代，但是在〈步下紅毯之後〉，她便明白的宣示，要從《地》時期的「閨閣」出走：「我知道我更該寫的是什麼，閨閣是美麗的，但我有更重的劍要佩，更長的路要走」[1]，這是對創作風格的自覺，揚棄「閨閣」也即意味著從「小我」走向「大愛」——家國、民族之愛。雖然張曉風早在寫〈黑紗〉（1975）時即已跨出「閨閣」，但是從創作主體明白的昭示，我們也可以從張曉風日後的創作脈胳，尋找「更重的劍」和「更長的路」的具體內容：中國鄉愁和中國認同，所謂民族家國的大愛。

〈步下紅毯之後〉有一段描寫作者觀看國軍運動會的表演，突如其來的，她便想起了南京：

> 不是地理上的南京，是詩裡的，詞裡的，魂夢裡的，母親的鄉音裡的南京，……，依稀記得那些名字，玄武湖、明孝陵、雞鳴寺、夫子廟、秦淮河。[2]

她想起的南京是文化／文學上的、古典的南京，同時那裡也是父母親的故鄉，國民政府在此建國的歷史背景，賦予南京特別的歷史意義，因此國軍運動會喚醒了她的文化／歷史鄉愁：「我了解了那份渴望上下擁抱五千

---

[*]發表文章時為臺灣師範大學國文研究所博士生，現為元智大學中國語文學系教授兼系主任。

[1]張曉風，〈步下紅毯之後〉，《步下紅毯之後》（臺北：九歌出版社，1985 年），頁 60。

[2]張曉風，〈步下紅毯之後〉，《步下紅毯之後》，頁 57。

年，縱橫把臂八億人的激情」[3]；當然也召喚民族／國族認同，「我無法遏抑地想著中山陵，那仰向蒼天的階石，中國人的哭牆」。[4]張曉風擅長運用意象，中山陵不只是一個實體，它更是一個象徵，令人想起偉人已逝、哲人已遠、中華民國建國史、先賢的篳路襤褸，以及抗戰等等愛國情緒；也令她充滿家國之思，想起父親是守土的軍人，曾經以身衛國，以及因戰爭而骨肉分散的中國人。

歷史記憶滲透到民族意識中，除了體現族群特徵的歷史事件、人物，各種象徵無不成為記憶的對象，張曉風常透過對中國文字、文學和文化的熱愛和優越感，或是歷史人物如岳飛、蔣中正所折射她的中國認同，她曾以〈黑紗〉哀悼蔣中正的逝世，又以〈中庭蘭桂〉再寫她對蔣中正的崇敬之情。〈黑紗〉的端肅哀矜之情更把個人（蔣中正）、家國（中華民國）和中國歷史文化綰連在一起：

> 身為一個中國人，我們佩帶黑紗並不自今日始，每想起那片廣袤的土地，那片收割過四書五經的土地，那片哺有過堯舜禹湯的土地，那片每一寸泥都吟誦著歷史的土地，我們的心脈怎能不呼嘯成一首輓歌，黑紗在我們的左臂，黑紗在我們的右臂，黑紗於我們是一面命運的網，當頭罩下，把我們掩入巨大的漫天匝地的神聖悲哀。除非讓我們的眸光朝聖於萬里長城，讓我們的雙耳膜拜怒濤裂天的黃河大江，我們的心永遠是在風中泣血的孤哀子。[5]

國喪始佩帶黑紗，但作者卻以為，中國人自離開那片大陸，左右臂早就佩上無形的黑紗了。這個標誌固然因為蔣中正的逝世而具體化，但身為中國人，面對回不去的故土和歷史，無疑形同被流放子民，因此她的目光和余光中一樣，總

[3]張曉風，〈步下紅毯之後〉，《步下紅毯之後》，頁 59。
[4]張曉風，〈步下紅毯之後〉，《步下紅毯之後》，頁 58。
[5]張曉風，〈黑紗〉，王鼎鈞等編《中國現代文學年選（散文）》（臺北：巨人出版社，1976 年），頁 221。

是望向海峽對岸，那塊古老陸地是歷史民族的源頭：長江、黃河、萬里長城都是典型的中國地理象徵，四書五經是中國讀書人修身齊家的必備經典，堯舜禹湯亦是聖人的典範，因此這段文字的敘事空間拉得極遠極長，也十分有概括性，想像的維度藉著這些符碼得到最好的發揮。

這篇文章傾訴的對象是她的孩子「詩詩」和「晴晴」，但讀者閱讀此文時，卻可以很清楚地感受到這兩個名字並不是全部的對象，作者其實在向我們——所有的「中國」讀者——傾訴她的中國鄉愁。她在召喚、凝聚一種中國認同。這種偏好閱讀（preferred reading）是一種書寫策略，可以誘導讀者的閱讀方向：長安的柳色和江南的荷葉並不只是唐詩宋詞裡的唯美浪漫，那更是許多曾經在那裡生活過的人切膚的痛：

> 我卻獨自在勒馬洲憑著一截短欄，面對無限江山。前一步即故國，而我們卻必須勒馬，勒飛馬於危崖也許還不難，但勒不住的是淚，勒不住的是滿腔的故國之思。終於，勒不住的悲哀翻湧而下，一條長流的深圳河，一堵淺淡欲溶的遠山，故國就在那邊——我們列祖列宗的墳塋。[6]

這段文字「欲說還休」的是「無限江山，別時容易見時難」，一種李後主式的家國離愁，土地仍在，中國仍在，卻只能以不在的形式被想像。作者位於香港的勒馬洲，一水之隔是她日思夜想的中國，但正如地名所提醒的，歸鄉的腳步必須在此停下，只允許望鄉的眼神隔水遠眺。中心／邊緣的對比在此具體呈現，同時也意味著作者流離／放逐的身分。祖宗的墳在那裡，但是作者無法去掃，遂只能以淚遙奠：「我唯一可奠的是久違的溫柔的故土，我的淚是最辛最澀的苦艾酒，奠於我最愛的故土」。[7]海那邊的墳既不能掃，而回到臺灣，作者面臨的卻是英雄的凋萎。

張曉風所型塑的蔣中正是民族英雄，她是在用一種「高華而浪漫的愛在愛

---

[6]張曉風，〈黑紗〉，《中國現代文學年選（散文）》，頁 222。
[7]張曉風，〈黑紗〉，《中國現代文學年選（散文）》，頁 222。

他」。把蔣中正視為整個中國英雄的象徵，其實是意識形態的投射，崇敬民族英雄和熱愛中國乃一體之兩面，作者論斷蔣中正的死亡原因並非肺炎和心臟病時，必然要將他和中國的命運牽連在一起：「他的肺是因吞吐整個中國的憂患而壓傷的。他不是死於心臟病，他的心為八億悲劇而負創」[8]，蔣中正的生命和中國（人）相連，而且「八億」這個數字涵蓋了臺海兩岸的中國人，蔣中正被視為鞠躬盡瘁而死（尤其為的是八億蒼生）時，「一個偉大的中國人、一個英雄」的形象於焉成立。由此蔣的逝世喚起了中國情感，作者希望她的孩子知道：「你們有一位母親，比母親更母親，她是中國」[9]，「我們只願生生世世選擇中國，以及只有中國人才配承當的苦難」。[10]

既然強調中國是中華「民族」共同的母親，那麼這種先天的、血濃於水的關係就為想像提供了依據，誠如班奈迪克・安德遜所說，「民族」的想像能在人民心中召喚出一種強烈的歷史宿命感，從一開始，民族的想像就和個人無所選擇的事物，如出生地、種族、語言等密不可分，所謂的想像共同體就建基於這種宿命關係，使人們在民族的形象之中感受到一種真正無私的大我與群體生命的存在，他並且建議把民族主義定義為一種「血緣關係」（kinship）或宗教，而不是理解為「自由主義」或「法西斯主義」。[11]這種關係之所以建基於想像的基礎上，乃是因為即使是最小的民族國家，大多數的成員也彼此不了解，他們甚至也沒有機會相遇，沒有聽說過對方，可他們的心目中卻存在此同屬於一個社群的想像。這是民族認同的基礎，在強調我們是中華民族的時候，那即意味著我們擁有許多共同可以分享的事物，包括文學、歷史、文化，乃至英雄人物，由此凝聚一種禍福與共的民族情感。

張曉風第二次以蔣中正為書寫對象是〈中庭蘭桂〉，相較於〈黑紗〉的哀痛，這篇散文更強調「化悲痛為力量」，並且對話的對象從詩詩和晴晴

---

[8]張曉風，〈黑紗〉，《中國現代文學年選（散文）》，頁 223。
[9]張曉風，〈黑紗〉，《中國現代文學年選（散文）》，頁 224。
[10]張曉風，〈黑紗〉，《中國現代文學年選（散文）》，頁 224。
[11]班奈迪克・安德遜著；吳叡人譯，《想像的共同體》（臺北：時報文化出版公司，1999 年），頁 10。

換成蔣中正本身，藉謁陵抒發孤臣孽子的悲傷：

> 先生，我們可以失去一切，但我們不會失去你，我們不會失去自己，只要一份鬥志尚在，我們仍是鐵鑿鑿的中國人，我們仍可要回我們損失的一切。[12]

這篇散文的隱藏讀者，也即作者的預設對象是所有的中國人（至少是臺灣人，以及從臺灣出去的海外華人），他們對蔣中正有一定的認識，因此這篇散文會召喚起彼此的民族記憶，所以作者以「我們」代替「我」，那麼，「我們」損失了什麼，以致作者確鑿的表示：「我們仍可要回我們損失的一切」？

受過中華民國教育的中國人給出的答案大約是：期待收復被共產的中國故／古土、反共復國、復興中華文化等。國民政府從 1949 年遷臺起，強調國民政府為華夏的正統政權，臺灣是復興基地，基地者，起點也，也意味著還有長遠的民族大業，因此類似「徹底摧毀匪偽政權」的口號教育便是這個問題的民間版答案。張曉風昭示「我們是鐵鑿鑿的中國人」時，也意味著我們有捍衛中國傳統文化的責任。作者不只哀悼蔣中正的逝世，也為「國之大老」如方東美、唐君毅、沈剛伯等逝世而哀傷；她哀悼的其實是一種「典型」——知識分子、政治人物等捍衛中華文化者。

文化是經過論述生產和制度化運作出來的，在經過條理化的書寫後，論述成為散播文化建構的主要媒介，方東美等以知識分子的身分對中國傳統思想的闡釋／論述，是國族的重要建構。國民黨政權也常描述本身為「傳統中華文化」的保護者。[13]這種概念反映在其對中國話、思想與文明的

---

[12]張曉風，〈中庭蘭桂〉，《步下紅毯之後》，頁 118。

[13]蔣中正於 1962 年的孔孟學會訓詞中，有以下的訓示：「今日之反共鬥爭，追本溯源，實為思想與文化戰爭，未取決於疆場，先取決於人心；不專恃武力以制敵，而尤繫於道德精神之重振。因此，如何研究孔孟學說之精義，弘揚中華文化優美之特質，而能即知即行，實踐於日常生活之中，俾得拯救陷溺之人心，而掃除共匪之思想毒素，發揮成仁取義之精神，以挽回人類空前未有

態度上，特別相對於中國大陸，華夏代表一種對歷史傳統的隱喻性捍禦，因此國家、知識分子和其他既得利益者，常以「社會整體」的姿態發言，反共成為全體人民應有的共識。

張曉風的〈黑紗〉寫於 1975 年，三年後繼而再寫〈中庭蘭桂〉。按施淑的觀察，1960、1970 年代的臺灣文藝思潮，「首先都會把它與 1950 年代的官方文藝、反共文學畫清界限，視之為戰後臺灣『純文學』或嚴肅的、獨立的文藝創作的真正起點。而後，再以 1971 年的保釣運動作為區隔這兩個十年的文學思潮的分水嶺，以 1960 年代的現代主義運動，1970 年代的鄉土文學論戰，標示兩個十年的思想及創作的主導方向，判別從 1960 到 1970 年代，文學發展上的階段性的、實質意義的演變。伴隨這樣的論述，大都會帶出一個價值判斷的結論，那便是無根的、自我放逐的、形式主義的 1960 年代，和鄉土的、民族認同的、現實主義的 1970 年代」。[14]相對於施淑對 1960 年代文藝思潮的描述，張曉風的散文創作卻是一直沿著「小我」與家國之思的「大我」這兩條主軸去發展的，余光中在〈亦秀亦豪的健筆〉一文中指出，張曉風雖成名於 1960 年代臺灣文壇西化的高潮，卻不嘆人生的虛無；雖是女作家，卻無閨秀氣，反有一股勃然的英偉之氣，而且能把小我拓展到大我[15]，因此所謂無根的、自我放逐的、形式主義的特色無法涵攝張曉風的特色。如果 1970 年代是屬於鄉土的、民族認同的、現實主義的時代，那麼張曉風毋寧是中國的、（中國）民族認同的、不屬於任何主義的歧出分子。相較於詩及小說，散文對主義／思潮的接受幅度本來就不大[16]，況且，張曉風散文裡的中國認同與其成長背景應當有密切的關係：

之浩劫，實為今日嚴雒之課題，抑且為吾人義無反顧之責任。」劉真，〈中華文化復興運動的時代意義與實踐途徑〉，《中華文化復興月刊》第 19 期第 10 卷（1986 年 10 月），頁 43～44。蔣中正以為，只有復興中華文化，才能反共勝利。類似復興文化的論述，在《自由月刊》、《孔孟月刊》及《中華文藝復興月刊》等俯拾皆是。

[14]施淑，〈現代的鄉土——六、七〇年代臺灣文學〉，收錄於楊澤主編，《從四〇年代到九〇年代：兩岸三邊華文小說研討會論文集》（臺北：時報文化出版公司，1994 年），頁 253。

[15]何寄澎主編，《當代臺灣文學評論大系：散文批評》（臺北：正中書局，1993 年），頁 370～371。

[16]余光中在《中華現代文學大系》的總序裡論及散文和文藝思潮的關係時說：「散文既是非虛構的常態作品，不像其他文類那麼強調技巧，標榜主義，所以不是評論的兵家必爭之地，論戰也少。

出生於浙江金華以及後來的中文系教育，都使她的散文一直與「中國」有緊密的對話。她在〈步下紅毯之後〉明確的宣示要走出閨閣，出走的方式卻不是截然與之決裂，而是把大我融入生活細節，以小我見大我、二者相融的方式招示她在風格上的裂變。

在〈你還沒有愛過〉，作者定義「愛」為「國家民族之愛」。她到紐約找一位據說「左」了的朋友，當大伙兒坐在異國瀟灑地談論中國時，作者這樣表示：

> 我不要站在隔岸，我既經決定縱身入火，就已放棄隔岸觀火的悠閒。我在火裡，和萬千人比肩，這場火會焚我們成灰？抑煉我們成鋼，答案總會分曉。我們要賭這一口氣——跟火，也跟岸上觀火的袖手人。[17]

余光中評張曉風的散文有一股英偉之氣，泰半源於這種家國之愛，以及類似以上引文的那種「雖千萬人吾往矣」的胸懷。當一個創作者選擇了中國，也意味著選擇了一種發聲的位置和姿態，同時也決定了溝通視域（communication horizon）。作者在書寫／說話的時候，其實已經設定了聆聽的讀者。在 1960、1970 年代政治文化都披上民族主義外衣、許多作家對中國仍存有幻想的時候，必然有不少隱藏讀者會感同身受，當會接納／同意這樣的說法。張曉風無法同意置身事外的態度，雖然如此可以全身，可以不必為火所傷，作者仍然選擇了介入的敘事策略。

這種介入的勇氣成就了張曉風的散文特色。散文最可以看出一個創作

---

20 年來臺灣散文的變化，顯然不像詩和小說那麼劇烈。文壇的風潮，從 1960 年代的現代主義捲向 1970 年代的鄉土文學與寫實主義，到了 1980 年代，又在高度工商化與快速都市化的壓力之下，引進了後現代主義的理論，並且實驗魔幻寫實，對傳統的寫實主義有所反動。而漸至 1980 年代末期，在大陸政策開放之下，文革以後『新大陸』興起的反樣板、反遵命文學作品紛紛在臺灣轉載、出書，並引起學者與作家的注意。這一連串的變化對臺灣文類的影響，首在小說，次及詩，但對散文或戲劇的波及則有限。」余光中總編輯，《中華現代文學大系：臺灣 1970～1989》（臺北：九歌出版社，1989 年），頁 16～17。

[17]張曉風，〈你還沒有愛過〉，《你還沒有愛過》（臺北：大地出版社，1981 年），頁 217。

者的世界觀／人生觀，個性、生活往往在散文裡得到最直接的轉化和呈現，介入的態度使張曉風深入生活／事物，並提煉出這樣的句子：「那個溫柔的、巨大的、堅實的、強悍的愛你還不曾經歷。你還是一個筆畫尚未寫完的字，讀不出意義來」，隔岸觀火的人是筆畫尚未寫完的字，讀不出意義，那麼縱身入火的人就是一個筆畫完整的字，不僅完成了自身的意義，也強化了她散文的價值觀和意識形態。她認為隔岸觀火的那人，「你還沒有愛過，雖然你匆匆去找一個對象並且努力認同，雖然你讓自己恍惚感到一份悲壯偉大的情操。而一轉眼，地覆天翻，四人幫萎落塵泥，你才發覺你在崇拜一個並不存在的神祇，你發現整個事件是一場虛空的單戀」[18]，大部分具有中國情懷的作家基於對文化、歷史的認同，都抗拒共產黨世界觀的極端教條，這固然和臺灣的意識形態國家機器的運作有關，但是許多作家對於中國的依戀都起始於對故國的土地認同：他們曾經在那裡生活過，對中國有一份情感，而意識形態國家機器正好利用這樣的關係駁接到政治上，於是我們讀到表面上一致的反共復國，而內裡卻是基於不同的需要和慾望再現的中國圖象。

張曉風的中國認同正是建基於這樣的認知上，正因為不在中國，中國必須以散文的形式而在，只是如此卻更加突顯了中國的不在。周英雄和陳其南在《文化中國》一書的前言指出：「生活在（或文化中國）中的人，他們對於認同的需求，可能遠低於身居文化圈的人」[19]，如果這項假設成立，那麼在中國（中心）的人本身不會像臺灣、或海外華人那麼急切追求中國認同。臺灣在中國的邊緣，邊緣的位置不只是地理的，更是心理的，因此創作者得以按照自身對中國的詮釋和慾望再現他們的中國。

張曉風所形構的中國圖象，常以「在風雨裡」，也即在苦難中的形態出現，以期喚起／凝聚中國認同，以風雨喻時局不安典出有故，《詩經・鄭風・風雨》有「風雨如晦，雞鳴不已」的句子。〈你還沒有愛過〉其中一

[18]張曉風，〈你還沒有愛過〉，《你還沒有愛過》，頁218。
[19]陳其南、周英雄編，《文化中國——理念與實踐》（臺北：允晨文化公司，1994年），頁9。

節，寫一本民國 14 年黃埔一期的那本畢業年刊，「怎麼也曾有如此一本同學錄，沒有彩色，只有風雨」[20]，「每翻一張扉頁，竟覺得在腕底翻起的是颯颯然的八方風雨」[21]；所謂沒有色彩，只有風雨，是因這些畢業學生的未來必須交給戰爭，前程生死未卜，所以在那本同學錄裡沒有人寫上鵬程萬里，也沒有前途光明。雖然如此，但作者認為他們為國家愛過，生命因此而有了重量。她認為這樣的人是中國最需要的：「一種殉道者，或活著、或死去，他們必須是在某種關頭將身家性命付之一炬的人」。[22]

作者在〈愁鄉石〉一文同樣傳達這種人生觀：

> 在這個無奈的多風的下午，我只剩下一個愛情，愛我自己國家的名字，愛這個藍得近乎哀愁的中國海。
>
> 而一個中國人站在中國海的沙灘上遙望中國，這是一個怎樣鹹澀的下午！[23]

望鄉的結果最後只能愁鄉，這是作者在沖繩島極北之鵝庫瑪海灘遙望中國所產生的喟嘆，風聲不只是時局不安，亦以喻心情不寧，更何況一個中國人只能在「中國」海的沙灘上遙望中國，更使人意識到不在中國，因此無奈的豈止是風，那更是作者的心理寫照。

當她懷著故國之思時，亟目所見，無非鄉愁，沙灘上的小石子也令她想起故鄉的雨花石，於是她撿了幾顆帶走，理由是這些石頭日夜被來自中國海的浪頭所沖刷，它們或許藏著故鄉的消息；另外一個理由是，這些石頭和作者一樣，都來自一個島，都曾日夜的凝望著相同的方向。把個人的情感比附在石頭上的擬人化寫法，充分傳達出作者的去國之思，從去國之思的角度觀看事物，自然有了以下的結論：

---

[20]張曉風，〈你還沒有愛過〉，《你還沒有愛過》，頁 227。
[21]張曉風，〈你還沒有愛過〉，《你還沒有愛過》，頁 227。
[22]張曉風，《給你》（臺北：宇宙光出版社，1983 年），頁 52。
[23]張曉風，《愁鄉石》（香港：基督教文藝出版社，1982 年），頁 32。

> 我木然地坐在許多石塊之間，那些灰色的，輪流著被海水和陽光煎熬的小圓石。
>
> 那些島上的人很幸福地過著他們的日子，他們在歷史上從來不曾輝煌過，所以他們不必痛心。他們沒有驕傲過，所以無須悲哀。他們那樣坦然地說著日本話，給小孩子起日本名字，在國民學校的旗竿上豎著別人的太陽旗，他們那樣怡然地頂著東西、唱著歌，走在美國人為他們鋪的柏油路上。
>
> 他們有他們的快樂。那種快樂是我們永遠不會有也不屑有的。我們所有的只是超載的鄉愁，只是世家子弟的那份煢獨。[24]

從作者對沖繩島居民的批評，我們可以看出作者對中國的自豪，一個曾經在漢唐創造出輝煌歷史的民族，曾經擁有政治、文化霸權的中國，確實令許多中國人引以為傲，這種文化優越感或中國中心、文化本體化的視野固然有違後現代「去中心」的精神，但是這樣的想法卻是在 1960、1970 年代政治文化都披上民族外衣之下的產品。孤臣孽子的流亡心態，普遍反映了他們的鄉愁；作者在後記嘗言：「余今秋曾往一遊，去國 18 年。雖望鄉亦情怯矣。是日徘徊低吟，黯然久之。」[25]他們追求一個無法企及的中國，眼前的現實對比之下就顯得欠缺／不完美。正如卡露兒・符蓮（Caryl Flinn）談到美國普及文化的懷舊潮時所說：「不論是經典或是當代的故事，總把現在看成充滿缺陷和不足，而過去則表現得相對地完整，具權威性及充滿希望，是一塊『較好』的地方。」[26]因此不在的中國是一個較好的所在，所有的所在相對之下都顯得不那麼完美。

「中國」作為一個符號，其實指意義已被膨漲、擴大，甚而架空，作者填進個體的想像，所謂的家國認同，已經越過了「現實」中國，而指義

[24]張曉風，《愁鄉石》，頁 33。
[25]張曉風，《愁鄉石》，頁 35。
[26]轉引自周蕾，《寫在家國之外》（香港：牛津大學出版社，1995 年），頁 41。

「過去式」的中國，因此我們讀到的中國圖象有兩個特色：一是中國（自我）中心，一種對偉大文明的歸屬感和依照知識菁英的行為標準而恰當地行動，王賡武所謂的「歷史身分認同」（historical identity），這是源於民族情感，亦是安德遜一再強調的想像共同體的特色；源自這種情感，面對現實中國，他們必然要批判、反共。

張曉風的散文明顯體現了以上兩種特色，身分認同使得她的散文和中國形成綿密的對話關係，譬如「我一向不敢多碰『中國』那兩個字，他太巨大、太沉重、太美、太神聖！那樣簡單的兩個字，卻也是那樣生生世世說不完的兩個字」;「這樣的一個民族，一個一個守著他們的姓，守著他們的祖塋，守著幾畝薄田，咬住牙把日子熬下來了」[27]；「當我在東京撫摸皇苑中的老舊城門，我想的是居庸關，當我在午後盹意的風中聽密西西比，我想的是瀑布一般的黃河，血管中一旦有中國，你就永遠不安」[28]；「丈夫喜歡瓜子，我漸漸也喜歡上了，老遠跑到西寧南路去買，只為他們在封套上印著『徐州』兩個字。徐州是我沒有去過的故鄉」[29]；「六月裡一個下午，我坐在延吉街陶藝教室裡拉坯，滿身滿手都是泥——那泥不是我所嚮往的塞北莽莽黃沙，也不是魂夢裡的江南沃腴」。[30]張曉風擅長在生活細節中尋找不在的中國，中國或許因此而變成一種生活態度，一種思考方式，中國確實巨大而沉重，正如她在〈黑紗〉和〈中庭蘭桂〉中所傳達的，中國人才配有這麼沉重的苦難，苦難變成一種正面的價值，是高尚的情操，這是作為中國的孩子所必得要承擔的，不只如此，張曉風的中國也涵攝海外華人：

這樣的一個民族，不管在南洋，在加州，他們仍然住在寫著「居仁」、「由義」或「桂馥」、「蘭馨」的屋子裡，仍然用長布帶條背負著孩子，

[27]張曉風，《給你》，頁 50～51。
[28]張曉風，《步下紅毯之後》，頁 62。
[29]張曉風，《步下紅毯之後》，頁 161。
[30]張曉風，《我在》（臺北：爾雅出版社，1985 年），頁 163。

並用「牛郎織女」、「桃園三結義」的故事把他們餵大。而且，仍然可以五代同堂！他們可以把任何異域住成中國。

用一種倔強的手勢緊緊抱住傳統，讓別人訕笑唐人街，但我總覺得那種執著的擁抱裡有些讓人忍不住要落淚的甚麼東西！一種極美極莊嚴的甚麼東西。[31]

我們可以就這段文字對比周蕾在《寫在家國以外》所說的：「『中國人』由於缺乏一個民族宗教，一個強大統一的政體及一種建基於國家統一之上的身分，甚至許多時也缺乏在中國大陸生活的可能，所以必須以『中國種族一體性』這樣的號召作為一種回歸的滿足，儘管這些號召是虛幻，又具操縱性的」。[32]張曉風在引文第一段所傳達的，正是周蕾所謂「中國種族一體性」的觀念，它具有想像的特質，就像安德遜定義民族的時候所說，因為作者不可能都認識他們，也不可能聽說過他們，但是緣於血緣、語言、文化等相同的推論，我們認同他們為一個共同的群體。

杜維明在 1991 年的 *Daedalus* 雜誌所提出的文化中國（Cultural China），就試圖建構一個更新的「中國性」基礎，他把文化中國看成是三個象徵世界，第一象徵是以華人為主要居民的大陸、臺灣、香港、新加坡四地；第二象徵世界是以海外華人為主，包括馬來西亞華人及美國的華人；第三象徵世界包含了關心華人世界的知識分子和學者[33]，張曉風的這段文字特別能夠以杜的文化中國概念去闡釋，杜的文化中國試圖超越國家界線，「華人流離鄉愁的經驗代

---

[31]張曉風，《愁鄉石》，頁 50～51。

[32]周蕾，《寫在家國之外》（香港：牛津大學出版社，1995 年），頁 34。

[33]Tu, Wei-ming, "Cultural China: The Periphery as the Center," *The Living Tree: The Changing Meaning of Being Chinese Today* (California: Stanford University), pp.13-14.杜維明的「文化中國」自 1991 年提出之後，受到華人世界廣泛討論，亦有學者作不同的補充和延伸，詳見周英雄和陳其南編《文化中國——理念與實踐》所收論文；周蕾亦有相關的評述，見《寫在家國以外》。以及陳奕麟〈解構中國性〉一文。杜所劃分的三個象徵世界尚有商榷的餘地，尤其以華人人口比例把新加坡列為第一象徵世界，而忽視了華文在新加坡實際上並非第一語文的情況，而華人文化經過新加坡化之後，是否能符合杜所定義的文化中國，《亞洲華文散文的中國圖象（1949～1999）》第三章將再論述。

表各種可能的中國性建構的光譜，至少後者在傳統上由中國中心的中央權威所型塑的」[34]，這是一種新的中國性之延伸，以文化為主體，建構無疆界的中國認同。不過杜所倡導的文化中國其實是一個較著重於上層士大夫或士紳階級的精緻文化所構成的模型，是所謂的大傳統。[35]張曉風所舉的「居仁」、「由義」、「桂馥」和「蘭馨」的例子，源自孟子與屈原，是杜所謂的精緻文化；至於「桃園三結義」或「牛郎織女」的例子，則是屬於「小傳統」。此乃杜所沒有論及，而李亦園在〈以民間文化看文化中國〉所補充的民間文化部分。

張曉風在〈扛負一句叮嚀的人〉藉索忍尼辛訪臺，抒發中華民族離散之傷。作者把索忍尼辛比之於中國的岳飛，都是「以天下為己任」的文人，背上都扛負著「精忠報國」這四個字，「那也是我們的母親在我們少年時期就為我們刺上的，那母親是我們歷盡劫難的文化和傳統」[36]，這是張曉風在〈黑紗〉就說過的，我們（中國人）只有一位共同的母親，母親所象徵的除了中國鄉土之外，就是文化母體。在張曉風看來，這兩者最後必然是二而一的：

> 我們是 Chinas，僅僅多了一個 s 的悲劇啊！我們是硬生生被折斷的銅鏡，但堅信華夏的光榮仍有一天會重新鎔鑄破鏡為完整的圓。……沒有一個淵深博大的文化會長期被共產主義擊倒，像人體，自有其自衛機能，所有的病態終有一日會恢復為生理常態，而且，自此以後，永遠免疫。中國當有此一日；俄國亦當有此一日。[37]

[34]陳奕麟，〈解構中國性：論族群意識作為文化作為認同之曖昧不明〉，《臺灣社會研究季刊》第33期（1999年3月），頁117～118。

[35]李亦園以〈從民間文化看文化中國〉補充杜的論述，收入《文化中國——理念與實踐》，頁 11～28。

[36]張曉風，《我在》，頁163。

[37]張曉風，《我在》，頁53。

從以上引文，我們發現作者深信蔣中正所說的，只有復興中華文化，才能抗衡共產主義。其二，作者以臺灣為復興基地，終有一天，我們會是 China，而非 Chinas。這是對中國遠景的美好想像，正如作者說的，「年年暮春，我們不會忘記江南的鶯飛草長，雜花生樹」[38]，「必然有風在江南，吹綠了兩岸，兩岸的楊柳帷幕……必然有風在塞北，撥開野草，讓你驚見大漠的牛羊……」[39]前者的想像來自丘遲的〈與陳伯之書〉，後者則出自王安石的詩句「春風又綠江南岸」，以及〈敕勒歌〉，這是把古典中國加諸於現實中國的想像，這樣的想像使作者深信為一段大愛所受的苦，是應該，也值得的。

張曉風以「我在」的介入態度去追尋不在的中國，這是流離之子對文化、鄉土母親的情感，其中固然有時代的因素，但是作為一個曾經在那塊土地居住過的「中國人」，土地認同加上文化認同，使中國相對於臺灣，呈現中心／邊緣，完美／缺陷的鮮明對比。這樣的書寫角度，只有突顯中國的不在，「中國」成為作者所苦苦追尋／等待，卻永遠無法企及的符號。

——選自鍾怡雯《亞洲華文散文的中國圖象（1949～1999）》
臺北：萬卷樓圖書公司，2001 年 1 月

[38]張曉風，《我在》，頁 54。
[39]張曉風，《步下紅毯之後》，頁 169。

曉風在地毯的這一端

◎夏祖麗*

現在才 30 歲出頭的曉風，早在 10 年前就開始寫作了。26 歲那年，她的第一本散文集《地毯的那一端》就得到了第二屆中山文藝獎的散文獎，她是歷年來最年輕的中山文藝獎得獎人。

曉風的散文是以風格幽美、文筆清新著名的。把她那本《地毯的那一端》和近年來的作品比較來看，會發覺她的作品無論在技巧上、內容上都有了很大的不同。她說：

「當我寫《地毯的那一端》時，年紀很輕，我還沒有結婚，在我心目中婚姻就是愛情，那時我用一種單純、狹窄的眼光來觀察周圍的事。近幾年來我才慢慢發覺人性問題是很複雜的，因此描寫起來比較吃力。我也發覺婚姻中不只是愛情，責任也是很重要的了。我常覺得《地毯的那一端》的時代已是離我那麼遙遠了。」

她寫《地毯的那一端》時還沒有結婚，在紅色地毯的那一端正有一個年輕男人等著她，從那本書中可以看出一個少女的純潔情懷。《愁鄉石》是她最近出版的一本書，風格就和以前不太相同了。書裡除了描寫孩子和自然外，還寫了她對於大陸故土的繫戀。她說：

「其實我是沒有資格患懷鄉病的，我從大陸逃來臺灣的那年才八歲，對於大陸故土的記憶朦朧得恍如隔世，但是，不知為什麼這種潛伏的懷鄉病竟越過了我的童年和少女時代，在某個宜於賦歸的秋日突然發作，並且時時復發，是一種不能也不願治癒的痼疾。」

---

*作家。發表文章時為《婦女雜誌》編輯，現旅居美國，專事寫作。

「我常常想：要怎麼樣才配寫莊嚴的故國之思呢？我竭力使自己的作品中少一些華美，而增添一些深度。我想向兩端伸延，一端想去觸及古典，一端想去控制現代，這當然是一種艱辛的嘗試。」

在《愁鄉石》裡，她的散文風格可以說是更臻完美、成熟了，像她在〈一鉢金〉文中所描寫的一段：

「鄉居的日子是一鉢閃爍的黃金，在貧乏的生活裡流溢著舊王族的光輝。」

「過完了整個沒有花的春，過完了半個只有熱風沒有蟬鳴的夏，我們遂把行囊攜到這一排密生的叢竹之下。竹影中有一幢小屋，小屋前有繞宅的七里香，小屋後有老去的葡萄藤。」

多簡練的文筆！多美的境界！

在這高度文明的社會裡，人都盡量掩飾自己的情感。有許多人要提高自己的生活水準，只得一天到晚到處兼差賺錢，心情上也就特別容易麻木。她認為人在某些時候應該放下自己繁雜的事務到鄉村或郊外去走走，不但能使身體健康，也能保持心情上的敏銳，這樣對寫作是有幫助的。

她認為人對寫作或多或少都是有興趣的，但真正寫作的人卻是要超出興趣之外的，必須要有堅強的意志力才能成功。這也說明寫作是很艱苦的。

她認為一個作家要隨時保持敏感度，要學會儲存靈感的功夫，她是不太信任那種突如其來的靈感的。

曉風每天的生活是相當忙碌的。她有兩個孩子，一個四歲，一個一歲半，正是最需要母親照顧的年齡。每天早上，她到東吳大學去教書，下午多半在家裡照顧兩個孩子。有時兩個孩子睡午覺了，她才能抽空看點書。她不太敢養成過有規則的生活習慣，因為隨時會有不規則的生活。晚上，孩子們睡後，她才比較有空閒的時候，她多半是準備第二天的課業，經常要到深夜一、兩點鐘才睡的。

忙碌的家庭生活是不是會影響到她的寫作呢？

她用她那特有的略帶鼻音的聲音緩緩地說：「寫作是需要時間的，我的確常常感到缺乏長期安定的時間，沒有辦法花上幾個小時安安靜靜地坐在那裡整理思緒，這樣也就比較不容易寫出氣魄大的東西來。但從另一方面來說結婚以後也有優點，許多以前無法感受、無法體驗到的事情我都親身體驗到了，這對寫作也是有很大幫助的。」

她要出去做事，又要照顧家庭和孩子。她並不特別抱怨這種生活。她認為一個職業婦女必須盡量想出節省時間和利用時間的方法，也就是處理一切事情要快、要有彈性，這樣才不會覺得太委屈了自己。她說：

「職業往往可以平衡一個女人的情緒，在這個世界上，不論是男人或女人都要有一種有用的感覺，這樣他（她）才會正常，才會快樂，才不會自怨自艾。」

現在她家裡請了一個幫忙半天的傭人，每天一大早來替她帶孩子，整理家務，做三頓飯，分擔了她的一部分勞心勞力的事情。她認為國內的人是有福氣的，還能有機會請傭人幫忙。有了傭人幫忙，自己才會有空閒的時間去思想。過去農奴制度下有主奴階級之分，人們認為是不人道的，但在那種制度下卻造就了不少才華。

曉風盡量不讓忙碌的家庭和職業生活影響到她的寫作。這幾年來在寫散文、寫小說外，還寫了許多劇本，像〈畫〉、〈無比的愛〉、〈第五牆〉等，她還把它們搬上舞臺演出。〈畫〉曾得到三座話劇金鼎獎。〈無比的愛〉是她根據美國作曲家彼得遜的聖樂劇改寫而成的。這個話劇是將音樂透過戲劇和朗誦詩展現在舞臺上，這在臺灣還是創舉。〈第五牆〉也得到了今年話劇金鼎獎的最佳編劇獎。

認得曉風的人都知道她是個虔誠的基督徒。宗教對於她的寫作和生活有著很大的影響。她曾說過：

「我覺得人活著最大的權利是享受美，最大的義務是製造美。我接受基督，是因為知道除此之外，別無他途能使人生真正完美。我期望人人都建立起美的王國。」

她認為宗教能使人的感情和同情更敏銳、更強烈。在這個人們彼此孤立的社會中，宗教往往能使全世界有了宗族感。

最近，一家出版商出版了一套「中國文學大系」。很有系統地介紹二十年來中國的文學作品，已經出版了兩本詩集、兩本散文集和四本小說集。其中散文部分就是由曉風主編的。為了很客觀、很有系統地介紹中國近二、三十年來的散文，她著實花了一番功夫去收集。

她說：「我們近二十年來的作品都不為外人知道，外國人印象中的中國文學仍是停留在魯迅時代。學術是需要長期安定的，近二十年來，我們的社會很安定，所以我們現在的文學成就早就超過五四時代了。我們應該很客觀、很有系統地把這一時代的中國作品介紹出來，這也可以代表中國文學進步的痕跡。」

從寫散文、寫小說到編寫劇本，曉風還是比較喜歡寫散文。她認為散文可以直接表現，但需要文字修養。寫小說就不同，著重情節、結構，並不需要太好的辭藻。她認為劇本不像散文，不能有即興的表現，而且搬上舞臺後往往是效果不如理想，但是它的影響力卻比小說和散文要大。

從《地毯的那一端》到地毯的這一端，曉風結婚已經八年了。她的先生林治平和她可以說是志同道合，他們曾一起從事舞臺劇。曉風對兩個孩子付出了無限的愛心、耐心和時間。她對孩子說話也永遠是那麼細聲細氣、慢聲慢調的，從不大聲喊叫。

她看著兩個正在地板上玩耍的孩子，沉緬在自己的思想中說：「幸福與不幸福是很難下定義的。人在小時候會去和別人比自己的父母；長大了，結了婚又會比配偶；老了，又會比子女。一個人如果一輩子老想和別人比，那不會幸福，倒不如倒過來肯定自己的價值。我這樣說不是表示人能滿足現狀就夠了，而是希望每個人了解自己在人生的舞臺上扮演的是怎樣的角色，也許自己這一生都不是主角，但只要自己扮好自己的角色，就會感到很愉快、很幸福的。

「我過去常常很武斷地認定哪種生活是幸福，哪種是不幸福，現在我卻不敢這麼武斷了。我覺得一個人能適應自己的生活，就是幸福。」

她認為夫妻不但要彼此相愛，還要有共同的喜愛，這樣，家庭中才會有共通的東西，父母、夫妻、子女、兄妹彼此間才不會有隔閡。

——選自夏祖麗《她們的世界》

臺北：純文學出版社，1973 年 1 月

「一個是『中國』，一個是『基督教』」
論張曉風的創作與基督教文化

◎楊劍龍*

臺灣作家張曉風是一位頗有成就的作家，她的創作以散文為主，涉略小說、詩歌、戲劇。當有人問及其創作的主題時，她回答說：「我裡面有什麼，湧出來就是什麼。像 T. S. 艾略特，他的每一篇詩，每一曲戲都充滿『基督教』。如果有人分析『我』，其實也只有兩種東西：一個是『中國』，一個是『基督教』。」[1]張曉風認為對她影響最大的書是《聖經》和《論語》。她說：「在生命早期所讀的書，對一個人的影響特別大。《聖經》和《論語》，是我少年時期所接觸到的書，我說對我影響比較大，說得更確切一點，應該是指在內容方面，而不是指在語言方面影響我。所謂內容方面是指讓我認識一些屬於永恆的真理。」[2]作為基督徒的張曉風，她的創作深受基督教文化的影響。

「若是沒有信仰，我再也想不出其他的意義了」

張曉風是一位十分虔誠的基督徒，她以一顆虔誠的心相信基督、皈依基督。她曾在長詩〈我是一棵樹〉中，以已成為了馬槽的一棵樹的視角，生動地描摹了耶穌基督在伯利恆一家小客棧的「人間最卑微的馬槽」中的

---

*發表文章時為上海師範大學人文學院教授，現為上海師範大學都市文化研究中心主任。

[1]轉引自路易士‧羅賓遜（Lewis S. Robinson）著；黃萱譯，〈20 世紀中國小說家眼中的基督教〉，《文學與宗教——第一屆國際文學與宗教會議論文集》（臺北：時報文化出版公司，1987 年）。

[2]吳榮斌，〈訪張曉風教授〉，《曉風吹起》（臺北：文經出版社，1989 年），頁 156～157。

降生。在詩中，張曉風真誠地謳歌基督的誕生，虔誠地詠讚基督對人世間的拯救，同時也深刻地敘述基督誕生後將面對的種種磨難與困苦。她禮讚耶穌誕生後馬槽的「希望橫溢的明天」，描述基督誕生後馬槽的感受：「雖然我仍會留在馬棚裡做一隻馬槽／但痛苦將是可忍受的，你已給我內在的甜蜜／羞辱將是可忍受的，你已給我內在的尊嚴／煩瑣將是可忍受的，你已給我內在的價值／腐朽將是可忍受的，你已給我內在的生機……」張曉風以擬人的手法抒寫基督的誕生，謳歌基督的充滿苦痛與犧牲的救贖。

在散文〈因為青春是這樣好〉中，張曉風讚嘆正邁向成功的青春，要人們珍視「他們生命中這美麗的一瞬」。並說：「青春是好的，是一切權利中最好的一種權利。但青春可以成為更好——如果青春也是一項責任。」在談及應學會對自己的以及對別人的關懷和擁抱時，她寫道：「很多詩人將青春吟誦給我們聽，但只有神的兒子耶穌基督將青春的生命運行給我們看，並且讓我們可以追隨它的軌跡。哲學家推給我們冰冷的課本，耶穌卻遞給我們溫暖的十字架。祂為涸死的動脈輸血，祂使不再激揚的生命重新澎湃。祂使山水成為山水，人物成為人物，祂使青春成為充分的有價值的青春。」張曉風在禮讚耶穌基督以其青春生命的運行拯救世界時，提出在青春時期對信仰的尋覓：「因為青春是這樣好，好得讓人措手不及，所以讓我們搶在它未鏽蝕未剝落之前，找到可以一路揚幟的信仰，以及可以投身燃燒的祭壇。」張曉風對基督的崇敬與信仰，在此可見一斑了。在〈給我們一個年輕人〉中，張曉風針砭年輕人的「熱情漸漸殭冷，血性漸漸淡薄」。她憤憤地說：「肯為時代流血的已經不復可尋，肯為理想流淚的已成陳跡，連肯為責任流汗的都已成為十分難得的人物。」張曉風焦急地叩問：「誰來告訴我們生命的定義？誰來指示我們奉獻的祭壇？誰來詮釋理想和信仰？誰來揭開永恆的奧祕？」雖然她未道出誰來告訴、指示、詮釋、揭開，但在其內心顯然指的是耶穌基督，只有他才能完成這樣崇高而偉大的神聖職責。因此，在〈如果你有一首歌〉中，張曉風把其心裡的歌呈獻給了耶穌基督。張曉風在對基督徒的闡釋中，肯定他們敢於為真理而獻身的勇氣，又讚賞他們對自身價值和他人價值的肯定。因此張曉風在〈山路〉中，對當教師的清溪居主人因學生的頑皮而自盡的行為作了否定。張曉風在該文的結尾處寫道：

> 白看見我嘆息，就仰起頭來問我：
> 「曉風，人生若不是為了信仰，卻還剩下什麼呢？」
> 我答不出來，我只能說：
> 「若是沒有信仰，我再也想不出其他的意義了。」
> 清溪居主人啊！這條路你是怎樣走過來的呢？你沒有信仰，沒有依靠，獨自摸索著一條寂寞的路。你厭惡名、厭惡利、厭惡世間的繁華，最後你也厭惡了生命，那麼，現在你還有所惡嗎？

張曉風肯定對基督的信仰，而否定無信仰的人生，更反對對生命的厭惡。她在對清溪居主人逝去的嘆惋中流露出對生命的肯定。基督教的教義注重對生命的珍視，而反對對生命的輕視。張曉風也正是從這種意義上，否定了對生命的輕視，呼喚對生命的珍視。

張曉風的內心深處充滿了濃郁的生命意識，對生命的肯定、珍惜和對生命內在張力的追求，成為她內心生命意識的豐富內涵。她在面對友人的訪談中說：

> 有時候說是個體與群體關係的一種覺悟，有時是把自己放在歷史中的覺悟。每一次一想到我自己是多麼渺小的時候，其實也就是我生命中的一個關鍵。
> 所謂自己的渺小，是包括體會到生死禍福是如何的無常，包括自己在社會中是多麼渺小，也包括自己在歷史中的微不足道。
> 每次想到這些，就覺得生命是多麼脆弱。
> 這種「生命是多麼脆弱」的痛感，好在並沒有使我消極，相反的，因生

命的脆弱而使我感到生命格外的可貴與值得珍惜，它也成為我追求藝術上的誠懇與熱心的動力。[3]

張曉風把個體置於群體、歷史的關係中，從而見出個體的渺小，把生命置於生死禍福的無常，從而見出生命的脆弱，但她卻從而更加肯定個體的價值、格外珍惜生命的存在。她的丈夫林治平在〈更好的另一半——我妻曉風〉一文中談及其妻子時說：「她喜歡的東西極多，總是恨不得一天有72 小時，她做每一件事都是全力以赴的拼上。她認為做人就應該享受生命中的每一種經歷。當然她所謂的享受絕不是追逐酒色的享受，而是充分的投入自然，投入人或事，有人問她某些事，實在沒辦法『享受』時該怎麼辦，『那你就「忍受」吧！』她總是很快樂的回答。」張曉風在面對個體的渺小、生命的無常中卻充分地肯定個體、把握個體、分外地珍惜生命、享受生命。

散文〈最後的戳記〉中，張曉風以深深的依戀之情憶寫近四年的校園生活，從學生證上的七個戳記回溯校園生活的點點滴滴，充滿了對青春奮鬥的肯定和對生命的珍視。她甚至回憶曾經有過的抱病上課的情景。作品在描寫學生證上被端端正正地蓋上了最後一個戳記後，作者寫道：「『我的主』，我抬頭望著藍寶石般的晴空，心裡默默地禱告：『但願在你的那本美麗無比的生命冊上，我的名字下也蓋滿了許多整齊而又清晰的戳記，表示你對我完成之事的嘉許，當我走完一生路程的時候，當你為我蓋下最後的戳記的時候，求你讓我知道，我曾有一個圓滿的人生！』」字裡行間洋溢著生命的追求與歡愉，充滿著對生命的讚嘆和肯定，同時也流露出對創造了生命的上帝的謝意和崇敬。張曉風在她的不少作品中，深深地讚嘆生命、熱烈地禮讚生命。在散文〈遇見〉中，她在描繪初夏之時坐在湖邊讀書看見有幾棵樹正在不斷地隨風飄散如雲似棉的白色纖維時，她感慨萬千：「我

[3]吳榮斌，〈訪張曉風教授〉，《曉風吹起》，頁 163。

不能不被生命豪華的、奢侈的、不計成本的投資所感動。也許在不分晝夜的飄散之餘，只有一顆種子足以成樹，但造物者樂於做這樣驚心動魄的壯舉……不知湖畔那群種子中有哪一顆種子成了小樹。至少，我知道有一顆已經成長，那顆種子曾遇見了一片土地，在一個過客的心之峽谷裡，蔚然成蔭，教會她，怎樣敬畏生命。」她在面對大自然中生命的頑強奮鬥中，表達了一種對生命的敬畏與崇尚之感。她甚至對大自然中的一草一木、一蟲一鳥，都流露出對生命的關愛和敬畏。在散文〈專寵〉中，久坐在山上的她面對偶然跳到衣袖上的土色小蚱蜢，紋絲不動地告誡自己：「不要動，不要動，這只小蚱蜢剛出道，它以為你是岩石，你就當岩石好了——免得打擊它的自信心。」這種對生命的憐愛與敬畏，充滿了對造物主的讚美和崇敬。

「誰能故國神遊而不愴然涕下呢？」

林治平在談及張曉風時說：「很多人都知道曉風是一個虔誠的基督徒，她的行事為人實在是遵循基督的聖範，但是真正認識了解她的人馬上可以感受到她身上激流著的中國血液，她的愛國熱忱與情操早已化在她熱烈的生命中，我相信熟悉曉風作品的人很容易探到她這兩種脈動，……」[4]作為一個虔誠基督徒的張曉風，以博大的心胸去愛這個世界，作為一個自小生長在古都南京的中國人，張曉風以熾烈的情懷去熱愛家鄉，熱愛祖國。她在其《自選集・序》中寫道：「……不知什麼時候，我變成了一個沉著的豪賭客，為中國。下注吧，看誰贏，就不信中國會凋落，這口氣到死也要鬥——我們才是真正的中國。」這種為了中國的富強而執著奮鬥的情懷，充溢著濃濃的愛國之情。張曉風在這篇序言的尾聲中親切地說：「像一口井，生根在自己的土地上，拒絕移植，不想興波助瀾，只想湧出一勺一勺淡淡的水，淡淡地交還給所愛的地方，所愛的人群。」這種生於斯、長於斯、紮根於斯的鄉土之情和愛國之情，在張曉風的

[4]林治平，〈更好的另一半——我妻曉風〉，《曉風散文集》（臺北：道聲出版社，1976 年），頁 349～350。

筆下表達得分外濃郁和生動。

張曉風在寫給上帝的禱詞中，激情洋溢地抒發了深深的愛國之情。在〈禱詞〉一文的開篇，她就這樣為中國而深深地祈禱：

> 主啊，我求祢，賜福保守中國，如同保護祢眼中的瞳仁。
> 除了中國，我什麼都不是；除了中國，我恥於有第二個愛。
> 我感謝祢，因為祢給了我愛的能力。我愛中國，包括中國的苦難。我愛時間的中國，空間的中國，微黃的線裝書中的中國，夜夜魂夢的中國，少棒場上一片旗海內的中國，以及更深時禱詞裡的中國。

中國在作家的心目中這樣地可親可愛，這樣地令人魂牽夢繞，中國是她心目中的一切。她為中國的土地遼闊、人口眾多而深感自豪。在江山分隔難以回歸故土的深深憾意中，她深深地祈求上帝的賜予：

> 我的主，求祢允許我的耳得以重聞東北原始森林的松濤，求祢允許我的眼得以瞻仰穆如帝王的五嶽，求祢允許我的雙掌得以親吻河套平原微潤的土膏，求祢允許我的膚肌得沐蘇堤二月的柳風。求祢允許我們生則撐起五湖三江之上的湛湛青天，死則葬於白楊環生的安恬的祖塋。
> 我的主，在我對中國的每一分愛裡，求祢為我加上責任。我將引這份愛中的痛苦為甜蜜，我願以這份愛裡的沉重為輕省。

張曉風內心深處的那種對中國的牽念，那種生生死死與中國相連的感情，那種無論是甜蜜還是痛苦的中國之愛，那種願為中國而忍受苦痛的真情，在這一段禱詞中抒寫得迴腸蕩氣、情真意切。在〈矛盾篇〉裡，張曉風甚至以這樣的口吻表達其深深的愛國之情：「有一個名字不容任何人汙蔑，有一個話題絕不容別人占上風，有一份舊愛不准他人來置喙。總之，只要聽到別人的話鋒似乎要觸及我的中國了，我會一面謙卑的微笑，一面拔劍以待，只要有一言傷及它，我會立刻揮劍求勝，即使為劍刃所傷亦所不惜。」這種為了中國的榮譽而奮不顧身的行狀，充滿了濃濃的愛國深情。

自小生長在南京古城的張曉風，在移居臺灣以後對故鄉有著夢縈魂繞的鄉思鄉情，在許多作品中她都著意描繪這種濃濃的鄉思鄉情。在〈我不知道怎樣回答〉中簡潔地記敘了一件趣事。作者寫道：「我七歲那年，在南京念小學，我一直記得我們的校長。25 年之後我忽然知道她在臺北一個五專做校長，我決定去看看她」。而當校警問她找校長幹什麼時，她卻「忽然吱唔而不知所答。」文章的結尾意味深長地寫道：「一個人找一個人必須要『有事』嗎？我忽然感到悲哀起來。那校警後來還是把我放了進去，我見到我久違了四分之一世紀的一張臉，我更愛她——因為我自己也已經做了十年的老師，她也非常訝異而快樂，能在災劫之餘一同活著一同燃燒著，是一件可驚可嘆的事。」這與其說是為了見一位闊別的故人，倒不如說是為了尋覓對往事的記憶，抒發對故鄉的深情，在與故人的面對中，在對往事的回憶中，寄寓深深的鄉思。在〈不是遊記〉中的一組散文中，張曉風身處香港遠眺大陸，而牽起了深深的鄉思鄉愁。在談及在一家水果店，「在一個不惹眼的大竹簍裡發現『新鮮南京百合』的標籤」時，她細細地寫出當時內心的鄉思鄉愁：

> 忽然，百合羹的記憶便那麼準確地來到舌尖，南京城的夏從看不見的角落拼湊而來。但最令人不能忍受的還是百合根上的那一團濕泥——像是用什麼人的眼淚和過的，那麼濕、那麼黏，那南京城的黑泥。我曾在其上躺過的，我曾以之做過手工的，南京城的泥。一剎間，我急急地轉身而去，覺得自己像一頭被追趕的獵物在千山間踉蹌。
>
> ——〈不是遊記・吊頸嶺〉

張曉風因一簍南京百合而牽起對故土的深深思戀之情，因百合根上的濕泥而竟想像是誰用眼淚和過的，這眼淚顯然是作家的思鄉之淚和憶鄉之淚。在〈不是遊記・白鳥〉中，作者面對黃濁滯重的深圳河，深深感到一種「山河漸碎，碎如淚，碎如不能再碎的心」的感受。她在山色前流連，看種種小攤販在賣貨。她寫道：「走下山徑，看見的可口可樂在路側堆疊，我哭了。世上有何物可適失鄉者之口，世上又復有何事可樂懷愁者之心。」當她見到一隻白鳥往返於河的兩岸時，她寫道：「白鳥在此岸，白鳥在彼岸，白鳥翩翻著古代的翅膀，水牛蹣跚著老式的悠閒，山巒摺疊著國畫的皴法。有異的是山河，不殊的是風景。」面對可見而不可及的大陸，牽起了失鄉者內心濃濃的鄉愁。在〈不是遊記・山〉一文裡，作家因在黯然的陰天裡望山，「忽然發現它那種悲劇性的莊嚴」，她就想到山的沉默、愴然、傲然，她寫道：「山鬱鬱結結，如同深夜裡被抑壓在心底的哀歌。但山使我愛這個城，山使我想起那些陌生的靈魂，山使我想起那些不瞬的望鄉的眼睛。」作家以其一雙望鄉的眼睛看山望水，以鬱結沉默的山，寫出作為離鄉者的張曉風內心的鬱結和沉默。

在張曉風的創作中，她常常將鄉思和國思交織在其所面對的山水風光、風景風物中。散文〈愁鄉石〉描寫作家在日本沖繩島的北海灘「鵜庫瑪」度假，聽說這裡的海灘直對著上海的海。這就牽起了作家的思鄉思國之情：「我們面海而立，在浪花與浪花之間追想多柳的長安與多荷的金陵，我的鄉愁遂變得又劇烈又模糊。」在異國他鄉的海灘，聞知人們把這裡稱為中國海，更激起了作家的愛國心思國情。她寫道：「他們叫這一片海為中國海，世上再沒有另一個海有這樣美麗沉鬱的名字了。小時候曾經多麼神往於愛琴海，多麼迷醉於想像中那抹燦爛的晚霞，而現在，在這個無奈的多風下午，我只剩下一個愛情，愛我自己國家的名字，愛這個藍得近乎哀愁的中國海。」在〈雨之調・油傘〉中，作家由雨中從朋友的鄉居辭出，支著朋友的一把半舊的油傘，而牽起對二十多年前還是小女孩的她，在雨中頂著油傘往學校而去的情景的回憶。「而二十年後，仍是雨，仍是山，仍是一把半舊的油傘，她的腳步卻無法匆促了。她不能不想起由於模糊而益顯真切的故國的倦柳愁荷。」離家去國後難以拂去的鄉思國思，在一把半舊的油傘中寫出了，表達得這樣有情有景，這樣的真切生動。作者甚至感慨道：「油傘之後，再無童年。島上的日子如一團發得太鬆的麵，不堪一握。」難以忘懷的故國的童年，難以忘懷的故國的歲月，是這樣深深地烙在作家的心靈深處。

作為一個虔誠的基督徒的張曉風，她認為她的愛是上帝賜予的，她常把其愛故鄉、愛祖國與愛上帝連在一起，她甚至說：「我的主，求祢不許可我的愛褪色，求祢不准我的熱忱消滅。求祢常以祢的愛激起我的愛，否則我將成為蜂蜜滴盡的蜂房，火焰焚盡的死灰。」（〈禱詞〉）

「在這一切的痛苦中，我恆與你同在」

十字架上的基督是一位為拯救世人而甘願受苦的聖者形象，他的愛始終與苦痛並存，他以其自身的受難與被折磨換得了世人的被救贖，他以坦然之心面對即將到來的任何磨難，他以寬恕之心面對任何曾經有過罪錯的人們，這成為基督精神的主要方面。作為一位基督徒作家，張曉風深受這種基督精神的影響，在她的創作中，她始終以基督的坦然和寬恕之心，面對身處大千世界中，芸芸眾生裡所遭遇的種種苦痛與磨難。在散文〈另一張考卷〉，作家描述自己當了助教後對學生的真切關愛，以及企望「在人生的大試卷前」，「能使我自己滿意，能使我人生的主試者滿意」的理想。她鼓勵家境貧寒的學生努力學習，安慰失去母親的學生節哀自重。她深情地寫道：「……如果我能給別人一點光，一點溫暖，我為什麼要吝嗇呢？我多麼希望我所能給予學生的，不僅是錯字的糾正，不僅是句法的調動，不僅是文采的潤飾，而是愛的聯繫。」當她巡考完畢，領略著辦公桌玻璃板下百合花圖片的超然意境時，作家這樣寫道：「在圖片上端有一小行英文字——『我恆與你同在。』這時，我就彷彿在幽谷中嗅到沁人的香氣，我的心中充滿歡欣——一種揉和著不被了解之痛苦的歡欣。因為我知道，我也確信，我生命的主宰永遠站在我身旁，對我說：『你並沒有做錯，批評是免不了的，誤解也是必須的，荊棘和蒺藜是必然的——只是，在這一切的痛苦中，我恆與你同在。』」張曉風從基督處獲得了愛與荊棘和蒺藜同在、一切痛苦中上帝與我同在的啟示。她企望能多給別人一點光、一點溫暖，無論是否自己遭受痛苦。在〈受創〉一文中，她面對學生關於「關懷就容易受傷」的叩問時，她寫道：「人在世上，一顆心從擦傷、灼傷、凍傷、撞傷、壓傷、扭傷，乃至到內傷，哪能一點傷害都不受呢？如果關懷和愛就必須包括受傷，那麼就不要完整，只要撕裂，基督不同於世人的，豈不正在那雙釘痕宛在的受傷的手掌嗎？」基督那種為愛世人而甘願受苦受難的精神，正是她所崇敬的和認作楷模的，她以一顆充滿愛的心去擁抱這個世界，以一種甘願受苦的心境去面對種種磨難與痛苦。在〈林木篇・行道樹〉中，她讚美「立在城市的飛塵裡」的行道樹，它們在春天勤生綠，在夏日獻出濃蔭，因為「神聖的事業總是痛苦的，但是，也唯有這種痛苦能把深度給予我們」。寫出了奉獻的愛中充滿了苦痛的意蘊。在〈初雪〉中，她禮讚「生命中的初雪」——孩子的誕生，她對孩子說：「這些日子以來，痛苦和歡欣都如此尖銳，我驚奇在他們之間區別竟是這樣的少。每當我為你受苦的時候，總覺得十字架是那樣輕省。」「愛是蕾，它必須綻放。它必須在疼痛的破折中獻出芳香。」寫出無私的母愛中也相伴著疼痛的境界。

在〈小小的燭光〉中，張曉風描繪了一位充滿了基督精神的外國牧師，這位瘦弱而執著，已 67 歲的桑先生，對工作和學生充滿了極端的熱忱，他給連五線譜都不懂的合唱團排練，他為學生宿舍緊緊闔上擋住蚊子的紗門，他坐在圖書館書庫裡皓首窮經，他幫助了許多需要幫助的學生，卻自己忍受著一目失明和失去愛妻的痛苦。對於桑先生的這種敢於忍受和甘願忍受一切苦痛的勇氣，作家以一段對話作了闡釋：

> 「這是為什麼呢？德，」我指了指前面的桑先生。「一個人孤零零地，顫巍巍的繞過半個地球。住在另外一個民族裡面，聽另外一種語言、吃另一種食物。沒有享受，只有操勞，沒有聚斂、只有付出。病著、累著、半瞎著、強撐著、做別人不在意的工作。人家只把道理掛在嘴上說說、

筆下寫寫，他倒當真拼著命去做了。這，是何苦呢！」

「我常想，」德帶著沉思說，「他就像馬太福音書裡所說的那種光，點著了，放在高處。上面被燒著，下面被插著——但卻照亮了一家的人，找著了許多失落的東西。」

燃燒自己，照亮別人，這正是崇高的基督精神寫照，作家所讚美的桑先生正是這樣一支小小的燭光。「只有受傷者，才能安慰人。」他為了愛這個世界而甘願忍受痛苦，為了解除別人的痛苦而甘願自己忍受痛苦，愛與痛苦就是這樣被他不可分割地聯繫在了一起！張曉風始終謳歌這樣崇高而無私的愛。

基督以其博大深沉的愛，愛這個世界，愛這個世界上一切的人。散文〈一・一條西褲〉中，就讚揚了一位具有寬恕精神的牧師。該文十分簡潔地記述了發生在那年夏令營的一件事，小偷光顧了夏令營的男生寢室，除了偷走了一些相機和手錶，還偷去了牧師的一條西褲。牧師的小女兒逢人便嚷：「小偷來啦！小偷偷了我爸爸的西裝褲啦！」牧師卻把他的小女兒叫去，告訴她「世界上並沒有什麼小偷」。在其女兒一再說是小偷偷去了西褲時，牧師說：「不是，不是小偷——是一個人，只是他比我更需要那條褲子而已。」多麼博大的愛心，多麼寬恕的精神，對一切受難者的相助，對一切犯罪者的寬恕，這正是崇高的基督精神。作家寫道：「我永不能忘記我當時所受的震驚，一個矮小文弱的人，卻有著那樣光輝而矗然的心靈！盜賊永不能在他的國度裡生存——因為藉著愛心的饋贈，他已消滅了他們。」在散文〈癲者〉中，作家刻畫了一個近似於耶穌基督的、對世界充滿了憂慮和痛苦的癲者形象。他走入電影院看了一場越南大戰而失聲痛哭；他面對嬰兒室為他們苦難的未來而憂心忡忡；他走向春天的郊野捕捉春天的風；他走進百貨公司要購買多餘的愛；他咀嚼無味的饅頭為「連粗麥都得不著而餓死」的人深悔；他臥在公園的草地上為世人的相對如仇而不解；他成為這城中最有名的癲狂者。這種「世人皆醉我獨醒」式的癲狂，使這位癲者成為一個最為痛苦的人，也是一位最有愛心的人，這種癲狂與清醒的悖反，使他與魯迅筆下的狂人有相似之處。在散文〈不能被增加的人〉中，作家表達了對從事基督教事業的人們的深深崇敬。當她想送一件禮物給「古樸的修道院裡」一位「立志以貧窮、服役為終生目標」的朋友時，然而，她卻找不到一樣可送給她的禮物。當她想送一件禮物給一位國外的牧師時，面對這樣一位過著最儉樸的日子、經常忘記自己的牧師，她也買不到一個可送他的禮物。在沉思中，作家發現：「原來這世界上有一種人，你簡直無法用任何東西來增加他，他自己就是一個完美的宇宙。」牧師的這種為服務世人而忽略自身，為愛他人而自己忍受苦痛的精神，為張曉風所深深地推崇和敬仰。

在散文〈霜橘〉中，張曉風在勸慰友人應該如何面對「所謂的誤會欺詐和讒言」構成的痛苦時，闡述了她寬容的人生態度。她勸慰友人說，「只要是人，沒有一位不曾被中傷過的——即便是神的，也不能免於詬罵。記得那個古老的故事嗎？在伊甸園裡蛇怎樣向夏娃進攻呢？他毀謗上帝——他成功了，錯誤的歷史便以此為起點而寫下去」。她以歷史上諸多被毀謗折磨的如蘇格拉底、孔子、耶穌等先賢們的遭遇，來勸慰友人，張曉風把人生中所受到的毀謗詬罵的痛苦，與歷史上先賢們的痛苦相聯繫相比照，從而使這種痛苦充滿了先賢似的神聖、肅穆、榮耀。張曉風甚至認為應該體恤毀謗者「痛苦煩躁而病態的心靈」，甚至說：「所以，玖，原諒別人總是對的。饒恕是光，在肯饒恕的地方就有光明和歡愉。在黑茫茫的曠野中，饒恕如燈——先將自己的小屋照得通亮，然後又及於他人。玖，你的窗內常散出柔和的燈光嗎？」這種「饒恕如光」的思想，充滿了基督的寬恕精神。因此，張曉風以王羲之的橘帖為話題，談及霜橘之甜，從而引申開去說：「玖，何不把某些令你不快的遭遇視作薄薄的飛霜呢？霜降以後，我們生命中每一顆果實都會成為飽滿而甜蜜的了。」把人生的苦痛遭遇視作果實遇到的薄薄飛霜，這種寬容而又深刻的內心境界，顯然是受到了基督教文化的影響與啟迪。

張曉風在基督教文化的浸淫中，以一顆博大的愛心去愛人類、愛世界，她把耶穌基督作為其人生的楷模，在愛人類愛世界中，甘願自己忍受種種苦痛，甘願寬恕他人的種種罪錯。當她身處香港時，她曾主動義務獻血，有人問她是否要指定輸給某個人時，她回答說：「不，不指定，隨便給誰都好。」她只希望能給他人帶來益處，能拯救他人的生命，不管是誰，都是上帝的子民。因此，她深深地感慨：「小小的水滴，不過想回歸大地和海洋，誰又真能指定自己的落點？幽微的星光，不過想用最溫柔的方式說明自己的一度心事，又怎有權力預定在幾千幾百年後，落入某一個人的視線？」(〈從你美麗的流域〉) 張曉風這一顆回歸大地和海洋的心靈，充滿了基督式的無私溫愛。

「從大自然中歸來，要堅持無神論是難的」

張曉風對大自然情有獨鐘，她在其創作中以其女性對大自然的纖敏感受和體悟，細細地描摹大自然的綺麗風光，生動地抒寫一草一木的搖動在其心靈之中掀起的漣漪，細緻地坦露一鳥一蟲的振翅在其內心深處激起的驚喜。她在大自然的懷抱中由衷地讚嘆造物主的偉大，深情地禮讚生命的執著。散文〈到山中去〉以書信體的形式，細緻入微地敘寫了作家著一身綠色輕裝遊覽內雙溪的所見所感。作家鄙視遊人如織的名山，而嚮往那保持著遠古狀態的風光，所以她說：「內雙溪一切的優美，全在那一片未鑿的天真，讓你想到，它現在的形貌和伊甸園時代是完全一樣的。我真願作那樣一座山，那樣沉鬱、那樣古樸、那樣深邃。」作家以其細膩的筆觸細細描繪沉鬱古樸深邃的山景：森然的亂石、急湍的流水、漫野的蘆草、壁立的山峰、撲鼻的稻香。作家濃墨重彩地描述了站立在被稱為「水牆」的壯觀瀑布前的觀感：「瀑布很急，其色如霜，人立在丈外，仍能感覺到細細的水珠不斷濺來。」面對著那樣寬、那樣長、那樣壯觀的瀑布，她甚至想：「人真該到田園中去，因為我們的老祖宗原是從那裡被放逐的！」站立在壯觀的瀑布面前，她感到胸中折疊的愁煩會一瀉而盡，壓在身上的重擔被卸去了。「那時候，如果還有什麼欲望的話，只是想把水面的落葉聚攏來，編成一個小筏子，讓自己躺在上面，浮槎放海而去。」在這種天人合一的大自然中淨化了心靈，在這種震撼人心的瀑布聲中找回了自己。人們在大自然中放縱自我、赤足跳躍、舀泉烹茶。又在山嵐照人、風聲如濤、繁星滿天的夜裡尋覓了回歸之路。作家感慨萬千，在文章的尾聲中寫道：

> 那天，我真是極困乏而又極有精神，極渾沌而又極能深思。你能想像我那夜的晚禱？德，從大自然中歸來，要堅持無神論是難的。我說：「父啊，讓我知道，你充滿萬有。讓我知道，你在山中，你在水中，你在風中，你在雲中。容許我的心在每一個角落向你下拜。當我年輕的時候，教我探索你的美。當我年老的時候，教我咀嚼你的美。終我一生，叫我常常舉目望山，好讓我在困阨之中，時時支取到從你而來的力量。」

從大自然中歸來的張曉風，更加感到上帝這位造物主的神力，更加堅定了對上帝的信仰，祈望無所不在的上帝每時每刻與她同在，祈望時時處處從上帝那兒獲得力量。散文〈歸去〉，作家把來到重疊的深山旅遊稱為是「歸返了自己的家園」。面對「那樣重疊的、迂迴的、深奧蒼鬱、而又光影飄忽的山景」，作家浮想聯翩。作家這般描寫山中的風聲：「我們的言語被呼嘯的風聲取代，入夏以來已經很久沒有聽過這樣的風聲了。剎那間，億萬片翠葉都翻作複雜的琴鍵，造物的手指在高低音的鍵盤間迅速地移動。山谷的共鳴箱將音樂翕和著，那樣鬱勃而又神聖，讓人想到中古世紀教堂中的大風琴。」作家細心地描繪著路旁數不清的小紫花、眼前的巍然聳立的峭壁、山頂的奇特翳如的竹林，面對對面山峰上火一般燃燒的晚霞，作家情不自禁地驚嘆：「『天父啊！』我說，『祢把顏色調製得多麼神奇啊！世上的舞臺的燈光從來沒有控制得這麼自如的。』」作家始終把大千世界的綺麗美景奇山秀水視為上帝造物主的傑作，她常常在讚美大自然之中，情不自禁地讚美造物主。在散文〈一鉢金〉中，作家開門見山地說：「鄉居的日子是一鉢閃爍的黃金，在貧乏的生活裡流溢著舊王族的光輝。」她描繪鄉居時竹林的萬桿青蔥、悄然出土的小筍、傍晚燒霞的長天、雨後綴珠的松針、湖畔叢生的花串、樹下垂釣的人們。作家竟然異想天開地說：「如果我有一根釣竿，我就釣那些花，我就釣那些水中的雲影，我就釣那些失去了的閒情。而事實上鄉居的日子，一切都滿著、溢著，我不禁竊笑起自己來了。我何需釣些什麼呢？」作家寫出鄉居日子的充實與富有，寫出在大自然中的歡欣與滿足。

張曉風的寫景散文，文筆流暢自如。她常以一顆博愛之心，去聆聽一草一木的呼吸，也常用一雙多情的眼睛，去觀照一山一水的風姿。散文〈畫晴〉以跌盪起伏搖曳多姿的構思，寫出久雨初晴時鄉間的迷人景致，和作家內心歡愉的感受。作家在久雨初晴的早晨，為天地間的「一團喜悅、一腔溫柔、一片勃勃然的生氣」所感染。她寫道：「我的心從來沒有這樣寬廣過，恍惚中憶起一節經文：『上帝叫日頭照好人、也照歹人。』我第一次那樣深切地體會到造物的深心。我忽然熱愛起一切有生命和無生命的東西來了。」她決意去拜訪住在郊外的友人，轉了好幾班車，走了不少路，來到朋友家的門口，卻見銅鎖把門。這本該是十分遺憾之事，作家卻寫道：「我又站了許久，不知道自己該往哪裡去。想要留個紙條，卻又說不出所以造訪的目的。其實我並不那麼渴望見她的。我只想消磨一個極好的太陽天，只想到鄉村裡去看看五穀六畜怎樣欣賞這個日子。」她便向一片禾場走去，置身在灼熱的陽光下的一片草場和幾塊亂石之間，發思古之幽情。又閒坐在一棵不知名的樹下，在樹葉透過的溫柔陽光裡，反觀自我的內心：

> 坐在這樣的樹下，又使我想起自己平日對人品的觀察。我常常覺得自己的浮躁和淺薄就像「夏日之日」，常使人厭惡、迴避。於是在深心之中，總不免暗暗地嚮往著一個境界——「冬日之日」。那是光明的，卻毫不刺眼。是暖熱的，卻不致灼人。什麼時候我才能那樣含蘊，那樣溫柔敦厚

> 而又那樣深沉呢？「如果你要我成為光，求你叫我成為這樣的光。」我不禁用全心靈禱求「不是獨步中天，造成氣燄和光芒。而是透過灰冷的天空，用一腔熱忱去溫暖一切僵坐在陰濕中的人。」

這種在久雨初晴的陽光中的遐思，透露出作家以「一腔熱忱去溫暖一切僵坐在陰濕中的人」的博愛心胸。接著，作家敘寫漸近日午，她把打算送給朋友的點心作了午餐後，沉然欲睡。她深愛這平凡下午的寧靜、恬淡、收斂。她直坐到晚霞「粲然如焚」、「村落裡炊煙裊升」時才起身。此時她望見了朋友家的燈光卻沒去叩門。「我已拜望過郊外的晴朗，不必再看她了。」張曉風在這篇散文中，描述去郊外拜會朋友未遇，卻獨自觀賞了一個郊外雨後初晴的美景，敘事與抒情的婉轉曲折，自然細膩地寫出了作家在大自然懷抱中的獨特感受。

張曉風的寫景散文，以其對大自然的獨特的觀照和感受，把其置身大自然風光中的所見、所感、所思、所憶都渾然一體地融合在一起，烘托出其對大自然美景的讚嘆和內心的種種情感。在其筆下，她能抓住不同季節的不同特徵，情景交融地寫出對自然美景的獨有體悟。在〈魔季〉中，她扣住春之綠，層層疊疊極有層次地描繪春之美：

> 山容已經不再是去秋的清瘦了，那白絨絨的蘆花海也都退潮了。相思樹是墨綠的，荷葉桐是淺綠的，新生的竹子是翠綠的，剛冒尖兒的小草是黃綠的。還是那些老樹的蒼綠，以及藤蘿植物的嫩綠，熙熙攘攘地擠滿了一山。我慢慢走著，我走在綠之上，我走在綠之間，我走在綠之下。綠在我裡，我在綠裡。

在與秋的比照中寫綠，以不同植物的深淺不同，層次分明地寫出春之綠的豐富生動，這種對生活觀察的細緻入微及描繪的生動形象，寫出了融入春的懷抱中的賞春者的獨特感受。在〈秋天‧秋天〉中，她捕捉秋的燦白，由遠及近物我交融地描寫秋之景：

> 滿山的牽牛藤起伏，紫色的小浪花一直沖擊到我的窗前才猛然收勢。
>
> 陽光是耀眼的白，像錫，像許多發光的金屬。是那個聰明的古人想起來以木象春而以金象秋的？我們喜歡木的青綠，但我們怎能不欽仰金屬的燦白。
>
> 對了，就是這燦白，閉著眼睛也能感到的。在雲裡，在蘆葦上，在滿山的翠竹上，在滿谷的長風裡，這樣亂撲撲地壓了下來。

張曉風寫秋，卻以春的青綠來烘托秋的燦白，以金屬的燦白繪描秋陽耀眼的白，以其對秋的白雲、蘆葦、翠竹、長風等景物的感受中，寫出秋的燦白。張曉風自己曾經說過，她是用不分行不押韻的散文寫作的詩人，是的，她正是以一顆詩人的纖敏的心，去感受大自然的四季更迭中種種的變化，以一管詩人的多情筆，去描繪被大自然的春綠秋白激起的內心的層層漣漪。

在散文〈歸去〉中，張曉風曾經細緻地描繪了山野中野百合花綻開的情景：

> 轉過一條小徑，流水的嘩嘩逐漸模糊了。一棵野百合燦然地開著，我從來不認為有什麼花可以同百合比擬。它那種高華的氣質、那種脫俗的神韻，在我心裡總象徵著一些連我自己也不全然了解的意義。而此刻，在清晨的谷中，它和露綻開著，完全無視於別人的欣賞。沉默、孤獨、而又超越一切。在那盛開的一朵下面，悲壯地垂著四個蓓蕾。繼第一朵的開放與凋落之後，第二朵也將接著開放、凋落。接著第三朵、第四朵……。是的，它們將連續著在荒蕪的谷中奉獻它們潔白的芳香。不管有沒有人經過，不管有沒有人了解。這需要何等的胸襟！

張曉風的散文創作具有十分獨特的風韻：清新脫俗，溫柔高華，就如她筆下的這朵野百合花，孤獨而又靜默地在當代文苑中綻開著，受到基督教文化深刻影響的張曉風，以其博大的愛心去愛這個世界，她愛中國，愛朋友，愛自然，愛丈夫，愛孩子，愛生活。她深刻領會到宇宙的無垠、生命的短暫，她珍惜生命、珍愛生活，同時也享受生命、享受生活。由於基督教文化的深刻影響，她能以淡然之心、寬容之胸去面對人生的種種不如意，去接受人們的種種毀謗、誤解，仍然以一以貫之的愛心去愛人、恕人。對大自然情有獨鐘的她，在其足跡所到之處總細細地寫下身處山山水水間的所聞所見、所感所思，她把大自然的鬼斧神工歸功於造物主的榮耀，這使她更加虔誠地對上帝祈禱。正是張曉風的創作中所體現的這種濃郁的基督教色彩，使她成為中國當代文壇上十分獨特的散文家。

——選自《世界華文文學論壇》第 22～23 期，1998 年 3～6 月

評張曉風初登文壇的小說〈哭牆〉

◎馬立安・高利克[*]
◎周國良譯[**]

張曉風，臺灣作家、劇作家，著有諸多散文集，在華語文壇以散文家著稱。[1]而我對她初登文壇時寫的一篇短篇小說〈哭牆〉更感興趣。這篇小說是張曉風在 1968 年到 1976 年期間創作的八個短篇小說中的第一篇。在她的作品、甚至是小說當中，〈哭牆〉都沒有能引起太多的關注。我認為對於這部作品而言是不公平的。

一

張曉風祖籍江蘇銅山，1941 年 3 月 29 日出生於浙江金華。抗日戰爭期間（1943 年）隨父逃亡到當時的陪都重慶。[2]抗戰勝利之後全家遷到南京。作為一個軍官的女兒，張曉風於 1948 年進入南京的一所軍官子弟學校，但是不久全家又搬到了廣西柳州。在那裡，她得以欣賞到祖國的大好

---

[*]馬立安・高利克（Marián Gálik），著名漢學家，斯洛伐克科學院資深研究員。
[**]發表文章時為汕頭大學文學院碩士生。

[1]鄒桂苑，〈張曉風研究資料〉，《文訊》第 116 期（1995 年 6 月），頁 109～118。路易士・斯圖爾特・羅賓遜教授的專著《雙刃劍——基督教與二十世紀中國小說》（香港：Tao Fong Shan Ecumenical Centre，1986 年），頁 291～304，對張曉風的生平論述更為詳細，而此中並未摘錄。對於大陸的讀者來說，楊劍龍的專題論文〈張曉風：一個是「中國」，一個是「基督教」〉，見《曠野的呼聲：中國現代作家和基督教文化》（上海：上海教育出版社，1998 年 12 月），頁 241～251。另外一些有參考價值的文章有王本朝，〈張曉風與基督教文化〉，見《20 世紀中國文學與基督教文化》（合肥：安徽教育出版社，2000 年），頁 231～244；季玢，《野地里的百合花——論新時期以來的中國基督教文學》（北京：中國社會科學出版社，2010 年），頁 41～42。

[2]大部分關於張曉風生平和著作的材料，未經標明的都引自於金明瑋的專著《張曉風》（臺北：行政院文建會，2004 年 12 月），以及張曉風《從你美麗的流域》中的作者年表（臺北：爾雅出版社，2009 年），頁 261～284。

風光。1949 年，解放軍逐漸逼近華南。去臺北之前，全家在廣州落腳。由於需要安排家庭以及親戚們的撤退事宜，半年之後父親趕來廣州。八歲的時候，張曉風就開始寫作甚至發表作品了。據張曉風自己回憶，她確定自己讀過的第一本書是路易士・卡羅爾（Lewis Carroll, 1832-1898）的《愛麗絲夢遊仙境》。這本書是陳約文先生贈送的。陳先生當時是《中央日報・兒童週刊》的編輯。這本讓她獲益良多的書，至今還保存在她的書房裡。她的老師陳元潭讓她接觸到了中國文學，特別是曹雪芹的名著《紅樓夢》、冰心的《寄小讀者》。遇到自己喜歡的句子，她甚至會逐字摘錄下來。例如《寄小讀者》中的通訊七中的一些句子：

> 我自小住在海濱，卻沒有看見過海平如鏡。這次出了吳淞口，一天的航程，一望無際盡是粼粼的微波。涼風習習，舟如在冰上行。……上自蒼穹，下至船前的水，自淺紅至於深翠，幻成幾十色，一層層，一片片地在我面前蕩漾開來。……[3]

和冰心一樣，年輕的張曉風喜歡讀拉賓德拉納特・泰戈爾（Rabindranath Tagore, 1861-1941）的《飛鳥集》（糜文開（1908～1983）譯作《漂鳥集》）。泰戈爾是亞洲首位諾貝爾文學獎獲得者，他於 1913 年獲得了該項殊榮。張曉風剛一接觸到這部詩集時便為裡面的許多（全部？）短詩作了讀書筆記。例如，短詩 16：「今晨我坐在我的窗口，世界像一個過路人在那裡停留片刻，向我點點頭又走開了。」張曉風寫道：「人生如此而已。」短詩 10：「正像『黃昏』在靜寂的林中，『憂愁』在我的心裡已平靜下去。」張曉風寫道：「時間很快就把『憂愁』平下去。」短詩 17：「這些小小的思想是那沙沙的數葉聲；它們有它們愉悅的低語在我的心裡。」張曉風寫道：「思想令人執著。」[4]

[3]冰心，《寄小讀者》（北京：北新書局，1926 年），頁 30。
[4]金明瑋，《張曉風》，頁 51；張曉風《從你美麗的流域》中的作者年表，頁 261～284。

在冰心和泰戈爾之後，張曉風開始接觸俄羅斯文學，尤其是列夫・托爾斯泰（Leo Tolstoy, 1828-1910）的《安娜・卡列尼娜》、《戰爭與和平》，或許還有托翁晚年關於宗教的一些作品。她不喜歡羅曼・羅蘭（Romain Rolland, 1866-1944）的《約翰・克里斯多夫》。在讀這部長篇巨著的時候，或許是由於年輕，她不知所云，儘管她看完了，還是不能夠理解這部小說的偉大。

在臺北市中山北路國賓飯店附近有一個破敗的基督教教堂，周邊的水溝臭氣熏天，但去做禮拜的人們穿戴都很整潔，說話大多有上海口音，彬彬有禮。九歲的時候，張曉風經常去那裡主日學校學習。兩年後，讀高中一年級的她成為美國青年歸主協會的會員。主日學校的教師通常都是外國的傳教士，中文並不好，在布道或是誦讀聖經的時候需要有人幫忙翻譯，但是他們比中國的牧師更懂得如何吸引新入會的教徒的注意。他們通常會用吟唱聖歌和朗誦詩篇來達到這個目的。如果說給冰心帶來轉變的最主要的影響來自於詩篇 19 的第一節：

> 諸天述說神的榮耀，蒼穹傳揚他的手段。這日到那日發出言語，這夜到那夜傳出知識。無言無語，也無聲音可聽。[5]

那麼對於 11 歲的張曉風來說，則是主日學校的老師引自約翰一書 4:9 的一段話：

> 神差他的獨生子到世間來，使我們藉著他得生，神愛我們的心在此就顯明了。

---

[5]馬立安・高利克，《影響、翻譯和類似——《聖經》在中國研究選集》（聖奧古斯丁：華裔學志研究所，2004 年），頁 260。

我所引用的這段材料並不確切[6]，但它的大意和聖經上的是一樣的。傳教士用愛的福音、上帝的愛、全人類的愛以及全宇宙的愛這些思想來引導張曉風和她的朋友們。不能愛是對上帝懿旨的違背。當聽到這些話的時候，張曉風很興奮，就像三十年前的冰心看到牧羊人耶穌的畫像和讀到神學老師讓她朗誦的詩篇 23 的第一節：

> 耶和華是我的牧者，我必不至缺乏。他使我躺臥在青草地上，領我在可安歇的水邊。[7]

冰心、張曉風兩人都是受到泰戈爾影響的典型，是他的詩歌和哲學帶領她們進入到基督教的世界之中。閱讀列夫・托爾斯泰的作品的同時也讓張曉風接受了耶穌的教誨。和冰心一開始就能進入衛理公會教堂不同，由於 1922 年之後祕密興起的反基督教運動，張曉風只能通過主日學校的授課，朗誦聖經以及和宗教老師通信的方式來了解基督教，因而經歷了一個更加漫長的過程。

美國青年歸主協會的會員都有在洗禮之前自由選擇基督教教派的權利。1953 年，12 歲的張曉風選擇了浸信會教堂。她在八德路仁愛堂的柯理培牧師（Rev. Charles L. Culpepper Sr., 1895-1986）[8]那裡受了洗禮。柯理培牧師是一位在大陸、臺灣、香港都很有名的傳教士。當決定成為一名基督徒的時候，冰心掉眼淚了。張曉風或許也一樣，在洗禮儀式上，當柯理培牧師在她眼前舉著一方白手帕的時候她也落淚了。一年以後她給自己取了一個筆名叫岩影，希望自己能成為像高山一樣偉岸的作家。她開始同一個叫海福生（其英文名不詳）的英國女傳教士閱讀主日證道，也常常同另一個叫唐（其英文名也不詳）的女傳教士有交往。唐喜歡用非常精緻的杯子

[6]引自《聖經・約翰一書》4:9；金明瑋，《張曉風》，頁 54；張曉風，《從你美麗的流域》，頁 260。
[7]馬立安・高利克，《影響、翻譯和類似——《聖經》在中國研究選集》，頁 260。
[8]編按：原譯者將其譯為「查爾斯・卡爾佩珀」，但其譯名應為「柯理培」。見金明瑋，《張曉風》，頁 55。

品上等的茗茶，就著牛奶和甜點。她特別喜歡自己養的一條小狗。有一次，這隻小狗跑丟了，她很傷心地哭著說：「我的狗狗想必已經跑到中國人的胃裡去了。」也許真是這樣的。可這樣的舉動在張曉風眼裡顯得很荒謬。不久之後她才知道這位外國女士是一位獨身婦人，因此她對寵物的那種情感也是可以理解的。根據一位捷克的天主教作家的說法，一條狗的主人往往愛他的寵物甚於上帝愛他。就像之前所引用的約翰書（也許是四福音書的作者）描述的一樣，當張曉風被上帝對人類的愛深深打動的時候，不知道她是否也思考過這個問題。

二

受洗兩年之後，作為軍官的父親調到高雄市。張曉風也隨之進入屏東國立女中。在那裡，她有機會得到更好的文學訓練。張曉風 14 歲的時候就寫了一個短篇小說和一些新詩，得到了國學老師的欣賞。15 歲進入屏東國立女子高中，她花了很多時間學習古文。17 歲創作了短篇小說〈怡怡〉。這篇小說寫於她考入東吳大學前的那個春季假期，是那次作文競賽的頭獎作品，發表在香港的雜誌《燈塔》上。〈怡怡〉也許是張曉風在 1958 至 1968 年期間寫的九個短篇中第一篇真正有價值的作品。張曉風自己認為，散文是最適合她的文學風格的體裁，其次是戲劇，再往後才是小說。她覺得寫散文比寫詩歌要簡單，因為詩歌需要韻律和意境。散文相比於小說，能更好地表達作者的情感。[9]我們可以看到，中國古典文學理論對張曉風的影響很深。在東吳大學的時候，她讀的就是中文系。當時的老師只對古典文學感興趣，並不重視其他的文學造詣。他們要求學生用心地背誦那些晦澀難懂的古文。儘管心裡厭惡，但張曉風還是堅持了下來。幾年以後她才知道自己的努力並沒有白費。在中文系開的一些課程當中，她最喜歡詩詞。空閒的時候她會去參加一些基督徒的聚會，論教研經。在一次聚會上

[9]金明瑋，《張曉風》，頁 60～61；張曉風《從你美麗的流域》中的作者年表，頁 261～284。

她遇到了林治平。林治平當時是東吳大學政治系的學生，也是一名基督徒。1964 年，23 歲的張曉風與之結為夫婦。除了上帝的愛和對上帝的愛之外，張曉風這種轉變的另一個重要原因是她在生活中秉承的為愛而愛的基督教原則。張曉風管它叫做純粹戀情。[10]或許這種界定來源於剛剛引用過的約翰一書 4:7-8：

> 親愛的弟兄啊，我們應當彼此相愛，因為愛是從神來的。凡有愛心的，都是由神而生，並且認識神。沒有愛心的，就不認識神，因為神就是愛。

三

大約在婚後到長子林質修出生（1968 年 2 月 10 日）期間，她完成並於同年 9 月出版了這個短篇小說集《哭牆》。在金明瑋的《張曉風》裡，這個集子占的篇幅很少，在中文出版的研究張曉風作品的其他著作中提到的也很少。路易士・斯圖爾特・羅賓遜教授（Professor Lewis Stewart Robinson）對張曉風的小說有很多的研究，但是在他的著作《雙刃劍——基督教與二十世紀中國小說》中提到《哭牆》的也只是隻言片語，而且不得要領。[11]張曉風認為在她的文學作品中短篇小說的價值是最低的。難道其他人也附和了這個觀點？儘管如此，我還是確信這篇小說和集子裡其他的小說一樣，都值得讀者去關注。

〈哭牆〉是這個小說集的第一篇，但它可能是最晚寫成的。大致寫於 1967 年 6 月 5 至 10 日阿拉伯世界和以色列的六日戰爭之後。該次戰役之後，以色列從埃及、敘利亞和約旦手中拿回了加沙地帶、西奈半島、約旦河西岸地區（包括東耶路撒冷）和戈蘭高地。當時的以色列國防部長拉賓（Yitzhak Rabin, 1922-1995）說，這次閃電戰令人想起聖經中的「創世紀」。[12]上帝花了六天來

---

[10]金明瑋，《張曉風》，頁 65；張曉風《從你美麗的流域》中的作者年表，頁 261～284。

[11]路易士・斯圖爾特・羅賓遜，《雙刃劍——基督教與二十世紀中國小說》，頁 295。

[12]奧爾恩（Michael B. Oren），《六日戰爭》（牛津：牛津大學出版社，2002 年）。取自其電子版「顫慄之後」部分。

創造這個世界，以色列人則拿回了迦南。在 26、27 歲的張曉風記憶裡，這些讓她想到了詩篇 137。這是聖經中的一首挽歌，祈禱著以色列人的復仇。在〈哭牆〉中她引用了詩篇 137 第一段的六句話：

1.我們曾在巴比倫的河邊坐下／一追想錫安就哭了。

2.我們把琴掛在那裡的柳樹上。

3.因為在那裡擄掠我們的要我們唱歌／搶奪我們的要我們作樂／說「給我們唱一首錫安的歌吧！」

4.我們怎麼能在外邦唱耶和華的歌呢？

5.耶路撒冷啊！耶路撒冷啊／我若忘記你，情願我的右手忘記技巧。

6.我若不紀念你，情願我的舌頭貼於上膛。

詩篇 137 大約寫於巴比倫囚擄時期結束（西元前 537 年）之後，第二聖殿建成（西元前 515 年）之前。它的作者是那些曾被帶到巴比倫而如今得到允許返回耶路撒冷的囚虜。這是一首眾人的挽歌，是對遍地哀傷的耶路撒冷廢墟的回想。也許，從兩河平原歸來之後，在耶路撒冷的面前，他們唱起了這樣的歌。短詩中出現了幾次回想和吟唱，表達了悲傷和憂鬱。但這些對於基督教的詮釋者們來說並沒有什麼幫助，他們更想看到的，是像詩篇 42～43 那樣的個人挽歌。詩篇 137 沒有提到上帝或者是上帝之愛，但是在詩篇 42～43 中，上帝身上的「卓越的信仰和希望」[13]被突顯出來了。詩篇 137 中的回想和吟唱不是「徹底的憂傷和失望」[14]，挽歌變成了感恩。就像詩篇 42 第五節上寫的一樣，「我的心哪，你為何憂悶？為何在我裡面煩躁？應當仰望神，因他笑臉幫助我，我還要稱讚他。」這三首詩篇被認為是流亡的篇章。

[13]伯滕威澤（Moses Buttenwieser），《詩篇歷時性新譯》（紐約：KTAV 書屋，1969 年），頁 225。
[14]伯滕威澤，《詩篇歷時性新譯》，頁 225。

如蜀弓（筆名？）所說，張曉風的〈哭牆〉[15]創作於以阿六日戰爭結束之後，也就是她懷第一個孩子的期間。每一個虔誠的基督徒都有兩處故土，一處是他的出生地，另一處是聖地。她顯然不贊成把這場戰爭說成創世的六日。事實上，這是毀滅的六天，是給當地居民帶來死亡和流離失所的六天，給以色列的敵人們——國內的和國外的巴勒斯坦人、埃及人、敘利亞人和約旦人——帶來了巨大的悲痛和創傷。我不知道懷孕的張曉風作何感想，我可以認為她滿懷希望，但更可能，對於腹中孩子的未來，她滿懷憂慮。我不知道她對聖經歷史的了解如何，據我所知，她並沒有在其作品中提過。她更感興趣的是理論上的、道德上的、哲學思考方面的聖經。對我來說，歷史的問題和敘事故事更有趣。我希望讀者能讓我「想起和寫下」（不是唱出）在六日戰爭過後 19 年，也就是 1996 年 6 月 27 日第一次遊耶路撒冷時的想法和感受。同參加「聖經與中國現代文化」專題研討會的同事一起，我站在哭牆面前，一些情景在我的腦海裡閃現，在大衛古城和汲淪谷上面的奧菲爾城間的廢墟中，哭牆屹立在一片小丘之上，一邊是神殿山，另一邊則是橄欖山，磕磕絆絆地已有 3000 年的歷史，至今還未終結。根據希伯來傳統，最終的審判將在眼前的這塊土地上演。[16]注視著這片土地，我不禁叩問自己，彼此的妒忌和抗爭何時才能終結？我的「回憶」從大衛軍隊統帥約押侵襲耶布斯（後來的耶路撒冷）開始，那些無辜的居民，再接著是偉大的大衛和所羅門時期的榮光，西元前 724 年亞述人的入侵，巴比倫人的征服，和巴比倫囚徒時期帶來的毀滅，西元前 332 年亞歷山大帝時期希臘人帶來的艱辛，以及托勒密王朝和塞琉古帝國的統治，再到西元 70 年提圖斯對第二神廟的毀壞， 636 年對穆斯林的屈服， 1099 至 1187 年（1229？）十字軍的統治，又重新淪入異族穆斯林的統治，直到 1918 年，或更恰當地說是到六日戰爭。由於古亞述人、巴比倫人、奧斯曼土耳其人、阿拉伯人、巴勒斯坦人、猶大和以色列的居民、近代和現代的

[15]蜀弓，〈我對〈哭牆〉的感受〉，見《自由青年》第 41 卷第 1 期（1969 年 1 月），頁 83。
[16]《聖經・約珥書》3:1-21。

猶太人都生活在這樣的社會和宗教環境之下，所以產生了不安的情緒、傷害、怨恨和相互的報復。在這兩千多年中，聖城之上的人們，除了為數不多的虔誠的基督徒，沒有人會想到客西馬尼園的老橄欖樹下耶穌對聖彼得說的那些話：「收刀入鞘吧！凡動刀的，必死在刀下。」[17]

四

回顧這個短篇，我們發現哭牆是一個詩意符號，象徵著悲傷和憂鬱。由於這個故事的情節被放置在 1949 年後的臺灣，所以我們確信，在臺灣和大陸或者是日本之間並沒有這樣的哭牆。對於那些自願或者被迫離開大陸的人來說，臺灣是一片「流亡的」土地。這片土地曾被日本人統治了 50 年（1895～1945）之久。很難說清楚為什麼張曉風會選擇這個詩意符號。難道在 1967 年 6 月 7 日，哭牆對面的聖殿山上，以色列將軍們和政治家們的會議她有所耳聞嗎？這些人並沒有哭泣，也沒有祈禱，而是在釋放解放耶路撒冷的喜悅之情。在第一神廟和第二神廟的圓頂清真寺前，當時的以色列國防部長摩西・達揚（Moshe Dayan, 1915-1983）這樣說道：「今天早上，以色列國防軍解放了耶路撒冷，以色列這個破碎的首都從今以後恢復了完整，我們回到了我們這片最神聖的土地，我們回來了，我們將不再離開！」詩篇 137 最後一節的那些歌者的祈禱，以色列的士兵們以自己的方式將之轉化為現實。[18]而在這一點上，張曉風卻隱瞞了讀者：

> 7.耶和華啊，請你記住這仇。在耶路撒冷遭難的日子，以東人說：「拆毀，拆毀，直拆到根基！」
> 8.將要被滅的巴比倫城啊（「城」原文作「女子」），報復你像你待我們的，那人便為有福。
> 9.拿你的嬰孩摔在磐石上的，那人便為有福。

---

[17]《聖經・馬太福音》26:52。

[18]參考牛津大學施萊姆（M. Shlaim），《以色列和阿拉伯世界》，頁 245。

有一位正統派猶太人指揮官什洛莫・格林（Shlomo Goren, 1917-1994），是軍隊中的首席拉比，他提議「拆毀」圓頂清真寺，用一百公斤的炸藥「直拆到根基」。[19]多謝這一切並沒有發生。這篇詩篇的最後三節是在宣揚報復法則：「以眼還眼，以牙還牙，以手還手，以腳還腳」(《出埃及記》21-24)，而這些作法在基督徒當中不再是正當的了。巴比倫流亡時期前後，以東人 Edomites 被以色列居民看作敵人。到 1890 年代錫安運動爆發之後，或者是 1948 年 5 月 14 日以色列建國之後，阿拉伯人和巴勒斯坦人也是一樣。

對於懷有身孕的張曉風來說，聖歌當中提到的殺害孩子的行為是醜陋的，是遭人厭惡的，於是她決定「修改」聖經。用「哭牆」作為悲傷和憂鬱的詩意象徵，在 1960 年代下半段，不單單是對以色列、臺灣來說是合理的，對於世界的其他地方也是成立的。1968 年 8 月 21 日，東歐五國的部隊在蘇聯軍隊的領導下入侵捷克、斯洛伐克。這對於歐洲和美國的那些漢學家來說是一記沉重的打擊，因為這次暴行就發生在「布拉格 20 世紀青年漢學家會議」開幕日前夕。這次會議是為了紀念五四運動 50 週年而舉行的，有將近 500 名學者參加。最終，會議被迫取消。蘇軍的入侵讓捷克和斯洛伐克的知識分子悲痛不已。在這一天以及未來的幾年裡，在這些民族之間，一面新的「哭牆」已經建成。甚至在 1961 年 8 月 12、13 日之前，另一面「哭牆」出現在了東西柏林之間。

1968 年 9 月 10 日，離蘇聯入侵斯洛伐克不到三週時間，中國大陸文化大革命正處高潮，越南戰爭也已經爆發，也正是這個時候，張曉風為《哭牆》寫下了序言：

> 我是幸福的？或者，我是不幸的？我不知道。
>
> 我常常是歡欣的，我常常流淚……

---

[19]參考牛津大學施萊姆，《以色列和阿拉伯世界》，頁 245

> 當我沿路而行，當我坐在擁擠的公共汽車上，我就知道我們的不幸。當我看到那些貪婪的臉，那些陰鷙的臉，那些肉慾的臉，我的心就下沉。火車站裡，巨幅的浮屍照片懸著，死去的是吾土，死去的是吾民……而從越南，不斷傳來戰爭的剪影，死去的孕婦躺在劫後的瓦礫裡，懷著她永不會誕生的希望。
>
> 這一切足以叫人痛苦而瘋狂。[20]

五

鄭世仁（筆名）把短篇小說集《哭牆》中的六個小故事描述成「孟姜女的眼淚」[21]的結晶。孟姜女是一個年輕美貌的少婦，不遠萬里艱苦跋涉，從中國南方到北方給在那兒修長城的丈夫送冬衣。等到達之後才發現丈夫已經葬身長城腳下了。她日日夜夜地大哭，終於哭倒了長城，見到了丈夫的屍骨。[22]

鄭世仁的說法是有道理的。除了聖經之外，孔子的《論語》也是張曉風童年時最喜愛的書：

> 對一個人影響最深的，是他童年時閱讀的書籍。我小時候讀過的《聖經》和《論語》，對我影響至深。更確切地說，他們影響了我，是因為他們的內容而不是語言。書中所講的，讓我領悟了永恆的真理。[23]

張曉風在序言中引用了《論語》中的兩句話：

---

[20]張曉風，〈序〉，《哭牆》（臺北：仙人掌出版社，1968 年），頁 1～2。
[21]鄭世仁，〈孟姜女的眼淚——張曉風《哭牆》賞析〉，《出版與研究》第 51 期（1979 年 8 月），頁 20～21。
[22]關於孟姜女的故事，更好的版本可以參考伊維德（W. Idema）、李海燕，《中國十大傳奇故事・孟姜女哭長城》（西雅圖：華盛頓大學出版社，2008 年）。
[23]引自於 http://www.cpl897·com.hk/product_info.php?BookId=957990625。

9.子食於有喪者之側，未嘗飽也；

10.子於是日哭，則不歌。[24]

張曉風選擇用「哭」而不是「唱」，是因為哭牆給人展現的是一幅悲傷的圖畫；它是「一本潮濕的書，是一本鹹澀的書，它不是精緻的玉器，它不供人欣賞把玩。」[25]

〈哭牆〉的故事背景設置在 1960 年代的臺灣。弓蜀（四川的弓箭手？）把這個小國稱為懺悔的深淵，卻不是懺悔其罪惡，而是聒噪地吟唱著「人生幾何？」[26]的詩句，享受著世俗的歡樂，墮落到無聊之中。鄭世仁也許是很認真地讀過這本書，據他的統計，整本書中「愛」字出現了 76 次之多！難道就是指自皦、自皓兄弟和苓之、蒓之姐妹之間的純潔愛情？年幼的自皦在「腸斷的 1949 年」[27]的時候可能是在臺北。「腸斷」二字讓我想起中國傳統詩歌中那些苦悶的女性所寫下的詩句，有名的如朱淑真（1135～1180）的《斷腸詞》。[28]自皦先到臺灣，苓之的丈夫自皓滯留在昆明，正如當年張曉風的父親一樣。苓之是自皦的戀人蒓之的姊姊，也是自皦的老師，正苦苦地等待丈夫歸來，可希望渺茫。自皦想同蒓之結婚，卻被她以互相還不太了解為由拒絕了。「可憐的蒓之」（同《聖經》一樣在小說中出

[24]該處翻譯引自英國翻譯家魏理（A. Waley），《論語》英文版（倫敦：喬治艾倫&安文出版社有限公司，1964 年第五版）。

[25]張曉風，〈序〉，《哭牆》，頁 3。

[26]曹操〈短歌行〉中的名句，見余冠英，《三曹詩選》（北京：人民文學出版社，1957 年），頁 5。

[27]張曉風，〈哭牆〉，《哭牆》，頁 3。

[28]朱淑真詞〈減字木蘭花〉中英文對照：

I walk alone, sit alone　獨行獨坐，
Chant poems and raise my glass alone　獨唱獨酬
Even go to bed alone.　還獨臥；
I stand still, my spirit grieving,　佇立傷神。
No way to defend myself against the troubling spring chill.　無奈輕寒著摸人！
Who notices these feelings of mine？　此情誰見，
Tears have washed away the powder and rouge till not even　淚洗殘妝無一半？
half is left.　愁病相仍
Sorrow and sickness have each had their turn.　剔金蓋寒燈
I have trimmed the lamp's cold wick to the quick, but dreams won't come.　夢不成

現了三遍）以為她自己是《列仙傳》[29]中的弄玉公主呢！後來，自皦和苓之在中秋節相聚，他們喝了許多烏梅酒。夜裡，自皦聽到苓之的叫聲：「他死了……我看見他死了，啊！他死了！」他知道苓之是在做惡夢，但苓之是相信自皓已經死了的。一段時間過去了，自皦告訴苓之，他想同她結婚。苓之恍若夢中，不以為然，卻是沒有拒絕。有一次回家，她看到一個高大的男人站在門口，是自皦。「你要幹什麼？」苓之問。「我不要什麼，」自皦答道，「我只想找個地方，一堵可以靠一靠，哭一哭的牆。為了那 18 年不再來到的時光痛哭一場。」從 1949 年到 1967 年，已然 18 年了。她感覺到淚水在她酸澀的眼睛裡轉動。她拿出鑰匙打開門。「你回去吧！」苓之說道。話聲很輕，卻顯得冷峻。站在門檻上，苓之對自皦說：「回去吧！這裡沒有這樣的地方給你。」

在整本書中愛字出現了 76 次，可在這個短篇中卻只出現了一次。在描述阿拉伯人（巴勒斯坦人）看到哭牆前面的猶太人時還用到了「仇恨」一詞。哭牆有幾次也被稱作斷牆。儘管文中沒有出現表達這些情感的詞語，但是整個故事當中還是飽含憂鬱和悲傷。除了那些沒有得到滿足的和被拒絕的之外，故事中的人物之間沒有恨，也沒有愛。他們「破碎的心」無力去享受張曉風幻想的「至純的愛」。

張曉風對於她那個時代很失望。在《聖經・約翰書》中她所讀到的理想的愛在六日戰爭、美萊（My Lai）村慘案[30]和大陸的紅衛兵運動[31]這樣的環境之中沒有（也不可能）被人們認識到。在這些哭牆面前，「至純的愛」無疑是虛幻之物。

張曉風的〈哭牆〉和俄羅斯作家列納德・安德列耶夫（Leonid Andreyev,

[29]康德漠（M. Kaltenmark），《《列仙傳》：古代道教仙人的傳說傳記》（巴黎：中國高等研究所，1987 年）。

[30]考克曼（C. Cookman），〈美萊村慘案〉，見《美國歷史期刊》第 94 期（2007 年 6 月），頁 21～22。

[31]R. MaFarquhar & M. Schoenhals，《毛澤東的最後一次革命》（劍橋：哈佛大學出版社，2006 年），頁 117～131。

1871-1919）的短篇小說〈牆〉[32]存在一定程度的相似。那是一個象徵化的故事。痲瘋病人們自己設想了一堵將他們隔離於幸福之外的牆，千方百計地去跨越它。當然，他們不可能成功。回過頭看來，故事的主角同樣無法像他們預想的或是張曉風信仰的一樣去享受「至純的愛」。

——選自《華文文學》第 115 期，2013 年 4 月

[32]馬立安・高利克，《中西文學關係的里程碑（1898～1979）》（威斯巴登：Otto Harrassowitz，1986 年），頁 21～22。

那些年，我們一起追求的文學

◎張曉風演講
◎顏訥記錄整理*

這次演講的題目是「那些年，我們一起追求的文學」，有些人心中可能共同追求過一個美麗、聰慧的女孩，可是，在某一個年代，大家共同追求的，往往是文學。

關於 1949 年以後的故事

究竟「那些年」是哪一年？臺灣歷史有四百年，我們不可能追本溯源，從頭開始講起，而是要談我們親身經歷過的歲月。因此，我決定以自己到臺灣的 1949 年作為起點，那時候到現在，轉眼已經超過一甲子，可以有一點距離去談談美感。民國 38 年，中國發生了一場前所未有的分裂，不是為了一家、一姓而分裂，而是因為不同的主義，以及治國的理念與看法分歧。共產主義是以某種理念來治國，運用各種方法來取得政權，國民黨因此遷移到臺灣。

1945 年，中日戰爭結束。那是一場許多中國人都無法忘懷的慘烈戰爭，很多人的父兄都死在戰場上。我們與日本耗竭到那個地步，來到臺灣，其實是非常慘的局面。當時的臺灣，剛結束日本的統治，因為殖民宗主國離開後，不會把技術留下，一定是狠心的帶走；日本剛離開臺灣的時候，就宣告要讓臺灣三個月後一片黑暗，因為臺灣人並不會自己發電。直到工程師孫運璿來到臺灣，看到這樣的景象，決定讓臺灣有光明，後來也的確成功地把電

---

*發表文章時為清華大學中國文學研究所博士生，現為清華大學中國文學研究所博士候選人。

力恢復起來。

民國 38 年，有一大批人跟著國民政府軍隊來臺。本來這批族群也沒有辦法取得文化主流的地位，可是，剛好當時臺灣本省籍的菁英，處在脫離日本統治，一切還未恢復秩序的慘澹年代，不擅於寫中文，例如吳濁流的作品，是以日文撰寫，再翻回中文。所以，當時真正能用中文寫作，還是從大陸遷移過來的外省族群。

雖然如此，大陸還是有很多重要作家沒有過來，例如張愛玲。她後來在共產黨統治下發覺自己完全無法寫下去，為了能寫下去，就以繼續完成香港大學的學業為由，躲避至香港。剛好中共剛立國，管制不嚴，她就順利跑掉了。但是，張愛玲也沒有選擇我們這邊，最後失去了故土，過著半隱居的生活，死在美國的小公寓裡。除了張愛玲以外，還有許多重要的作家選擇留在大陸，比如說沈從文。每年諾貝爾獎，大家總是期待中國人得獎，終於到了 20 世紀末葉，高行健得了獎；不過，在高行健之前，其實是沈從文應該得獎。但是，命運弄人，還沒熬到頒獎，他在那一年夏天就過世了。在 1949 年以後，沈從文就失去了寫作的自由，但是，他很聰明的替自己爭取到「不寫作的自由」。從此以後，他就不寫了，政府要他寫階級鬥爭，他沒法寫，於是決定在博物館裡打雜。老舍的下場就很慘，最後投湖自殺，另外像曹禺，雖然比較得意，卻也不得不犧牲了自己的原則，所以繼續寫作的人，反而是不自由的。

1950 年代以後臺灣文壇速寫

當時臺灣文壇的局面，主要分成兩種：家庭主婦與軍人。這兩種形態的作家慢慢形成重要的寫作族群，或許聽起來不夠專業，但慢慢累積作品，也出了不少重要的作者；特別是軍中作家，出了很多優秀的詩人，所以不可以小覷他們。因為事實上，職業作家如果要養活自己，就得寫些比較通俗的作品，若是發行量不夠，很難靠寫作為生。

當然，家庭主婦也分成很多種，包括林海音女士這樣的前輩，也經常被歸為家庭主婦類作家。不過，林海音女士是比較了不起的，在臺灣文壇像個大姊頭，家庭背景好，在大阪出生，父母是河洛人和客家人，在北京長大，又嫁給南京人，熟悉所有的族群，生性好客，家裡經常高朋滿座，所有人也尊她為林大姊。因此，林海音雖然被視為家庭主婦作家，卻能寫平實而又深刻的作品，也能夠挖掘新的人才，顯得特別突出。

在那個時代，還有雜誌、報刊、廣播，使得藝文活動還算精采。例如我所佩服的前輩，《中央日報》編輯孫如陵，將《中央日報》副刊經營得有聲有色，是一具有文藝高標準的刊物。那時候，如果有文章刊登在上面，是滿城傳誦的一件事，可能也因為報紙數量少，字數不多，大家都會去讀，現在如果在報紙上寫專欄，發表了一年還可能有人說沒見過。因此，我們可以說，在那個年代，也許資源不多，但雜誌、報刊也辦得火火熱熱。

除了《中央日報》是非常重要的發表據點之外，還有一些文藝性的刊物，這些刊物可以分成兩種：純文藝性與綜合性。文藝性的有《野風》，辦了不少年，一出版便教大家驚豔，封面是一個女孩子側面剪影，手扶著草帽，好像隨時會被風吹走，內容經常刊登一些很時髦、前衛的作品。另一份可貴的綜合性刊物，名字叫《拾穗》；出資者是中國石油，資金相當充足，因此辦了很多年。《拾穗》的封面是米勒的畫，內容有點像《讀者文摘》，也有創作。這本雜誌在文藝界也挺流行的，沒有《讀者文摘》的時代，扮演了相當重要的角色。

所以，民國 38 年，這些人來到臺灣，在戰爭剛結束的情況下，應該是非常愁慘的。但是，他們卻願意把時間、精力放在文學、藝術這一塊，是令人相當驚訝的；而且，他們所刊載的作品，也絕對不是歌功頌德政府的類型。一個以前在大陸生活的朋友告訴我，中共立國的時候，鼓勵一些工農兵創作，他唸了其中一首詩給我聽，內容大概是這樣：轟隆隆的一個東西滾下坡，滾到河水裡，河水漲了一丈多，可能是塊大石頭，回頭一看，原來是塊大番薯。整首詩只是想表達，中國種的番薯很大，能夠讓河水漲了一丈多。這種吹牛的文學，在那個時候，竟然是他們的主流文學，我聽了嚇一跳。所以，來到臺灣的這些前輩們，實在讓人佩服。

除了外省籍的文化人，本省的作家雖然不會寫漢字，但也有人像黃俊雄這樣，開始放棄日文，學漢語，並且用漢語來編劇。我經常將本省人與外省人這種二分法，再細分為一代半的外省人和本省人。什麼叫一代半的外省人呢？就是在大陸出生，小的時候就到臺灣來，但來的時候太小，不能算是第一代，而是跟著來的。這樣的人，與純粹的二代移民又不一樣，他還記得父親從哪裡來，以及整個戰爭的故事，我稱他們作一代半。在本省人裡頭，也有日據時期的一代半，在時代轉換的時候，觀察著整個社會現象。一代半的外省作家，白先勇是其中很有名的一位，有兩種生命經驗，往往比較精采。黃春明則是一代半的本省作家，看到中日戰爭勝利，日本投降，祖父輩討厭日本人，顯得很高興，但是，父親輩參過戰，效忠過天皇，現在卻變成戰敗的一方，其實是很受傷的。在那個時代，其實有很多這種荒謬的現象，但是一代半的小孩，慢慢長大以後，因為這樣的背景是比較有能力創作的。

文化板塊撞擊的那個年代

我小時候住撫順街，讀中山國小，上、下學途中都會經過上海商業銀行現址，常常在那兒玩。那時候，我們要照日本人的規矩，上學之前在一個地方集合排路隊，由小班長領著往學校去，我和其他小朋友，就在現在上海商業銀行所在地集合。當時，那裡還是紅磚蓋的房子，前頭有個像一般農家曬穀子的廣場。排路隊的時候，早到的小朋友為了排解無聊，開始玩遊戲，比如說拍球、丟沙包，經常是一邊唱日本童謠一邊進行。我們其實不太了解歌曲的意思，但遊戲進行時還是跟著唱。除此之外，在我幼小的時候，說的中文是夾雜著日文名詞的，比如說墊板、洗澡間就用日文說，生活中充滿了日本人遺留下來的東西。所以，我每次經過上海商業銀行，就會想起自己小時候唱著日本童謠玩遊戲的情景。

此外，我還記得小時候流行過一種白色的鉤花，要用鉤針鉤，我要母親教我，她也不會。我便跑到同學家，看到她受過日本教育優雅的母親，打扮得非常素雅在插花；我請她教我，小孩子手髒，把白線鉤成了黑線，好像一輩子學不好。但是轉頭一看，朋友的母親鉤了一屋子的蕾絲沙發套，我覺得很驚奇，無法想像怎麼會有這樣一個優雅而靈巧的女人，彷彿距離自己很遙遠。不過，我們也就在這種文化磨合中成長。

不過，很遺憾的一點，曾經有人討論「反共文學」的「無意義性」，認為這類文學是虛假的，用字也不夠誠懇。這樣的評價其實是非常冤枉的。因為寫反共文學的人，他們心理是真反共，他們的父母也許被共產黨迫害死了，有著很深的仇恨。但是，要他們寫的時候，就只能寫得出「萬惡的共匪啊！邪惡的共匪啊！我們應該要打倒共匪，明年把青天白日國旗插到北京」，諸如此類的口號。因為這種制式的寫法，沒有把自己的真實情感呈現出來；所以，後來的人讀到，便認為怎麼淨寫些假的東西來應付政府呢？其實並非如此，他們真的很恨萬惡的共匪，可是，就是寫不出來，這其實是一件殘酷的事情，沒有找到好的語言來真實表達自己的感受。

那些年，文學是暗夜裡的一把火炬

在那樣一個文化碰撞的時代，不只是多大咖作家沒有來，他們的作品也是不能讀的，比如說魯迅的作品就被列為禁書。魯迅死於民國 25 年，共產黨 1949 年才執政，他能夠免於選邊站的痛苦。但是，正因為魯迅過世了，毛澤東就把他塑造成文藝之神，毛其實並不佩服魯迅，只是因為活人隨時可以叛變，毛澤東可以安心把魯迅變成熱愛共產黨的代表作家，反正魯迅不會出來反駁，是絕對安全的。也因為如此，魯迅的作品在臺灣就成了禁書，不單魯迅而已，還有一些作家的作品都不能閱讀。不過，文藝青年們還是偷偷傳閱。我相信，在那個時代讀過魯迅的人比現在還多，現在問學生，看過魯迅的舉手，簡直沒有一、兩個。我不禁想，天啊！為什麼他們不看呢？我們那時候都搶著借閱，半夜看禁書是非常美好、痛快的滋味。可能現在都開放了，所以也沒人想看了。

余光中先生在民國 50 年左右，曾說出「降五四的半旗吧！」這樣一句話。我們不要再走五四文學的路了，本來政府不准我們看，我們也有自己的文化，就可以走自己的路，去降五四的半旗了吧！中文在五四時代有個大的變化，從文言為主的文學，變成白話為主的文學，歷經許多努力才能以白話取代文言。文言是三千五百年所累積的精華，我們用現代的糟粕，去對抗古人的精華，怎麼能打得贏呢？古人也寫過爛文章，但都不會留下，現代人的作品則是有好有壞。所以，五四時期的白話文，並不完全成功，如果細讀，會覺得作品很有熱情，但寫得其實非常淺薄。以後來的創作與之相比，我們是勝過五四的，必須要有這樣的自信。

我們的文學，就在那樣一個摸索的時代，漸漸成長。臺灣文學成長的養分有兩個到三個：一個是古典史學研究，臺灣有好幾個學校的中文系，對古典文學是非常注重的，在中國大陸反而沒有。第二，是對西方文學的吸收，中共也是把這一點拋棄了，他們雖然要「超英趕美」，卻只限定在科學上，認為西方小說不值得一讀。不過，臺灣不管在哪一所大學，對西方文學的介紹，都是不遺餘力；甚至像白先勇在學生時代，就自己編了《現代文學》，重點是介紹西方文學，同年代其他許多編輯亦是如此。那時候，能在書市存活的嚴肅作品還是不少，所以，大家會希望追求藝術上的成就。有一次，我的好朋友孫越告訴我，他年輕時得到了一個拍電影的機會，在趕場的過程中吃便當，因為太急了，便當裡的魯蛋一下子卡在喉嚨，危急時，他向上天禱告，說自己怎麼能死呢？第一部電影都還沒上映，怎麼可以就這樣死了呢？孫越不是擔心自己的安危，而是擔心自己要完成的電影沒有完成，可見那時代人對藝術的熱情與執著。

另外，還有一個人叫張繼高，想要在臺灣推動古典音樂。有一次，他下了重本，請到維也納合唱團到中山堂演出，他親自站在門口，勸阻穿木屐的人進場。本來一切都很順利，但是到散會的時侯，維也納合唱團的其中一個小孩失蹤了，張繼高急得跳腳，也遍尋不著。原來，孩子是被一個軍人抱走，送回來給主辦單位時，還歡喜的說：「洋娃娃很喜氣，俺娘沒見過，俺抱去給俺娘看看！」令人哭笑不得。在那個時候，文藝活動就在這樣的艱困狀況裡給辦了出來，整個民族凝聚出一種力量，覺得文學、藝術是重要的，其重要性在政治、金錢之上，是值得投資一生的。

過去，我的好朋友出書時，我替他寫序，裡頭提到老一輩作家的自卑感：認為現在的年輕人受很好的訓練，反觀他們什麼都不懂，就一股腦亂寫。我並不贊同，老一輩作家雖然沒有受過正式訓練，但是文學對他們來說是唯一，就像走暗夜的路，用手護著小燭火，唯恐那一點光熄滅，護得很緊，就算手心被燒到也在所不惜。你不能不好好護著它，因為在群狼當道的原野，火苗一旦熄了，你就完了。當火炬成為你的唯一，你就會忍著手心的疼痛，抵死護好那小小竄動的火苗。可是現在的年輕人，因為擁有的資源太多，不會對文學如此死忠。這一代的確比較精明、幹練，但是要說文學上的成就，就是另外一回事了。現在的作者，寫作只是他眾多本領中的一項，他靠此吃飯，或者不靠此吃飯，他表演，享受掌聲和經驗，他離開，再回來，他的心從來都不疼，他是個快樂的作業員。老一輩的作者，他們手中捧著火苗前行，那火苗便是文學，那燙人欲焦的文學，你忍受，只因在風雪交侵，生死相扣的時刻，捨此之外，你一無所有。現在的文學，是眾多消費品項之一，現在的作者，也許更有才華，但文學女神要的祭品，卻是你的癡心和忠貞。

回顧民國 38 年一直到 50 年間的心路歷程，那是非常簡單的年代，生活裡可追尋的東西不多，可以羨慕的好像就是文學了，從來不會想寫作能夠致富，可是，大家還是非常認真的在做這件事情。於是，那些年，我們共同追求的，不是某個聰慧的女孩，而是我們準備互許終生，並且堅定不二的文學。

——選自《文訊》第 317 期，2012 年 3 月

亦秀亦豪的健筆

我看張曉風的散文

◎余光中*

30 年來臺灣的散文作家，依年齡和風格大致可以分為四代。第一代的年齡在 80 歲上下，可以梁實秋為代表。第二代在 60 歲左右，以女作家居多，目前筆力最健者，當推琦君，但在鬚眉之中，也數得出思果、陳之藩、吳魯芹、周棄子等人，不讓那一代的散文全然變成「男性的失土」。第三代的年齡頗不整齊，大約從 40 歲到 60 歲，社會背景也很複雜：王鼎鈞、張拓蕪、林文月、亮軒、蕭白、子敏等人都是代表；另有詩人而兼擅散文的楊牧與管管，小說家而兼擅此道的司馬中原（張愛玲亦然，但應該歸於第二代）。第四代的年齡當在 20、30 歲，作者眾多，潛力極大，一時尚難遽分高下，但似乎應該包括溫任平、林清玄、羅青、渡也、高大鵬、孫瑋芒、李捷金、陳幸蕙……等人的名字。

大致說來，第二代的風格近於第一代，多半繼承五四散文的流風餘緒，語言上講究文白交融，筆法上講究入情入理，題材上則富於回憶的溫馨。第三代是一個突變，也是一個突破。年齡固然是一大原因，但真正的原因是第三代的作家大多接受了現代文藝的洗禮，運用語言的方式，已有大幅的蛻變。他們不但講究文白交融，也有興趣地酌量作西化的試驗，不但講究人情世故，也有興趣探險想像的世界。在題材上，他們不但回憶大陸，也有興趣反映臺灣的生活，探討當前的現實。他們當然欣賞古典詩詞，但也樂於通用現代詩的藝術，來開拓新散文的感性世界。同樣，現代

---

*詩人、散文家、評論家、翻譯家。發表文章時為臺灣師範大學英語系主任兼英語研究所所長，現為中山大學外國語文學系榮譽退休教授。

的小說、電影、音樂、繪畫、攝影等等藝術，也莫不促成他們觀察事物的新感性。

「要是你四月來，蘋果花開，哼！……」

這人說話老是使我想起現代詩。

張曉風的散文〈常常，我想起那座山〉中的兩句話，正好用來印證我前述的論點。在第三代的散文家中，張曉風年紀較輕，但成就卻不容低估。前引的兩句和現代詩的關係還比較落於言詮，再看她另一篇作品〈你還沒有愛過〉中的一句：

而終有一天，一紙降書，一排降將，一長列解下的軍刀，我們贏了！

這一句話寫的是日軍投降，但是那跳接的意象，那武斷而迅疾的句法，卻是現代詩的作風。換了第二代的散文家，大半不會這麼寫的。

張曉風的一枝健筆縱橫於近 20 年來的文壇，先是以散文成名，繼而轉向小說，不久又在戲劇界激起壯闊的波瀾，近年她的筆鋒又收回散文的領域，而更見變化多姿。她在散文創作上的發展，正顯示一位年輕作家如何擺脫了早期新文學的束縛，如何鍛鍊了自己的風格，而卓然成為第三代的名家。早在 13 年前，我已在〈我們需要幾本書〉一文中指出：「至少有三個因素使早期的曉風不能進入現代：中文系的教育，女作家的傳統，五四新文學的餘風。我不是說，凡出身中文系，身為女作家，且承受五四餘澤的人，一定進不了現代的潮流。我只是說，上述的三個背景，在普通的情形下，任具一項，都足以阻礙現代化的傾向。曉風三者兼備，竟能像跳欄選手一樣，一一越過，且奔向坦坦的現代大道，實在是難能可貴的。」

13 年後回顧曉風在散文上的成就，比起當日來，自又豐收得多，再度綜覽她這方面的作品，欣賞之餘，可以歸納出如下的幾個特色：第一，曉風成名是 1960 年代的中期，那時正是臺灣文壇西化的高潮，她的作品卻能夠免於一般西化的時尚，既不亂嘆人生的虛無，也不沉溺文字的晦澀。第二，她出身於中文系，卻不自囿於所謂「舊文學」，寫起文章來，既少餖飣其表的四字成語或經典名言，也無以退為進以酸為雅的謙虛作態。相反地，她對於西方文學頗留意吸收，在劇本的創作上尤其如此。讀她的散文，實在看不出是昧於西洋文學的作家所寫。第三，她是女作家，卻能夠擺脫許多女作家，尤其是一些散文女作家常有的那種閨秀氣，其實從〈十月的陽光〉起，她的散文往往倒有一股勃然不磨的英偉之氣。她的文筆原就無意於嫵媚，更不可能走向纖弱，相反地，她的文氣之旺，筆鋒之健，轉折之快，比起一些陽剛型的男作家來，也毫不減色。第四，一般的所謂散文家，無論性別為何，筆下的題材常有日趨狹窄之病，不是耽於山水之寫景，就是囿於家事之瑣細，舊聞之陳腐，酬酢之空虛，旅遊之膚淺，久之也就難以為繼。曉風的散文近年在題材上頗見拓展，近將出版的《你還沒有愛過》一書可以印證她的精神領域如何開闊。在風格上，曉風能用知性來提升感性，在視野上，她能把小我拓展到大我，乃能成為有分量有地位的一流散文家。

《你還沒有愛過》裡面的 15 篇散文，至少有八篇半是寫人物——〈承受第一線晨曦的〉只能算是半篇。這些人物，有的是文化界已故的前輩，像洪陸東、俞大綱、李曼瑰、史惟亮；有的是曾與曉風協力促進劇運的青年同伴，像姚立含、黃以功；更有像溫梅桂那樣奮鬥自立的泰雅爾族山胞。後面的三個人物寫得比較詳盡，但也不是正式的傳記。前面的四個名人則見首而不見尾，夭矯雲間，出沒無常，只是一些生動的印象集錦。而無論是速寫或詳敘，這些人物在曉風的筆下，都顯得親切而自然，往往只要幾下勾勒，頰上三毫已見。曉風的筆觸，無論是寫景、狀物、對話或敘事，都是快攻的經濟手法，務必在數招之內見功，很少細針密線的工筆。所以她的段落較短，分段較多，事件和情調的發展爽利無礙，和我一般散文的長段大陣，頗不相同。曉風的文筆還有一項能耐，便是雅俗、文白、巧拙之間的分寸，能依主題的需要而調整，例如寫耆宿洪陸東時的老練，便有別於〈蝸牛女孩〉的坦率天真。

幾篇寫人物的散文之中，我認為味道最濃筆意最醇的，是〈半局〉和〈看松〉。這兩篇當然不是傳記，而是作者一鱗半爪的切身感受和親眼印象，卻安排得恰到好處，真有「傳神」之功。也許曉風和文中的兩位人物——一位是她的系主任，一位是同事——相知較深，所以往事歷歷，隨手拈來，皆成妙諦，比起其他人物的寫照來，更見突出。我認為這種散聞軼事串成的人物剪影，形象生動，意味雋永，是介於《史記》列傳和《世說新語》之間的筆法，希望曉風以後多加發揮。尤其是〈半局〉一篇，墨飽筆酣，六千字一氣呵成，其中人物杜公的意態呼之欲出，不但是曉風個人的傑作，也是近年來散文的妙品。我甚至認為，〈半局〉的老到恣肆之處，魯迅也不過如此。請看下列這一段：

> 有一天，他和另一個助教談西洋史，那助教忽然問他那段歷史中兄弟爭位後來究竟是誰死了，他一時也答不上來，兩個人在那裡久久不決，我聽得不耐煩：
>
> 「我告訴你，既不是哥哥死了，也不是弟弟死了，反正是到現在，兩個人都死了。」
>
> 說完了，我自己也覺一陣悲傷，彷彿《紅樓夢》裡張道士所說的一個喫它一百年的療妒羹——當然是效驗的，百年後人都死了。
>
> 杜公卻拊掌大笑：
>
> 「對了，對了，當然是兩個都死了。」

短短的一段文字裡，從歷史的徒勞到人生的空虛，從作者的傷感到杜公的豁達，幾番轉折，真是方寸之間有波瀾。再看結尾的一段：

> 對於那些英年早逝棄我而去的朋友，我的情緒與其說是悲哀，不如說是

> 憤怒！
>
> 正好像一群孩子，在廣場上做遊戲，大家才剛弄清楚遊戲規則，才剛明白遊戲的好玩之處，並且剛找好自己的那一伙，其中一人卻不聲不響的半局而退了，你一時怎能不愕然得手足無措，甚至覺得被什麼人騙了一場似的憤怒！

這一段的比喻十分貼切，而對於朋友夭亡的反應，不是悲哀，卻是憤怒，好像沒可奈何之中，竟遷怒造化的無端弄人。這，就是我所謂作者的英偉之氣。〈半局〉的題目就取得很好，而尤見功力的，是文中感情的幾經變化，那樣「半忘年交」的友誼，戲謔中有尊敬，低迴中有豪情，疏淡中寓知己，讀來真是令人「五內翻湧」。

這樣的傑作，在民初的散文名家裡也不多見。可是曉風散文的多度空間裡，比他們要多一度空間，那便是現代文學，尤其是現代詩的啟示。像〈半局〉中的這一段：

> 杜公是黑龍江人，對我這樣年齡的人而言，模糊的意念裡，黑龍江簡直比什麼都美，比愛琴海美，比維也納森林美，比龐培古城美，是榛莽淵深，不可仰視的。是千年的黑森林，千峰的白積雪加上浩浩萬里、裂地而奔竄的江水合成的。

便是我前文所謂「第三代的散文」，因為它速度快，筆力強，一氣呵成，有最好的現代詩那種莽莽蒼蒼的感性。僅有感性，當然不足以成散文大家，但是筆下如果感性貧乏，寫山而不見其崢嶸，寫水而不覺其靈動，卻無論如何成不了散文家。曉風寫景記遊的一些近作如〈常常，我想起那座山〉，在抒情散文的創作上成就驚人，「臨場感」（sense of immediacy）甚為飽滿的感性，經靈性和知性的提升之後，境界極高。在這種散文裡，曉風已經是一位不分行的詩人了。曉風偶爾也寫些詩，但句法剛直，語言嫌露，佳作不多。我倒覺得，能在寫景或抒情的散文裡揮灑詩才，也是一種高妙之境，原不一定非要去經營「分行的藝術」。其實，曉風散文中寫景之句，論空靈，論秀逸，論氣魄，比起許多現代詩的佳句來，並不遜色。〈常常，我想起那座山〉中許多附有小標題的片段，都是筆法精簡感性逼人眉睫的妙品，例如寫梅骨的一段，真能攫住老柯裡祕藏欲發的生機。又如她寫夜色，有這樣的句子：「深夜醒來我獨自走到庭中。四下是徹底的黑，襯得滿天星子水清清的。」又說：「文明把黑夜弄髒了，黑色是一種極嬌貴的顏色，比白色更沾不得異物。」下面的一段設想奇妙，那種想像力，真可以博得東坡一笑。

> 山從四面疊過來，一重一重地，簡直是綠色的花瓣——不是單瓣的那一種，而是重瓣的那一種——人行水中，忽然就有了花蕊的感覺，那種柔和的，生長著的花蕊，你感到自己的尊嚴和芬芳，你竟覺得自己就是張橫渠所說的可以「為天地立心」的那個人。

再看下面這一段：

> 十一點了，秋山在此刻竟也是陽光炙人的，我躺在復興二號[1]下面，想起唐人的傳奇，虬髯客不帶一絲邪念臥看紅拂女梳垂地的長髮，那景象真華麗。我此刻也臥看大樹在風中梳著那滿頭青絲，所不同的是，我也有華髮綠鬢，跟巨木相向蒼翠。

這真是神乎其想的豪喻，曉風身為女作家，不自比紅拂女，卻自擬虬髯客，正是我所謂的英偉之氣。至於「華髮綠鬢，跟巨木相向蒼翠」一句，也有辛棄疾山人相看嫵媚之意，仍是自豪的。在同一章中，曉風又喻那擎

[1]復興二號是神木編號。

天神木為「倒生的翡翠礦」，也是匪夷所思。此文的「後記」第三則又說：

> 夏天，在一次出國旅行之前，我又去了一次拉拉山，吃了些水蜜桃，以及山壁上傾下來的不花錢的紅草莓。夏天比秋天好的是綠苔上長滿十字形的小紫花，但夏天遊人多些，算來秋天比夏天多了整整一座空山。

整段文字清空自在，不用說了，奇就奇在最後那一句：「算來秋天比夏天多了整整一座空山。」照講夏天葉茂人多，應該夏多於秋才對，但作者神思異發，認為入山貴在就山，不在就人，所以要比空寂之美，卻是秋富於夏。這種妙筆，散文家也不輸詩人。

張曉風這本新書裡佳作尚多，不及一一細析，但還有一篇值得再三誦讀的，便是書名所本的〈你還沒有愛過〉。此地所謂的愛，是國家民族的大我之愛。作者在貴陽街國軍歷史文物館裡，弔古低迴，感奮於民初青年慷慨報國的忠義精神。她一面瞻仰早期軍校樸拙而莊嚴的同學錄，一面從那些古色古香的通訊地址去揣摩那些相中人物鄉鎮的情景，領著讀者作紙上的故國神遊：

> 郭孝言　年十九　鎮江城內小市口杜宅後院
>
> ……
>
> 章甫　年二十三　湖南永州老縣門口章吉祥藥號交
>
> ……
>
> 李亞丹　年二十二　湖南岳州桃林喻義興寶號轉舊屋李家
>
> ……

就這麼幾十個簡單而又落實的地址，便激發了作者無窮的鄉國之思，同胞之愛，引爆了她光華四射的想像。這些古色斑斕膽氣照人的名錄，具體可握如歷史的把手，作者逐條加上自己的按語，就像實地低迴時心中起伏波動的意識流，虛實相激相盪，真是善作安排。及其高潮，下面的這段文字更是噴薄而出：

> 只為一聲戍角，那些好男兒從稻田從麥田從高粱田，從商行，從藥鋪，從磨坊，從魚行，從雜貨鋪，從酒坊一一走出來，就這樣，走出一番新翠照眼的日月山川，不知為什麼，越讀那些土裡土氣的小地名，越覺有萬千王師的氣象，每翻一張扉頁，竟覺得在腕底翻起的是颯颯然的八方風雨。

能寫出這種節奏，這種氣魄，這種胸襟的散文，張曉風不愧是第三代散文家裡腕挾風雷的淋漓健筆，這枝筆，能寫景也能敘事，能詠物也能傳人，揚之有豪氣，抑之有秀氣，而即使在柔婉的時候也帶一點剛勁。在散文的批評裡，梁實秋的風趣，思果的恬淡，琦君的溫馨，早經公認，賞析已多，但散文天地的廣闊正如人生，淡有淡味，濃有濃情，懷舊的固然動人溫情，探新的也能動人激情。說散文一定要像橄欖或青茶，由來已久，其實是畫地為牢。誰規定散文不可以像哈密瓜像酒？韓潮蘇海，是橄欖或清茶嗎？散文的讀者不妨拓展自己的視域，也來欣賞張曉風的豪秀，楊牧的雅麗。

張曉風既有天才，又有學力，更有可驚的精力與毅力，我熱切希望她能盡展所長，少作秀，少編書，少寫別人也會寫的那些俏皮小品，或應景文章，把她的大才用來創新並突破散文的華嚴世界。

——1981 年 1 月於廈門街

——選自張曉風《你還沒有愛過》

臺北：大地出版社，1981 年 3 月

臺灣女性詩人與散文家的現代轉折

臺灣女性散文的現代主義轉折（節錄）

◎陳芳明*

在這群新興的女性作家中，張曉風代表了一個重要的轉折。她在 1960 年代後半期出版的三冊散文集《地毯的那一端》[1]、《給你，瑩瑩》[2]、《愁鄉石》[3]，穩固地建立了她的文壇地位。這位散文作者大膽寫了這樣的第一段：「藍天打了蠟，在這樣的春天。在這樣的春天，小樹葉兒也都上了釉彩。世界，忽然顯得明朗了。」如此一行文字，充滿了節奏、韻律、想像，帶給讀者錯愕與喜悅。文字的速度是可以控制的，語言的色調也是可以髹上的。張曉風以實踐的方式，使余光中的散文革命主張獲得了響應。

從 1960 年代出發的張曉風，把散文技巧的各種可能推到了極限。她筆名包括曉風、桑科、可叵等，東吳大學中文系畢業。她的散文書寫極為廣闊而多產，女性散文的現代轉折，以張曉風為起點，並不為過。畢竟，她是帶起風氣的一位大家。重要散文集還包括：《黑紗》[4]、《再生緣》[5]、《我在》[6]、《從你美麗的流域》[7]、《這杯咖啡的溫度剛好》[8]、《你的側影好美》[9]等等。她能夠寫出幽默的散文，如《桑科有話要說》[10]、《幽默五十三號》[11]，她也

---

*作家、評論家。發表文章時為政治大學臺灣文學研究所所長，現為政治大學講座教授。

[1]張曉風，《地毯的那一端》（臺北：文星書店，1966 年）。
[2]張曉風，《給你，瑩瑩》（臺北：臺灣商務印書館，1969 年）。
[3]張曉風，《愁鄉石》（臺北：晨鐘出版社，1971 年）。
[4]張曉風，《黑紗》（臺北：宇宙光出版社，1975 年）。
[5]張曉風，《再生緣》（臺北：爾雅出版社，1981 年）。
[6]張曉風，《我在》（臺北：爾雅出版社，1984 年）。
[7]張曉風，《從你美麗的流域》（臺北：爾雅出版社，1988 年）。
[8]張曉風，《這杯咖啡的溫度剛好》（臺北：九歌出版社，1996 年）。
[9]張曉風，《你的側影好美》（臺北：九歌出版社，1997 年）。
[10]張曉風，《桑科有話要說》（臺北：時報文化出版公司，1980 年）。

可以寫報導散文，如《心繫》。[12]她探索各種值得探索的題材，是散文家中最為豐收的。余光中曾經批評她的散文無「閨秀氣」，反而有一種「勃然不磨的英偉之氣」。這種評語，仍然還是以男性審美的標準來決定藝術高低。不過，從另一角度看，張曉風的散文，其實也是在實驗中國文字的速度、彈性與密度。她勇於創新句法，敢於扭曲文字，這樣做，反而豐富了散文的可觀。語言文字的更新，是由於想像與感覺已經異於從前。陳腐的語言豈能呈現新穎的思考？張曉風的想像過於豐富而敏銳，當然會求諸於文字的不斷刷新。她懂得使用「超現實主義」（王文興語）的技巧，也懂得後設的手法。從《全唐詩》的一首小詩，她竟能憑藉想像，渲染成篇，而寫出〈唐代最幼小的女詩人〉。張曉風的重要性，絕對不是因為她捨棄「閨秀氣」，而是因為她在保有女性的特質之外，又兼能吸收男性的英偉之氣。格局既擴充了女性的視野，也超越了男性的局限。

——選自陳芳明《臺灣新文學史》

臺北：聯經出版公司，2011 年 10 月

[11]張曉風，《幽默五十三號》（臺北：九歌出版社，1982 年）。

[12]張曉風，《心繫》（臺北：百科文化公司，1983 年）。

散文的詩人

張曉風創作世界的四個向度

◎瘂弦*

文學的原型

早年喜歡讀心理學大師榮格的書，對他提出的文學原型理論，印象深刻。所謂原型，是指表現於神話和宗教中，一種集體無意識的心理結構，對人類歷史發祥所起的定音作用。榮格認為，在初民社會，神話是核心，儀式是典律，而神的意象和隱喻是一切敘述的模本；一個民族的共同記憶，基本價值觀，以及最初的文化構成，均由此萌發，而文學，便在這原型之子宮的孕育下，成為待產的嬰孩。

不知道張曉風的文學思想，曾否受到榮格的影響，不過我發現她的作品，在總的精神歸趨上，幾乎都可用原型理論來詮釋。所不同的是，她作品所體現的原型，涵蓋面比榮格更為廣闊；神話、宗教之外，還兼及民間傳說、寓言、童話，以及所有文字書寫的古典文學作品。她的原型意識，並不限於對單一民族的探本窮源，而是將諸多民族神話加以渾融後的整體審視；全世界重要的文化板塊，如古代的埃及、美索不達米亞、希臘和希伯來，全都收納在她神話思維的經緯之中。

張曉風曾在一次記者訪談中表示，影響她最大的兩部書，一是《聖經》，另一是《論語》。這兩部同屬語錄性質的典範著述，是她人生信仰和文學思想的源頭活水。在寫作上，無論她的想像怎樣恣意馳騁、天馬行空，這中西兩部

---

*本名王慶麟，詩人、評論家、編輯家。現已退休，旅居加拿大溫哥華。

大經大典，永遠是她作品中反覆出現的原型意象和原型敘述。

古希伯來帶有濃厚宗教色彩的神話世界，是張曉風長期涵泳的廣大夢土，從「彌賽亞——受膏者」的創始，到「復國救世主」的引申，那充滿熾烈信仰的宗教故事，她在青少年時期便耳熟能詳。對於 66 卷新舊約，這部由二十餘位才學、性格、感情、文字風格各異的學者、信徒們，經過漫長歲月集體完成的大書，很早便是她心靈的課本，也是她文學寫作追求的範型。歐美作家一向視《聖經》為西方文學「偉大的代碼」，是集隱喻（意象）、神話（敘事）、語言（修辭）之大成的寶庫，很多著名的文學作品，都從其中借火。由於西方文學史就是一部宗教史，西方作家們以《聖經》故事為題材的寫作，早已成為一種傳統。張曉風的作品，不管從內容、風格、結構、陳述方式，也明顯的看出《聖經》的影響，不同的是，其影響的接受方式，是通過了中國觀點的過濾與選擇。張曉風從《聖經》中借火，並不是西方式的；既不是詹姆斯•喬伊斯、湯瑪斯•曼、卡夫卡等人「神話主義」的故事新編（以古典的框架裝填現代意念），也不是拉丁美洲作家「魔幻寫實」的神話現實形態化，張曉風表現神話的取向，旨在反映現代生活的當下，以不落言詮的方式，暗示現代人的精神如何與古代原型遙相呼應，進而塑造屬於自己的生命風格。在她的筆下，絕少原型概念的直陳，有時僅僅透過一則小故事、小典故的暗示，就可以使人思接千載、視通萬里，與原型產生精神的交感。這種縮龍成寸、咫尺千里的手法，與西方作家動輒以長篇巨製來闡釋一個神話、一種宗教意念的方式，大異其趣。張曉風所強調的，毋寧說更接近以中國為中心的東方精神。

相對於希伯來宗教意識的神話傳說，希臘神話中神或半神的人性化、知識化，以及大家譜式的結構體系，中國神話也許顯得片段而零碎（過去沈雁水和鍾敬文都曾有過類似的看法），但如果把《山海經》、《楚辭》、《淮南子》、《論衡》等作一個整合，我們有充足的理由，說中國也同樣是世界上的神話大國，更是一個神話文學的大國。事實上從孔子解釋黃帝四面、夔一足，中國神話與文學的互滲、互動就開始了。張曉風文學原型的主軸在此，也是她藝術形象運作能量的母源，藉著這能量，她的文學得以向世界開展；藉著這母源，她進入自主性的宏偉的敘事體系。如果說神話是人類生活和人類心靈歷史的折射，那麼張曉風作品所顯彰的神話意蘊，便不只是神話的複製或還原，而是一種文化學上的「再神話化」。這也是為什麼她每每刻意淡化神話的一般屬性，而代之以濃厚的東方倫理色彩，以及若干社會功能取向，這種理性審視後的調適，正符合儒家子不語怪力亂神的理念。從孔子神話深谷中走出的張曉風，從某些角度看，倒有幾分儒者的丰神了。

一般印象，《論語》這部書主要在闡明儒家有關政治、倫理教育思想，彰顯孔子的行誼風範，很少人注意到這孔門弟子「相與輯而論纂」的語典，也是一部極為優秀的散文著作，在文字藝術上具有特殊的成就，更富有文學史開創的意義，而成為一個不朽的文學原型。張曉風的作品，不但師法了《論語》的思想精髓，也擷取了《論語》散文特有的優秀素質，她作品中時常為人稱道的簡潔，清澈與形象美，以及一種雍容迂徐的敘述風格，顯然來自《論語》的啟發。

這裡不妨賞讀曉風散文的幾個段落，看她是怎樣將中西神話以及《聖經》、《論語》等古典著作，代入她的原型思維之中。

在一篇談居家燈光的散文中，她寫著：

> 我與幽光對坐……，彷彿置身密林，彷彿沉浮於深澤大沼，彷彿穴居野處的上古，彷彿胎兒猶在母體，又彷彿易經乾卦裡的那隻「潛龍」正沉潛某處，尚未用世。方其時，「天地玄黃，宇宙洪荒」——這是《千字文》的句子，古代小孩啟蒙時要念的第一篇，是幼童蒙昧的聲音在念宇宙蒙昧期的畫面——一切還停頓在聖經創世紀的首章首句：
> 「未始之始，未初之初……地則空虛渾沌，淵面黑暗……」
>
> ——〈我的幽光實驗〉

《千字文》和《易經》，一是中國傳統幼教的啟蒙書，一是卜筮象數的經典作，而《舊約》，則是神與人共度生命黑暗，共創天地的神話敘述，這三者在張曉風的心目中，同樣都是原型，都是由混沌世界進入肅穆秩序的象徵，而神與自然、神與人互動的每一次開始，都是一次屏息的等待，一次按捺不住的悸動。一個家庭主婦，獨坐窗前，把家裡的電燈擰熄作片刻的默想，竟也可以有史詩的比重。原型之為用大矣哉！

沐浴不過是日常瑣事，在張曉風筆下，卻有如此遼闊的時空跨度：

> 不知別人覺得人生最舒爽的剎那是什麼時候，對我而言，是浴罷。沐浴近乎宗教，令人感覺尊重而自在。孔子請弟子各言其志，那叫點的學生竟說出「浴乎沂，風乎舞雩」的句子。耶穌受洗約旦河，待他自河中走上河岸，天地為之動容。經典上紀錄那一剎那謂「當時聖靈降其身，恍若鴿子」。

——〈我的幽光實驗〉

《禮記・儒行》上說「澡身浴德」，《孟子・離婁》也為濯纓濯足賦予不同的象徵。這裡，沐浴被隱喻化了，那是一種神聖的典律的洗禮。

提到走路，作者眼前出現這樣的場景：

> 坐在車子裡的孔子顯得相當愉快，他跟街上的人也很熟，看見對面有人過來，他就憑著車前的槓子彎腰致意，那根槓子叫軾，就是後來蘇東坡的名字。……其實細算起來古今中外的先知聖賢都喜歡站在大路上說話。耶穌如此，蘇格拉底如此。釋加牟尼如果不在路上看到出殯鏡頭，那裡會懂得生老病死……

——〈路〉

歷史上的偉大典型幾乎都曾走在充滿荊棘的路上。張曉風說，孔子如不在路上而是身在廟堂，中國就少了一位「至聖先師」。而邊走邊想詩歌的夫子是怎樣的神情呢？大道如川，子在川上；逝者如斯，不舍晝夜！

談一種叫做流蘇的花，她說：

> 每一朵都開成輕揚上舉的十字形，……那樣簡單地交叉的四個瓣，每一瓣之間都是最規矩的九十度，有一種古樸誠懇的美。……如果要我給那棵花樹取一個名字，我就要叫它詩經，它有一樹美麗的四言。
>
> ——〈詠物篇〉

每一個小小現象的內核，都藏有一則宏大的神話。韻律的概念，就是花開的概念。讀張曉風不但可以「多識於鳥獸草木之名」，而隨她穿過古中國文學的宗廟殿堂，更會發現宮中有宮，室內有室，千門萬戶，雍雍穆穆，而原型在焉。

散文的詩學

不知道張曉風喜不喜歡「美文作家」的稱呼，不過，若問這些年來漢語文壇最重要的美文作家有誰，張曉風肯定名列其中。在我的印象裡，張曉風雖然沒有強調過她是個美文的經營者，但是她作品所呈現唯美的傾向以及詩的特質，確實在散文界產生了強烈的影響，她所建構的詩學，我們姑且稱為散文的詩學，更是具有引領與創發的意義。

中國古典散文一向以美文為最高標的。不過美文一詞，卻是到了五四新文學運動時才出現的。一般認為，1921 年 6 月 8 日周作人在《晨報》發表的那篇題目就叫「美文」的文章，是現代國語文學提倡美文的開始。從這以後，經過周作人、魯迅、冰心、朱自清、許地山等人的創作實踐，這白話文學不曾有過的新文體，才得到普遍的重視。胡適在〈五十年之中國文學〉一文中，便肯定這項成就是「打破了美文不能用白話的迷信」，甚至說它對中國古典文學「起了一種示威的作用」。

平心而論，五四時期的美文寫作是有其時代局限的。主要的原因是那個時期的作家們心心念念總是語文工具的改良（把文言變成白話），還沒有把問題深化到文學本質的提高，一種對傳統懷有的不必要的敵意，窄化了他們對古典文學的評估與再認，犯了矯枉過正的毛病。周作人雖然說中國古代在文學中的「序」、「記」與「說」等，也可說是美文的文章，但他提倡美文真正的用意，是要作家們以英語文學中藝術性較強的散文為模範，進行橫的移植式的實驗。

張曉風的美文創作，似乎並沒有走模仿英式散文的彎路，在她的作品中，我們看到的幾乎全是中國古典文學的投影。中文系畢業，又在大學教中國文學多年的她，對於中國傳統散文的發展軌跡，有最深刻的體認，她的散文觀，乃是一個入古出今、開闔自如的大散文觀。從先秦諸子的寓言，兩漢的辭賦，唐朝韓愈、柳宗元的古文，宋代歐陽修、蘇軾的詩情散文，清代乾嘉樸學的議論，以及鴉片戰爭時期的愛國詩文，她都曾長期涵泳其中，並通過現代文學的思維，將新與舊、文言與白話、傳統與現代，統合渾融在一種大格局之內。更重要的是，她掌握到中國散文那種以詩為主軸的精神，從而營造出她獨特的寫作風格，使她的美文成為散文的詩（或者說是詩的散文）。在角色的扮演上，與其說她是一個散文家，不如說她是一個詩人。這並不是說她背離散文而曲迎於詩歌，而是她希望擴展散文的向度，藉著她的散文的詩學，把美文推向更高的藝術層次。

從表面上看來，文類似乎有其絕對性，沒有既是此又是彼二者兼得的可能。不過，這樣的理念，並不適合詩與散文。泰戈爾就認為，散文和詩，事實上是親姊妹的關係而不是婆媳關係。不過他也承認，寫詩和寫散文的經驗是完全不同的，他說有時候散文寫了好幾頁紙，還無法遇到寫完一首詩時那種巨大的喜悅。他感嘆，不管寫什麼，如果都能用寫詩的策略去處理，那該多好。這也許是為什麼泰翁一生都在散文與散文詩（自由體詩）之間穿梭，而來去自如，在藝術上得到很大的成功，不曾產生過彼此犯沖的問題。當然這也只限於高手。俄國作家普里什文就曾說過：「我一輩子為了把詩歌放進散文而費盡心血。」從這句話也可以說明，如何成功地把詩放在散文中，確是散文家最大的挑戰。

詩的生命在乎韻律，它是嚴謹而講求制約的藝術，在追求的過程中，難免有人工的成分存在，很多詩人放棄格律詩而改寫散文詩（如法國的波特萊爾），就是希望從詩歌統治的囹圄中解脫出來，使詩思能夠自由地飛翔。中國古典詩學中也有「曲子縛不住」的說法，常常因為詩質過於飽滿，而溢出於形式之外。雖是縛不住，但最後還是縛住了，這個「縛」字，特別值得玩味。散文文學裡所說的形散神不散，大概也是這個意思吧。

用以文為詩，以詩為文的內容形式來詮釋張曉風的散文詩學，最恰當不過。基本上，她要創造的新散文，不是散文詩，而是散文的詩。散文詩與散文的詩是不一樣的。前者是借散文形式寫的詩，是詩，不是散文；後者卻是詩與散文兩種文類溶解後產物，基本上仍屬散文，當然，稱它作自由的、無韻的、廣義的詩，也是可以的。

有人不認同歷史小說，說歷史小說是歷史的敵人，也是小說的敵人。散文詩也有詩與散文兩敗俱傷的時候。這麼說來，張曉風對散文文類的固守與專情是有深刻用意的，也許是為了避免使自己處於藝術表現的險峰，她聰明地以散文特有的蕭散與閒情，替代詩歌的緊張與嚴苛。使自己的作品成為散文串起來的詩的花環，也是詩串起來的散文的花環；散文的優越，加上詩的優越，一種特殊的美學——散文的美學，誕生了。

詩人用詩寫詩，張曉風用散文寫詩。蕭邦有鋼琴詩人的美稱，現代建築家蘇瑞克被稱作「光線和空間的詩人」，對於每篇散文都以詩為向度的張曉風，我們稱她是散文的詩人，誰曰不宜？

張曉風的美文風格，充分體現在下面幾段文字中。它不只是修辭的勝利，更重要的是意象的勝利。最大的成功處是作者能通過散文的詩學，創造出截然不同的審美效果，使散文的「我存在」、「我知道」，變成詩的「我表達」了。

「愛我更多」或「愛我少一點」，寫的是兩人的世界：

我不只在我裡，我在風我在海我在陸地我在星，你必須少愛我一點，才能去愛那藏在大化中的我。等我一旦煙消雲散，你才不致猝然失去我，那時，你仍能在蟬的初吟，月的新圓中找到我。

愛我少一點，去愛一首歌好嗎？因為那旋律是我；去愛一幅畫，因為那流溢的色彩是我；去愛一方印章，我深信那老拙的刻痕是我；去品嘗一罎佳釀，因為罎底的醉意是我；去珍惜一幅編織，那其間的糾結是我；去欣賞舞蹈和書法吧——不管是舞者把自己揮灑成行草篆隸，或是寸管把自己飛舞成騰躍旋挫，那其間的狂喜和收斂都是我。

——〈矛盾篇〉

詩不告知；它只是展露。散文才告知。這段文字卻是寓展露於告知的。人說文以載道，張曉風則說文以載己（文章只能承載自己），能感性地說了自己，就等於說了世界了。

關於釀酒，她寫著：

安靜的夜裡，我有時把玻璃罎搬到桌上，像看一缸熱帶魚一般盯著它看，心裡想，這奇怪的生命，它每一秒鐘的味道都和上一秒鐘不同呢！一旦身為一罎酒，就注定是不安的，變化的，醞釀的。如果酒也有知，它是否也會打量皮囊內的我而出神呢？它或者會想：「那皮囊倒是一具不錯的酒罎呢！只是不知道罎裡的血肉能不能醞釀出什麼來？」

那時候我多想大聲的告訴它：

「是啊，你猜對了，我也是酒，醞釀中，並且等待一番致命的傾注！」

——〈釀酒的理由〉

詩不侈談哲學，詩使事務存在，它只體現正在發生的事；猶似一罈酒，每一分鐘都走向不同的成色。人生不也是一場永不停止的醞釀嗎？為了等待那一飲而盡的時辰，讓發生盡量發生吧。

張曉風描繪的山，是有性格的山：

> 我終於獨自一人了。
>
> 獨自一人來面領山水的聖諭。
>
> 一片大地能昂起幾座山？一座山能湧出多少樹？一棵樹裡能密藏多少鳥？一聲鳥鳴能婉轉傾洩多少天機？
>
> 鳥聲真是一種奇怪的音樂——鳥愈叫，山愈幽深寂靜。
>
> 流雲匆匆從樹隙穿過——雲是山的使者吧——我竟是閒於閒雲的一個。
>
> 「喂！」我坐在樹下，叫住雲，學當年孔子，叫趨庭而過的鯉，並且愉快地問牠，「你學了詩沒有？」
>
> ——〈常常，我想起那座山〉

從這段文字可以體會出，散文的詩並不是與傳統格律詩決裂，乃是把格律形式轉化成內在的韻律。它沒有違反詩的定義，也沒有違反散文的定義。只是在謹守散文之樸實和自然的原則下，以感覺的語言，替代知識的語言罷了。如此發展下去，散文的詩，有一天也有成為史詩的可能。像問天上的雲學詩了沒有這樣的神來之筆，更可以詮釋為歷史原型的回應了。

性別的賦格

在《新約》中以為未來天國裡，無男女之別。在詩和文學裡，同樣也是不分男女的。

宏偉的藝術心靈常常是半雄半雌的結合。「每一個作家，一定要使他的雌雄兩性成婚，一定要躺下來讓他的腦子在黑暗裡慶祝它的婚禮」（維吉尼亞・吳爾芙語），才能孕育出新的文學生命。

「醉裡挑燈看劍，夢回吹角連營」，是男性的辛棄疾；「遙岑遠目，獻愁供恨，玉簪螺髻，落日樓頭」，則是女性的稼軒了。

在張曉風的作品裡，同樣也有雌雄兩種人格的交替與互動。我們發現，在女性的曉風之外，還有一個男性的曉風，在「柔情的守護人」的夏娃背後，還隱藏著一個象徵「嚴厲力量」的亞當。這種相反又相容的辯證統一，呈音樂賦格式進行，二者共生互補，相激相盪，為張曉風的作品帶來強勁的激發力和創造力。在文學原型的拓殖上，她古典；在詩的純粹的探索上，她唯美；在詠史和表現大我的意圖上，她是一個高舉現實主義和浪漫主義風旗的勇士了。

國家之愛，本是中國文學一貫的光輝傳統，屈原長達 370 行的長詩〈離騷〉，首先就為此一傳統做了最有力的前導，歷代文人如杜甫、陸游、辛稼軒和南宋遺民詩人、詞人，以及明末清初的愛國詩文，莫不以感時憂國、心繫蒼生為作品主調。但到了 1930、1940 年代，左翼作家崛起，階級文學當道；1950、1960 年代臺灣也有「反共文學」、「戰鬥文學」的提出。這些變化，都有其歷史因素，但卻也帶來「在政治高壓下，粉飾現實，歌功頌德的『新臺閣體』」（劉再復語）的氾濫，造成現代漢語文壇最大的浪費。

就在這樣的背景下，張曉風那被余光中形容為「有一股勃然不磨的英偉之氣」的散文出現了，從〈十月的陽光〉、〈你還沒有愛過〉、〈唸你們的名字〉、〈城門啊，請為我開啟〉、〈矛盾篇〉，到〈一千二百三十點〉，篇篇稱得上是不囿陳言，不苟於流俗、熱情激昂的鴻鉅之裁。這一系列文章的創製，無形中把快要被泛政治化熄滅的愛國主義精神的文學火種給重燃起來。女性作家美學人格中的男性性徵，不但被張曉風發揮得淋漓盡致，而散文這個形式，也在她和與她同時的一些中堅作家的共同開創下，變成可抒情、可詠史、恢宏博大、文道兼具的大章法、大文類了。

英雄歌讚，是張曉風國家之愛外，另一個大主題。她對英雄的定義，迥異時流而有一套自己的標準，名流顯貴，媒體寵兒，以及文化界、學術界的假先知等等，她是不屑一顧的；她所景仰的對象，有人格高潔、學識淵博，對人群社會真正有貢獻的文化墾拓者，有特立獨行，深沉含蓄，不求聞達的民間隱士，有不辭繁鉅，視病如親、忠勤敬事的醫生，也有臂上刺著「反共抗俄」標語的老兵。在她的英雄譜中，戲劇家李曼瑰（〈她曾教過我〉)、俞大綱(〈孤意與深情〉)、音樂家史惟亮(〈大音〉)、畫家朱德群(〈天門〉)、常玉(〈常玉,和他的小土缽〉),以及「能寫文,也能做詩,他隨寫隨擲、不自珍惜,卻喜歡以米芾自居」,死時以「天道好還,國族必有前途,惟劫難方殷,先死亦佳,勉無深惡大罪,可以笑謝茲世」,「人間多苦,事功早摒奢望,已庸碌一生,倖存何益,忍拋孤嫠弱息,未免愧對私心」自輓的「杜公」等,張曉風對他們都有生動而細膩的記述,觀察敏銳,體會深刻,真正觸及到文人、藝術家靈魂的深處,令人產生景仰與神往之情。

張曉風對英雄意涵的認知,與英國作家卡萊爾(著有《英雄與英雄崇拜》一書)的觀點有很多契合之處。卡萊爾把文人約翰生、盧梭,詩人但丁、莎士比亞、彭斯都視作英雄。也就是說,他認為凡受神啟示,服膺真理,具有真知灼見、感情和行動的人,都值得吾人頂禮膜拜。比較之下,張曉風對英雄的界定,應該說比卡萊爾還要寬廣,且具現代性。

張曉風表現國家之愛,雖不是「風雨怒號,金鐵交鳴」(康有為詩集自序句)的激越淩厲,但通過誠摯的記事述情,也有一種雄辯的力量。在一篇談人生輸贏的散文中,她說:

> 行年漸長,對一己的榮辱漸漸不以為意了,卻像一條龍一樣,有其頸項下不可批的逆鱗,我那不可碰不可輸的是「中國」。不是地理上的那塊海棠葉,而是我胸中的這塊隱痛……我所渴望贏回的,是故國的形象,是散在全世界有待像拼圖一樣聚攏來的中國。
>
> 有一個名字不容任何人汙蔑,有一個話題絕不容別人占上風,有一份舊愛不准他人來置喙。總之,只要聽到別人的話鋒似乎要觸及我的中國了,我會一面謙卑的微笑,一面拔劍以待,只要有一言傷及它,我會立刻揮劍求勝,即使為劍刃所傷亦所不惜。
>
> ——〈矛盾篇〉

這段話，在盲風晦雨的今日臺灣，聽起來特別發人深省。

有關英雄人物，我特別喜歡她寫一位醫生為患肝疾農人看病的那一段：

> 「自從用藥以後，」你暗暗對我說，「出血止住，大便就比較漂亮了。」對一生追求文學之美的我來說，你的話令我張口錯愕，不知如何回答。在這個世界上，像「漂亮」這樣的形容詞和「大便」這樣的主詞是無論如何也接不上頭的啊！
>
> 然而我知道，你說這話是誠心誠意的，這其間自有某種美學。
>
> 我對這種美學肅然起敬。
>
> 只因我知道持這種美學的人是誰，那是你——醫生。
>
> ——〈我知道你是誰〉

現代文學或現代主義文學，對人性的複雜所做的裸裎剖析，自有其開掘生存情景的心理學上的意義，但我們在現代作品中，卻很難看到人類道德風貌和人格精神的頌揚，也即美學上所說的崇高感，這種從古典主義文學時代就被重視的優秀品質，失落已久，卻被張曉風喚回了。而剛柔並濟的兩性賦格運作的優越性，也得到最好的印證。

華茂的辭章

中國是世界上古典語言學的三大發軔國之一（另兩國是希臘和古印度）。據學者張智恭的考證，我國在先秦時期，語言學就已經萌芽，孔子教學設有語言科目，而《爾雅》、《釋名》、《說文》，則是初期語言學的主要內容。

今日大學中文系所開設的訓詁學、聲韻學，基本上是從古代語言學體系發展出來的，中文系將它列為必修課，學生們不經過這一關，就不能算真正認識中文，體悟不出中文這「非形態語言」「以無法勝有法」的箇中三昧，就寫不出正確、通達、典雅而優美的中文。

過去有人不贊成這種偏重考據的課程設計，覺得這使學生們頭痛的大學中的「小學」（訓詁和聲韻的統稱），對文學創作的人可能造成傷害。對這，張曉風卻有不同的體驗：

> 文字訓詁之學，如果你肯去了解它，其間自有不能不令人動容的中國美學，聲韻學亦然。知識本身雖未必有感性，但那份枯索嚴肅亦如冬日，繁華落盡處自有無限生機。
>
> ——〈你不能要求簡單的答案〉

在張曉風的眼裡，美學無所不在，在辭章在義理也在考據之中，那些從冰冷的符號堆裡所冒出的詩意，培養出她對國學的歷史意識和感情，成為她日後寫作的精神屏障。

中文系對青青子衿們的另一個要求，是讀書。老教授們最常說的一句話是：「學問之道無他，讀書而已。」這對張曉風來說是「正合我意」，因為她本來就是個書痴，她感覺校園生活和她青春心靈互動的最美好經驗，就是閱讀。那含英咀華的感覺，令她沉醉：「讀論語，於我竟有不勝低徊的感覺；讀史書，頁頁行行都該標上驚歎號！」「墜身千尺樓，急覽四壁書」，她喜歡自己這個句子，也許會有人把它聯想成漫畫式的戲謔，但她的體會，那是一個愛書人的橫絕。

中文系所教授們所說的讀書，並不是隨個人好惡的亂讀，而是有步驟、有方法、有範圍、有系統、有效果的讀。古人有所謂「書不讀秦漢以下」的說法，那是太過絕對了，秦漢以後的經典要籍更是汗牛充棟，令人望書興嘆；狗咬刺蝟，到底從哪裡下嘴？於是教授們把一個學中文的學生應該讀的書，開成書單，要他們通讀，精讀，讀後還要寫出具有個人創見的報告。據說當年朱自清在清華大學教書。假日，學生們想去北平看場電影，但佩弦先生站在交通車的車門口，要學生交了報告，才能上車！我不知道在張曉風念的東吳，有沒有這樣執著的老古板？總之，中文系學生經過這一番折騰，折磨，好像個個開竅了。從張曉風的散文裡可以知道，對於學術，她始終是肅然起敬的，對她來說，研究與創作同等重要。寫作來自生活，也來自學問，學問雖然不等於生活，但卻可以提高對生活的詮釋力。一個作家，生活的感性和學問的理性最好能做到二者平衡。在這樣的理念下，張曉風圓滿完成了大學教育的豐富之旅，她的治學方法、修辭訓練乃至整個文學人格的形成，都是在大學裡完成的。中文系科班教育不但使她與中文結下不解之緣，並且成為一個以發揚中文、捍衛中文為職志的人。

中美斷交時，張曉風為學生們上詩經課，她說：

> 我告訴那些孩子們有一種東西比權力更強，比疆土更強，那是文化——只要國文尚在，則中國尚在，我們仍有安身立命之所。……
>
> ——〈唸你們的名字〉

為呼籲教育部門闢建一處「合乎美育原則，像中國舊式書齋」的國文教室，她把她美麗的夢話說給官員和辦學的人聽：

> 教室裡，沿著牆，有一排矮櫃，櫃子上，不妨放些下課時可以把玩的東西。一副竹子的擱臂，涼涼的，上面刻著詩。一個仿製的古甕，上面刻著元曲，讓人驚訝古代平民喝酒之際也不忘詩趣。……音樂有教室……理化有教室……「國父思想」和「軍訓」有教室……教國文也需要一間講壇，那是因為我有一整個中國想放在裡面啊！
>
> ——〈我有一個夢〉

用「華茂」二字來形容張曉風文字之美最為貼切。中國正統的文字訓練，以及她虔誠向教（她是基督徒）後，從新舊約研讀開始展開的對整個國際文學藝術技巧之吸納，更加強了她語言文字的表達力。那是一種全新的風貌，如果用縱的繼承和橫的移植來解釋，這種風貌可以用「既熟悉又新鮮」來形容，熟悉來自中國文學精神的縱的繼承，新鮮是世界文學和現代生活交互影響後的橫的移植。張曉風的學思歷程，使我想起詩人余光中的一句話：自傳統出發走向現代，復又深入傳統。

如果我們把「文學」和「文章」區隔開來分析，張曉風是文學家，也是文章家。這話聽起來有點費解，如果一個作家不是文章家，怎麼能夠成為文學家呢？當然大部分的文學家，都必然同時也是個文章家，這本來是不成為問題的，但是文壇上，偏偏卻有一些不是文章家的文學家。如果我們把文學說成內容，文章說成形式。有些作家從內容來考察是第一流的，但是他所使用的語言形式，卻是存有爭議的。多半的情形是作者為了刻意創新，實驗性過強，走了險怪晦澀的偏鋒，這種表達方式，只能說是他個人的特殊風格，為了他的「文學」，大家只好容忍，但卻無法邀得大眾的共鳴。這種例子不少。而既是文學家又是文章家的作者，採取的是一種正統的修辭章法，其作品不但可以做文學的欣賞，也有文化上的意義，語言學上的意義。這一種有教養的、血統純正的、信得過的中文，更成為初學者臨摹學習的範本，其中的一些精采語彙和句型，有時還可以通過社會大眾的約定俗成，廣為流傳，產生提高民族語言的功效。張曉風的文章，應屬此一層級。

——選自陳義芝主編《張曉風精選集》

臺北：九歌出版社，2004 年 6 月

鞦韆外的天空

論張曉風散文

◎張瑞芬*

鞦韆盪出去，她於是看見了春水。春水明豔，如軟琉璃……。那春水，是一路要流到天涯去的水啊！

——〈鞦韆上的女子〉

在 1970 到 1980 年代，張曉風是女性散文最具代表性的範例，不只因為她的作品完整貫穿整個 20 年，量多質精，並引領主流風格（如同簡媜之於1990年代），才是真正的關鍵。張曉風以《地毯的那一端》成名於1960 年代中期，次年就得到中山文藝獎（同於琦君、張秀亞得獎模式）。《給你，瑩瑩》和《愁鄉石》代表她少女情思之外的兩項特質：宗教價值和文化鄉愁。1975 年的《黑紗》，適巧把這三項質素結合為一，以孤哀子自居，藉悲懷蔣公（比之為「殉道者」、「摩西」），點出故國之思，甚且用女性孺慕的心懷，去投射浪漫悲壯的男性（中國）想像。張曉風悲懷的，是記憶中的中國，蔣公成為想像中的親人。肯定主觀價值，以對英雄世代的想像補償安定生活的貧瘠和缺乏戲劇性，學者張誦聖即指出，張曉風「對女性特質的重新定義」頗值得注意。官方的歷史敘述成為激發感情想像的素材，因而成為一種自我陶醉的「幸福意識」，這和 1980 年代女性閨秀小說中的「自足感」某種程度上是互通的。[1]

---

*發表文章時為逢甲大學中國文學系副教授，現為逢甲大學中國文學系教授。

[1]張誦聖，〈臺灣女作家與當代主導文化〉，《文學場域的變遷：當代臺灣小說論》（臺北：聯合文學出版社，2001 年）。

細究張曉風整個散文寫作過程，不難發現她的散文風格跨越許多時期，不易以一個簡單的概念涵蓋。1960 年代中期到 1970 年代中期左右，她除了散文之外，也作小說和戲劇種種嘗試，1973 年並開始以「桑科」、「可叵」為筆名寫一系列插科打諢的雜文。張曉風早期散文的風格類似張秀亞、胡品清、艾雯，許多書信式的體裁，喃喃傾訴的告白[2]，在新綠耀眼，靈心早慧之餘，似未能超越前人的格局，展現大家氣魄。余光中在 1968 年〈我們需要幾本書〉一文中，即稱「早期的張曉風不能進入現代」。[3]當時余光中所論，主要以《地毯的那一端》為據，以張曉風〈魔季〉為例，說明目前最流行的散文，本質上仍為五四新文學的延伸，「許多不知名的小黃花正搖曳著，像一串晶瑩透明的夢」、「綠羅裙一般的芳草」這種字句，說明了作者未能擺脫古典文學的影響。余光中指出，「它還不夠新，不夠現代」。呂興昌〈談張曉風的散文集《地毯的那一端》〉直言《地毯的那一端》在「多面性」的「深邃性」上，「是不能令人太滿意的」。《愁鄉石》和劇本《武陵人》，也分別引來朱星鶴和唐文標的批評。[4]

1970 年代中期到 1980 年代中期，是張曉風散文成就的高峰。代表作為 1979 年獲國家文藝獎的《步下紅毯之後》，1981 年《你還沒有愛過》和 1982 年《再生緣》、1984 年《我在》。余光中〈亦秀亦豪的健筆——我看張曉風的散文〉改口稱她「腕挾風雷」，是一流散文家，並將張曉風列入當代臺灣散文第三代[5]，與林文月比肩。余光中指散文第三代由於接受

[2]張曉風第一本散文集《地毯的那一端》（臺北：文星書店，1966 年）諸篇，如〈到山中去〉、〈地毯的那一端〉、〈聖火〉、〈綠色的書簡〉、〈山路〉、〈霜橘〉，《給你，瑩瑩》（臺北：基督教文藝出版社，1968 年）更是全用書信體，殷殷勸導時為大學生的小友瑩瑩敬信耶穌。相關論點，王藍，〈張曉風的創作〉一文亦詳，《文學時代》第 15 期（1983 年 9 月）。

[3]余光中，〈我們需要幾本書〉，《焚鶴人》（臺北：純文學出版社，1972 年）。

[4]朱星鶴，〈張曉風的書——從《地毯的那一端》到《愁鄉石》〉，《幼獅文藝》第 27 期（1973 年 6 月）；唐文標，〈天國不是我們的——評張曉風的《武陵人》〉，《中外文學》第 1 卷第 8 期（1972 年 6 月），後收入《天國不是我們的》（臺北：聯經出版公司，1976 年）。

[5]余光中所稱四代，依序是梁實秋——琦君——林文月——陳幸蕙等四代。前兩代不脫五四遺風，而張曉風與林文月被余光中並列於第三代中。〈亦秀亦豪的健筆——我看張曉風的散文〉一文，亦收入余光中，《分水嶺上：余光中評論文集》（臺北：純文學出版社，1981 年），及何寄澎編著，《散文批評》（臺北：正中書局，1993 年）。

現代文藝洗禮，相對於前兩代的五四遺風乃為「突變」；而中文系的教育，女作家的傳統，五四新文學的遺風，本足以阻礙現代化的傾向，「曉風三者皆備，竟能像跳欄選手一樣，一一越過，且奔向坦坦的現代大道，實在是難能可貴的」。張曉風中期散文，不僅能免於西化，不拘於舊文學習套，身為女作家而能擺脫閨秀氣，用知性提升感性，把小我拓展到大我，是最為人稱道處。

「閨閣是美麗的，但我有更重的劍要佩，更長的路要走」，張曉風 1970 年代中期以後散文的轉變和林文月一樣是自覺的，她摒棄了其他文類的寫作，全心全意在散文上深耕。作為背負著中文系十字架的開路先鋒，在新批評當道與外文系作家濟濟如林中，張曉風不諱言回歸傳統的立場，她所追求的古典美學，亦與 1970 年代鄉土寫實所標榜相反。她認為：「散文的寫作不純粹使用生活的語言……有賴於傳統文學的簡潔、閎約及婉轉深厚。散文作者很難靠情節或人物的精采，故必須反求諸己，退而求文學語言本身的魅力——這一點，靠的是詩詞歌賦的源頭。」直到近來自序《張曉風精選集》，她所揭櫫的散文觀，仍然不曾改變。她講求文字的精密度，並將古典現代熔於一爐。「月光沿著屋瓦滴落的聲音」、「鳥又可以開始丈量天空了……至於所有的花，已交給蝴蝶去點數」這樣的句子，贏來瘂弦「散文詩人」，余光中「不分行的詩人」之譽。

自 1979 年的《步下紅毯之後》，張曉風開始作聯句詩一般的（分題的）嘗試，例如〈詠物篇〉、〈花之筆記〉、〈地泉〉、〈飲啄篇〉、〈衣履篇〉；《我在》中的〈禮物〉亦然。《從你美麗的流域》中，有些散文甚且寫得像分幕劇一般，最為典型的篇章如〈只因為年輕啊〉、〈星約〉、〈觸目〉、〈你要做什麼〉、〈眼神四則〉、〈動情二章〉、〈一同行過〉等等。後起的陳幸蕙《群樹之歌》中的〈群樹之歌〉、〈群羽之歌〉、〈群芳譜〉，或簡媜《水問》中的〈花之三疊〉、〈美之別號〉，都可見出一些受自張曉風的影響。而「古事今寫」的故事型散文，更創下「用典」，且「說典」的一種創新模式。張曉風《步下紅毯之後》的〈梅妃〉（由唐玄宗樂府詩〈一斛珠〉

演繹而來），〈許士林的獨白〉（白蛇傳與雷峰塔外一章）；《從你美麗的流域》中的〈林中雜想〉（從《水滸傳》武松說起）；開啟了後來張曼娟《百年相思》中〈髮〉、〈燈的傳奇〉、〈一瓢飲〉、〈幽禁的情人〉及《鴛鴦紋身》短篇系列小說的寫法。

張曉風在散文中表達的永遠是敦厚的，她的矛盾、憤怒與不安，似乎都潛藏在早期的小說、戲劇和嘻笑怒罵的雜文裡。「宇宙情懷」，外加「民族主義」（曾昭旭語），她會不會太過「去除生命雜質」了些？楊照與齊邦媛對她忽略的人生幽黯面曾有些許疑慮。[6]在本地化的過程和女性意識的覺醒上，張曉風文本則透露出從徬徨到認同的耐人尋味。1979 年帶小女兒在永康街吃蚵仔麵線，想到「環著永康的是連雲，是臨沂，是麗水，是青田……臺北的路伸出縱橫的手臂抱住中國的版圖，而臺北卻又不失其為臺北」（〈飲啄篇〉）；1980 年代中期〈再生緣〉（「魏台生」寄「魏京生」書信）和〈他人的情節〉（在港接待朋友的大陸親人）透露了張曉風心中對兩岸的惶惑；1994 年《我知道你是誰》中，張曉風開始運用臺語入文，〈石碑與史悲〉一文，代擬二二八紀念石碑，〈沒有人叫我阿山〉道出一個外省小孩的臺灣童年，〈二陳集上新搬來那一家〉，更是自己不願被族群定位的無奈。以屏東作為故鄉的她，其實早在散文文本呈現出外省女作家在地化的過程。蔣勳謂張曉風筆下「屏東與渭水共存」，這正如同愛亞筆下，北方宅院和湖口客家童年也是並肩呈現的。反倒是女性意識，甚晚才在張曉風文章中顯露出來。昔日寫〈母親的羽衣〉時，寧願為兒女把仙女羽衣掩藏的意識（幾乎完全是琦君的翻版），直到《這杯咖啡的溫度剛好》的〈女人，和她指甲刀〉，竟透露出顛覆的意念：「此刻我是我，既不妻，也不母，既不賢，也不良，我只是我。遠方，仍有一個天涯等我去行遍。」

[6]楊照，〈不只是位散文家——閱讀張曉風〉，《中國時報》，1999 年 6 月 18 日。齊邦媛指出，張曉風「尚未觸及墮落、救贖」的宗教主題，見齊邦媛，〈行至人生的中途——《我在》中的曉風〉，收入張曉風，《我在》（臺北：爾雅出版社，1984 年）。

1990 年代，張曉風筆力雖不減當年，《玉想》、《我知道你是誰》以降，含蓄蘊藉，多以短文出現，成為她散文寫作的第三期，往昔氣勢磅礡的長篇散文，似乎已難再現。《星星都已經到齊了》這本結集近十年散文的近作，作為張曉風近年的代表作，質量俱頗可觀。趙衛民以「有情世界的折疊」況之，足見其溫婉深切，一如以往。在〈重讀一封前世的信〉中，張曉風藉追懷 1960 年代《幼獅文藝》編輯朱橋，興發時移事往的感慨。那是一個怎樣的時代啊！作為一個老作家，手捧文學猶如風雪行路中的火苗，漫漫長夜，生死交扣，捨此之外一無所有。張曉風多年寫作秉持的至誠堅貞，和朱橋與那個逝去的時代一樣，理念如此愚頑。

鞦韆之外，別有人世洞天。學院圍牆，終不能羈絆一顆想要飛越而出的心靈。張曉風散文無疑是回歸古典的，然而她在春冰乍融時瀟灑越獄，自古典出走。那春水，要一路流到天涯，而新秧翻綠，雕鞍上有人正啟程⋯⋯。

——選自張瑞芬《五十年來臺灣女性散文・評論篇》
臺北：麥田出版社，2006 年 2 月

行至人生的中途
《我在》中的曉風

◎齊邦媛*

在這本新書裡，曉風仍在持續地寫生命的喜悅。我喜、我悲、我貪戀、我捨棄……都因為「我在」。

但是明眼人一看便知，這裡的「我」已不是 18 年前寫〈到山中去〉的曉風，也不是步上紅毯步下紅毯的曉風，而是一個「行至人生中途」，開始寫矛盾篇的成名作家。

兩年前，《再生緣》的後記中，曉風說白居易晚年渴望別人認識他更多的層面。「氣的只是別人似乎已把『完整的白居易』變成『有限的長恨歌』。」——她說：「喜歡歲月和風霜的感覺。……更心許的卻是今日的自己。」

曉風何幸生為現代女子！用現代名詞說，歲月和風霜對她只有建設性的積極意義。象徵著消極的剛強和愚忠的王寶釧寒窰的 18 年歲月，到了一千年後曉風的手裡竟然孕育了小說兩本、散文九本、戲劇八本、雜文六本，每本都贏得持久的掌聲和回響。也是在《再生緣》後記中，她提到那由繡樓上有天真激情的青年女子變到在土岩沙塵中挖野菜的王三姐。曉風沒有加一字評語，但是她必然慶幸這一代的女子能夠把天真的激情化作動人的文字，更不必浪費全部的青春在挖野菜之後接受那愚蠢的、屈辱的團圓。這些年中她在愛中蒔花種樹啊。

曉風常被稱為善變的作家，因為她除了擅寫抒情散文外，也曾用別的

---

*發表文章時為臺灣大學外國語文學系教授，現為臺灣大學外國語文學系榮譽教授。

文體，來表達了她對人生的意見。民國 60 年到 66 年她似乎全心投入地寫了八種古典新編的劇本，而且臺上臺下地參與它們的演出。其中〈武陵人〉一劇尤其突出，劇中強調桃花源的理想與現實的衝突，引起了極大的討論熱潮，正反兩面的意見都很強烈。曉風在《幼獅月刊》的一篇訪問記〈〈桃花源記〉的再思——張曉風訪問記〉中說她認為「一個現代劇作家考慮題材的時候，不必捧著傳統的金科玉律，……他只需想，『我想在這齣戲裡說些什麼。』」

由種種跡象看來，對曉風而言，無論用什麼文體，「說些什麼」是最重要的事，她也一向是有意見的，有話要說的人。在劇本之後，她突然以桑科為筆名，寫了一些短小精悍的雜文，用極輕快的嘻笑怒罵方式諷刺社會的一些現象。民國 70 年左右文壇上又出現了一個筆名可叵的作者，用辛辣的嘲諷，巧妙的比喻、象徵，寫了不少關懷時事，棒喝沉迷的短篇，其中有許多篇假想孔子生當今世會反應如何的妙文，如〈孔子是怎麼死的？〉、〈孔子點名記〉、〈孔子郊遊記〉、〈夫子違禁記〉和〈孔子說：給他穿上……〉等等；另有些篇故意採取受害者小市民的低姿態的，如〈竇娥不冤，我冤〉、〈當可叵生氣的時候〉等，每在報紙副刊登出，必引來一陣會心的笑聲，而紛紛打聽，這個有趣的可叵是誰呀？當然，在人煙稠密的臺灣，很少人能隱藏這種「祕密」，民國 71 年可叵雜文集《幽默五十三號》和《通菜與通婚》出版的時候，不但有張曉風的真名、簡歷，還有一幅很像男生的速寫像呢。這個「發現」更加令人讚嘆曉風關懷面之廣，想像力之豐富和筆鋒之銳利了。遊刃於各種文體之間，曉風不僅說了她想說的話，也增添了寫作的層面。不必擔心別人把完整的張曉風局限在有限的紅毯上。

她自己曾更清楚地說過：「一個作者是一個水源，溫柔的蘊藏的地下水源，他可以被鑿成池，也可以被汲成井，可以被順成溪圳，也可以被輸送成自來水——反正他是水，可以飲，可以鑑照，可以作為野水自橫，但至於他是井水是塘水又何關要旨呢？」（見《青年中國》第 1 期）

到目前止，曉風的創作水源灌注最豐沛的仍是抒情散文。在取材、布局和文字方面處處可見藝術的勝利。每篇都充滿了精采的例子，卻又不能單獨挑出來，因為曉風定稿前（甚至下筆前）似已把沉悶、鬆懈、重複的部分淘汰了。我們讀到的是結構圓融、環節穩密的作品。誰能由已經精鍊的整體中抽出一肢讓它代表全貌？譬如在這本新書中，〈沸點及其他〉寫的是強烈的美感。但是我怎麼能說明白花與沸騰的關係呢？唯一的辦法就是自己由「沸點之一」讀起，穿過所有的光、熱和顏色的意象，想像白頭翁瘋狂的叫聲，直到結尾點明是三月，在春天……。

再如〈絲棉之為物〉，由「真的好纏綿啊！」開始，到「我已經決定原諒客中的冬日……」結束，寫的是怎樣溫婉而深沉的客中情懷啊！及至看到「專寵」這標題，有人必會想：「這些女作家，必又寫些情啊愛啊的了。」而直讀到她說「我曾手植一株自己，在山的岩縫裡。」你又怎麼想呢？

但是讀者卻絕不可被曉風這優雅柔美的一面所哄騙。她是充滿了感恩之心的，沒錯，時時不忘感謝天恩、國恩、親恩、夫妻的恩情、朋友的情誼。自然的美景即是天恩的一種形式。隨著年歲的增長，她把八歲與父親別離來臺的悲壯心情擴大為家國之大愛；中文系的「功課」更加強了她對民族文化的尊敬；信奉基督教後更擴展了愛人類的心胸。這種種悲憫、關懷在曉風文中激盪成為曾昭旭教授序《再生緣》中所稱的「宇宙情懷」。她著名的〈十月的陽光〉中使她在閱兵臺下憤怒哭泣的是這種情懷。她對臺北物質沉迷的憂憤中，也有基督教《聖經》中耶穌推翻神殿中錢櫃的意義。用同樣的情懷，她寫本書中〈扛負一句叮嚀的人〉贈別索忍尼辛，講述的是岳飛的故事。〈河出圖〉中她僅只是去看了黃河的攝影展，不能回歸民族根源的痛苦竟使她感到「五內挖淨似的空虛」。

僅有此種情懷不夠，尚需有此等筆墨！

曉風邀我寫此序時，盼我用西方文學觀點看看她的作品。最先引起我興趣的是書中的「矛盾篇」。不久前剛剛為寫一篇論文讀到一本文學評論集名曰《矛盾篇》（*Contraries*, 1980），作者歐慈（Joyce Carol Oates, 1938-）是美國傑出女小說家，普林斯頓大學教授。她認為許多不同凡響的成就都是受了相互衝擊的矛盾對立力量的激發而致。她引用英國浪漫詩人布萊克（William Blake, 1757-1827）在《天堂與地獄之婚》中開章明義的主張：「沒有矛盾衝突就沒有進步，也沒有吸引與排斥，沒有理性與力量。愛與恨都是生命中不能缺少的。」由行動、奮鬥、熱情激盪而生的力量就是生命。

比較而言，中國文化的傳統是贊成和諧的。中文系出身的曉風是以怎樣的心情寫她的「矛盾篇」的呢？當不只是如余光中在〈亦秀亦豪的健筆〉中所說她「不自囿於所謂『舊文學』……對於西方文學頗留意吸收……」而已吧？人世種種矛盾、無奈，是難逃慧心者的思索的。早在 18 年前，在小說集《哭牆》的自序裡，曉風已說：「我常常是歡欣的，我常常流淚。……當我看到那些貪婪的臉、那些陰鷙的臉、那些肉慾的臉。」所以她這本小說是一本「鹹澀的書……，它不供人欣賞把玩」。

劇本〈武陵人〉中的白衣人和黑衣人當然也是代表人生中的對立與矛盾，在這方面，曉風似更接近布萊克，而與中國的陰陽消長觀念不同。在《天真無邪與經驗之歌》中，布萊克道盡墮落世界的偽善和醜惡，但是天真無邪的假象也不能持久，終必進入經驗世界，上天創造這兩種對立的世界，人人不能逃遁。唯有智者能超越，能通過經驗世界的折磨進入更高層次的無邪世界。這也許正似但丁必須先走遍地獄十八層才能經煉獄淨界上升天空接受愛的指引吧。

曉風的矛盾篇中，至今尚未見極端尖銳的矛盾與對立，也尚未觸及墮落、救贖的宗教主題。她在矛盾篇中由正反兩面看的仍是人間關懷。以她的才華和關懷面之廣，必然會繼續探測各種事物的繁複性。如在〈愛我多一點，愛我少一點〉文中，所請求的是將小我的愛加深拓寬至大我之愛。正反兩面都有理。若能執中融合，會促使原來略顯單薄，主觀的感想和願望增強內涵。即是布萊克所鼓吹的「進步（Progression）」。若是如此，曉風的矛盾篇顯示的是一種包容、勇氣。是更成熟的智慧。她原已有的愛心穿過醜惡與偽善等等現實，能進入真正宇宙情懷的悲憫，達到更高的境界。

而如今曉風剛過了但丁所說的「行至人生的中途」的年紀，該是與青年大夢告別的時候，而進入西方「夢」字積極，有強烈信心和穩定目標的階段，如她在〈我要去放風箏〉中夢醒後，「不再是夢裡的我」，思量著「只要興興頭頭的知道自己要去做一件事情」不知夠不夠。其實，曉風一直在做些有益世道人心的、具體的、啟發別人的事。夢中的風箏無論象徵什麼，興興頭頭地去放它飛起吧。

可是就「文章千古之大業」而論，我倒一再思索曉風在〈釀酒的理由〉一篇中所等待的「變」。果汁在變酒的過程中，和世事的滄桑一樣「是不安的、醞釀的。……是一項奧祕的神蹟……」「能把時間殘酷的減法演算成仁慈的加法」。

我又想到但丁，他若未寫《神曲》，世人大約不會在千百年後仍一板正經地去研讀他歌頌愛情的少作《新生》。近代西方文學已甚少人寫單篇的抒情散文了，世道變了、人心變了，但是像曉風這樣優美的寫情寫景的文章卻嵌在《咆哮山莊》、康拉德的小說、狄更斯的故事裡使它們萬世不朽，吳爾芙的意識流小說《到燈塔去》等其實全是曉風體的散文串成。而他們全沒有曉風在〈山海經的悲願〉中所揭示的大悲憫，西方沒有這等萬世常在的民族關懷，他們沒有我們遭逢這般滄桑，能在僻書中亦尋見處處淚痕。——因此我期待、我祝福曉風再變時寫的是掌聲以外的大篇章。

民國 73 年 8 月　臺北

——選自張曉風《我在》

臺北：爾雅出版社，1984 年 9 月

張曉風的藝術

評《我在》

◎王文興*

說不定我喜歡散文更勝過小說。至少我不曾對散文望而生畏，而小說，倒有時不免產生望之生畏之心的。讀小說和戲劇，實在是一樁費力的行為，必須全心全力，眼皮都不敢多眨一下，不然遺漏大了，不是會錯了一個人物的眼鋒，就是聽錯了一句話的門調。讀散文時，是不必有這些顧慮的。散文是閒逸的說話，你盡可以悠悠閒閒，不急不迫的漫讀它。我樂意讀散文，尤還勝過願意聽別人說話。你和別人攀談二三小時，回頭轉想，你聽到值得聽的話不過三五句話，至於你說過值得聽的話，恐怕一句都沒曾說過。「與君一夕談，勝讀十年書」，這兩句話是不成立的，除非這個人是個讀數十年猶還讀不懂他所讀的書的人。說不定這兩句話應當改為：「與君談十年，不及一頁書」，更其貼切。我休閒的時候喜於讀散文，也喜歡讀詩，詩因為平易親人，便於閱讀嗎？不是，詩跟小說，跟戲劇，一樣難讀，甚至有可能更要難讀，但因為詩的長度短，到底閱讀的擔負較輕，所以休憩時宜於供為閱讀的供需之物。詩和散文共同屬我的主要消遣：我最喜歡的諸散文家為：歐陽修、歸有光、蕭伯納、懷特（E. B. White），尤其蕭伯納，他的〈聖女貞德序文〉，長達卅餘頁，可能比他的劇作還好；歐陽修的〈集古錄目序〉，是我讀過最最華貴的散文，長僅數百字，……但現在我要談的是張曉風的散文，應該還是回頭談張曉風寫的散文為然。

張曉風的《我在》，出版已近四月，據云市場上廣受歡迎，這冊散文不

---

*發表文章時為臺灣大學外國語文學系教授，現為臺灣大學外國語文學系退休教授。

惟適合各處讀者閱讀，也確實具含持恆藝術的優點，個人以為似有必要為其做一番稍近專業性質的闡評。《我在》，於散文藝術層片方面，表現的最好的，當為意念這一點，和文字此一方面。

張曉風，最近，自己認為情感的描寫不能算她表現最優的一處，我也有相同於彼的感覺。情感，是的，不論人倫、夫婦、友儔、家國，都不宜高談，只合暗示，否則讀者多少會為之羞赧不禁。《我在》一書，於此與前已有了然的不復同，於意念一環，已經揚棄「談『情』說『愛』」的取材，轉而求更深他種意念的蒐索。〈我要去放風箏〉更是新意念表達中的卓卓之卉。

〈我要去放風箏〉是一個超現實主義寫法的嘗試，所以為超現實，是因為述寫抽象且又抽象的事物。難上加難的是，這裡的抽象是一回把捉倏忽，稍縱即逝的睡夢。讀完後，我們由不得不與承認這是一場描寫絕真，境界完美的睡夢。作者她說，她夢見和別的人，走在灰灰天色的荒野之中，想要去放風箏，可是手上卻沒有風箏，也不知道怎樣放風箏，待，正要，看到接著就要發生什麼時，驀間驚醒過來了。文中所錄記的灰灰天色，曠野，同行的人，手上沒備風箏，且不會放風箏，其間之不相繫連，之不合理，極似極若一場我們平時的夢。（抽象的描寫，從此看來，似乎，即也是，寫實主義的描寫。抽象的意思也就是寫實地描寫抽象的對象。）她做的這一個夢，從上頭所敘述的來看，似乎並不是一段氣氛愉快的夢。十之有九的夢，都不甚愉快，即令美甚歡甚的夢，亦，多多少少，帶有不愉快的成分。佛洛斯特的詩，〈蘋果收成以後〉，也是寫一齣夢的，即具備此一個不愉快的特色。我尤其注意的是，她的手上並未攜風箏，也不知道怎樣放風箏，這兩句的內在的隱意。這兩句，不惟寫繪出「夢景」，也暗射到成夢者的「心景」。牠們的意思等於是說，心中有一種自童年以來，擬施放風箏，卻未得如願的遺憾，或者是說，作夢當時的內心中，對某一種大自由之黯望、嚮往。

〈我要去放風箏〉的確是一篇成功的紀夢之作。

《我在》書中，其他意念表達優異的地方，多表現在種種明喻當中，印象最深刻的地方當推這兩處：〈專寵〉一篇中，春天地上面的小花譬之為「春日大蛋糕下面的底層」，真的是富麗堂皇，花團錦繡到無以過矣；另一處在〈禮物・自贈〉中，形容冬天生的炭爐，溫暖的景象：「整個冬天，都因為那柔和的炭紅而恍如一場豔遇。」意境直可追迫唐代的絕句。

張曉風的文字，其運用之靈活，在當今我國作家中幾不作第二人來想。文字理想的要求，敝見以為，應該是精確兼顧流順。但精確時往往便無法流順，流順時往往達不到精確。張曉風即能兼顧到精確並流順。在如此美好的散文之中，我們首先體認到聲色之美。這種聲色之美特別要從單字的提煉上尋察。像：「我們又在火上溫茶烤年糕」(〈禮物・自贈〉，頁26)，溫茶的「溫」字，定然的勝過寫作：「熱茶」、「暖茶」、「燒茶」、「煮茶」。〈專寵〉中（頁 205）：「柔枝紛披的菩提」，「柔枝紛披」雖為成語套用，但翻舊若新，仍然令人感覺新鮮奕奕，簡練勝過自鑄新語。緊接下來的：「想來植物年年也要育出一批『赤子』，紅冬冬的，血色充沛的元胎。」「紅冬冬的，血色充沛的元胎」，也都活跳突蹦，躍然紙頁之上。

聲色之外，我們也能感受到她的文字中的色調統一的美好。這已不復是單字的推求，而是大幅段落的語調和諧的探圖。換句話來說，色調的統一也就是語調的統一。《我在》中表現最好的當是〈待理〉一文，其中尤以第一段色調最佳：

> 我夢見我在整理東西，並且在屋子裡摸摸索索的走來走去。整理東西倒不奇怪，我這半生都在整理東西，並且一直也沒整理好。其中大而言之，是想整理自己，自己的所愛所憎所欲所求所歌所哭；小而言之，是想整理好桌上的信件，櫃中的資料，黃昏時從斜陽裡收回來的衣服，或者一陣雨後滿陽臺的落葉。

我們在語音和諧之外，也可覺察到些微憂鬱的淡彩。這一種特色：和諧之餘，加上少許的色彩，應該就是所謂之「風格」也者的了。風格優美的散文，在一讀之下，應該立刻就能夠認出作者之為喜、為憂、為怒、為怨之獨已顏色出來了。

但是蘇子由說過，文章貴在「不帶聲色」。「不帶聲色」的文字，自較有聲有色，和色調統一的文字為是。「不帶聲色」是一種反璞歸真，自圓自足的最高文字藝術的境畛。陶潛、柳宗元、歐陽修（奏表）、歸有光、懷特，都可以稱為「不帶聲色」的代表作者。《我在》中有一篇，叫〈他曾經幼小〉的，似約已接近「不帶聲色」的界域，我們試舉此文中的若干段為例，讀一讀看看：

> 我們所以不能去愛大部分的人，是因為我們不曾見過他們幼小的時候。如果這世上還有人對你說：「啊！我記得你小時候，胖胖的，走不穩……」你是幸福的，因為有人知道你幼小時期的容顏。任何大豪傑或大梟雄，一旦聽人說：「那時候，你還小，有一天，正拿看一個風箏……」也不免一時心腸塌軟下去，怯怯的回頭去望，望來路上多年前那個癡小的孩子，那孩子兩眼晶晶，正天不怕，地不怕的嘻笑而來，吆呼而去。
>
> 是的，如果凡人如我也算是愛過眾生中的一些成年人，那是因為那人曾經幼小，曾經是某一個慈懷中生死難捨的命根。
>
> 至於反過來如果你問我為何愛廣場上素昧平生的嬉戲孩童，我會告訴你因為我愛那孩童前面隱隱的風霜，愛他站在生命沙灘的淺處，正揭衣欲渡的喧嚷熱鬧，以及閃爍在他眉睫間的一個呼之欲出的成年。

凡像這樣的文章，應該才是鄰近理想的散文文體。《我在》之中，如此狀之文體為數尚不多，盼張曉風將來能走向這一條文體的方向，寫更多這一類的篇作。顏元叔前在一次座談會上曾說：「我認為最好的散文應是科學類之散文；文學的散文都別想趕得上。」他的話，意思顯然是在強調科學類散文「不帶聲色」的長處。科學類之散文，定然的，必是每句話，言之有物，而且不帶任何的妝扮副飾。文學的散文作家雖說已無從從頭再來，走入實驗室去，但，往後寫散文的方向，走向寫「像科學類的散文一樣的文學類散文」，應該還是不難辦到的。

——原載 1985 年 3 月 15 日《中國時報・人間副刊》

——選自張曉風《從你美麗的流域》

臺北：爾雅出版社，1988 年 7 月

藉機風光風光

寫在《幽默五十三號》出版之前

◎王大空*

我認識的女性不少，我認識的才女不多，張曉風是我認識不多才女中最搶眼奪目的一個。

記不得是什麼時候、什麼場合和怎樣認識張曉風的，那並不重要；不過和她熟稔，卻是近幾年的事。

民國 69 年 10 月 18 日，中華日報請了七位名作家和一位非作家在下我，由《中華日報・副刊》主編蔡文甫先生率隊，飛往臺南做兩場「秀」。

第一場「秀」，當晚在成功大學工科中心舉行，叫做「成大文藝之夜」。第二場「秀」，是隔天上午在臺南市立圖書館育樂堂舉行的「華副作者讀者座談會」。

在這兩場「秀」中，張曉風表現了她的機智、幽默和才情，十分出色，使我對這年紀輕輕不過三十幾許的小女子作家，留下極其深刻的印象。比方她說，她一想到她所使用的語文，是孔子、孟子、李白、杜甫曾經使用過的，她就格外謹慎小心。我當時就心裡暗想：我怎麼從來不曾想到過這一點呢，怪不得胡說亂寫了幾十年，從未口吐出象牙、手寫出珠璣來。又比方她說，中國文字造形優美，意象值得玩味，拿一個「旦」字舉例，一看到這個字，令人很容易想到旭日從一片無垠的地平線上冉冉升起的景象，是一幅百看不厭的畫，也是一首很美的詩。我當時心裡這樣想：我一向晚睡遲起，在生活經驗裡，很少出現旭日從地平線冉冉上升的美

---

*王大空（1920～1991），江蘇泰興人。曾任中國廣播公司節目部、新聞部主任，出版「笨鳥」系列散文集。

景，難怪這「旦」字給我的聯想，竟會是磁盤中的一只雞蛋呢！

張曉風的出口成章、言之有物和不疾不徐的雅致風度，深深使我這徒具浮名虛名的「名」嘴，一方面大大慶幸後「起」有人，另一方面又暗暗懊惱「自愧不如」。

我只是在這兩場「秀」裡，擔任一些起承轉合、穿針引線的串連工作，可能表現得也還不惡，一年多以後，張曉風竟把我推薦給國際同濟會，要我和她共同主持一個意義深遠的「送炭到泰北義演會」，義賣我的畫家好友張杰等名家的十多件作品。

那晚在國父紀念館的偌大舞臺上，在刺眼的燈光照射下，面對一大片黑壓壓的觀眾，張曉風和我一問一答、一烘一托，就像演戲似的，才十幾分鐘，就光榮的達成任務，把十三幅字畫統統給義賣光了。事後追想，如果當時我就能想到，幾個月後，在這個同一舞臺上，名演員盧燕就將上演白先勇的《遊園驚夢》的話，當晚我的演出，就一定會更精采得多了。

還不曾認識張曉風的時候，有一天和出版家張任飛談話時談到了她。我說，我還不認識她，她怎樣？張任飛說：「她是這樣一個人，如果她『愛』上你，她是『真』的『愛』上你了。」這裡所說的「愛」，只是一種意會的表達，絕非一般字典辭典中的解說。

沒多久，張任飛的話就得到印證，那時張曉風正主編一本叫做《錦繡天地好文章》的散文集，要我提供一兩篇作品。大家知道，這些年來，我除了一篇自己認為頗有點哲意的〈笨鳥慢飛〉小文外，大作不多；建議她不妨在舊報紙裡、把十多年前我在《中國時報》上寫的那篇〈驕傲的中國人〉給找出來，看看能不能充一充數。心想，大海撈針，她哪裡會找得著。但是，奇怪的是竟給她找著了；我想起張任飛所說的「愛」，原本是「執著」的意思。

張曉風的寫作才華是多方面的，無論戲劇、小說、詩歌、散文……都寫得極好，我從不懷疑她會寫什麼，我只懷疑她不會寫什麼。記得大詩人余光中兄曾寫過一篇文章，勸張曉風專精而不要旁雜，其實能「治大國」

也能「烹小鮮」有什麼不好！傳諸後世的廟堂文學，在往後的民主時代，影響必將不大，也一定不會引發共鳴。

第一次讀可叵寫的「可叵集」是它剛在報上發表的那天，當時也不知道這「叵」字該怎麼唸（因為它離開了「居心叵測」那句成語），也不知道是張曉風寫的。久而久之，讀著讀著，不單知道「叵」字的發音是「頗」，還知道這可叵，就是張曉風。我奇怪張曉風為什麼老喜歡用筆名發表文章？桑科是她，可叵又是她，難道她預先就知道稿費超過 12 萬就要課稅嗎？想化名以逃電腦乎？

「可叵集」的每篇文章，都有它的新聞性和社會性，是張曉風用她獨長的慧眼靈心，觀察感應對人情世象所作的諷喻褒貶，可讀性極高，一定是一本讀之有益的暢銷書。我不敢替張曉風的書寫序，我只是藉這個機會在她的書裡，發表一篇我寫的小文，風光風光，如此而已。

——選自可叵《幽默五十三號》

臺北：九歌出版社，1982 年 11 月

跳脫傳神的諷喻文學

評張曉風《幽默五十三號》

◎沈謙*

一、不知她又將變出什麼新花樣？

一篇文學傑作，正如同多稜角的水晶球，從各種不同的角度，煥發出多采多姿的光輝，燦爛美麗，令人目眩神迷，回味無窮。

一位大氣派的作家，往往是各體兼工，筆下有各種不同風貌的作品：陽剛與陰柔、雄豪與婉約、壯闊與細膩、典雅與新奇、輕靡與遠奧、詭譎與諷諭……，令人目不暇給。

張曉風是當前文壇上的「千面女郎」，她有時扮演低眉的菩薩，有時扮演怒目的金剛。從早期的純情浪漫的作品，到後來諷刺辛辣的雜文，乃至於落實於深刻的民族情感而又超脫乎藝術感染的文章，其寫作題材與作品風貌，一直是在蛻變之中。她生活的半徑不斷地擴大，文章的觸鬚不停地伸展。筆下的新作源源而出。面對著她那略帶詭譎的笑容，真令人納悶：她那隻會玩文字魔術的手，不知道今後還會變出什麼嶄新的花樣？

曾經有人問張曉風：

「妳的文章寫得那麼好，有什麼訣竅？」

她的回答是：

「沒有什麼特別的竅門，不過，我一想到我所使用的語文，是孔子、孟子、李白、杜甫所曾經使用過的，就不由得不格外謹慎小心了。」

---

*沈謙（1947～2006），江蘇東臺人。曾任《幼獅月刊》主編、黎明文化公司總編輯、中興大學中國文學系主任、玄奘大學中國語文學系教授。

張曉風在天母山上的櫻谷購置的一間小屋，取名「盹谷」，除了自己偶爾去「打個盹兒」之外，經常招待朋友高談闊論，是小小的「文化中心」。房子不大，卻很迷人，還有許多可愛的小玩藝兒：燒水的是從泰國買來的外表陶製的灶形電爐，泡茶的是陶藝家手拉坯的茶具，窗前掛的是從象脖子上解下來的木製風鈴，四周擺著海水溶泡後的「洞洞木」。床頭桌上，有各種奇石，還有席慕蓉的畫，亮軒、楚戈的字，李霖燦先生寫的麼些文對聯……。真正迷人的是那裡的情境和氣氛，正如三毛所說的：「哎呀！我發覺我們的人比我們的文章精采多了！」

張曉風是怎麼樣精采的一個人呢？

她不喜歡鐵窗，孩子喜歡從欄干望下四樓，於是把孩子叫到廚房，拿起一枚蛋掉到地上。「你知不知道蛋掉在地上會怎麼樣？」「蛋打破破。」「你知不知道如果你不乖，從欄干掉下去，你會怎麼樣？」「我打破破。」

她喜歡罵人，一開罵就洋洋灑灑很大張紙或幾小時，奇怪的是挨她罵的人不會氣她，因為他們從她罵人的話背後看到誠懇的關懷。她甚至因為善於罵人而結交了好幾位死黨。

她喜歡「盹谷」，原本是休憩之用，「琴劍茅臺酒、詩書凍頂茶」，名畫名花相映，還有秋蟬附樹枝，但是常常大包小包瓶瓶罐罐地忙著招呼客人，「盹谷」非但不能讓她「打個盹兒」，反而帶來忙累，只好望著書桌上的「甘瓜抱苦蒂」，想「反諷」的藝術了。

描述張曉風精采的一面，再也沒有她的夫婿林治平的話更精采的了：

> 我跟一個女人認識了二十多年，她天天巧言令色的待我，也巧言令色的待人，我卻從來沒有吃過一次虧，也沒見她虧待過任何一個人。對我而言，她真是一個巧言令色的「鮮」人，鮮事不斷，永保新鮮。

對讀者而言，張曉風最精采的是永遠不斷地有新鮮的文章發表，18 年來，她總共出版了 33 本書，有小說、有戲劇、有兒童故事、有報導文學、有抒情的散文、有嘻笑怒罵的雜文。她自己曾經說：

> 一個作者是一個水源，溫柔的蘊藏的地下水源，他可以被鑿成池，也可以被汲成井，可以被順成溪圳，也可以被輸送成自來水——反正他是水，可以飲，可以鑑照，可以作為野水自橫，但至於他是井水是塘水又何關要旨呢？
>
> ——《青年中國》第 1 期

面對張曉風的文章，我們可以享受到多層面的美感經驗。最難得的，是她的寫作潛力仍在發展之中，令人難以預測。就正如開礦的工程師，先後發掘了金礦、銀礦……。接下去，是否能發掘新的礦脈，探勘到鈾或石油呢？根據以往的經驗，我們有理由「拍發幸福的預報」。

二、從詩莊詞媚到曲的跳脫傳神

到目前為止，張曉風創作的主流是抒情散文。然而在詩莊詞媚之外，也有曲的跳脫傳神。我個人的看法，她最精采的作品，是收在《我在》書中的〈矛盾篇〉，最別致的作品是帶著強烈諷喻意味的雜文，也就是以桑科為筆名的《非非集》與以可叵為筆名發表的《幽默五十三號》、《通菜與通婚》。齊邦媛女士說得好：

> 她突然以桑科為筆名，寫了一些短小精悍的雜文，用極輕快的嘻笑怒罵方式諷刺社會的一些現象。民國 70 年左右文壇上又出現了一個筆名可叵的作者，用辛辣的嘲諷，巧妙的比喻、象徵，寫了不少關懷的事，棒喝沉迷的短篇……每在報紙副刊登出，必引來一陣會心的笑聲，而紛紛打聽，這個有趣的可叵是誰呀？當然，在人煙稠密的臺灣，很少人能隱藏這種「祕密」。……這個「發現」更加令人讚嘆曉風關懷面之廣，想像力之豐富和筆鋒之銳利了。
>
> ——〈行至人生的中途——《我在》中的曉風〉

《幽默五十三號》輯錄了 65 篇雜文。以「可叵」為筆名，暗藏玄機，意謂「或可或否」、「或受或拒」、「無可無不可」，表示言者不願死守一見死拘一法，因而能求知達變。

可叵是張曉風的另一面，在優美典雅的散文之外，也能嘗試辛辣的指責、善意的關懷與帶淚的幽默。多半的文章，有強烈的新聞性與社會性，諷喻世象，褒貶人情，詭譎旁通，一語中的。在溫柔敦厚的詩教之外，嘻笑怒罵，寓教化於詼諧。令讀者一方面擊桌稱快，大讚罵得過癮；一方面又既痛且癢，有所思，有所感。堪稱雅俗共賞的現代諷喻文學，以下且分從兩方面予以評介。

三、亦莊亦諧，談笑中見世情

世事洞明皆學問，人情練達即文章。

《幽默五十三號》是一連串諷刺性的雜文，在張曉風的作品中，是不按牌理的諧謔篇。王大空在書首的序中說：「《可叵集》的每篇文章，都有它的新聞性和社會性，是張曉風用她獨長的慧眼靈心，觀察感應對人情世象所作的諷喻褒貶，可讀性極高。」我卻以為，本書除了富有諧趣，消痰化氣之外，還可以促進讀者頭腦做體操，對我們周遭的人與事，有更深一層的體認。於輕鬆中有嚴肅的一面，不正經之中自有其正經之處，趙寧曾以「魔鬼的文章，天使的心腸」來形容之，堪稱一絕。

張曉風在本書的關場白中申明「在下所以登場並非出於主編老爺的重金禮聘，更非社長先生的情商客串，而是自己死皮賴臉硬要送上門的。」

這當然是玩笑話，在開始消遣別人之前，先消遣自己，顯示「愛人者，人恆愛之；刺人者，人能刺之」，她於是便「不吃飯不睡覺的動起千鈞之筆」來，卻解釋成：

> 飯的確沒吃——只吃了麵。
>
> 覺也的確沒睡——但指的是午覺。

筆力也的確有千鈞——但不是「一字千鈞」的意思，而是像《紅樓夢》裡劉姥姥使用那根小小的象牙鑲金筷子，忍不住罵道：
「這個叉巴子比我們那裡的鐵掀還沉呢，那裡拿得動它！」

這正是《文心雕龍》論文章風格的「新奇」一體，在文辭上翻空立奇，故弄技巧，出乎讀者意想之外。

有了這樣的開場白，張曉風便開始上窮碧落下黃泉，比手畫腳無所不談了。從天下大事到小學生的手帕衛生紙，巨細靡遺，作者最常用的方式有兩種：對比映襯與側面諷刺。

（一）對比映襯

張曉風經常將兩種不同的人或事，對立比較，從不同的觀點予以形容描寫。對比越是強烈，印象越是鮮明。例如〈九十八秒的謊言〉，以電視製作人席烈與美國總統作對比：

在波士頓有一個叫席烈的電視製作人，搞了一個九十八秒的謊言新聞，在四月一日愚人節晚上六點。四月二日，他被解聘了。
從甘迺迪到詹森，尼克森到福特，哪一個美國總統的越南政策不是謊言？

張曉風想來，那製作人走得真冤枉：「可叵從而了解了美國的新聞之道，說謊九十八秒（在愚人節），結局是滾蛋下臺。說謊十年（每一天），結局是進入白宮。」

又如〈與眾不同的美國〉指出：

先進國家對落後地區提出「援助」，大概會獲得「友誼」作為報償；但美援例外，美援贏回的一向總是誤會。
在東方，「醜聞」的解釋是「此人政治生涯休矣」，在美國不同，它意味著「寫回憶錄時可以向出版商要一筆好價錢」！

很多人都知道美國的明星喜歡從政（我敢打賭如果鮑布霍伯出馬，也能把卡特打得慘敗），但卻不知道在美國每一個從政的人都是明星，大家都善於作「秀」？

這兩篇挖苦美國人的文章，一針見血，直探本心。前者令人聯想起中國的古話：「竊鉤者誅，竊國者侯。」後者恐怕連美國最著名的諷刺專欄作家包可華讀了都要說聲「佩服」。

張曉風也善用「對同一個人事物採取兩種不同的觀點予以形容描寫」的「雙襯」法。

〈笨婦難為有米炊〉嘲諷許多暴發戶欠缺「會煮米的頭腦和觀念」：

許多號稱宏偉的建築——事實上只是一種「巨型的小器玩具」。

許多「高級裝潢」——事實上卻是「耀眼的垃圾」。

一套接一套大部頭的妝點書——專供腦子裡無書的人放在客廳裡嚇唬人用的。

每一家飯館都鋪了紅地毯——嘿、嘿，當然，你叫它「墊腳油抹布」是更正確的。

〈我弄不懂「布爾喬其亞」〉文中，張曉風倒是欣賞臺北的生活模式：

你去隨便抓一個計程車司機或餐廳大廚子，你才發現，他既是勞方也是資方，他既是市民也是商人，他既是奴隸也是貴族，他既是教士又不怎麼信教——總之，他不懂什麼布爾喬其亞，他只是一個快快活活天高皇帝遠的人。

以上二段精采的文字，都是修辭學上「雙襯」法的絕佳運用。第二段用短短幾筆，就勾勒出臺北人生活模式的可愛之處。不但搔中目前社會弊病的癢處，令讀者大呼過癮，而且這種表裡不符、言不由衷的現象，也讓我們有所警惕。

（二）側面諷刺

張曉風經常擺脫「慣性思考」，而從另一個角度看事理，獨具隻眼，別有所見，在〈願可叵很可口〉文中，她先列舉了三件老祖宗的規矩：

1.「良藥」必定「苦口」。
2.「忠言」必定「逆耳」。
3.「棒頭」出孝子，不打不成器。

其實，只要我們稍微用心思考，事實並不盡然。她的看法是：「一顆好吃如草莓的藥也可以是很好的『良藥』，一段美妙如朗誦詩的話可以是很好的『忠言』；而不打兒子，卻給他吃冰淇淋吃雞腿，也可以養出個成器的孝子來。」

由此可見，迷信許多約定俗成的觀念，常會導致思考的惰性，使我們的腦筋退化，而昧於事理。

因此，在本書中，作者往往用側面諷刺的方式，提供可口的良藥與美妙的忠言，以下且舉幾段文字以為例證。

> 下屬如果碰上不會吵架的主管，誰去替你爭取福利呢？老闆碰到不會吵架的部下，生意全給別人搶跑了。太太碰到不會吵架的先生，只好瞪著眼任老師打小毛的屁股；先生娶了不會吵架的太太，說不定將集中辦理，把滿肚子悶氣都帶到精神病院去了。
>
> ——〈吵架的哲學〉
>
> 在別的國家，「敵人」是供全體國民咬牙切齒用的。在美國，卻供表示「親善」用。當年季辛吉假稱肚子痛，卻偷偷跑到北平吃烤鴨，以示對

「共產敵人」的友誼和關懷，但季辛吉也不算騙人，那一番關係，在未來許多年中，夠老美肚子痛的了。

——〈與眾不同的美國〉

先生不可喝酒，碰到假酒你會死，先生也不可吃蝦和魚丸，那裡面全有硼砂，醬菜也不行，那裡面有防腐劑——吃多了只有一樣好處，百年之後，不用再加工處理，先生已經完成自我防腐手續了，皮蛋也不能吃，那裡面有鉛……先生，最安全的方法是什麼都別吃！

先生千萬別去溪邊烤肉，自來水廠雖然成天叫我們記牢關緊水龍頭，可是他們自己難保不忘記關大閘門……。

——〈大地震〉

這些亦莊亦諧的文字，說笑中見世情，往往在博君一粲之餘，還有「良藥」、「忠言」的效果，對我們的政治、社會、環境有所諷勸。

四、能譬善喻，寓教化於詼諧

嘻笑怒罵的文章，看似容易，其實頗不簡單，分寸沒有拿捏得恰到好處，一不小心就會流於油腔滑調，甚至因耍嘴皮而陷於輕薄。《幽默五十三號》難能可貴之處，就是既有輕鬆有趣的一面，又有嚴肅的意義，能譬善喻，寓教化於詼諧，是雅俗共賞的可愛文章。

張曉風出身文教界，對於文教問題自然比較熟悉。可是她卻捨棄了正經八百的說教，而用譬喻的方式褒貶事理。且看她在〈不止一種肉，不止一種吃法〉中論文化活動吧！

官方人士資助文化活動，配菜上每每顯得外行，原因是官方人士只把文化看成一種「肉」，不太曉得還有雞、鴨、魚、豬、牛、羊、兔、鹿……肉之別，更不懂在處理肉時又有炒、爆、川、蒸、炸、溜、醃、燻、釀、烤、涮、焗……的處理不同，當然，至於「烤」起來是明火烤，是烤箱烤，那又是更高深的境界啦！

希望有朝一日藝術季的音樂、戲劇、美術都能紛陳並列。

再如〈竇娥不冤，我冤〉中論《竇娥冤》一劇被擅改的感受：

沒想到一進場，發現上了當，後二場法場，托兆居然沒了，換了個「團圓」。這真好像上館子點了菜付了錢，卻發現跑堂把你的清蒸鰣魚和元盅土雞掉包拿走了，和善的經理給你弄來一大盆的甜圓湯，並且摸摸你的頭說：「乖，多吃點，甜的多吃好呀！土雞吃多了會生癌症的哩！」

作者以中國人最內行最熟悉的「吃」來形容文化活動，褒貶事理，頗能令讀者發出會心的微笑。

張曉風的關懷面十分廣遠，並不局限於文化活動。再看幾個例子：

說起來，不該買車的理由很簡單。以臺北市而論，買車的人有幾個是有車房的？沒有車房而買車子，豈不跟生了兒子沒有搖籃卻叫小傢伙睡在馬路邊一樣可笑嗎？今天臺北市大概有百分之九十的車子是「以路為家」的。

其實，買車子這件事跟娶細姨似的，樂趣不是沒有，但恐怕受氣的時候居多。而且，車子跟細姨有一個可怕相同之處便是，「招之」雖可「即來」，「揮之」卻不肯「好去」，到時候，苦的還不是你老兄閣下。

——〈「不買車」黨〉

給一盞小燈吧，在最邊遠的高山上，一間國民學校的校長如果善於照顧老百姓的話，他就是代表政府最光亮的小燈。在名不見經傳的三家村裡，民眾服務站也可以是代表政府的小燈；甚至一切的農會漁會，都是最直接最唯一的「政府」。

不管白天太陽有多亮，不管晚上燈光多迷人，冰箱這種地方非要一盞屬

於它自己的小燈不可！

——〈冰箱裡的電燈〉

當然，本書的妙處還不僅止於以上所述。張曉風的絕招層出不窮，她將華國鋒和葉劍英比作「紅」花綠「葉」，不知道在被變為殘「花」敗「葉」之後，被「現代化」得怎樣了？她同情警察的被強制幽默，幽默有時比殺頭難多了！她戲作墓誌銘：此人生前在美國教「中國文學」，又在中國教「美國文學」，我相信他此刻在陰間教「陽間文學」……

細讀《幽默五十三號》，見識到張曉風詭譎俏皮的一面，而輕鬆詼諧的外衣底下，卻蘊藏了值得我們尋思的嚴肅層面。套句張曉風自己的話，真「可口」的良藥，「悅耳」的忠言！

——1985 年 1 月《明道文藝》月刊第 106 期

1986 年 12 月 10 日九歌

——選自沈謙《書本就像降落傘》

臺北：黎明文化公司，1992 年 8 月

我讀「可叵」

◎趙寧*

科技一日千里，交通無遠弗屆，傳播無孔不入。

在這個乍看之下似乎是「天涯若比鄰」，事實上是「比鄰若天涯」的今日世界裡，作為一個現代人，徒擁「大肚能容，容天下難容之事」的胸襟並不夠，還要具有「慈顏常笑，笑世上可笑之人」的本領，活得才過癮，生命才有味道。

張曉風小姐的筆是一位神祕的千面女郎。一會兒桑科，一會兒可叵，把她的忠實讀者們看得七葷八素，神魂顛倒。時而仰天長笑，時而悲從中來。好像是嘗了趙茶房十年前的名菜，「宮保苦瓜」一般，辣、甜、酸、鹹、苦，五味俱全。怎麼說呢？

辣，甜，酸，鹹，苦，是按照出場而非排名的順序，不可以隨意顛倒的。乍嘗可叵的文字，撲鼻辛辣，舌頭發麻，盡是胡椒、辣油。再吃下去就嘗到了甜頭，是味精、白糖、蜂蜜發揮了魅力，看得人仰馬翻，笑得合不攏嘴。再看下去會有一股辛酸，沖鼻而來，八成是倒多了醋。擱下報紙，一不小心竟然嘗到自己眼淚的鹹味，大叫一聲：「苦也！」

趙茶房的簽名式是一副掛著淚珠的笑臉，自己覺得爬格子就好像余天皺著眉頭在唱：「含淚的微笑」一樣。在報上初識可叵十分快樂，覺得是逢到知音，很想結拜兄弟，痛飲三百杯，大哭大笑個三天三夜。後來知道了是張曉風小姐，嚇了一大跳，到現在還有點不敢相信。我有時候想，可叵老大一定是一名愁眉苦臉的漢子，心有千千結，舞著一枝筆，強顏歡笑，

---

*趙寧（1943～2008），浙江杭州人。散文家、詩人。曾任紐約州立大學電視藝術導播副教授、國民大會代表、臺灣師範大學圖文傳播學系教授、佛光人文社會學院校長、德霖技術學院校長。

聲嘶力竭的大吼：「喂，大家笑一個！」在笑容的背後，他淚流滿面的自己，問自己與大家：道德與頭髮的長度真的成反比嗎？頭的地下物（腦筋）屬於自己，為什麼地上物（頭髮）自己就沒權處理呢？為什麼師者在傳道、授業、解惑之外，還要挨揍呢？幹嘛要抽作家的所得稅呢？他們不過是一群窮過癮的人罷了。孩子們為什麼一定要穿卡其制服呢？……千千萬萬個問題，卻不知向誰問起。十分地寂寞。

這是一個金錢掛帥的社會。錢、權結合地結果，使得大家只理會財大氣粗、羊頭狗肉。能夠掏心挖肺，站在小老百姓立場說幾句真話的人真是如鳳毛麟角。江湖險，人情薄，秋風起，天氣涼。沽一斤大麯，捎兩本可叵，最是暖老溫貧，是下酒的上饌。趙茶房三句話不離本行，又想起來法國性感小貓碧姬芭杜當紅的時候，全世界都流行著兩句讚美她的話：「魔鬼的身材，天使的面孔」。趙茶房身在「海盜王國」，自不免要牛刀小試，東施效顰一番，略改四字，讚美可叵的新書，那就是「魔鬼的文筆，天使的心腸。」改完之後越看越覺得自己描寫的實在入木三分，維妙維肖。而且以碧姬與可叵相提並論，大概也是文壇一大創舉。可叵固然了不起，但是三言兩語能夠令可叵啼笑皆非的亦非等閒之輩。

總而言之，言而總之，可叵的文字好像是一名花招百出、千變萬化的喜劇演員，在乾冰彩光的烘托下嬉笑怒罵、狂歌當哭。而其文字的背後又好像一位白髮蒼蒼、憂心忡忡的老母親，扶著一枝禿筆，在紅塵萬丈、利欲薰心的工商業社會裡，獨立在十字路口，癡癡地叮嚀：「小心呀！不要走錯了路。」

除了寫作之外，張曉風女士不停的致力於泰北救助、殘障籌募、保護生態等工作。一字一句，一點一滴的把自己奉獻給社會，是我最欽佩的作家與好友之一。在她新書付梓的時候胡亂地發表一些不成章法的感想，寫著寫著，覺得自己好像是在關公面前耍大刀一樣，十分地害臊，匆匆打住，謝謝收看。

——選自可叵《通菜與通婚》

臺北：九歌出版社，1983 年 7 月

爭奇鬥豔

◎金明瑋*

第一場　陷入戲劇漩渦

1967 年，在文學寫作上已享盛名的曉風，因為遇見了一位老師，一腳踏入了戲劇。這位老師就是提倡劇運不遺餘力的李曼瑰。

李曼瑰提倡宗教劇　設立獎金徵劇本

當年，政府為了對抗中共政權在海峽對岸掀起的文化大革命，大力推行文化復興運動。向來處於政治宣傳工具地位的臺灣戲劇就在此大纛之下有了振興機會。李曼瑰不僅擴大話劇欣賞會的演出規模，舉辦四季大公演之外，還成立中國戲劇藝術中心，以組織戲劇團體、人才訓練和書籍出版為工作重心。戲劇公演中，除了舉辦各大專院校演出的青年劇展與大專外文系演出外文劇為主的世界劇展之外，篤信基督，一生活於基督精神中的她，積極策畫宗教劇的演出，鼓勵宗教界人士演出宗教劇。

那年聖誕節她就與趙蔚然、周聯華兩位牧師合作，由臺北基督教和天主教會聯合演出周聯華牧師翻譯改編的英文劇本《聖誕先生》（*Mr. Chrisitmas by John Randall*），過程中，李曼瑰發現宗教劇本的缺乏，尤其是中國教友所寫的宗教劇本更少，便興起了發動教友編劇的念頭。

她與兩個姊姊及一個弟弟一直想用種特別方式，紀念影響他們至深的父親李聖質先生。幾經討論，他們共同捐了五萬元新臺幣，設立了「李聖質基督天主教劇本創作獎金」，委託中國戲劇藝術中心主辦宗教劇徵選活

---

*發表文章時為宇宙光全人關懷機構視聽部主任與顧問編輯。

動，為了輔導臺北的教徒從事宗教劇的創作，中國戲劇藝術中心就開設編劇研習班指導創作。

報名編劇班　有頭有尾不缺課

當時，曉風的生活被孩子占據了許多時間，心情有些煩，知道編劇班的消息後，覺得師資中包括了俞大綱先生等名師，學費又極低廉，深受吸引，而孩子也已超過半歲，餵奶不必那麼頻繁，與公婆同住的她可以有一些自由時間，於是報名參加。

之前，她接觸的戲劇多為古典戲，雖在成長過程中與平劇、歌仔戲相遇時都曾因其對白、劇情或演出方式感到震撼與觸動，也喜歡元雜劇，但自己參與的戲劇活動畢竟有限。

高中時期演話劇勞軍及大學時期在團契裡參與戲劇演出都是玩票性質，並無意嘗試戲劇的寫作與演出。

參與編劇班原本只是想讓自己在生活中有機會拓寬層面，沒料到去上課後，學員大多虎頭蛇尾，一個個相繼缺席，沒多久就只剩下曉風和另一個同學撐場面。一方面做事認真務必要求忠於自己的曉風既然報了名就不願中途而廢，另方面看著儘管學員一天天少，可是擔任課程最多的李曼瑰仍然準時來教課，她的氣管不好，當時戲劇中心在羅斯福路，六十多歲的她必須爬上四層樓才能進教室，一進教室總要先咳個驚天動地才能開口說話，但不管學生多寡，她總是認真的把課教完，那種執著與認真看在曉風眼裡自有一份震動，感動之餘更不願缺課。

除了按時上課，曉風也購買了當時戲劇中心所印行的全套十本國外劇作家作品，開啟了她對西方劇場的認識與對西方劇本的了解。

當時，李曼瑰教她們讀易卜生的劇本，花很多時間分析易卜生的《娜拉》，曉風覺得她分析得很好，認真聽講。後來，碰到放寒假，另一位同學要回南部過年，於是，班上就只剩下曉風獨木撐天，和李曼瑰一師一徒有頭有尾的結束了所有課程。

期中，李曼瑰就告訴學員，希望大家學了就編就演。向來對老師的話敬重聽從的曉風就以交作業的心情認真的編了她的第一齣舞臺劇《畫》，殊不知這一步竟帶她陷入了日後長達十年的戲劇漩渦。

第二場　實驗性演出——《畫》、《無比的愛》、《第五牆》

《畫》基本上是一練習之作，日後曉風曾多次提及她對《畫》並不滿意，為了符合所學的作業格式，她守住五四以來的傳統，走時裝寫實路線。故事中的主要角色，是她依據在教會中的觀察所擬想出來的，反映出她個人對信仰的省思。

戲劇屬心靈貴族　寫實中含嚴肅意念

全劇分為四幕，劇中藉著曾為畫家的李牧師及她的女兒在遭受物質誘惑、世俗糾葛、對信仰質疑，以及自己內心的矛盾痛苦，終於體悟到唯有上帝才是人生活中唯一值得描摹的題材，也唯有用虔誠的生命才能畫出最美的畫。雖然生活裡免不了懷疑和紛擾，但就像畫面上容許有黑暗一樣，絕對不會影響畫面的美麗。

在寫作《畫》之前，她已體會到在易卜生之後，西方戲劇已走嚴肅路線，就算是喜劇，也是鄭重的諷刺人生。她認為蕭伯納（George Bernard Shaw）「寓教於諧」的口號，可以代表近代劇的高貴精神。在讀梅特林克（Maurice Maeterlinck）、辛約翰（J. M. Synge）、卡繆（Albert Camus）、沙特（Jean-Paul Sartre）等人的劇作時，發現其中的娛樂成分極少，電視、電影不可能採用這類的劇本。可是，劇作者如果從這一點上撤退的話，就難有戲劇可言了。她覺得戲劇和其他藝術一樣，在歷史上是屬於貴族的東西。現代雖然已經沒有貴族，可是藉著舞臺劇對深沉問題所提出的探討，也只能呈獻給少數的「心靈貴族」。

因此，《畫》雖是寫實作品，但是她期許在寫實中除了有故事架構，塑造栩栩如生、性格突顯的人物外，更需要「有話要說」、「有意念要表達」。表現形式上，她努力在既定的框架內，建構出創新的形式。與她的其他作品相較，這個練習之作，特點不僅在寫實，展現生命中的責任、義務及父女角色間的衝突也較多。

深受曼老精神感召　籌畫演出不遺餘力

她以交作業的心情交出了《畫》，參加第一屆「李聖質先生夫人宗教劇創作」比賽，在參選的 20 部劇本中，脫穎而出，奪得多幕劇的第一名，獲得 5000 元的獎金。

原本以為與戲劇的關係到此就告一段落，課業完成了、作業也得獎了，稱得上是圓滿結束。但李曼瑰老師卻不遺餘力的推動她，要曉風把《畫》演出來。

她和林治平商量，夫婦倆共同感受到戲劇也是某種宣道，在《畫》特刊中，曉風寫了一段話：「戲劇，這輝煌了古希臘、大不列顛和元帝國的文體，在基督教特別是中國基督教的圈子裡，卻沒有得到合理的發展。它使我們感到愧疚，如果我們在辦孤兒院、養老院、醫院和學校之外忘了舞臺，我們的服務便不夠完整，我們對人性的需求便不夠了解。」

這對篤信基督、以傳福音為職志的夫妻，隱約感覺到以戲劇的模式，去傳揚生命中最寶貴、最深沉的福音是項該承擔的責任。做事一向熱忱有衝勁的林治平立刻興致勃勃的答應成為演出執行人，從零開始籌備。李曼瑰的推動讓他們在感動之餘，以一種既嚴肅又慎重的心情面對戲劇的演出。他們記得李曼瑰要他們先列出工作計畫及預算給她過目，林治平毫無經驗，憑直覺列完，她一看就笑了，跟他說：「治平，不要把事情看得太難，以至於畏怯不敢從事；但也不要把事情看得太容易，以致顧慮不周而將事情做砸了。」

於是，一再和林治平詳細討論，提出具體明確的意見，使對戲劇完全是門外漢的林治平夫婦受益良多。她也答應，要支持《畫》劇的演出，提供一點演出費。林治平本以為是話劇欣賞委員會撥的公款，沒料到去拿時，李曼瑰交給他的竟是一包連封口都未拆的薪水袋。她告訴林治平：「戲劇是十分費錢的，先拿去用吧！」

對林治平和曉風而言，這是極富重量的一筆錢，不僅增添了他們對李曼瑰的感佩、敬重，也更能體會她對中國戲劇發展的熱忱與奉獻。日後數年演出，他們都冒著可能要賠錢的風險，但想到李曼瑰的付出，他們就甘願冒險。

除了錢的缺乏，一齣戲的演出要動用到許多人，人從哪裡來？好在多年來，他們參與教會青年人的聚會、活動，有機會認識了許多在信仰上執著、有抱負、理想的年輕朋友，黃以功便是其中要角。

找到合作夥伴　組成三角齊打拚

黃以功當時才 25 歲，在臺中大明中學教美術。就讀中國文化學院戲劇系時，就深受李曼瑰、聶光炎幾位老師的賞識，屢次在戲劇演出上有優異展現。自小接觸信仰，在教會裡參與過一些宗教劇的表演。大學時期，自編自導了一部《以斯帖》，於大直救世傳播協會演出，曉風去看了。雖然演出的方式克難而簡陋，如他找好友孫國旭跨刀飾演末底改一角，沒什麼服裝製作，孫國旭就自己找一張大床單纏裹在身上權充戲服，但整齣戲散發出強烈的戲劇張力、熱力與熱情卻留給曉風深刻印象。她覺得黃以功不但有才氣，在信仰中又有股動人的熱忱。因此，她的《畫》準備演出時，第一個想到的合作夥伴就是他。

身在臺中的黃以功，一心期望有機會執導，或參與基督教戲劇工作，教美術只是等待過程中應別人邀約所做的一件事。一旦曉風邀他導《畫》，他心情的興奮不言可喻，不只是因為他有機會導戲，而是感覺上帝為他鋪張的人生道路已經明朗化了。

他以極大的熱忱投入，負責導演及各部協調的工作。特別商請他大學時期的老師，剛從夏威夷學習劇場藝術回國不久的聶光炎擔任舞臺設計及特刊、海報、美術設計，又找他的好友孫國旭擔任副導，從各教會中遴選、邀約演員，組織了一個臨時的演出陣容，一切就緒，演出時間定於該年的 12 月 25 日至次年 1 月 3 日。從 9 月底開始，每週末、週日排戲，黃以功就每週五搭火車北上，週日再回臺中，往返近三個月，期間與曉風維持信件的來往，彼此交換演出的意見、心情，也彼此打氣。

表達形式力求突破　劇場清流大獲好評

黃以功很喜歡《畫》的劇本，因為它不像其他宗教劇以神或聖經故事為主題，而是深入刻畫人物的內心衝突，探討人性弱點，給了他很大的啟發作用。

在舞臺的表達上，曉風希望脫離當時類似康樂隊的演出形式，走出大家腦中既定的話劇形態。黃以功也對當時流行的客廳寫實劇頗為反感，所以希望呈現半具象式的布景。與剛學了現代劇場的聶光炎溝通後，在舞臺設計上展現出了許多突破，如階梯式的舞臺、不規則的圍牆、壁面上掛的空畫框，以至用燈光變化表達情感變化、情緒衝突，用吉他配樂取代當時一般用交響樂、流行樂曲片段配樂等等，使這齣戲在演出時，帶給觀眾耳目一新的感覺。

一齣舞臺戲的演出，除了演務部分，其他所有的行政、雜務也都多得令人不勝負荷。林治平號召了一群教會年輕人，積極投入，擔當了票務、宣傳、行政及演出時的前、後臺工作，邊摸索、邊做、邊學習，不辭勞苦，完全奉獻，展現了與其他劇團完全不同的精神。

為了使劇更有真實感，其中牧師之角色邀請了當時在浸信會神學院任教的張真光牧師擔綱。另一位外籍牧師也邀請了宣教士傅立德牧師飾演，其他演員幾乎都是在學學生。若說每一位參與者都是戲劇的愛好者，勿寧說每一位都是願意嘗試以新的方式與人分享信仰的真諦，他們很快成為一個堅實有力的團體。

每次排演或演出前、後，他們虔心向上帝禱告，用奉獻的心態做這件事。但戲劇除了熱忱，必須要專業。林治平夫婦和黃以功都認為，要演一定要演得有水準，不只是演出要好，所有的平面設計廣告宣傳也要超出水準，帶給人耳目一新的感受。為了達到此目的，必須在某些方面仰賴專業，所以他們才會在所有基督徒以奉獻心志免費參與的情況下，禮聘當時最優秀的舞臺設計聶光炎先生參與。這種精神，沿用到日後的演出。詮釋角色、闡述劇情的演員，必須是基督徒，而舞臺、服裝、舞蹈、燈光音樂、平面設計等，則可選擇當時最優秀的專業人員合作，一方面維護了專業精神，另方面也可達到最好的演出效果。

1969 年的聖誕，《畫》在藝術館推出了！反應出奇的好，不只吸引了基督徒走入劇場，也引起了社會一般知識分子的注意。

長期以來，話劇劇本多配合國家政策、政治需求，充斥著反共抗俄的口號或復興中華文化的包袱，演出形式都是絕對的寫實。《畫》的推出，雖然充滿了宗教情懷，但其脫俗的劇本及創新的劇場表現，似是沉寂多時劇場中的一股清流，立刻引起大眾注意。出乎意料的好票房，使他們原先擔心的財務問題得以紓解。

籌組「藝術團契」　奠定日後演出班底

演出後一舉拿下演出特別金鼎獎、女演員金鼎獎及演出紀念金鼎獎三座獎盃，這不啻帶給初次合作的林治平夫婦和黃以功很大的鼓舞。原本，在疲憊的排演過程中，黃以功即對曉風說了句話：「這對於我們是一小步，但對於整個教會是一大步。」演出後，他們在鼓勵聲中，充滿熱情的看到了未來可能走出的更大一步——將自古希臘至中古時期獻給神的戲劇，再次由俗世中轉向獻給神。

神聖的使命感與急切的熱忱和在初次合作中體驗到的「共同創造」之美，讓他們一鼓作氣，立刻籌組「藝術團契」，集合了許多具藝術專長或有特殊興趣，願意將自己奉獻給上帝使用的青年人，本著「凡我所行的都是為福音的緣故，為要與人同得這福音的好處」的精神，藉藝術中的真善美，吸引人認識信仰真諦。藝術涵蓋的範圍並不止於戲劇，舞蹈、繪畫、音樂等都包括在內。即使無藝術專長，但有辦理事務的經驗與熱忱者也歡迎加入。

當時，受到西方存在主義追求自由、解放等思潮的影響，年輕人常對生存的基本價值產生懷疑，很多年輕人隱然覺得要為生命找個出口，這個團契的成立，吸引了一些急欲讓自己生命更有意義的年輕基督徒參與，這批人也就成了日後曉風戲劇演出的重要班底。

長女遽逝　疼痛中激發前進動力

1970 年 2 月，《畫》演出後的興奮仍然蕩漾，但曉風的生命裡卻發生了一件使她心痛的事——剛出生不久的長女質文竟然夭折了。她從不曾想到死亡竟然發生在自己的孩子身上，長女的遽逝，帶給她椎心的疼痛，也令她對人生悲辛開始有了較深的體悟，感覺到生死禍福的無常以及自己在歷史與社會中的渺小、脆弱，但是這種「生命是多麼脆弱」的傷感，並沒有使她消極，反而使她感到生命格外的可貴與值得珍惜，這成為她在追求藝術上誠懇與熱心的動力。

除了積極成立藝術團契、尋求各樣演出的可能，她和一些朋友又開風氣之先，在羅斯福路成立了一家可供讀書的咖啡屋，她任董事會主席，營造了一個有書香、人文關懷、咖啡香的藝文空間，吸引了許多文藝人士、社會工作者的注意，也成為一些大專知識分子聚集之處。

修改清唱劇　大膽嘗試綜合演出

好些年前，曉風在教會有機會接觸到美國作曲家約翰・彼得遜（John W. Peterson）所作的清唱劇（Cantata）《無比的愛》，以歌唱和敘述呈現了耶穌一生愛神、愛世的行誼。曉風很喜歡其內容，覺得可以配合國情，做一些修改。保留原來唱的部分，加寫對白朗誦，並以詩的形式展現，希望觀眾從聲韻的表現裡，領受屬神與人之間浩大無比、淒清纏綿、動人心弦的愛。表演形式上，則想到仿古希臘戲劇，先有歌詠隊出現，將清唱劇變成一齣融合戲劇、詩歌及歌唱的演出。

當然這是嶄新的創舉。曉風日後回想，覺得當時所以能使這種創新方式有機會演出，原因在於當時的年代正處蛻變期，年輕人極樂意嘗試、創新，她剛好在正確的點上提出了一些較新的看法，以致立刻吸引一群年輕朋友願意抱著「一起走看看」的心情，彼此扶攜看一步走一步，竟然就走成了。

這次的演出，動員了 70 個左右的歌唱者及 20 個演員，整齣戲結構包括合唱、獨唱、插話朗誦、二重唱、男女合唱等，形式豐富。音樂部分原由東吳大學音樂系主任黃奉儀指揮，但到接近演出時，她看到了戲劇部分的服裝、假髮，覺得如此一來，不會有人專心聽音樂，所以臨時求去，拒任指揮。當時仍是音樂系學生的張霞友（日後網球名將張德培的姑姑）只好臨危授命，在很短的時間內擔當指揮大任，其中的「勇氣」令人敬佩，但也顯示了當初這批有使命感的青年人所懷抱的那種「要錢沒錢，要命一條」的大膽風格。

推出《無比的愛》　叫好聲中落幕

整個戲劇表演及舞臺呈現，由黃以功負責，他仍借重聶光炎之專業，在舞臺、燈光上做了新的嘗試，而在演員的選擇上，曉風和黃以功不約而同著重於演員聲音的表達，他們選了日後原野三重唱中的大哥王強演耶穌，他的弟弟王曄熙擔任主要的敘述者，兩人的聲音頗獲好評，演出比前一年的《畫》引起了更多關注。聖誕節期間一連 16 場座無虛席，是該年歲末年初的藝文大事。當時，音樂家唐震及申學庸的學生社瓊芳、姚立含都參與演出，自然也吸引了老師到場指導，他們都對臺灣竟有如此夠水準動人的演出，驚嘆不已。音樂界、藝文界的讚嘆之聲不斷，演出在一片叫好聲中落幕。

曉風和黃以功兩人的老師李曼瑰對此次演出亦是讚許有加，她認為此劇揉合了古今中外藝術與戲劇的精華，從傳統中創作了新風格。但她仍不斷鼓勵曉風繼續推出新劇本，也鼓勵黃以功，用心調教青年劇團，兩人在恩師的推動以及在兩次合作所感受到彼此衝擊迸發出火花的動力下，積極準備下一年的演出。

在《無比的愛》演出完畢，請工人拆臺時，曉風正巧回到劇場，看到曾經滿座的劇場，一片蕭颯。工人把一大片一大片的舞臺木板拆除，準備丟棄，曉風不忍之餘，要工人將木板全數保留。之後，她又請了木匠用那些木板釘了些可置物的椅子，一直到現在（2004 年），這些椅子仍然是她家客廳裡實用的擺設。

戲劇之美共同創造　迷人之處難以自拔

兩次的戲劇演出，使曉風經歷了與以往截然不同的創作過程。散文只要一個人就可完成，對不愛重讀自己過往作品的她而言，散文寫完了就結束了。但戲劇不同，劇本編完了，一切才開始。她覺得戲劇像個孩子，編劇生了它就得照顧到底。一個劇本既然寫出來了，就要演出，只成為案頭劇本或書齋劇本不是她所願，但一旦要演出，就意味著一大堆瑣碎的工作——找人、找錢、做宣傳、拉廣告、找道具……，是件又累、又麻煩的事。可是這種藝術創作卻有不可替代的迷人之處——導演、音樂、燈光、演員像「乘法」般一一加入，在其中可以充分享受「共同創造」的美。她以為戲劇的迷人處即在此，而她也就深深的沉迷於其中。

1971 年，自寫作〈十月的陽光〉文風改變後發表的散文，由晨鐘出版社彙集出版成《愁鄉石》，亦深受矚目。次女質心，也在這年出生，曉風為她取了個小名：晴晴。

忠於自己喜歡　編出《第五牆》

歷經了習作性的《畫》及實驗性的《無比的愛》演出，她希望以她自己的喜歡，編寫出她想要表達的一個劇本。暑假期間，她特意住到浸信會神學院，與世隔絕專心寫作。她想順著自己對中、西劇場的體會，做一些屬於自己的嘗試。她擇取了在心中醞釀多年，幾可反映出每個人狀況的題材，以張三、李四、丁一、王二及張人生、張生人、導演、先知、觀眾等通俗人物，串連起一個沒有豐富劇情，卻真實表達出人生中面對生、老、病、死、吃、喝、嫁、娶時的平庸、虛無與無可奈何，並引發觀眾思考人類生來的一些嚴肅又基本問題，如真我與假我、宗教與生命意義、人類存在的價值、忙碌的意義等。

劇中安排了一個先知，他可以透過劇中人物生活環境裡的第五牆——面對上帝的那面牆——觀察人類的生、老、病、死……等處境，並且隨時伺機宣達上帝的意旨，他的時間觀和其他劇中人大不同，他看一日如千年、千年如一日，表達出了時間的相對性。

另外，在空間上也打破了臺上、臺下、前臺、後臺的分別，安排了一個觀眾代表角色坐在舞臺一角，隨時可以跳出來對演出提些質疑。劇中導演的出場，也基於這種形式。曉風特別用這種反劇場（anti-theater）的安排，原因在於她覺得，在劇場中，觀眾應有批判整個劇是如何演出的權力，也以此顯示出「舞臺即人生，人生即舞臺，人人都是演員」的概念。這種表現方法在懷爾德（T. Wilder）的《小鎮風光》及諾貝爾文學獎得主義大利名戲劇家皮藍德婁（L. Pirandello）的《六個尋找劇作家的角色》中，都成功運用過。此外，皮藍德婁在他的名劇《亨利四世》中表達了對真我與假我之辯——「我」在人生舞臺上是否把「我」演活了，還是「我」所演的根本不是「我」？曉風在此劇中，也企圖提出這個思考概念。

多元嘗試實驗演出　期望觀眾付代價

總之，這個劇本是曉風第一個自己純然創作的舞臺劇，從其中不難看出第一次大戰後美國興起的實驗劇場精神，試圖在劇院中使觀眾得到某些啟發。曉風也試圖藉此戲表達出她在劇中探尋某些嚴肅理念的主張。不過，她認為劇一定要好看，因此，盡可能在劇中安排些詼諧、諷嘲的對白，增加戲劇的趣味。在表達技巧上她借用了西方的編劇技巧，多元嘗試、繽紛多變。

其實，在長期醞釀過程中，「第四牆」的觀念一直存在，她深深體會舞臺劇就是推倒第四面牆，讓觀眾看到劇中人家裡發生的一切事。但在落筆時，突然迸發出了第五牆的概念，以致整個劇成為圍繞著第五牆的思考，這是始料未及的發展，但也是令她滿意的發展。在演出特刊上，曉風提及「希望觀眾能為這樣嚴肅的演出付出代價——那不是票款，而是深思與頓悟」。黃以功也陳明在舞臺劇漸漸式微的當時，「我們的演出不僅想挽回什麼，更企圖建樹些什麼」。兩人的強烈企圖與嚴謹用心可見一斑。

黃以功自陳：「我從來沒看見過這麼不像劇本的劇本，我看了快昏倒了，對我是很大的挑戰。」但從小就喜歡找個比自己強的對手，並且試圖贏過對方的他也知道，碰上了難題就是創意的開始，他與聶光炎配合舞臺設計，與侯啟平、儲孫寬配合燈光，更動了曉風在原劇本中對舞臺的指示，另外設計了一個總體上能和諧表達的舞臺。同時，用電子音樂及吉他配樂，加強燈光和音樂的搭配運用，營造出不錯的氣氛，還別出心裁的在舞臺上使用電影和幻燈，立下了國內舞臺劇表現的創舉。

《第五牆》演出轟動　獲得戲劇五大獎項

1971 年 12 月 26 日晚間國立藝術館中鑼聲三響，幕帷又起，這齣在臺灣戲劇史上相當「新穎」、「前衛」的戲正式上場。演出後立刻引起了藝文界重視，引發了熱烈的討論與關注，其程度遠超過前兩部較正統的宗教劇。15 天的演出，幾乎場場客滿。許多看過的人都給予高度評價，各報刊不時登出有關此劇的推薦、討論文章，大多數的評價都是正面的，如：

> 夠新夠勇敢。
>
> ——喻麗清
>
> 演出的再創造使本劇具備了許多超越劇本的新面貌。並且舞臺意象、燈光轉變、音樂設計及影藝技術的配合，皆屬非凡與創新。
>
> ——董挽華
>
> 這是國內難得一見的演出，至少這齣戲的推出，為劇運的發展指出了一個新的目標，企圖開創一個新的目標，企圖開創一個新的異域。
>
> ——雲筑
>
> 張曉風在此，把懷爾德的技巧消化運用得了無痕跡，而且她還能推陳出新，用外在的抽菸動作，更進一步的把臺詞裡抽象的哲學內容，具體化了起來，令人激賞。
>
> ——羅青
>
> 這是一齣極有深度的現代劇……由於演員素質高而整齊（多為各大專師生），對於劇情的領悟，特別敏銳，所以演得中規中矩，剖析入微，而複雜的後臺工作，亦配合得完整無缺，實在值得稱許。……無疑的，這將是中國劇運發展的里程碑，一個由傳統的、注重故事曲折的「話」劇演

出方式，轉變為抽象的、探討思想價值的「散文劇」方式的里程碑。

——如炬

當然，也有負面的批評，如：

在寫作技術方面，我曾驚異於曉風的學識之博與運用之富，但是經過再三的考慮，終於覺得她的許多方法都是節外生枝、徒增紛繁。

——胡耀恆

筆端也觸及美國的吸毒與大學學潮，……但全劇的現代感不夠強烈，缺乏一種激盪力。

——蘇偉忠

諸如電影、幻燈的穿插使用，表現方式的脫出傳統……在臺灣的戲劇演出尚屬首次，不失創意，但是由於想表現的太多，以致落入了某種不統一，因而顯出了些許凌亂的感覺。

——雲筑

此外，以劇本為主的評論文章也陸續在各報章雜誌刊出，青年學生們也在校園裡辦《第五牆》座談會，寫文章探討它的內涵，一切都令人振奮。這次的演出使得「藝術團契」聲名大噪，這個由一群年輕基督徒成立的戲劇團隊，引起了知識分子及藝文喜好者高度的關注。這一年的演出也獲得了當年話劇大公演最佳演出金鼎獎，曉風與黃以功再度獲得編劇及導演的特別獎。演員周性初、唐棠分別獲得了男女優秀演員獎，五項大獎的獲得，奠定了「藝術團契」在戲劇界的地位。身為中樞領導者的曉風，除了感恩，也只有鞭策自己編出更好的劇本。

附帶一提的是這裡所說的金鼎獎和現今所頒的金鼎獎不同。前者由李曼瑰教授主導，頒發的對象是舞臺劇演出，合作主辦的單位是教育部。而後者的主辦單位是新聞局，獎勵對象是出版界。顯然後獎設立時不知金鼎已為前獎所用。而李曼瑰教授或因請款常有困難，所以並不是年年都頒金鼎獎，待李曼瑰教授去世後，此獎也就消失了。

這年演出之後，雖然佳評如潮，但曉風卻決定日後要與現代時裝劇告別，轉向她鍾愛的古典文學中去挖掘題材，加以現代新的詮釋，寫出不受時空限制、不被淘汰的劇本。

第三場　站上戲劇革新先鋒——《武陵人》

有一次，她和一位朋友徐世棠聊天，徐告訴她，很久以前在上海，他家後陽臺對面有個學校，晚上就有些三輪車夫、市井小民到那兒去上課。有一天，他聽到那些白天在生活裡掙扎生存的勞苦人們，一起在老師的帶領下吟頌〈桃花源記〉，心裡很感動。他當場吟給曉風聽，那種動人的感覺以及詩的旋律就謹記在曉風心裡。而原本就深受曉風喜歡、也是她從初中時代就能熟背的〈桃花源記〉，就悄悄的在她心裡發酵、膨脹。

自小渴想幸福　桃花源記促深思

她常常思考這篇陶淵明的文章，無論古今中外，從柏拉圖（Plato）、培根（Francis Bacon）、湯瑪斯・摩爾（Thomas More），甚至老子、孔子等人都曾由作品中展露他們對遙不可及幸福疆土的夢想，這類故事是大家耳熟能詳的。就算她自己，11 歲的時候，就編了個短劇，說到一個孩子，走入幸福國，發現那兒的人都很幸福，原因是他們擁有終日流著幸福水的幸福泉，但孩子沒法將幸福水帶回去，就大哭。結果，幸福國的人為了安慰他，給了他一包幸福糕，囑咐他回去就可以泡成幸福水，他才快快樂樂的回去。雖然，展現得幼稚了點——世上哪有如此簡易得著的幸幅呢！但明顯可見她對幸福的渴想，早在幼時就清楚顯現了。

隨著年齡漸長，世事盡收眼底的同時，她漸漸發現幸福樂土不過是一種假設、一種幻象，誠如俄國作家阿爾志巴綏夫所言：「你們把幸福預約給這些人的子孫了，但這些人得到什麼呢？」在她的體認中，沒有一個時代絕對幸福，也沒有一塊土地絕對幸福。

她覺得，一個現代人，總會以自己的方式，求取幸福，大部分才智之士讀書，目的是換取顏如玉、黃金屋、電視冷氣，一年兩週的休假或生存下去必要的安全感，但在這種看似實際桃源的蒙蔽下，卻使得許多人墮入邪惡陷阱中，永遠和真理絕緣。

追究武陵人回家意義　認定苦難促使追夢

喜歡追根究柢的曉風不斷思考〈桃花源記〉裡面那個武陵人「回家」的意義，思想桃源裡的幸福是什麼樣的幸福。她想到希臘神話中薛西弗斯（Sisyphus），他的境遇比在奧林匹斯山上吆喝玩樂並爭奪選美會上金蘋果的諸神壞嗎？不見得，如果他認識了他的巨石，我們是否也可以認識我們生命中的「武陵」呢？

她認為，苦難雖不是一切的價值，但苦難至少促使我們仰頭向天，而歡樂會使我們像一個可憐的拾荒者，只顧得俯視，忘記了向上思索，追尋夢想中理想國的權利。這麼一路思考下來，《武陵人》的故事結構漸漸浮出。

1972 年盛夏，她剛改完近千份大學聯考的作文試卷，從闈場裡出來，就搬進了吳興街浸信會神學院的女生宿舍，禁閉起自己，專心一意的讓《武陵人》呈現出來。

東西相撞交互影響　孕育寫作新風格

從她上李曼瑰的課，買了戲劇中心出版的十本西方劇作開始，就大量的閱讀有關戲劇的書籍，到處找翻譯的西方劇本，盡可能蒐集有關劇場、舞臺、燈光……等資料與書籍，有空就沉浸其中，深深影響了她對舞臺、劇場呈現概念的建立。尤其在劇本閱讀上她落力最多，從希臘到貝克特（Samuel Beckett）、布萊希特（Bertolt Brecht），之後，又回頭看她原來熟悉的元雜劇和平劇。過程中，每項由西方作品中體會到的觀念，都刺激她更深的對自身文化思考，而在閱讀德國劇作家布萊希特及美國劇作家懷爾德等受東方文化影響，作品中融合了濃厚東方精神的劇作家作品時，更帶給她很大的啟發，在這種東西相撞、交互影響的過程裡，她漸漸孕育出獨特的風格。

在她所閱讀的劇作中，她深受比利時的劇作家梅特林克的吸引。這位諾貝爾獎得主所寫的《群盲》一劇，對曉風產生了最強烈的啟發。她深受劇作家藉現實事件表明超現實境界的詩意劇吸引，全劇中氣氛溫柔，沒有令人蕩氣迴腸的高潮，但是涵義深刻。劇中沒有時空觀念也沒有完整情節，但藉著象徵方法，表達出的意義卻具永恆性，是永遠都能被討論、觸及人心的主題。她欣賞這種形態的劇。

內心想法漸成形　《武陵人》孕育誕生

此外，她在讀卡繆、沙特等人的劇作時，發現他們常常從希臘的故事裡挖出一些題材來，再用現代人的觀念去解釋，使得它與我們之間產生關聯。曉風以為，在解釋的過程裡，充滿了挑戰，他們的作品又非常吸引人，她不禁自忖：卡繆會重新解釋薛西弗斯神話，是因為他不能從法國尋找古典題材，所以找到西方文化的源頭希臘。但對一個中國人而言，不需要到其他國家去找靈感，中國文化本身就有無數可利用的題材。研習中文，深愛古典文學的她，為什麼不從豐厚的中國古典寶庫中，去挖掘會感動她、並可以加以解釋、賦以新意的題材呢？這種思考影響了她創作取材的方向。

在臺北東區半山上浸信會神學院的女生宿舍裡，待了一個禮拜，近兩年來在她心裡漸漸累積的意念、想法，緩緩成形，《武陵人》於焉誕生。

劇本中，她從陶淵明《搜神記》的註解中找到了「黃道真」的名字，作為她劇中的主角。他是一個漁夫，由於生活，不得不執起漁網打魚，但年輕的他有些朦朧的理想，掙扎著想逃避現實。有一天，他無意中闖入桃源，沉浸在看似幸福的氛圍中，卻逐漸明白桃源中的歡樂並不是天國，它會使人心生厭倦，他感受到：「次等的美善比醜惡更令人不能忍受」；「因為在醜惡裡，人還有希望，還有夢，還肯孜孜不息地去尋求，去叩門。」；「但在次等的美善裡，人們卻知足了。」因此，他選擇離開人人稱羡的桃源，再回多難悲苦的武陵，因為「我們活在世上是一群口渴的人。而桃源村正像一片大海汪洋……當時，你以為你掉進了天堂，但等你張口，你發現所有無邊無際的鹹水，你一口都不能喝。」顯示他不願被次等的幸福麻痺了靈魂，也不願被仿製的天國消滅了決心，他選擇投入奉獻，在回歸中瞻仰上帝不朽完美的國度。劇中，她安排了三個黃道真，分別穿著灰衣、黑衣、白衣出現，灰衣是黃道真的本我，黑衣代表了現實，白衣代表理想，三人也代表個人內心多重自我的存在與其間的衝突。全劇道白皆以散文詩呈現，曉風純熟的文字技術在此劇中展露無遺。她也自覺，與《第五牆》相較，這齣劇更中國、更古典、更鄉土。

多樣性形態難表現　處處展現新創意

導演黃以功拿到劇本後，發現劇本身有多樣性的形態——詩意的對白、舞蹈的節奏、突破戲劇必備的高潮與衝突、許多的片段劇情，造成了「舞臺畫面」的停滯，他覺得這又是一齣難處理的戲。

像過往一樣，困難只能激起他的創意。他決定加強舞臺上視覺、聽覺、場面調度的美感，用燈光、音樂擔任引導與潤滑的角色，延續《第五牆》所有劇場形式經驗，配合風格化、意象化的舞蹈，以全然創新的方法處理此劇，幫助觀眾穿過戲劇更多的獲得與發現。

曉風覺得，每次劇本完稿要排演時，最重要的就是舞臺設計，只要舞臺設計定案，呈現的方式有了樣，劇才能真正定下來。聶光炎這次使用了「固定式舞臺」（Simultaneous stage）的概念，將很多的境域表現在一個景型裡演出，以層次、體積做出不同的境域，所有的布景如桃花林、溪流、洞……等全都抽象化，譬如以直線、密網和半透明體反映溪水。同時，也在第一時間，定出了燈光色彩的基調及舞臺呈現出的基本色調，分別交予負責燈光的侯啟平及平面設計的凌明聲參考，取得整體的一致性。

為劇重新作曲演唱　創舞臺劇配樂紀錄

早在此劇於心中醞釀期間，曉風已與當時在文化大學音樂系就讀的陳建台談到過她聽徐世棠吟誦〈桃花源記〉的感動，和陳建台之間就古典吟誦和音樂有些觀念上的溝通。劇本經長期孕育終於問世，搬上舞臺前，當然就找陳建台為此劇配樂。在中西樂器上都有造詣並能創作的他，一直對國人只重西樂而遺忘中國傳統音樂抱憾。拿到曉風取材古典、表達手法現代的《武陵人》，慎思之後，除了採用一些頗具風格的現代室內樂曲、鋼琴獨奏作品和唐朝雅樂作為配樂之外，特地寫了七首「配樂音樂」，分別以獨唱、合唱、齊唱、東西方樂器演奏及清唱方式表達。因為他正在軍中服役，很難有完整時間創作，他就想出一則妙方——跟人換班爭取站夜崗，以便安靜思考如何作曲。因為無法自由外出，所以就由他的弟弟陳建華設計所有音樂與劇的實際配搭，並負責劇中特殊音效的製作。在作曲編曲時，陳建台特意使其帶著我們民族的一點「味兒」，希望所有的作品是「現代」，但不是「沒有根的現代」。在當時，為一齣舞臺劇特別作曲、編曲、錄音、演唱，是絕無僅有的事，在這一點上《武陵人》創下了破天荒的紀錄。

服裝舞蹈全創新　演出轟動盛況空前

此外，由聶光炎設計的服裝，也因全劇是「古老的故事為外表，以現代的精神為內涵」，所以即使有所考據，由中國服裝出發，但卻摒除了京劇中的閃亮寶氣，採用素色棉布、簡單線條剪裁出清雅的服裝，充分顯現出人的本質與感情，這種質料的服裝，成為日後藝術團契的戲劇服裝主要表達方式。

因為劇中有許多主角的內心旁白，因此演員的語言表達極為重要，飾演灰衣黃道真的劉墉音質優美，扮相清俊，將黃道真這個角色詮釋得深刻動人，深受矚目。之後即加入中視成為新聞從業者。其他角色亦都稱職，但除了語言的使用之外，也需要借重多樣的肢體語言及舞蹈動作表達出美感，以舞蹈潤色畫面並構成整個意念。當時，林懷民剛由紐約回國不久，於政大任教的他被邀請為此劇幾乎完全無舞蹈基礎的演員做各樣的肢體訓練，其辛苦可想而知。劇中，他也特別為劇情所需編了兩場舞，此舉在當時也是開風氣之先的創舉。

劇本完稿後，在《中外文學》上刊出，即引起了藝文界人士的注意，報章上開始了針對此劇劇本的賞析與評論。這種未演先討論的現象是過去從來未有的狀況。曉風以後的劇本也都能在演出前，於《中國時報・副刊》或《中央日報・副刊》上以連載的方式發表，以致海內外讀者無論是否有機會看戲，都有可能閱讀劇本，也帶動了戲劇演出的票房。李曼瑰在這次演出中，仍扮演推手的角色，她不僅口頭嘉勉、鼓勵，也不時出現於排戲場，帶給大家一些小點心、水果，慰勞演員的辛苦，還為文推薦此戲，文中，她認為不論是《武陵人》還是去年的《第五牆》，都是富有宗教韻味而風格清新的意念劇（Drama of idea）。之後，臺大教授羅龍治發表了一篇〈迷路的黃道真——談現代意念劇《武陵人》〉，曉風戲劇的類型就清楚的被定位了。

12 月底，《武陵人》在藝術館正式上場。一推出就造成空前轟動的反應，從 1972 年的 12 月 25 日到 1973 年 1 月 7 日，14 天 15 場的演出，不僅場場客滿，甚至愈演愈盛，每場必須賣站票，最後，不得不加演一場，即使如此，仍有數百人無法進場而向隅。

演出的盛況空前，出乎所有人意料，不僅為陰而冷濕的藝術館平添了熱度與熱鬧，也因為觸及了所有關懷生命的人及關心戲劇發展的人的內心，激起的震撼與漣漪，久久不退。從演出到半年之後，報章不斷出現各式討論、批評、回應的文章，各學校及相關社團也爭辦有關《武陵人》的座談會，針對劇中提出的有關人生痛苦、自己是誰、幸福真義及終極關切等主題和該劇的劇場呈現方式提出研討。

佳評謾罵如潮水　專注新作不回應

佳評如潮，但反面的攻勢也空前。在幾十篇刊登於各大報刊的評論文章中，大多數的意見都是環繞主題的討論，或對劇場中整體及個別表達優異的讚美，如：

> 張曉風以其成熟的文字技巧，化古典為現代，全劇充滿了詩的鏗鏘，辭藻運用華麗高貴，讀之令人陶然入醉，彷彿已邁入花香醉人的桃花源中，令人流連忘返。
>
> ——如炬

在這次的演出中，音樂是最大的特色，也是最成功的一環。它很有中國風味，七首曲子把整個劇情完美的連繫起來，使劇情、對白在觀眾心理上產生的壓力有了引導和潤滑。……或可為有志於音樂的中國青年們找到一條新的途徑……聲音效果在幾個地方運用得很成功……文字語言的運用上，曉風把中國古典文言和現代白話自然的揉合一起……整部戲不重細部描寫而重思想的探索，就像一幅中國山水畫。這種努力，在白話文學尚未完型的今日，實在值得讚揚。

——蘇文峰

《武陵人》是文學、藝術和基督教思想的結合，而其精神是現代的……我們可以發現作者似乎認為一個不喜愛大自然的人，絕不可能成功的愛他的同類；一個不曾嚮往天人合一的人，也絕不可能有人我合一的襟懷。這種思想是相當中國的。

——唐棣華

看過了《武陵人》的演出，也使我看到了五十年以來，被源為舞臺劇的戲劇——話劇，又拓展出了一個新的創作方向。因為編劇與導演居然尋出了中國戲劇的表演特色。

——魏子雲

《武陵人》是一篇詩，一篇充滿人生哲學的詩；是一幅畫，一幅表現宇宙真理的畫……具備了文學的美、形象的美、音樂的美、布景的美，乃至臺詞和動作的美。雖然以哲學為內容，卻能表現得多采多姿，使每一個觀眾都能欣賞，而且喜歡欣賞，這確是一項頗不容易的工作。

——哈公

《武陵人》的音樂使一向不重視音樂的我國戲劇演出，做了一次相當成功的嘗試。它讓觀眾體會到，在戲劇（包括話劇、電影與電視劇）演出中，音樂所擔任的角色不僅是無可否認的，而且是極重要的。

——許常惠

除了來自各方正面的評價外，自然也引起一些嚴苛的批評與謾罵。其中唐文標以社會主義的文學尺度針對改編〈桃花源記〉後，脫離原著精神，大加謾罵詆毀，引起最多注意。此外，何懷碩在《中央日報》上一連四天發表了〈矯情的武陵人〉，批評曉風歪曲了桃源的真義，並認為劇本表達的是虛無主義的人生觀，極不可取。但他依然在文中對曉風於荒涼劇場中，仍努力創作、出力演出，感到敬佩。而他在文後註明完稿於 1 月 27 日的凌晨六時，表示出他的一股熱力——在自以為對的觀點上，盡力發抒，這種態度是令人敬佩的。

還有一些相關的批評亦都圍繞著劇本中對天國的詮釋與黃道真對生命深思後所做的選擇，及質疑曉風的格局太受信仰限制，以散文在劇場傳道等等。所以如此，主要因素在於基本信仰的不同，曉風頭一次面對如此多的嚴苛批評，心情並非能完全釋然，但她謹記李曼瑰的話，她告訴曉風，易卜生發表《娜拉》時，也面對了社會大眾的批評，而他回應的方式是寫另一個劇本。曉風也採取了同樣的態度：不加回應、不參與筆戰，但對戲劇仍堅持投入，準備新作。

這期間各報刊發表的相關文章中，不少是來自國外的。一些在海外的知識分子讀到劇本後，引起內心極大的激盪與自省，也有許多大專學生在面對前途考量時，這個劇也激起了他們心中的一把火，重新考量自己的選擇方向。在美耶魯大學任教的孫康宜博士，特別將《武陵人》的主題介紹給英文系三年級的學生，甚至把劇本逐字翻成英文，唸給學生們聽，還舉辦了一個討論會，引起外國學生很好的反應。他們一致認為《武陵人》並不中國、古典、也不鄉土，他們覺得它是很西洋、很現代也很超越的一個作品。孫康宜個人認為在此劇中，不期然的在哲學的深刻性、象徵方法及詩的精神三方面涵蓋著布萊克精神，寫了篇〈武陵人與布萊克精神〉發表於《中國時報》的「人間副刊」，亦引起不同觀點的討論。總之，幾個月之內，《武陵人》所引起的漣漪，在各報刊間迴盪，如此的反應是絕無僅有的。這次的演出讓「藝術團契」獲得最佳演出金鼎獎及戲劇貢獻獎。

走出傳統話劇窠臼　站上革新先鋒

走到這一步，雖不是曉風及所有抱著單純傻勁參與的人所意料的結果，但是藝術團契確實成功的從傳統話劇的窠臼中走出來，站在臺灣戲劇革新運動的先鋒位置上。對曉風而言，她從未把振興一代舞臺看作自己的責任，目睹舞臺劇一路下來苟延而活，她只想出點力，讓別人不敢笑話我們身處文化沙漠之中。事實上，在當時閉塞而沉悶的大環境裡，許多人目睹美國歷經 1960 年代的解放、變革，都蓄勢待發，急欲在一片荒蕪中做些什麼，期許自己的土地上也能開出亮麗的花朵。而以曉風為中心的藝術團契正可滿足某些人的期許，帶給某些人振奮。當然，劇中所帶出嚴肅的思考主題也重重的敲入一顆顆知識分子的內心深處。

第四場　無法演出的戲——《自烹》

1973 年春天過後，相關的活動、討論漸漸止息。那年夏天，曉風和夫婿林治平又捲入了另一項工作裡。原來，早在曉風高中時投稿的《燈塔》雜誌，因為印尼的禁止華文，訂戶大減，不得不停刊。創辦人劉翼凌老先生認為文字工作應該持續，所以又籌辦一份《宇宙光》雜誌，並在全球華人地區積極奔走，希望找到肯接棒延續的人，林治平夫婦就是他心目中的理想對象。他們原本理智的推拒，但後來卻在信仰層面清楚上帝的旨意，在一無所有的狀況下，於 9 月份正式接下了《宇宙光》，林治平成了雜誌的總編與社長，曉風為管理委員，原本忙碌的生活更形忙碌，但在日後的藝契演出中，宇宙光辦公室就成了固定的聯絡地點，工作人員也承擔了部分演出的行政。

取材〈易牙烹子〉　多方表達人生悲劇

暑假期間，曉風又開始了新劇的創作。這次，她用了亞里斯多德（Aristotle）的「恐怖與悲憫」觀念，描述人類自我相殘的悲劇，探討生、死、毀滅、慾望等主題。取材於《春秋》、《左傳》的〈易牙烹子〉故事，背景是充滿血腥鬥爭的春秋時代，從齊桓公小白與公子糾爭奪王位開始，到因為聽了易牙和豎刁的讒言，終至破敗的過程。

當然，它不是寫實劇，而是以這個時段中的幾個人物作代表，勾勒出每一個人都在追求無止盡的慾望，不惜「自閹」、「自烹」以取得權勢富貴，但最後卻是一場空。如齊桓公和妻子蔡姬似擁有一切，但心靈的空虛卻讓他們沉浸在瘋狂的「吃」上，對吃有無止盡的要求，心底卻充滿恐懼、虛空，如劇中齊桓公所言：「……我好不容易睡著了，卻依然夢著吃，可是，那真是可怕，我吃的東西全是空的……後來，我覺得我好像在吃自己——哦——可怕——我醒了，我在吃自己。」蔡姬表面上雖是快樂的欣賞美味，但骨子裡卻痛苦無比，因她明明知道自己正走向「毀滅」，卻無力抵抗誘惑。

易牙為了求取權位，不惜以「烹子」為手段，他深以為「權力自古以來就要爭到手的」、「人生在世活著就要爭。」所以他不計代價的爭。豎刁則以「自閹」作為達到目標的手段。管仲與鮑叔牙雖然有心助齊桓公，但也無法拯救沉溺已深的齊桓公，以致在管仲臨終前，沉痛的對所有人說：「我懇求你們，你們這些活著的人，不要再毀滅自己。上天造我們是由於好生之德，祂要我們好好活著過這一生，並且有一天，跨過死亡進入永生，但你們不是，你們連這一生都不要，你們連這一生都活得不耐煩，你們連這一生都在糟蹋……。」鮑叔牙在曉風的筆下，是一個十足的好人；他不以管仲表面所行所為論斷他，卻以透視的眼光看到管仲內心的美玉，竭力幫助管仲發揮美善，他告訴管仲：「你我，也要活下去，活成這個時代唯一的風景。千秋萬世之後，別人也許會罵我們的時代，但只要我們活著，我們便要像這座亭子，撐起一片清白。」

另外，曉風也仿莎劇，在劇中安排了一個矮小的丑角優兒，以說笑話逗主子開心為職，但他的笑話往往在令人莞爾之餘，深覺悲哀；他也說一些苦澀的警句，扎入人心，如在劇尾，齊桓公已死，他注視著齊桓公的屍體說：「我一直想說個好笑話給你聽，但是我老了，我分不出什麼事好笑，什麼事不好笑了——請問，有什麼悲劇比自烹的悲劇更悲哀，同時，又有什麼笑話比自烹的笑話更好笑。——啊，好像所有可笑的事都很可悲哀，而所有可悲哀的事又都很可笑。」

劇中最無辜的犧牲者，除了易牙之子，當然就是易牙的妻子，曉風形容她是個像米開朗基羅的「哀慟聖母像」般具有強烈溫柔的母親，但她的悲慘遭遇，加強了此劇的悲劇性。

日光之下無新事　《自烹》情節總重演

在曉風的心裡，易牙的影子如同一個黑色夢魘，揮之不去的在她心中顯現，她認為這個犯了殺子大惡的人，不只是殺人而且自我毀滅了他心中最精粹、最美好的部分，因自己求取權位而動手殺了自己的孩子，人還有什麼了呢？曉風形容「這則二千六百年前的故事奇異的糾纏著我，像一堆亂繩，繩子的一端繫著易牙，繩子的另一端繫著現代人的群相，我每想到易牙總感到痛苦，那痛苦使我關懷他，以及在魯莊公、魯僖公年間在齊宮演出的一串悲劇。」

在曉風的感受中，「自他們之後，所有的故事仍只是一個故事，所有的情節寫了又寫，歷史沿著一條悲哀的軌跡走，殺戮的仍殺戮，愚昧的仍愚昧，毀滅的仍毀滅，日光之下並無新事」。因此，她自認《自烹》不是一齣劇，它是歷史廊柱間的一片青藤，在四季的風中，敘述來自歷史的陽光與陰影。

無疑的，這仍是延續《武陵人》的現代意念劇，以散文詩的語言與劇場的形式傳達曉風的意念。較之《武陵人》不同的是引用了史詩劇場的架構，並有源自希臘悲劇合唱隊的出現，其中某些段落，曉風安排了平劇的表演方式，總之，它又是一部融合中西的古典現代劇。

國內演出告停　國外陸續上演

此劇完成時是 1973 年的盛夏，原來計畫於年底呈現，甚至已經展開了排劇的基本動作——印劇本、找人、找角色——不料，竟在劇本送審過程中發生問題，申請兩次，皆未通過，不准演出。演出執行人林治平及曉風奔走在市政府教育局和警總之間就是拿不到演出證。雖想盡辦法希望能夠演出，但是卻無法明確的找到問題的關鍵，只是聽說好像有人怕劇本有所影射，也似乎是有人覺得劇本血腥，但都僅止於「聽說」，正確的原因他們無從知曉，想要申訴說明獲得演出機會，也不知找誰，心頭焦急難耐。期間，他們曾希望一向愛護他們的李曼瑰出面，為他們爭取演出機會，不料李曼瑰卻勸他們算了，不要給自己找麻煩。在那個時代裡，某些問題發生了，一般人都認為緘默是最好的面對方式，於是，那一年的演出就告停。

曉風心裡有些不滿、氣憤，終究接受。她確信李曼瑰是對她好，但為什麼不據理力爭呢？李曼瑰說這麼做是為曉風著想，以後曉風就會明白了。不過，曉風畢竟無法明白真正的原因，只能猜測問題的癥結在於承辦人沒有擔當，上級的一個 60 分就放行的要求，一層層下達到基層時，承辦人為了怕自己寬鬆而惹禍上身，就私自定了個 90 分的要求，當一般市井小民面對 90 分的高標準碰壁時，找人說理，碰來碰去都是基層，當然無法真正面對問題謀圖解決，加上戒嚴時期大氛圍中的神祕氣氛，助長了這類事情的存在，《自烹》就成了一個有些莫名其妙的犧牲品。不過次年，由江偉先生負責的香港路德演藝社就在九龍演出此劇。之後，於 1981 年、1982 年及 1988 年再度演出。1987 年，上海人民藝術劇院在上海推出《自烹》，由雷國華執導，獲得好評。曉風於 1987 年赴美國水牛城紐約大學參與一個戲劇會議時，碰到了戲劇工作者胡雪樺，他被引介認識曉風時不禁大呼：「天啊！我們在上海演妳的《自烹》哪！原來是妳啊！」千里相逢的戲緣，是種很奇妙的感受。1993 年，國立藝術專科學校戲劇科畢業生又以此劇作為畢業公演之戲劇，執導的邵玉珍老師在《武陵人》演出時，住在高雄，不辭勞苦的專程搭車北上欣賞，她記得深夜返回高雄，她在黑暗的車廂裡愈是反芻，感受愈多，震撼愈大。深深體會曉風的劇與傳統劇最大的不同，在於幕落後更能引起觀眾的省思與共鳴。

曉風自認與這齣劇雖有創作的緣分，卻沒有演出製作的姻緣。但她一直認為不管戲在哪裡演、票房如何都不重要，重要的是戲能否在觀賞者的心中上演，這才是最重要的。

劇本在各地被一再重演，當演出者詢問她的意見時，她也覺得她的意見不甚重要。因為劇作者一旦死亡，他就不可能被詢問，誰還能問莎士比亞對演出的意見呢？劇作者的生命終究短暫，但劇作卻可能存於永恆。曉風始終認為，劇作者好像個製船的人，演出者是舵手，舵手要如何行船，並不關製船者的事。她雖主張劇本一定要演出，但她更堅持劇本的文學性，及其可閱讀性，也意味著她對自己劇本的期許——如同莎翁、沙特、卡繆、梅特林克等人的作品，可以一直流傳，不斷被閱讀並有機會一再被人掌舵揚帆而去。

筆名發表辛辣短文　樂如皇帝扮小丑

戲未上演，但這一年，曉風眼見社會中一些現象，讓她心中有很多憤怒、無奈，想要找個出口發洩、表達出來，一向以優美文體著稱的曉風，不想讓讀者混淆，也不願慣於展現醇美散文的曉風在人前為文罵人，所以就用了「桑科」的筆名，在報上發表諷刺辛辣的雜文。刊出後，引起許多人的注意，紛紛打聽：「桑科是誰？」對她而言，寫這種輕輕鬆鬆援筆而就的小品，又可用筆名遮臉，是一種「皇帝扮小丑」的快樂，既是挑戰，也是享受。1979 年之後，她因重讀《論語》，讀到孔子所說「吾無可無不可」非常喜歡，就想出了一個「可叵」的筆名，取代了桑科寫雜文。

第五場　配搭成熟的演出——《和氏璧》、《第三害》、《嚴子與妻》

1974 年春天，她過 33 歲的生日，警覺到自己在人間的歲月正與耶穌被釘十字架的歲月相同，這種神聖的相聯促使她深切體會生命和生命中的受難，進而思想作為一個「活著的殉道者」其中意義和蘊含的沉重。

深切體會為人尊嚴　《和氏璧》躍然紙上

許久以來，她都感受到寫作的莊嚴，為了善用寫作之筆，她會深入的探索各種生命形式與形態，盡力深入思考人生中的種種奇異。但在這一年，33 歲的時刻，她突然更清楚的體認到自己除了是教員、妻子、母親、散文家、劇作家，更是蒼天大地中的一個「人」，無人可替代，只能活一次的人。她想到耶穌基督只活了 33 歲，卻成功的展示了一個人之所以為人的高貴與尊嚴，她自己呢？她要好好的做一個「人」。

於是，藏在她心底深處多年的《和氏璧》浮現出來了。內心的狂潮強烈的激盪著她，到了 8 月，她赴香港看江偉先生執導，路德劇團演出去年在國內不能演出的《自烹》，親身感受到演出帶給觀眾和演員的那種自豪，她被深深震撼。回臺後，立刻著手，讓《和氏璧》躍然紙上。這個暑假，林治平因歷年任藝術團契演出執行人，推展劇運功效卓著，當選為十大傑出青年，頒獎時，他赴歐美，由曉風代為領獎，這也是他們投身戲劇所得到的一點鼓勵。

《和氏璧》劇本取材自〈卞和獻玉〉，內容很簡單：在楚國，一個名叫荊山的地方，一個名叫卞和的玉工偶然發現了一塊璞石中的稀世美玉，他把璞石呈給楚厲王，厲王不信其中有美玉，刖去了他的左腿。多年後，他又把璞石呈給繼位的楚武王，武王仍不信，刖去了他的右腿，但當楚文王即位的時候，他還是去獻玉，終於得到了信任，讓世人認識了這塊美玉。

曉風期望在劇中表達出生命的可貴與可敬畏，但一些支持生命使生命可以活下去的東西比生命本身更可貴可畏。她藉著此劇討論信心，她把卞和的時代描述成一個懷疑、否定的時代，一個因為人人憂懼、疑惑而不敢冒險相信什麼的時代。這種不信任令人窒息。曉風知道她表達的狀況不只存於西元前 740 年卞和的時代，也存在於當今世代，那個故事可以屬於每一個人。

玉在《和氏璧》裡是完美的象徵，卞和窮其一生，努力使這種完美被接受。但，大家都不敢相信。曉風表達出對習慣受騙的人而言，「拒絕」是很自然的習慣性反應。可是她主張「肯定」必須和「否定」爭戰，「信心」必須和「懷疑」爭戰，「奉獻」必須和「拒絕」爭戰，誰能堅持，誰就勝利。堅持的力量來自愛，但更堅韌的堅持來自信仰，來自受天之託的使命感，以及一位值得為之「堅持」下去的對象。

寫作方式上，她仍然用詩化的語言，非寫實的呈現，但是更強調人物自我意識的表達。

悲劇感覺崇高　舞臺表達仿平劇

導演黃以功看了本子，覺得此劇給了他真正悲劇的感覺，但不是強烈，是一種崇高。因此，舞臺設計概念上，就以三層舞臺表現出天、地、人，在兩側設計成兩塊巨石，代表信任與不信任間的擺盪、猶疑，仍請聶光炎老師負責。全劇的表達，採用象徵的方法，整齣劇沒有任何大、小道具的出現，都仿平劇，以手勢、動作表達，連服裝都呈現出象徵意義，如劇中有兩位卜者，王卜者和汪卜者，他們的服裝就是各穿黑、白衣服，表現相反的意見。

此外，如同《武陵人》，音樂、音效還是由陳建台、陳建華兄弟擔綱，都是全新的創作。舞蹈的分量依然不輕，請吳秀蓮指導。有了前幾次的經驗，「藝術團契」基本主力人物的配搭已有良好默契，林治平統籌整個演出的行政，動員不少青年基督徒快樂無怨又盡心的投入演出的繁瑣雜務。演員的甄選，經過仔細的選擇，用了文化學院戲劇系畢業，當時已在救世傳播協會任職的洪善群演卞和。臺大中文系畢業，在宇宙光任編輯的朱綉翠演卞和妻，其他角色也都是大專肄業或畢業的年輕基督徒。而當年大學生的身分至少等於今天碩士的身分。

與金士傑初遇　開啟日後小劇場發展

特別值得一提的是在剛開始排戲期間，有一天，才上臺北不久，滿懷理想、抱負的金士傑隨著一位朋友到排演場採訪曉風及林治平。當時，他自恃頗高，雖剛自屏東來臺北，靠搬地毯餬口，但心中豪氣萬千，思想有些作為。採訪過程中，他的聲音留給曉風夫婦深刻又強烈的印象，第二天，他就接到林治平的電話，邀請他在劇中演一個鄉人的角色，他應允，排演了一、兩次，對他的聲音也同樣激賞的黃以功又要他再兼演一個朝臣，這是他與「藝術團契」的初遇，對他日後在舞臺劇的發展產生了很大的影響。

當時，靜靜的在劇團裡觀察一切，留給他最深印象的不只是舞臺、劇場的種種概念，而是這群不以劇場為終身職志，卻將自己全然投入劇場工作的人。他清晰記得每場演出前，劇場中總充滿著不安、騷動，但曉風總以那一派斯文、沉穩的語調聚集大家禱告。內容除了祈求上帝看顧演出中的所有事務，曉風總是直指人心，為所有參與者內心的純淨禱告，排除為自己爭取榮耀、掌聲的意圖，單純的扮演好自己的角色。嘈雜又浮動的後臺，總在那一剎那間沉靜，這影響了他日後負責劇團時對暖身的安排——也會期望大家安靜、在安靜中凝聚力量。

《和氏璧》爭議不斷　亮軒為文抒觀點

12 月，又是瀰漫著濃厚耶誕節氣氛的季節，在四處充滿歡樂的浮動氣氛中，《和氏璧》上演了。四面擁至的人潮，把原來位於植物園一角的藝術館妝點得熱熱鬧鬧。鑼聲響起，觀眾的心弦再一次被曉風所架構的劇場撥動。報刊上，喜好藝文的知識分子，又開始了對《和氏璧》的討論，許多心靈也因著《和氏璧》而激起陣陣漣漪，反應雖不若《武陵人》不但座無虛席，連站票都售罄，以致數百人向隅；但在連續 15 天的演出中，仍然幾乎完全滿座。此劇讓曉風與黃以功再得最佳編劇與導演金鼎獎。

反應大都圍繞著對劇本主題進一步的探討，劇場中各種呈現的分析，以及對曉風劇本的解讀、評論，過往就被探討的有關取材於古籍而未全循古籍的問題，以及宗教味濃厚和詩樣的語言不適舞臺演出等問題又再次被提出，亮軒先生發表了一篇〈新出土的古玉〉不僅表達了他個人的觀點、看法、批評，也對許多被提出的問題有所回應。他覺得：「在許多人的觀念中，仍以為歷史劇的使命，僅止於令其『逼真』而已。如果我們只能從史籍中得到這一點點的啟發，所謂『歷史的教訓』也僅能止於皮相之實了。」他認為，「張曉風，卻不是這樣的劇作家。她以獨立而又深刻的剖析力，延伸了史籍的內涵精神，甚至於賦之以前所未有的意義。她使歷史上的和氏璧再生了一次，與章回小說的『填塞』、史家的『重現』，在根本上有所不同。」因此，他說：「這塊和氏璧，是否還是歷史上的那一塊，並不重要，也就是說，……如何的從眼見的歷史中，攝取可以豐富生命的精華，才是她的著眼點。」這些主張，都很符合曉風本身的創作心意。

使用現代語文　呈現如詩感覺

關於一些人所詬病的語言問題，亮軒認為劇中的對白，給人印象很深，他以為：「張曉風能甩掉文明戲的油滑，『古裝劇』的刻板做作，另闢蹊徑的以『現代語文』為基準，看似容易，其實不簡單。也許在口語的要求尚不足，但一些不一定高明的歐化句法，卻表達出來了詩的節奏感，很可以跟『如詩的感覺』配合。」但他認為演員時時為了「背」臺詞，而不能放開手腳作戲，這點造成了演出的缺憾。

有人覺得此劇只適合閱讀，亮軒先生覺得，此劇讀的效果或許較好，但明顯可見的是編劇畢竟已時時顧慮到演出的條件配合，它並不是書齋劇，而且曉風在演出後，出現於舞臺上，和觀眾說明了此劇完整的表達方式，他覺得，至少此劇無愧於曉風陳述出來的標準。他更進一步說，「在藝術上說到便能做到，並不多見，尤其是電影和舞臺劇，這使我不得不欽服於她的毅力與智慧。」

表達觀念忠於自己　理念定位無須受限

針對宗教性之批評，他也有同感，他覺得宗教觀念，見諸於痕跡，仍舊是他眼中的瑕疵，但從另一個角度，他也認為：「我也不得不承認，如果這一群青年的中間沒有一個宗教精神來維繫，極可能我們根本就看不到《和氏璧》。」這個說法中肯而真實，曉風的確著重於在劇中傳達觀念，而有關生命的深沉觀念自然與她生命之本質息息相關，她一向主張要寫感動自己的東西，甚至絕不容許輕慢的文字出自她手，因此，在表達觀念時，當然是嚴肅而忠於自己。在她生命中，信仰是不可或缺的一部分，她對生命之價值、看法皆基於信仰，所以在表達的觀念中有這種成分，是自然的。

不過，她強調，她從未在劇場中「傳道」，因為從《武陵人》之後，她所提出的往往只是一個基於基督信仰，可以討論的一些觀點與觀念，從未在劇中試圖傳講聖經，而理念的定位可以很寬闊，如《和氏璧》裡的那塊玉到底是什麼？她定義為一切完美事物的象徵，但也可以有其他寬廣的解釋，未必只限於宗教信仰。因此，她認為宗教不宗教只是對劇中某些象徵、觀念的詮釋問題，就如一個很好的寓言，它可以被各種思想所用，全然不受限制。她對自己的期許，是出於自己對生命的忠誠，提出有關普世之人共存的生命問題而加以探索、剖析，其範圍應該是可以突破時空及各種信仰格局的。這種看法，從她提筆寫劇本時已隱然存在，到《武陵人》時期，幾乎已完全清楚呈現，未再改變。

她也非常清楚，所以會持續在每年聖誕推出新劇，起因固然是因李曼瑰的鼓勵、推動，與一種相知相惜的情分，但是一群基督徒群策群力，抱著藉戲劇對世代發聲的理想，在同一個信仰根基上，不計一切無怨無悔的付出，卻是這個業餘劇團能延續的最根本原因。繁瑣的演出事宜，多得沒法說清楚，可是一群並無充分經驗的人，卻可藉著在上帝面前清楚知道該做，而克服萬難完成，並且盡可能做到最好，是這群「藝術團契」成員所以能在每次演出中，令人刮目相看的主要原因。

蔣公過世提筆為文　轉赴陽明走出文學院

在曉風的成長背景裡，蔣中正是個偉大的人物，也如一個長青的記號，卻沒想到在 1975 年的清明節，曉風從香港剛回臺北，當夜就聽到了蔣公去世的消息。在舉國如喪考妣的哀慟中，她自己到陽明山飯店裡，安安靜靜的寫出書信體的〈黑紗〉，受信者是她的一對兒女，發表後，引起各方熱烈反應，林治平負責的宇宙光雜誌出版社印行了 20 萬份，供人索取。這當然也需要一筆為數不少的印刷費，不可思議的是出版社裡有一天出現了一位陌生人，他問明印這些東西需要多少錢後，丟下錢，連名字都不留就走了，此種舉措也帶給他們深深的感動。

在威權時代，頓失領導人引發出的極度哀慟與茫然中，曉風以〈黑紗〉撫慰了人心，也帶出了活者繼續向前的力量。之後，在蔣公的追思禮拜中，主禮者周聯華牧師邀曉風寫〈啟應文〉，其文詞意境感動了透過電視觀看整個過程的一千多萬人。

其實，她的哀慟除了因為頓失偉人，更是為當時尚在「鐵幕」中的故國，以及為中國整體命運的哀慟。但她確知，中國仍活著，配帶著黑紗，仍要舉步向前，迎上中國的明天。這種思維，使她在心情沉痛之餘，激起更大的動力。那年暑假，她離開了母校東吳，應韓偉院長邀約，赴陽明醫學院任教。原本，她是被韓院長捨棄美國的一切，義無反顧投身於臺灣教育感動，才轉赴剛剛建校的陽明。未料，面對一群學醫的學生教授中國文學時，她發現她需要另一套對話的本領，不能只是討論一首詩、一闋詞，求平仄、對仗之妥貼，而必須要用「外行人」的眼光、思考去表達、介紹中國文學之美。這對她是個挑戰，也自有迷人之處。後來，她陸續幫時報出版的《中國經典叢書》寫古典戲曲的部分，為國立編譯館編寫各級學校的詩學教材，都是基於入陽明後所感受到的心情，想帶文學走出文學院才參與的。

想到周處　源於對人有興趣

從《武陵人》開始，曉風每一年的創作都有一個思考主題，寫《武陵人》時想到的是世紀的苦難和一份投入苦難的悲劇精神。《自烹》中描述的是人類「自我摧殘」的悲劇。寫《和氏璧》時，心裡所想的是一個失去信心的時代和一個至死堅持的人。之後呢？在 1975 年的夏天，曉風心裡所思考的是「人」本身。

她向來以作為一個人而自豪、自珍，但人是什麼？行年愈長，她愈發現自己無法了解人，在她的想像中，如果有一天世界毀於一炬，最先醒來的那個倖存者仍然會站起來梳梳頭、洗洗臉，找點可吃的，並且出發去看看有沒有另一個活著的人。如果在路上看到一朵劫後餘生的小黃菊，他還是會俯首把它摘起來欣賞一番。曉風覺得普遍來說，人活得並不快樂，也並不美滿，如果那個劫後餘生的人真的遇到另一個人，兩人還是會起衝突、會爭執，甚至會打得皮破血流，人確實奇異又不可解，但不可否認，人是我們唯一可以去付出而且可以接納的對象。

源於這種對「人」的興趣，她想到了《世說新語》和《晉書》中都記載過的〈周處除三害〉。事實上，這個故事大部分人從孩童起就耳熟能詳。她追根究柢的去想周處，設身處地的去了解周處、體會周處，她發現自己喜歡他，不為別的，只因為在周處生命裡面可以找到自己。她細細的構思，寫出了周處這個「人」的自我發現，自我掙扎與自我勝利。《第三害》的劇本仍在暑假完成。

秉襲過往風格　佳評四起碰觸人心

劇中，她秉襲過往一貫風格，以非寫實、意念劇的形態出現，道白仍以詩的語言表達。故事一開始，即以一場仿平劇的舞蹈，表達出白額虎和蒼蛟是人類生存的兩大威脅，是人們心中的兩大害。而身強體壯、不愛讀書，整天為非作歹的周處，就是眾人眼中的第三害，但周處不自知，直到他以生命與蒼蛟、白額虎搏鬥，為民除了兩大害後，在鄉民的狂歡中，才知道自己是大家眼中的「第三害」，這幾乎讓他痛苦至死。但藉著劇中一個超然隱居者陸夫子的指引，手持陸夫子所贈的「天心劍」，立誓在蒼天面前打一場制服心中第三害的光榮之戰，不顧鄉人的譏笑、諷刺，邁向了更重要的一場戰爭。

黃以功秉持了曉風的原意，將中國的平劇與西方舞臺藝術揉合起來。舞臺的設計仍沿用過往幾齣戲的創意，臺的上方有一個大大的天網，顯示出人間沉重的苦難，這個「網」的設計，早在《畫》的舞臺上就出現過，《第五牆》重現，此番是第三次出現，不僅表達了抑鬱年代的壓抑感，也代表上帝的天網。穹蒼之下，上帝的眼光永遠自上而下鑑察一切。舞蹈仍是這齣戲重要的一環，這次由向來對「人性」抱以極度關心並一生執著投入舞蹈的劉鳳學，以及還在臺大讀書的羅曼菲負責編舞，她們採用了無聲啞劇及平劇中一些動作排練出動人的舞蹈。舞臺燈光是老搭檔聶光炎和侯啟平。

劇上演後，佳評四起，亮軒就覺得這齣戲從編劇開始到落幕為止，所有參與的工作者，都當得起「一絲不苟」四個字。演員中，王正良本著對戲劇的熱愛，在劇中「椎心泣血」、「不顧死活」的賣力演出亦受到肯定。曉風的兩個孩子，七歲的質修、四歲的質心，也在此劇中演出村民，一家四口全部投入這場戲劇中，成為他們特殊的過聖誕方式。由 12 月 24 日聖誕夜起到隔年的 1 月 4 日，12 天的演出帶給一群熱愛藝文的知識分子不一樣的聖誕。

曉風在劇本的開始，寫了一句話——謹以此劇獻給那些意識到人性的弱點而仍未放棄自己的人。而這種直搗每個人內心深處善與惡掙扎的表達方式，也確實紮紮實實的碰觸到許多人的內心。誰是真正的禍害呢？曉風常愛提及，她寫完這齣戲的初稿時，曾把整個故事講給她的兩個孩子聽，七歲的兒子質修聽完了立刻說：「媽媽，我覺得還有個第四害！」「什麼第四害？」她訝異的問。「就是那些說周處是第三害的人，他們偷說別人的壞話，以為自己有多好，他們也是壞人！」一個孩子竟有如此的洞悉智慧，這點讓做母親的她震驚，但何嘗不是如此？她深深覺得做專家容易，把一個年輕人的行徑納入一個學名也容易，用排斥毀滅一個人更容易，但難的是誰願意慢慢的去補綴一個破碎人生。

無論宗教味道重或輕　曉風風格已確立

有些人認為這齣劇表達的是「青少年問題」，但她不以為然。她想表達的是一個「人」的問題，而不只是青少年而已。

每一年演後，都引起一些人批評的宗教味，今年倒在亮軒的一篇〈《第三害》觀後〉的文章裡，讓此議題消火。他說：「本劇仍不免宗教的色彩，由於信仰根植之厚，這已經是不能避免更無須刻意避免之事。觀眾若因此而認為是本劇失敗之處，是不公平的，畢竟這只是一項立場之爭，而非意念及表現形式的探討。」他不覺得，曉風的信仰應被列為討論其創作的首要條件，他也覺得曉風並未刻意經營宗教氣氛，只是藉著對「人性」的深度探索，帶出觀眾對自己生命的深沉自省。這一番言論，多少減少了一些這方面的批評，也似乎顯示，幾年下來，曉風的戲劇風格，已經被觀眾接納了，不論如何，它就是專屬她的特別風格。

戲劇傻子曼老過世　身影難現劇場之中

每一年的演出季節，臺下或後臺總有一個短小的身影，那個身影一直是支持「藝術團契」持續演出的重要力量，今年，她沒有出現。10 月 20

日，一生鍾愛戲劇，像個傻子一樣投入劇運，也興起許多傻子步她後塵的李曼瑰過世了。對曉風而言，這年的演出不尋常。但她知道，紀念李曼瑰唯一的方式是繼續前行。

進入 1976 年，曉風在出版上極為豐碩。原本在《宇宙光》雜誌上刊載的有關「安全感」的短文集結成書了，這是曉風以休茲（Charles M. Schulz）有名的花生漫畫為主，配上短文的一系列文章，刊出後，頗受好評，她以幽默卻真實的觀察，引導讀者由不同角度探索什麼是「安全感」，是本很有意思的小書。另外，道聲出版社將她過往發表的散文、小說及劇本都集結成書，同時出版了《曉風散文集》、《曉風小說集》及《曉風戲劇集》，還合訂為《曉風創作集》，總厚度超過千頁，在當時也是有分量的出版。而以「桑科」為筆名發表的臧否社會萬象時事的諷刺短文，也由高信疆主持的言心出版社出版為《非非集》，桑科也在讀者心目中占據了一個地位。因為她在文學上傑出的表現，這一年，她獲得了十大傑出女青年獎，與林治平成為「一門雙傑」，好像是國內僅有的一對「傑出伉儷」。而在這個豐收年分裡要寫什麼劇呢？

驚聞婚姻專家離婚　思考人性孕育《嚴子與妻》

早在去年 7 月，曉風赴美，在芝加哥報上看到了一則令她驚訝的消息：鼎鼎大名的婚姻顧問，撰寫安瀾德專欄的安瀾德（Ann Landers），自己歷經 36 年的婚姻生活之後，竟然離婚了。只知其名，卻從未讀過這位有名婚姻專欄作家作品的曉風，閱讀她的第一篇文章，竟是悲哀無奈的離婚自白，題目是 A Sad Personal Message（一件純屬個人的悲哀信息），她在文中要求讀者不要追問她，並且以「這件事給我的教訓是『不要以為事情不會發生到我們頭上來』（Never say it couldn't happen to us）」作為文章結束。這件事帶給曉風很大的震撼，「人性」在她心裡又成了思考的主線，在此主線中，她也不免思考到婚姻。

她再一次體認每個人都只不過是「凡人」。或許因為膽子小不敢犯法，但在內心世界裡，也許已經做過一百次殺人犯，在幻想中經歷無數次令人髮指的罪行。幾番深刻的思考下，她孕育出《嚴子與妻》。

嚴子試妻雖成功　難掩生命真失敗

她形容《嚴子與妻》是「在一粒尖銳的砂子戳刺之餘而產生的珠子」。全劇的故事結構取材自明馮夢龍《警世通言》第二卷中的〈莊子休鼓盆成大道〉，其中主要的部分曾在傳奇戲裡改編成《蝴蝶夢》，也曾被平劇改為《大劈棺》。原本民間傳說是莊子試妻，一方面與史實不符，另方面，曉風基於對莊子的偏愛，所以改成嚴子。劇中講到他遊學歸來，路上遇到一個急欲改嫁的寡婦，她努力搧墳，希望墓看來陳舊一些，嚴子不恥她的作為，回家後將此事告知妻子田氏，雖引起田氏的憤怒，但也勾起了嚴子心中的疑惑：如果自己死了，妻子是否能貞潔不二？於是決意以假死求證。他化身為一個風流倜儻的楚國王孫，藉口為嚴子守喪而伺機引誘田氏，終至田氏不禁誘惑，欲劈嚴子之棺以取其腦，來治楚國王孫之疾。至此，嚴子的試妻成功，但同時也證明了自己的失敗。

曉風想藉此劇與觀眾討論的是人怎樣和人相處、和自己相處，以及和良知中的一點靈明相處。她覺得沒有人真正有資格去試驗別人，也沒有人應該被人試驗，人都是脆弱的，因此人需要的是相互扶持，以防跌倒。

史惟亮跨刀做音樂　未料竟成人世絕響

主要的工作人員除了黃以功、聶光炎之外，舞蹈部分由羅曼菲獨挑大樑，服裝則由剛從美國佛州州立大學主修服裝設計的司徒芝萍擔綱，最特別的是請到史惟亮先生擔任音樂、音效設計，沒想到，此劇中的音樂竟成史惟亮留在人世間的絕響。

早在劇本完稿後的秋日，曉風就交了一份稿給史惟亮，之後，她打個電話給他，他柔和的告訴曉風：「我好喜歡這個劇本，寫得真美。」之後，主動的談起配樂構想。他以為戲劇是主，音樂不可以喧賓奪主，雖然音樂始終存在，但希望觀眾幾乎沒有發現到音樂。這種觀點讓曉風極驚奇。多年來，和不少藝術家合作，曉風深切體會每個藝術家的強烈自我，總是要經過多次的溝通，來來往往的辯論，最後才能有所協調、讓步，求得整體的和諧，這種過程，已經是劇場工作中的必然了，但史惟亮竟然簡簡單單的表明了他的初衷。

沒多久，他的配樂寫好了，找齊了人，大夥兒在錄音室裡工作了 12 個小時才完成，他運用了多種中西樂器，包括鑼、罄、木魚、單皮鼓、雲鑼、長笛、低音管、古琴、鋼琴、木琴、琵琶以及人聲等等，把整齣劇的韻味抓得恰到好處。完成之後，他給負責舞臺、舞蹈的聶光炎、羅曼菲聽，彼此探索對方試圖表現的內涵，羅曼菲坦承在一片不定、模糊的概念中，聽到了史惟亮的音樂，才真正進入狀況，使全劇的舞蹈定型。可見，他的音樂雖希望觀眾幾乎不感覺存在，卻扮演了一個分量頗重的角色。

其實，曉風原來不知他患病的事情，劉鳳學知道他應允配樂，覺得奇怪，跟曉風說他暑假才動過癌症手術，曉風不信，但在配樂完成後，聽見他親口和黃以功說：「這大概是我們最後一次合作了。」才覺其嚴重，打聽之下，不僅是癌，而且已經到了無法割除的地步。這個狀況下，他竟應允配樂，已令人心動，他還不收取任何費用，甚至自己掏錢買票要孩子來看戲。演出期間，他向醫院請假親自到場，為所有演員加油，和演員們一一握手，當演嚴子的王正良泫然大哭時，他還以：「演員的壓力也真重啊！」的話語輕輕帶過安慰王正良。

戲演完之後，曉風照例要面對許多批評，甚至謾罵，雖然，她已經習慣，也知道這是演出環節中必有的一部分，但心裡畢竟不是很舒服。有一天史惟亮竟安慰她說：「別管他們，我這兒收到一大把信，都是說好話的。」在曉風心裡，他的一生已「完成了」一個人的歷程，他的生命未白走。戲落幕後四十多天，他閉上了雙眼，離開人間，但那年的演出卻因為有他，顯出了不一樣的價值與重量。

屏風展現新構想　日後多次被使用

舞臺的表現雖承襲前幾年的風格，但聶光炎在舞臺兩側用了小斜坡的表現，象徵了子宮的孕育與新生，黃以功提出了一個創新構想：在臺上展現出一個紙做的兩用屏風。首先利用從後面透射的光，讓剪影看起來好像屏風後面有張床，屏風宛如床的簾子。當嚴子作惡夢，在最緊張的時刻，衝破屏風，與惡夢相呼應。這個設計每晚都帶給觀眾震驚。另外，屏風也有區隔室內室外的作用，屏風一隔就造就了室內場景的感覺，屏風一拿走，就呈現了室外景致。這個屏風概念，之後在林懷民導的《廖添丁》舞劇中也被運用過，在黃以功執導的《遊園驚夢》中也再次被使用，是一項創新的舞臺表現。

服裝方面，司徒芝萍主張採用棉布，全部按演員的性格、情感定出色調後，手染出理想的原始質樸顏色，並以簡單的線條剪裁，燈光輝映下，自有一番風味。

多年來的定時演出，吸引了許多有興趣、有經驗的年輕基督徒樂於參與藝術團契的工作。黃以功偏愛選用新人擔綱，所以每年的演員幾乎都不同。本劇田氏一角選用了剛由中興大學法律系畢業的戴一瑜，她剛演過《碾玉觀音》，在戲裡表現不俗，又是基督徒，所以被黃以功網羅來飾此角。演搧墳婦的吳若菱、老僕的白崇光、書僮的何臺，都在戲劇界有豐富經驗。從《和氏璧》開始演出的金士傑，演技日趨成熟，在劇裡演更夫，有引人注目的表現。較之過往，此時已成主流演出的「藝術團契」，演員方面的素質愈來愈專業化。

製作嚴謹　一把扇子都不能馬虎

特別值得一提的，是這次演出中的一個特殊道具——搧墳婦人的扇子。因為是「非寫實劇」，舞臺上又要流露出整體的美感，所以即使是一把扇子也不能馬虎。工作人員想盡辦法，也不知如何找到一把符合需求的扇子。演出前幾天，才終於在植物園裡找到一片大而乾枯樹葉，稍微修剪，噴漆成了一把較符合舞臺氣氛的芭蕉扇。一次成功的演出，在任何小地方都不容許馬虎。

其實，曉風從小就對物品有特殊感情，不愛照相的她，無論到哪裡總喜歡帶回一些特殊的東西，如石頭、樹葉……等屬於某個地方的東西作為紀念，她覺得一個立體的東西流露出來的故事與紀念價值遠勝過照片。在舞臺上，她就會注意某樣「東西」的出現方式，像搧墳婦的扇子，有其象徵的意義，她就會挑剔在乎它的呈現方式，她也覺得舞臺上道具的呈現是極有趣的事，在下部戲《位子》中，她就特意的展現出這方面的趣味。

這次演出的後臺，還有兩個人值得一提，他們是日後成為享譽國際的攝影大師杜可風，以及「優劇場」的負責人劉靜敏。他們天天出現在後臺，為演出拍照，也和演員們交換有關表演的意見，在與「藝術團契」接觸的過程中，對他們日後的發展多少有些影響。

比較起來，這是曉風最具戲劇性情節的劇本，人物與人物之間也有衝突存在，與其他劇本相較，它的故事性也較強，推出後，仍帶起藝術館一番盛況。其實不少人已將每年年底的藝契公演看成是一年一度的大事，即使每年這個時節，臺北幾乎都是陰雨綿綿，濕冷難受，但總擋不住觀眾的熱情參與，幕落後，《嚴子與妻》又奪得了最佳演出金鼎獎。

忠史惟亮所託　完成歌劇《血笛》

史惟亮先生逝世於 1977 年的 2 月 14 日。初春 3 月，曉風送他最後一程，看著他的棺木推入焚化爐，她發誓要完成史惟亮生前的心願——想與曉風共同合作一個清唱劇。其實，他已經著手完成了部分，希望曉風幫忙填詞。他生前，曉風也完成了主旋律部分，是蘇武在冰天雪地中面臨死亡所唱的一首歌。她怕他在病中，看了不免氣血翻湧，不能靜心養病，所以沒給他看，豈料他就看不到了。目睹他成為灰燼，她不眠不休，終於在三月中旬，完成了歌劇《血笛》，這是她首度嘗試歌劇，由黎明文化出版。

孩子小時，她曾以孩子為主，寫些短文、兒歌，編成了《詩詩、晴晴與我》；也以動物園中各種動物為主角，撰寫了一系列寓言式文章，後編成《動物園的祈禱室》一書，這年都先後由宇宙光出版。同時，她也獲得香港「基督教文藝出版社」紀念廣學會成立 80 週年的文學獎，有美金 1000 元的獎金，並資助她到星馬一帶擔任寫作講習班的講員，吸引眾多愛好文藝者的參與。在星馬一帶燃起一股投身文字工作的風潮。

日子總是忙碌，但忙碌中仍要孕育出每年一度的大戲。已經說不上為什麼如此堅持，但這就是她行事的風格——一旦做了，就堅持到底。

第六場　最喜歡的一齣戲——《位子》

由鄧攸到鄧綏　揣想他要怎麼活

在她心底，一直想把魏晉時代，特別是她喜歡的《世說新語》中的故事搬上舞臺。在想《世說新語》裡的諸多人物時，總會想到一個在魏晉時代很出名的人——鄧攸。他是個悲劇人物，為了替弟弟保留後代，不惜在戰亂中犧牲自己的獨子，救活他的姪子鄧綏。在中國的歷史及中國文人所用的典故中，他一直被視為完美典型。每每想到他，曉風就會想哭。她想寫他，於是把所有有關他的資料都整理出來，抄成小卡片或影印，隨時帶著翻閱，又常跑圖書館翻書，讓自己熟悉千年以前的環境，讓那個早已不在人世的人再次於她心中活過來。

想著，想著，她竟然想到了他的姪子鄧綏。他的生命是因伯父捨了堂哥而存下來的，這是個多麼沉重的擔子。他要怎麼思想，怎麼過活，才能不辜負別人的替死之恩，才能找到自己在天地間的位子呢？在那個時代裡，他會跟別人一起喝酒，吃五石散，拿著白玉麈尾什麼也不做，還是把白玉一樣的男人手拿給別人看？或是說玄談奧自以為瀟灑？或是由琴棋書畫、醇酒美人間得到滿足？她不斷設身處地假設鄧綏的各種處境與心情，愈發感覺每個人的生命都像他一樣，要靠前人的救贖才得以存活。不只對基督徒如此，對所有人來說都如此。不要說戰爭中要有許多人戰死沙場才換得活著的人能安心而活，就算是帶給我們方便的公路建設、讓我們維生的瓜菜蔬果，不都是有人付出代價才有的嗎？教育我們的老師、撫養我們的父母不也付出了逐漸蒼老的代價才使我們成長受惠嗎？每個人的生命都得經由別人付出的贖價而延續。

她愈深入的想，愈發現每個人都應帶著一種欠負感而活，唯有這樣，一個人才願意努力付出。反觀現代人，似乎一切都和別人「銀貨兩訖」，沒什麼相關，誰也不欠誰，所承受的一切都是應該，這種心態只能讓一個人活得張狂而不知感恩。當一個人意識到自己被別人關愛，甚至因為別人的犧牲而使自己存活時，就不得不活得認真而嚴肅。曉風認為真正的愛是一種洗禮，使被愛的人感覺高貴，感覺要為自己找一個無愧無怍的位子，活得對得起人。

《位子》風格更創新　巧思安排「戲中戲」

思想中，劇中想表達的意念出來了，她的劇本也漸漸成形了。

開始，一個半盲的說書人柳師父帶著個小徒弟到了趙家莊作場，村民七嘴八舌選不定要他們說什麼書的時候，一個冷眼旁觀的年輕人鄧安卻反對聽說書，他認為自己粉墨登場演一段古人故事才有意思。於是，眾人果真各自選了戲服，進入到竹林七賢的劇碼中。但鄧安卻抱怨沒自己的位子，不知要演什麼角色，無意中挑到了鄧方（也就是鄧綏）這個沉重角色。

上場後，他身處形態各異的竹林七賢之中，但他卻不想與他們為伍，覺得自己應有更高價值的位子。服了五石散之後，所有的人都進入幻境，鄧方甚至與西施合乘一船，在海上漂蕩，但他仍然覺得持有寶貴生命的他，不應只是吃仙藥聽仙樂，這也不是他的位子。即便到洛水之濱，眾人飲酒作樂，他仍找不到自己的位子。最後，回到現實，柳師父收拾善後之餘，告訴找不到位子的鄧安，鄧方是一個因為有人為他死，他也必須為別人死的一個人，上蒼既給每根小草一滴露，也必會給每個人一個位子，而兩腳踏定之處，就自然成為自己的位子。最後，柳師父啞著嗓，愈唱愈遠，臺上留下在秋色中沉思的鄧安。

這齣戲完全打破了傳統的做法，沒有完整的故事，全劇為獨幕，一氣呵成，是曉風最滿意的作品。因為藉著它，她展現了許多她對劇場的意見。如戲中戲的安排，她就想展現疏離劇場，提醒觀眾正在看戲，不必太投入。

她曾聽某位前輩作家說，早年抗戰時，有個演員演漢奸，演得太好，結果一個觀眾恨得衝上臺，把那演漢奸的演員給殺了！曉風認為這件事太過恐怖，看戲就是看戲，不必太投入自身的感情。她喜歡古老的平劇劇場，觀眾們嗑著瓜子，剝著花生，喝著茶悠閒地看戲。舞臺似乎距離自身很遙遠，但不經意中就會被驚動，她喜歡這種形式，刻意在《位子》中營造了「戲中戲」這種感覺。由劇中人在戲中扮演另一齣不相干的戲，而在中途又由類似舞臺監督的小童或導演老叟、主角鄧安質疑而中斷，再再提醒觀眾：正在戲中。甚至舞臺都搭得特別高，使觀眾看得到舞臺腳柱，提醒觀眾正在看戲。

她覺得這種安排會讓人分不清演員和觀眾，臺上和臺下，她認為人生就是如此，這種感覺讓她著迷。

說書加上開鑼調　原班人馬同中求異

此外，她一直喜歡中國各種形式的戲劇演出，多年來，她的劇本中總是以東西融合的氛圍呈現，但《位子》是使用最大量古典戲劇元素的一齣，如平劇的表演形式、剪影、皮影戲、鑼鼓點、方旗（車旗）、插竹為林、白布為河等等，全都具體的呈現在舞臺上。她向來喜歡在劇中特意捕捉古老社會中的一些形象，如《第三害》的貨郎、《嚴子與妻》的更夫，以及《位子》中的說書人，都在戲中占據了重要位置。說書人柳師父除了一上場有段開鑼調之外，劇中還實際說書，在現代化劇場中，顯得韻味十足。所有的配合人員幾乎都是去年的原班人馬，不過導演黃以功身體不適住院，實際工作多交給副導演吳錡執行。聶光炎的舞臺，使用了幻燈投在演員身上及背景上，表達眾人吃了五石散之後的內心感受，算是創舉，也有不錯的效果。服裝方面，最特別的部分就是戲中戲裡面具的製作，司徒芝萍參照了國劇臉譜及希臘羅馬劇場中的面具形狀、顏色，親手製作出表達劇中人情緒的面具，是國內劇場中的第一遭。

負責音樂的陳建華再一次實踐他的理念：中國人演的戲當然要由中國人來寫音樂。他和遠在美國中部的哥哥陳建台透過電話、信件、錄音帶不厭其煩的溝通意念，由建台負責作曲並邀請美國演奏家共同演奏，完成部分音樂，再由他於臺灣完成所有製作，呈現於觀眾面前，中西樂器演奏出來具有濃厚中國風的音樂和製作嚴謹的音效，這一切在此劇中扮演了一個特殊又重要的角色，亦有令人矚目的效果。

動作指導則由文化學院舞蹈科畢業的湛竹安負責，自己創業開設舞蹈班的她，雖是第一次參加舞臺劇的工作，但非常用心，協助演員藉著動作把內心的感覺表達出來傳遞給觀眾，使舞臺上的演員流露出動人的美感，展現出令人滿意的效果。

演員方面，鄧方由王正良擔綱，柳師父就由金士傑飾演。此外，雷威遠、楊耀東、何臺、趙義林、徐以琳等年輕人也參與演出，水準相當整齊。

演出成功　愕然聲中畫句點

每年曉風的戲，都在聖誕季節演出，但 1977 年聖誕卻因場地檔期問題無法演出，延至 1978 年 1 月 21 日至 2 月 5 日演出，打破了歷年慣例，但吸引了滿場觀眾，甚至有觀眾專程從香港來連看兩場戲，也有不少外國人前來觀賞，即便聽不懂，他們卻以能「感覺」為滿足。這些反應都再一次帶給所有人鼓勵、感動。

但沒人想到，這竟是藝術團契連續九年按時公演的句點。落幕後，藝術團契九年的班底就再也沒有重組，一片愕然聲中，停止了演出。

從 1970 年開始，連續九年，每年藝術團契都推出新劇，對一個非專業性組織而言，不是一件容易的事。每年夏天，劇本出爐；秋天，開始聚合所有人，組成當年的團隊，分工、溝通、協調，從劇場各樣的表達形式到廣告的接洽、道具的製作，曉風與林治平夫婦幾乎都有所參與，事情的多與雜無法想像，但他們一直堅持，為什麼會在此時畫句點呢？

一開始，藝術團契演出完全是在李曼瑰的推動下，激起以戲劇方式傳遞信息、接觸人心、帶給人新思考、新生命的熱忱而成立。因為有此目標，所以吸引了許多年輕基督徒完全義務全力付出而維繫。而且，剛開始時，臺灣的戲劇界如同沙漠，一片乾涸，它的出現，宛若自沙漠中開出的美麗花朵，自然吸引大家的注意，也吸引許許多多懷抱理想，期望能在自己的土地上作些什麼，使自己的土地能開花、結果的青年人熱情投入、支持。這種突然爆發的力量既令人驚喜，更令人興奮，但連續幾年下來，當初的那種熱忱、興奮漸漸減低，每年固定的一些班底，多年下來雖然默契十足，可是在演出上彼此的刺激卻愈來愈少。

雖然，無論曉風、黃以功、聶光炎都是求創新、思改變的藝術人，但幾年下來，在劇場中呈現的方式，卻已大致定型，很難有大突破。這個困境，他們都有所感覺。再加上黃以功在臺視執導戲劇，成為炙手可熱的電視導播，期望不停嘗試的他，雖知「藝術團契」是他施展導演理念的舞臺，十年來逼著自己和一流藝術家合作的同時，也逼著自己成長，但是經歷十年，他也開始思想：我要導黃以功風格的戲，還是張曉風風格的戲？如果是前者，自己就必須跟更多的藝術家合作。在這個想法下，他有不再繼續的打算。

此外，最重要的一項原因在於，一直擔任演出執行人的林治平也萌生去意，自認不是戲劇痴狂者的他，多年來願意承擔演出的所有雜事，原因在於本著「藝術團契」成立時的精神——凡我所行的，都是為福音的緣故，為要與人同得福音的好處——才願意全力推展藝術團契的演出。但歷經九年，他漸漸感覺參與的人中，未必都真能服膺此宗旨，雖然，所有人員皆是義務參與，而且每年重新組合，並無固定約聘，可以更換，但他覺得基本精神既然不易維持，他自己負責的宇宙光雜誌出版社工作又愈來愈多，每年也舉辦多項的文化、慈善活動。相較之下，他覺得在有限的時間裡，對後者的付出更具意義，所以有了退意。

而曉風呢？堅持她自己是個編劇，不願兼作演出執行人，負責所有行政，雖然，每年演出，大大小小的事她幾乎都參與，但她不願去做主要的負責人，她謹守她「編劇」的身分，不願更動。

中美斷交　訪美途中構思《一匹馬的故事》

1978 年底，在毫無預警下，中美斷交，舉國驚訝、譁然。曉風在第一時間寫就了〈此時、此地、此心〉，表明了風雨中臺灣人堅定的意念，安撫無數浮動不安的心靈，也與林治平立刻號召了一群教會界有影響力的人，組成了一個訪美團，由退休的吳嵩慶將軍領隊，到美國各處去傳講臺灣的種種，無論外在環境如何改變，臺灣仍有一批確信上帝掌權的基督徒，持守生命中該有的持守、做所當做。訪美期間，正值馬年，碰上美東十年來最深、最冷的雪，接觸了各形各色的中、外人士，曉風的心一次次的激動，「塞翁失馬，焉知非福」的古諺浮現腦際，奔波中，她構思了《一匹馬的故事》架構，回臺後，即刻寫就。

故事就以塞翁失馬為主軸，說明生活在得失、禍福陰影下的人，應該超越這些，定睛在生命的源頭和永恆的事上。完稿後在鎖入抽屜的同時，也將影印本給了曾演《和氏璧》中卞和的洪善群。洪善群自文化大學畢業後，除了在救世傳播任職，也於大學任教，執導過好幾齣莎翁戲劇，他一讀完《一匹馬的故事》，就被其中意念的人物、詩一樣的對白、美化的情節、哲學的內涵以及顯示出的生命歷練與內在衝突吸引，腦中立刻浮現出一幅幅生動的舞臺畫面，他很喜歡這個劇本。不過，當時並無機會演，直到 1981 年 5 月，他執導文化大學畢業班同學公演，才選定這個劇本。當時，《中國時報》副刊連續四天刊出了全部劇本，在短絀的經費下，他們全力演出，對曉風而言，好像是被自己鎖了多年的馬，有機會被牽上舞臺遛達一樣，別有一番滋味。這次的演出，舞臺由王童設計。王童後來成為非常優秀的導演。

1979 年赴美　缺乏動力未演出

1979 年 7 月，曉風與另一半林治平，又組成了「藝術團契巡迴佈道團」。集合了音樂、戲劇、繪畫等各方藝術家，以音樂、戲劇等方式為演出主軸，赴東南亞、北美、歐洲等地，巡迴演出兩個月，為了演出需要，她編了《二桃殺三士》的短劇，以及《連體人》純用舞蹈表達出人人相關相息的意念劇，以綜合豐富的演出形態，傳遞信息，亦引起很大的回響。

回國後，已是 9 月，雖然《一匹馬的故事》在抽屜裡，但基於種種考慮，大家的動力不強，過世的李曼瑰又無法再次溫柔的敦促她，她自己向來覺得文學對她而言，主要是能欣賞、能閱讀、能分享，是不是必要寫，或寫什麼形式，從來不是重點，過往有機會投入劇場，是很難得也是值得珍惜的經驗，但環境變了，不再演出，停了就停了，她倒也無所遺憾，況且多年沒有好好寫散文，她也想再回到散文世界裡享受一人寫作、完成一切的快樂。於是，1979 年就未演出，之後，再也沒有正式演過。

紀念曼老　特編《猩猩的故事》

1985 年，紀念李曼瑰逝世十週年的「鑼聲定目劇場」紀念活動中，曉風特別編了一個《猩猩的故事》，作為系列演出中的首場。此次的活動是由曼老的學生趙琦彬主導，曉風的戲由洪善群、寇紹恩等人組成導演團，臨時邀集一些藝術團契成員及演員演出，之後，便未再有戲劇作品呈現。

《猩猩的故事》是由朝三暮四這句成語中取得的靈感。原記載於《莊子・齊物論》，故事說有一個養猴的老人狙公，因為希望能管制猴子吃栗子的數量，想出了個辦法。一天早上，他公布以後吃栗子要由他分配，每隻猴一律早上三顆、晚上四顆，猴子們一聽，個個嫌少，於是，他就改為早上四顆、晚上三顆，豈知猴子個個滿意，顯示出猴子們的目光短淺。曉風將此故事擴張為《猩猩的故事》，將原來寓言擴張為猩猩們不僅貪圖栗子，而且對誘惑、試探毫無抵抗分辨能力，終究一步步自陷網羅、自掘墳墓，顯示其自私虛榮與愚蠢。

藉著此劇，表現了人性中的軟弱，常沉溺於廉價的物質生活和科技文明，心靈逐漸物化、僵化、制式、定型，失去了精神自由和對理想的追求。

曉風在此劇中，嘗試將中國戲劇中的猴戲帶入她所營造的現代劇場。她始終認為，若是一群訓練有素的猴戲演員來演這齣戲，整個舞臺上都是猴子，那景象一定令人震驚而有趣。此戲正式演出時，專業猴子只有一位，但效果仍然不錯。此劇演出只有 60 分鐘，表現上較為簡單，任何地方，任何條件下，只要有演員能抓住演猴子的竅門，都可演出，而且可掌握不錯的效果，是曉風自己也挺喜歡的一齣獨幕戲。

十年耕耘　開拓劇場新面貌

綜觀曉風的十年戲劇，雖是無心插柳，但確實因聚集了優秀的人才，以實驗的精神不斷的嘗試創新，開拓了臺灣劇場的新面貌，同時也提供給許多有才華的人一個發揮的園地。當然，也讓自己有機會和第一流的藝術家合作，彼此交換不同的理念，迸發新的看法。對曉風而言，十年的執著，在她生命裡留下的是重要輝煌的一頁。

在藝術專科學校於 1993 年公演《自烹》的特刊上，曉風為文，提到她能和那麼多輝煌的名字沾親帶故，真是不枉那十年歲月。她說：「我發覺自己極幸運，簡直像愛爾蘭作家葉慈筆下的『那一鍋湯』，劇中的流浪漢走進一個莊子裡，腹中飢餓難忍，他拿出一塊石頭，宣稱自己可以煮出一鍋美味石頭湯，群眾圍過來看，流浪漢不斷的說：『如果借我一個鍋子』『如果多一顆洋蔥……』『如果多一塊肉骨頭……』『如果多一株高麗菜……』『……』，湯煮成了，大家都驚嘆世上竟有那麼神奇的石頭，他們忘了，由於他們自己的參與，由於他們肯付出，一鍋濃濃的湯，便這樣熬出來了。」

的確，因為曉風每年能提出新的劇本，有了一塊石頭，才能給予其他人共襄盛舉的機會，也才能讓當時的觀眾、讀者在一片爭奇鬥豔的氛圍裡，欣賞最精采的演出。

——選自金明瑋《張曉風》

臺北：行政院文建會，2004 年 12 月

張曉風的〈第五牆〉讀後

◎羅青*

19 世紀末，20 世紀初，是中國戲劇界的燦爛輝煌年代。古典戲曲如京劇以及其他地方戲劇，固然是轟動一時，名角新戲連出；現代戲劇中，則有話劇興起，一時風雲湧動，與電影相互推波助瀾。在短短的三四十年之間，為中國戲劇界，帶來了多采多姿的面貌，讓人難以忘懷。

古典戲劇淵源流長，到了 19 世紀末，舞臺藝術已然大備，故只有在角色表演上更上層樓，所謂「無聲不歌，無動不舞」，演出伴奏，無不自成體系；現代戲劇則是從西洋戲劇移植過來的，從編劇臺詞到表演布景，一一皆受西洋影響，於生澀之中，透露出一股清新強健的生命力。古典戲曲在這一個時期，重在傳統的詮釋與再造。演員的才分成了戲劇成敗的關鍵。於是一時名角備出：梅蘭芳、周信芳、程硯秋、尚小雲、袁雪芬……都是難得一見的演藝大師。至於話劇運動的重點，則大部分都落在劇作家的頭上，一齣戲的成敗，多半要看編劇是否能扣人心弦緊湊有力，因此，在這一個時期的戲劇家，最出風頭，田漢、丁西林、曹禺、洪深、熊佛西……等人的名字，都可以號召大批的觀眾。

中國話劇剛開始時，多半是從日本輾轉接收西洋的影響。民國前，李叔同在東京組「春柳社」劇團，上演的便是西洋劇《茶花女》。[1]後來，歐陽予倩開始在國內從事話劇運動的推廣，對西洋劇的引進更是不遺餘力。不過，他對中國古典戲曲也有很深的愛好與修養。《小說月報》出版「中國

---

*本名羅青哲。詩人、畫家。發表文章時為《草根》詩刊主編兼社長，現為臺灣師範大學英語學系退休教授。

[1]陳映襄編，《民國文人》（臺北：長河出版社，1977 年），頁 164。

文學研究」專號時，他曾在上面發表論文，分析京劇藝術，十分中肯獨到。後來的田漢，在戲劇的研究與創作上，也是走京劇與話劇並重的路子。田漢譯過《日本現代劇選》，他的頭兩部創作《環琳珴與薔薇》、《咖啡店的一夜》，光論名字，也可以看出其中帶有濃重的西洋或東洋風味。此外，田漢還譯過莎士比亞、王爾德，並改編過《卡門》。可見他在作品中受外來影響，是無可避免的。[2]

田漢外，在當時最受歡迎與重視的劇作家，應是曹禺，他的名作《雷雨》，可能是五四以來上演次數最多的話劇。曹禺出身南開大學外文系，對西洋劇作家如希臘的悲劇大師以及 19 世紀的歐洲大家，都曾涉獵。他的《雷雨》，就受到希臘悲劇大師尤瑞皮底斯（Euripides）、法國戲劇大家哈辛（Racine）以及挪威劇作家易卜生（Henrik Ibsen）的啟發或影響。[3]

由此可見，在話劇的創作及演出上，中國作家受傳統的影響較小，大部分的技巧與內容，都是來自西方。我們可以說，中國的現代戲劇，一直沒有能完全脫離西洋戲劇的陰影。60 年後的今天，這種情形依然存在。中共文革以後的所謂樣板新戲，是融合西洋歌劇與芭蕾舞所產生的四不像。其失敗的結果是必然的。而國內的現代戲劇，因遭電視、電影的打擊，20 年來，老是處於苟延殘喘的局面，一蹶不振。影視為了配合商業及觀眾的需要，大量生產，降低水準，使嚴肅的戲劇作品減少，使嚴肅的劇作家難求，這實在是現代戲劇發展的致命傷。

到了 1970 年代的今天，國內以嚴肅的態度來創作劇本並設法使之上演的戲劇家，可說是已到了鳳毛麟角的地步，而其中能夠經常創作，經常公演的，也就只有姚一葦和張曉風等三五個人了。劇運如此，實在叫人心痛。

1940 年代以前的戲劇家，多受西洋古典戲劇或 19 世紀戲劇的影響。1970 年代的戲劇家，則多受 20 世紀以降的荒謬劇場或實驗劇場的影響。受西方影響，本不是壞事，在交通發達，世界交流頻繁的今天，東西方要

[2]趙聰，《現代中國作家列傳》（香港：中國筆會，1975 年），頁 87～88。
[3]劉紹銘，《小說與戲劇》（臺北：洪範書店，1977 年），頁 101～148。

想不相互影響，實在是不可能。事實上，歐美的實驗劇場與荒謬劇場，也受了許多東方古典戲劇的啟發。所謂交流，永遠是雙邊的，至於結果，則要看哪邊消化力較強，哪邊可以把人家的東西學習來之後再加以創新，成為自己文化中的新傳統。

張曉風是國內近十年來最努力於推動劇運的少數嚴肅劇作家之一。從民國 58 年推出《畫》以來，至今她已經完成了九齣戲，並且通通都正式公演過，反應熱烈，獲獎無數。

1.《畫》民國 58 年（臺北國立藝術館）
2.《無比的愛》民國 59 年（臺北國立藝術館）
3.《第五牆》民國 60 年（臺北國立藝術館）
4.《武陵人》民國 61 年（臺北國立藝術館）
5.《和氏璧》民國 63 年（臺北國立藝術館）
6.《第三害》民國 64 年（臺北國立藝術館）
7.《庚子年》民國 65 年（香港）
8.《嚴子與妻》民國 65 年（臺北國立藝術館）
9.《位子》民國 67 年（臺北國立藝術館）

民國 65 年，她把歷年來演出的戲，精選成一冊出版，共收入四個劇本：〈第五牆〉、〈武陵人〉、〈和氏璧〉、〈第三害〉。[4]〈第五牆〉與她早期的兩個劇〈畫〉和〈無比的愛〉都是屬於時裝劇；而〈武陵人〉以後的幾部戲，則是採取了故事新編的手法，賦予古典故事或歷史材料以新的精神。

〈第五牆〉的劇本編寫，承繼了美國第一次世界大戰後所興起的實驗劇場精神，把劇院當成研究人生的實驗室，除了娛樂觀眾之外，還要啟發觀眾。至於其編劇的手法，則多半源自於第二次大戰左右在紐約崛起的實

[4]張曉風，《曉風戲劇集》（臺北：道聲出版社，1976 年）。〔編按：本書也收入劇本〈自烹〉，但本劇在臺灣被禁演，而先於香港、上海等地演出。〕

驗劇作家桑頓・懷爾德（Thornton Wilder）的作品。

懷爾德所寫的劇本並不多，但卻極富於原創性。他的〈小城風光〉（“Our Town”）和〈九死一生〉（“The Skin of Our Teeth”）兩齣三幕劇，已成了美國現代戲劇的經典之作。民國 54 年，湯新楣與劉文漢曾將上述兩劇加上他的四幕鬧劇〈鴛鴦配〉（“The Matchmaker”）譯成中文，題名為《懷爾德戲劇選》，由今日世界出版社出版。對國內喜歡戲劇的讀者來說，懷爾德當不是一個陌生的名字。[5]

〈小城風光〉與〈九死一生〉的特色，大略可歸納成下面幾點：1.沒有傳統戲劇的內容與場景，觀眾看不到一個情節錯綜繁複高潮起伏的故事；2.沒有傳統舞臺所謂的布景。這一點懷爾德是受了中國京劇及日本能劇的影響。他在序自己的戲劇集《三個劇本》時便曾提到：「在中國戲劇裡，一個人跨過一根馬鞭，觀眾就知道他已經騎在馬上。在日本的古典假面劇裡，一個演員在舞臺上旋轉一周，人們都知道他在長途跋涉。」[6]因此，在他的劇裡，觀眾只能看到一些象徵性的道具。3.懷爾德在戲劇中最突出的發明是利用「舞臺監督」（Stage Manage）來實際參與戲的演出，並掌握劇的發展、人物的介紹、場景的口頭描述，使觀眾和劇打成一片。讓大家不斷的提醒自己這是在演戲，同時又不由自主的加入了戲劇之中，變成了演員的一部分。他還喜歡讓劇中人物忽然拋棄自己的身分，變成觀眾，當場對劇作家或導演加以批評。藉此批評不但傳達出觀眾的心聲，也把劇作家的本意暗暗的表達了出來。4.打破古典劇中的時間律，過去與現在交錯出現。在〈九死一生〉中，遠大的冰河時代與現代的紐約生活，居然並存。[7]

在〈第五牆〉裡，我們可以看到類似上述技巧的運用。第一幕一開

---

[5]懷爾德原著；湯新楣、劉文漢合譯，《懷爾德戲劇選》（香港：今日世界出版社，1965 年）。

[6]Thornton Wilder, *Three Plays: Our Town, The Skin of Our Teeth, and The Matchmaker* (New York: Haper & Brothers, 1957), p. IV.

[7]Frank M. Whiting, *An introduction to the theatre* (New York: Haper & Brothers, 1954), pp.106-107.認為用舞臺監督入劇是懷爾德的發明。

始，編劇便安排了一個「觀眾代表」跑到臺上，對劇情批評了一番：

> 「啊！哈，哈，哈，朋友們，我看咱們是上當了，上當了，你們的票是多少錢買的？十塊錢？那還好，我的可是一百塊錢買的榮譽券哪！花一百塊錢來看這種莫名其妙的戲，我看我們是上當了，上當了。
> 你看，她媽媽在問她女兒叫什麼？鬼才知道她在叫什麼？我花了一百塊錢，難道就單來聽她這聲鬼叫嗎？呸！這種叫聲，我太太會，我女兒會，哼——甚至在我自己也會啊！」[8]

在〈九死一生〉的第一幕中，女僕薩冰娜也有如下的臺詞：

> 嗯……呃……這當然是個良好的美國家庭……而且——呃……人人都挺快活；還有——呃……（她突然不再發違心之論，跑到舞臺下來，感慨地說。）我不能替這齣戲講些什麼話了，我不能說話倒覺得挺痛快，這齣戲我壓根兒一點都不喜歡。
> 至於我自己，這戲裡面我一個字也不懂——都是講什麼人類所經歷的折磨，那是你們應當研究的問題。[9]

當薩冰娜在批評甚至在咒罵這齣戲時，她已經間接的把編劇要向觀眾強調，或希望觀眾注意的地方點了出來。在〈第五牆〉中，那個「觀眾代表」也具有同樣的作用。他替真觀眾提出他們在看劇時的疑惑，有時候，還解釋劇中人物的造型及場景的變換，並隨時在戲中重要的關頭插嘴，提醒觀眾對那一場戲的注意，作用有如懷爾德〈小城風光〉中的舞臺監督。他不但批評導演，有時還不知不覺的諷刺了自己，或所有的觀眾。這是張曉風能自出新意的地方。

---

[8]張曉風，〈第五牆〉，《曉風戲劇集》，頁 17～18。
[9]懷爾德原著；湯新楣、劉文漢合譯，〈九死一生〉，《懷爾德戲劇選》，頁 18。

〈第五牆〉共有四幕，在第一幕中，張三（父）、李四（母）家裡的一面牆倒了，女兒張人生與兒子張生人分別有不同的反應。根據觀眾代表的解釋，牆倒的原因是「編劇跟導演偷懶，他們想不出一臺情節曲折動人的好戲，又出不起錢請演員，布置舞臺，所以，哈哈，虧他們想得出，所以昨天晚上編劇跟導演就聯合起來拆這家人的牆，好讓我們直接看這家人演戲」。[10]在這一幕中，編劇點出了這第一面牆，也就是人與人之間相隔離的那一面。在劇場中，這一面牆是不存在的，因此觀眾可以直接欣賞或看到他人生活的內容。在此，觀眾不知不覺的變成了人家生活中的偷窺者，成了劇中角色的一部分。這一番設計，十分靈妙成功，使技巧與內容相輔相成，使觀眾不知不覺的變成了戲的一部分。這是作者創新的地方。

第二幕，張三、李四變老了一點，張人生有了男朋友丁一，並且結了婚。此中有一場戲是二人結婚後奶瓶尿布的「預告」。此時，家中來了一位「先知」（著西洋古裝）來傳教，沒人要聽。連觀眾代表都大叫「糟了，糟了，糟極了，我們被拉來聽道了，哎呀！我情願一個錢也不要退了，只要他們肯放我走」。[11]先知所言的主旨，在闡揚聖經《傳道書》第一章：「虛空的虛空」。那一段話，強調世俗的追求，循環不已，到頭來總是一場空。並點出人生的循環亦是如此。

在這幕戲裡曉風運用「時間錯亂」的手法，來加強上述信念和看法的效果。先知遇到女孩問她年齡歲數，女孩答了，先知不勝驚訝：

> 什麼十八？十九？我上次碰到你爸爸媽媽，他們也正是十八歲和十九歲啊——那分明是上禮拜的事啊！怎麼一下子就有你們了？。[12]

在此，「時間錯亂」的手法正好為劇中的主旨相配合，讓觀眾感到人世循

[10]張曉風，〈第五牆〉，《曉風戲劇集》，頁 22～23。
[11]張曉風，〈第五牆〉，《曉風戲劇集》，頁 32。
[12]張曉風，〈第五牆〉，《曉風戲劇集》，頁 27。

環，只不過是眨眼間之事。

第三幕，張人生的女兒丁丁已上小學，李四張三成了外婆外公。他們在等在美國做了哲學系主任的張生人回來相親。不知他在回國途中，道經東京，被一場火災燒死了。此時導演出場，解釋為何要找一個「假張生人」來替代。並讓假張生人把真張生人的醜事向觀眾交代。原來真張生人有一個私生子，而且是白癡。在這一幕中，先知仍不斷出現，向他們點出現有一切「看得見的」追逐都是暫時的，循環的；只有那「看不見的」才是永久的。可是依舊無人能懂。

這一幕的特色在導演與觀眾代表的辯論與假張生人的安排。這裡的導演相當於懷爾德劇中的舞臺監督。其作用與「先知」相似。他不但解釋真假張生人之間為什麼可以替換，並且對劇中人物提出了批評。不過他的批評與先知的不同。後者是善意的點化，前者是辛辣的諷刺。觀眾代表相信假的會被認出來。而導演卻辯稱：

> 老人？哈，老人最好瞞了，老實說，天下父母認得自己兒女的有幾個？他們的兒子如果愚笨，他們就說他老實。他們的兒子滑頭，他們就說他聰明。他們的兒子揮霍，他們就說他大方。他們的兒子小氣，他們就說他節儉。他們的兒子娶不到老婆，他們就說他眼界高。他們的兒子用情不專，他們就怪天下女人都迷上了他兒子——好了；要是他們的兒子功成名就呢，他們就說他長得像他老子。[13]

這段話非常機智突出，顯露出編劇的才華。不但化解了觀眾代表的問題，同時也諷刺了臺下的觀眾。觀眾代表怕假的裝真的裝不像，於是導演立刻又借機發揮「世界就是個大舞臺」的觀念：

[13]張曉風，〈第五牆〉，《曉風戲劇集》，頁 52。

> 這個你放心，演戲這玩意兒人人都會，不用多教，你看，有誰說假話會臉紅心跳的？除非是生手。還有那些糊塗人裝聰明，那些聰明人裝糊塗，不是個個都裝得很像嗎？我不知道你老兄是什麼裝的，不過我覺得你裝得也不錯啊。[14]

最後一句，一語雙關，讓觀眾聽了有所會心。此時先知插了進來，從另一個角度對死去的張生人做了一個總批判：

> 朋友，你知道嗎？張生人早就死了，他考上大學的那一天，他所有的年輕的理想都死了。他走上飛機的那一天，他所有對這裡的愛都死了。而當他埋首在圖書館的那些口子，他所有的智慧都死了，他的軀殼死得比較慢，是剛才纔死的。

這段話，對目前國內的某些現象，做了深刻的諷刺。在懷爾德的〈小城風光〉中，這種手法也是屢見不鮮的。當 11 歲的小周在送報紙時，舞臺監督就插了進來談他未來的經歷，他說小周中學第一名，到麻省理工又是第一名，「當時波士頓的報紙都登載過這件事。小周一定可以成為一個出色的工程師。不過戰爭爆發了，後來他死在法國，受了那麼多教育，一點用處都沒有」[15]，懷爾德在此，蓄意對當時的歐戰諷刺。小周的死與張生人的死在意義上當然不一樣，不過戲劇的效果而言，都是對某種現實情況的批判，其精神是相通的。

本劇以內容與技巧而言，結婚事件以及插評人物都與〈小城風光〉，相似及雷同；以人物而言，「假張生人」這個角色，則是張曉風獨創的。假張生人的出現，除了點出「假作真時真亦假，無為有處有還無」的主旨之外，還製造了一個批評真張生人的機會，讓觀眾了解他不可告人的一面。

---

[14]張曉風，〈第五牆〉，《曉風戲劇集》，頁 52～53。
[15]懷爾德原著；湯新楣、劉文漢合譯，〈小城風光〉，《懷爾德戲劇選》，頁 11。

這種虛實交錯的劇情安排方法，有時會使觀眾把握不住重心。因此，懷爾德想出了一個非常聰明的辦法，那就是讓劇中人物故意忘了某段重要的臺詞，而這段臺詞多半是全劇的主旨所在。經人提示後，這段臺詞得以一而再的在觀眾面前重複，加深大家的印象，提醒大家的注意。例如〈九死一生〉中第一幕，薩冰娜就把下列這句話重複了好幾次：

> 別忘了幾年前咱們九死一生，好容易才捱過那經濟不景氣，要是再來一次那樣的要命日子，那咱們還得了？（這是句提示，薩生氣的瞧著廚房門，重複的說：）……[16]

有時候懷爾德則故意讓劇中人物好像忘於下面臺詞似的，不斷重複某關鍵性句子，這也能在無形中加深觀眾的印象。《第五牆》，編劇也運用了類似的技巧。例如先知在第三幕中離去之前，曾對劇中人物批評道：

> 你們的生命是什麼呢？你們原來是一片雲霧，出現少時，就不見了。[17]

在此幕的結尾，作者很技巧的安排觀眾代表從夢中醒來自言自語的將此句重複一次：

> 什麼，第三幕也完了嗎？要命，我睡著了，他們到底演了些什麼？（打開綠油精擦頭）咦，我作夢的時候，恍恍惚惚聽到什麼「你是雲霧，出現少時，就不見了」到底是什麼意思？雲霧？少時？不見了？我請你抽菸（掏出菸來，自己吸一口煙噴出來，煙散了）雲霧？少時？不見了？（走過去拍某觀眾的肩膀）你告訴我，這段話究竟是什麼意思？（下）[18]

[16]懷爾德原著；湯新楣、劉文漢合譯，〈九死一生〉，《懷爾德戲劇選》，頁 18。
[17]張曉風，〈第五牆〉，《曉風戲劇集》，頁 65。
[18]張曉風，〈第五牆〉，《曉風戲劇集》，頁 68。

張曉風在此，把懷爾德的技巧消化運用得了無痕跡，而且她還能推陳出新，用外在的抽菸動作，更進一步的把臺詞裡抽象的哲學內容，具體化了起來，令人激賞。

第四幕，張人生已是中年婦人，女兒丁丁，也到了 17、18 歲要結婚的年齡，有悟性，有慧心。假張生人接到美國要他回去的電報。李四一急，得了半身不遂。災難與死亡的來臨使眾人開始注意先知的話。而此時，先知卻消失了。幕尾，在導演與觀眾代表的對話中，編劇再一次點出，臺上臺下本無分別，大家都是演員，而演員就是現實生活中的人物。戲永遠在演，幕永遠不謝。

綜觀全劇，其主旨在點出人生如戲，一輩子汲汲營營，到頭來還是空忙一場；而這個世界則是一永不謝幕的大舞臺，其中的演員生老病死，真假交錯，循環不已，結果一切成空。為了征服這必然的死亡而達到永生的境界，為了征服這無休無止的循環達到智慧的境界，人們必須看破虛偽的幻象，看向天國，才能找到永生的路。

編劇表現上述主題的方法如下：第一，以牆為主要意象來象徵人世間人與人之間的種種隔閡；也象徵了每一個人都被自己所築的四面牆所圍，無法看到通往天國的那面透明的牆（也就是「第五牆」）。

在第一幕中，牆倒了，一方面象徵劇場開始，一方面象徵世俗的生活有了變化，強調了牆對一般人的重要，也指出了一般人對牆的依賴。這裡編劇很巧妙的用幕來代表牆上的窗簾，使形式與內容達到配合無間的地步。牆的崩壞，帶來了先知，然先知仍被其他三面牆拒絕了。

在第一幕裡，牆倒時，尖叫的是李四的女兒張人生；在第二幕裡，牆又倒了一次，尖叫的是張人生的女兒丁丁。在此，牆倒這件事又象徵著人生循環重複的主題，「日光之下，並無新事」的道理。懷爾德的〈九死一生〉裡，也有「倒牆」甚至於「飛牆」的安排。當薩冰娜說：「可是我並不驚訝，整個世界卻亂得一團糟。這房子到現在還沒塌，在我看來是個奇蹟」之時，「右邊一段牆傾然欲墜」，然後「突然飛上天」。不過，懷爾德的牆在劇中只是點綴，以牆象徵人類支持保護自己的力量而已，並無進一步的作用。而張曉風的牆一則與全劇融為一體，象徵的層次也多了一層。

劇中人物與牆最密切的，要算是「先知」。而對先知來說，牆是不存在的，因此，在第三幕裡，丁丁尖叫道：「他穿牆出去了，他會穿牆。」[19]事實上，依先知的看法「家家人家的牆都是倒的，家家人家的生活都是被人虎視眈眈地看著，而家家人家也都虎視眈眈地看著別人的生活。」所以人根本無法「用牆把自己隔離起來。」[20]不過，雖然「人類的眼睛是鐮刀，隨時都想宰割別人」，但還是有自救之道，而最好的「辦法不是去修補牆，而是去開一扇天窗。」全劇中，只有先知最了解牆的作用，也最初利用牆來解釋闡明他的「道」。因此，先知在劇中的牆是相輔相成，不可分割的。

編劇第二個展現主題的方法是讓劇中的人物之間看姓名的差別（雖然這些姓名也是極普通極無個性的），但在性格上，卻陳陳相因，相互相像，無甚差別。彼此之間也分不出真假，大家幾乎都在重複同樣的動作。直到李四面臨死亡時，才喚醒了部分角色的醒覺。其中最有慧根的是丁丁，她大悟道：「死亡，死亡原來一直寄生在我們的屋子裡」[21]，「生命是一個漂亮的小梨子，你剛品嘗出一點味道，便已經吃到又酸又澀的心子了！」[22]最後，她終於向先知問道：「可是，誰來教導我們？誰來向我們指示真理的道路？誰來向我們傳揚穹蒼的奧祕。」由此可知，丁丁是編劇所安排的新希望——一個有嚮往天國意欲或能力的人。至於中風的李四，在編劇筆下，成了「了悟生死」的象徵。先知說她是左邊活著右邊死了，「活著需要的是能力，死亡需要的卻是大智慧」。[23]她成了最先聽到雄鶴晨鳴、群鳥啁啾的人。

在人物，布景（牆）與先知之間，編劇又安排了兩個相對的角色，一

[19]張曉風，〈第五牆〉，《曉風戲劇集》，頁 66。
[20]張曉風，〈第五牆〉，《曉風戲劇集》，頁 77。
[21]張曉風，〈第五牆〉，《曉風戲劇集》，頁 80。
[22]張曉風，〈第五牆〉，《曉風戲劇集》，頁 82。
[23]張曉風，〈第五牆〉，《曉風戲劇集》，頁 84。

是該劇的導演，一是臺下的觀眾代表。兩者交互運用，或解釋人物，或說明事件，或提供批評，或引導觀眾，總之，通過這兩人的爭吵或插評，臺上臺下在不知不覺中已打成一片，與「人生的舞臺，永遠不閉幕」[24]這句話相呼應。

在舞臺動作方面，張曉風與懷爾德一樣，都偏愛京劇式的象徵性動作。例如在第一幕中，李四吃力的拿著窗簾，而實際上手是空的；第四幕，張生人下而復上，編輯在舞臺指導部分寫著：「這種下而後上的路線頗似中國平劇」。此外，編劇還喜歡賦道具予象徵作用。例如張生人出現時，左手拿哲學書籍，抽菸噎菸的動作，亦暗示了「人生逝如雲霧」的主題。中年以後的張人生坐在臺上「毫無表情的」把手中的氣球放走，暗示青春理想的消逝如彩色氣球一般。凡此種種，都可見編劇的匠心。

至於語言方面，〈第五牆〉比其他幾齣故事新編式的古裝劇要來得成功得多。這可能是背景是現代的關係，對話寫來清鮮活潑，十分自然，常常有妙語及雙關語出現。例如張人生的丈夫丁一對她說：「唉！人生，我真慚愧，我覺得稍微配讓你住的房子，我總是出不起價錢，我出得起價錢的房子，我又總是覺得絕不配給你住。」「人生」一詞，一語雙關，指他太太也指「人生」。妙語，雙關兼而有之。〈第五牆〉內容方面的發展，頗近乎詩，其發展的方式是跳躍的、抒情的，而不是小說式的敘述與描寫，故其中常有詩的語言出現。例如先知宣布張生人的死訊時，說了一句：「他們不准許張生人死，他們的每一根皺紋都刻畫著他們對張生人的愛，他們每一根白髮都是對張生人的挽留。」[25]造語十分自然，絲毫沒有讓人感覺肉麻，是詩句也是警句。

除了詩語外，張曉風也善用諷刺語來烘托主題。如果丁丁是新生代有希望有慧根的人，李四則代表了要經過大苦難才能醒悟的人；張人生，則是在悟與不悟的邊緣；至於張三，則是一個百分之百的講傳統講實際的代

[24]張曉風，〈第五牆〉，《曉風戲劇集》，頁 87。
[25]張曉風，〈第五牆〉，《曉風戲劇集》，頁 49。

表，對天堂可以說毫無警覺。全劇最反宗教的人物是張生人，他搞存在主義，根本否定了上帝。編劇對上述諸角色都有不同程度的諷刺；但被諷刺得最厲害最無情的，還要算張生人。在先知的對照下，他是一個「除了有個博士以外，什麼都沒有」[26]的廢物，是個存在主義式的陌生人（注意「生人」一詞一語雙關），有個私生子是白癡，吸毒吃大麻煙，搞性濫交，在美國而不在祖國，對祖國對他的家人沒有絲毫的愛，最後於東京火災中被燒死。在編劇筆下，他成了一個十惡不赦的人，而且還是個「假的」，真是極盡諷刺之能事。相形之下，張曉風對其他人物的諷刺則筆下留情，並不刻薄。她借觀眾代表諷刺觀眾喜歡廉價的通俗劇，借張人生的婚姻諷刺一般人所謂的愛情，都能恰到好處，不算過分。在諷刺中，有時還有警句出現，使對話生動活潑而不流於呆板尖刻。例如第四幕，當眾人都聽到雄雞長鳴時，觀眾代表卻說：「啊，我也聽見了（抓頭）唉，奇怪，我從 14 歲以後就沒有聽過鳥叫了，我每天只聽見鬧鐘。」[27]這句話會使每一個準備過各式各樣聯考的觀眾啞然失笑。

在了解了編劇的主旨、手法以及優點之後，讓我們根據上面所討論過的原則，來看看〈第五牆〉是否有破壞戲劇效果的缺失。一般人對張曉風戲劇批評最激烈的是 1.宗教（或傳教）意味太過濃重；2.語言太過矯情不自然。關於語言方面的批評，我想是適用於她所寫的故事新編型態的古裝劇，其中用語，文白夾雜，忽古忽今，使人物失去「說服性」。我想這一點，如要克服，必須對武俠小說的語言多做研究。一方面要在語言中保留古人說話的味道，同時也要在觀眾不知不覺中加入現代的觀念（注意不是「現代的字彙」)。因為「故事」既然要「新編」，其最重要一點，就是加入以前所沒有的觀念及構想進去。如新加入的觀念，完全用新字彙來表達，那就會顯得格格不入，產生不協調的惡果。用舊字彙傳達新觀念，當然是困難的，因此，如要成功，非要有高超的藝術手腕不可。

---

[26]張曉風，〈第五牆〉，《曉風戲劇集》，頁 60。
[27]張曉風，〈第五牆〉，《曉風戲劇集》，頁 85。

大體上說來，〈第五牆〉無以上的問題，因為它是時裝劇。不過，編輯在塑造人物及其運用的語言上，仍有缺失。由前面的討論，我們知道先知是全劇中的靈魂人物。然其造型卻是西方人的形象：「（先知上，手持聖經，他的身分和打扮既像希伯來的先知，也像希臘的預言家。）」[28]如果我們認可其在造型上有西方人之必要，那他所說的語言最好帶有西方口音及語句。可是實際上，這位西方的先知除了引用聖經之外，還引用孔子[29]，例如：「我欲仁，斯仁至矣。」這句話就是。因此，將這個先知的造型中國化，便有必要了。我這樣說，並沒有暗示西方先知不宜引用孔子的意思。但如果編劇這樣做則必須要在劇中先有個交代，讓觀眾對此先知的來歷有個概括的了解。對他為什麼能引用孔子的背景也該有個說明。如果編劇找不到空間來為先知的形象做較完整的描畫，那就應該讓他退居次要的地位，少出現，少說話。

依劇情需要，先知確實應當是主要人物，我們需要保存他，但這並不意味其造型不可更改。事實上，編劇可以將先知的造型改成傳教士、牧師、神父，或隱士、拾荒者、流浪人，或老師、醫生、清道夫等等人物，然後再賦予他象徵性的先知人格，他講話的內容及精神可以不變，但細節方面的造語以及意象比喻的運用，則要配合其造型修改。編劇沒有在第一幕讓先知出場或暗示先知即將出場，實在是一大敗筆。先知既然是全劇的靈魂人物，他便應該即早與觀眾發生關係。在張曉風的筆尖，先知突然出現，無遠因亦無近因，實在有欠考慮。

再者，劇中的先知，一開始就以「完人」的姿態君臨大眾，表露出先知的身分，亦是敗筆。因為這樣一來先知這個全劇的靈魂人物，便無法跟著劇情發展下去。他開口聖經，閉口上帝，成了一個標準的「固定人物」，成了編劇思想的擴音器，滿口說教，或傳教，既無法吸引人，也無法感動人。如果他一開始隱藏身分，隨著劇情的需要，慢慢展露出先知的特色，

---

[28]張曉風，〈第五牆〉，《曉風戲劇集》，頁 26。
[29]張曉風，〈第五牆〉，《曉風戲劇集》，頁 83。

以暗示或象徵的手法，把聖經或傳教的材料融入口語當中。這樣一來，可能比較容易吸引觀眾入戲。舞臺上任何一個角色在劇中沒有發展，那他就是一個「死角」，不宜上臺，如果一定要上臺，也只能做配角或活動道具。

至於說在劇中宣傳基督教思想，我覺得無可厚非。作家應該有權在作品中宣傳他自己的信仰與思想。但演戲不是傳教。如果一個信仰基督教的作家要藉戲劇形式來表達他的思想，那他應該把這種思想演到戲劇之中，而不是加諸戲劇之上。文學當然可以載道，但載道的文學不可只是教訓論文。宗教劇當然有存在之必要，但必須要與牧師在講福上證道的方式不同。張曉風自己也意識到這一點，她甚至讓觀眾代表喊出：「糟了，糟了，糟極了，我們被拉來聽道了。」這一筆當然是極佳的安排，但也只能化解一小段或一部分劇情。整體說來，不管觀眾是不是教友，都一定會被先知的大道理給弄煩的，至少，也無法感動，或確確實實的聽進去。因為，先知所說的全是外在的概念，而不是他與觀眾在舞臺上一起經驗一連串事件後，所發出來的感悟或心得。觀眾對那些編劇強加上的臺詞之來源不甚了了，當然也就無法發生什麼興趣。

縱觀全劇，除了先知這個主要角色塑造欠妥以外，其他人物多恰如其分。其中編劇技巧，雖然有許多受懷爾德啟發及影響的地方，但大體上說來，張曉風是能夠消化創造避免抄襲的。更難能可貴的是，她能在這種沒有傳統故事內容的戲裡，保持結構及動作的統一與完整，這對僅僅寫過兩三個劇本的戲劇創作者來說，是十分不容易的。她以後的劇作中，從這一點來看，並沒有幾部戲能夠超過此作。

一個劇作家要想成功，除了多學習、思考、創作外，還要有劇團能演出他的作品。因為只有在劇場中，劇作家才能獲得再生的力量。作品不經演出，劇作家便很難求得進步。在劇運衰微的今天，張曉風是幸運的。因為她擁有一個劇團：藝術團契劇團。這實在是太有用了，她可以從演出中，不斷的修正自己，改進自己，甚至可以刺激自己多多創作。張氏在戲劇上的多產，當與她的劇團有密切的因果關係。在此，讓我們虔誠的期待張曉風能夠再出發，寫下超過她過去成就的劇本，並將之排演出來。

——選自《書評書目》第 64 期，1978 年 8 月

武陵人與布萊克精神

◎孫康宜*

我第一次在《中外文學》上閱讀張曉風的創作〈武陵人〉，心裡頭就有一種「似曾相識」的感覺。無論是〈武陵人〉背後的哲學或其「詩的精神」、「詩的句法」都讓我聯想到 19 世紀英詩人布萊克（William Blake）。稍微讀過幾首布萊克的詩的讀者也許會說他的詩清楚易懂，比如〈小羊〉和〈老虎〉便是兩首西方讀者熟知，且能倒背如流的短詩。但是研究他較長較難的詩章的讀者都不得不承認他的詩難念、難懂（像 *Milton*, *The Four Zoas*, *Jerusalem*）。他的詩難念是因為他大不遵守傳統的筆法，難懂是因為意象晦澀，思想象徵化。我所以認為〈武陵人〉不期然地涵著布萊克精神，乃是指其哲學的深刻性，象徵手法，及詩的精神而言的。

我念完〈武陵人〉，曾興奮得把它的主題介紹給此地英文系的三年級學生，甚至利用幾堂課的工夫把劇本逐字逐句翻成英文，唸給學生們聽。學生們的反應甚佳，我們也因此舉行了一次討論會。其中，他們似乎不太贊成張曉風在〈後記〉所說的一句話：「和去年的〈第五牆〉相比，武陵人更中國，更古典，更泥土。」學生沒有讀過〈第五牆〉（我想是沒有英文本，且沒機會看到），當然不能隨便下斷語。但身為西洋人的他們卻一致認為〈武陵人〉並不中國（或者說是很西洋），並不古典（或者說是很現代），並不泥土（或者說是很超越）。我不能肯定地說學生們全對，只能說；若將〈武陵人〉與布萊克精神（20 世紀學者們公認他很現代、很超越）比較一

*發表文章時任教於美國南達科塔州立大學，現為耶魯大學東亞語言文學系講座教授、中央研究院院士。

下，頗能看出二者風格的相似處。

張曉風在劇中處處暗示著個人內心的衝突。例如白衣黃道真從頭到尾就代表兩種存在於「敏感的個人」（指灰衣黃道真）心底的極端力量——理想與現實。而黃道真平素所著的「灰色」，就充分表現這種白與黑的衝突與揉合。只是黃道真雖有那黑色的、世俗的一面，卻從頭就偏向白色的、理想的一面。例如在「人物表」中，作者就明明說了：「他不知道如何使自己免於被網的命運而深感痛苦，他學不會安於無知。」就因為他學不會安於無知，他才有追求理想、追求超越的想像力。這與何懷碩在〈矯情的武陵人〉一文所批評的「又懶惰又空想，註定他物質上與精神上永遠是匱乏與空虛」的黃道真相去甚遠。黃道真也許「喜歡作不著邊際，不實事求是」的玄想，也許不是個討人喜歡的人，不是世俗所舉的「好人」。但無疑的，他卻是一個有思想，不斷運用想像力，為詩人布萊克所稱許的真正活著的人（在此假設布萊克死而有知，今天讀了劇本，認識了黃道真）。

蓋詩人布萊克認為個人內心或宇宙間不斷存在著正負的衝突。像黃道真內心的「白」「黑」衝突一樣，布萊克認為「沒有衝突就沒有進步。吸力與斥力，理性與氣力，愛與恨都是生命所不可缺的」（“Without Contraries is no progression. Attraction and Repulsion, Reason and Energy, Love and Hate, are necessary to Human existence”）。而且在上帝所創造的萬物中，有馴良如小羊的，亦有兇猛如老虎的，此所謂「可怕的對稱」（fearful symmetry）也。宇宙靠這種極端對立的勢力來滋長，個人也靠這種衝突而長進。黃道真不斷活在兩種極端的衝突裡，也因此提高了他學會選擇，學會往上爬的勇氣。在第一幕裡，正當他在那兒痛恨俗世職業，譏諷外在約束（衣服），把人間枷鎖大大詛咒一番的當兒，突然黑衣黃道真出現了：「我來提醒你，你今天打的魚太少了，你想想，你上有父母，下有弟妹，每天打那麼幾條魚，怎麼夠呢？西村的藍姑娘多麼好的人品，已經定親一年了，還沒有錢迎娶，你難道不會想想嗎？」等黑衣人一走，那帶著春天氣息的白衣人立刻來了：「不，不要咒罵這個土地——特別在這個時節，在這種春天。」從文學上講，這種強烈的對照是極發人深省，極富象徵意味的。

然而值得注意的是，在第一幕裡，當黃道真被兩種相對力量弄得有些糾纏不清時，他尚不需做任何有形的抉擇。事實上，他沒有選擇的餘地。後來發現桃花林也是偶然的。至於見了一個小小的洞，而鑽入那黑洞洞的通道，乃是由於好奇心的驅使，無需半點創造性的抉擇。後來在第三幕裡，當他正在猶豫不決，在桃花源與武陵之間必須選擇其一的時候，情形就大不相同了。他的境界已經因為他的經驗而高升了，他的責任加重了，內心衝突更加強烈了。黑衣人說。「如果你不想法子留下，那你就是第一號獃瓜。古往今來多少人求仙，只有你福氣好闖進了桃源，眼前現放著桃花姑娘，何不快快活活地終老他鄉？」緊接著，白衣人就前來把他「向上拉……往高處提。」經過一番心理戰鬥，一段痛苦的抉擇後，他終於想退回武陵，因為他「厭倦了桃源」，唯恐失去那「嚮往天國的權利」。這抉擇，這奮鬥，這艱巨的攀爬寫盡了黃道真的心靈進展。他已由不需負責任、不需嚴肅面對人生的世界裡爬到一個有選擇權利的，需負重大包袱的境界中了。這就是布萊克所謂的進步（Progression），也就是西方人所推崇的進步觀（the idea of the Progress）。

也許有人會說張曉風所創造的黃道真的內心衝突不必是西方的，因為在中國也有陰陽的觀念啊！此語不錯。但在中國，陰陽觀念與西方所謂的衝突是不同的。陰陽雖然並存，但理想中的境界卻是指陽蓋過陰的境界。換言之，陰只是陽的短暫的、早晚需被去除的陰影而已。

而西方人所謂正負的衝突是永遠並立的；即使「正」蓋過「負」，「負」馬上就會爬起來，與「正」做永恆的對比與競爭。這就是為什麼我的美國學生們一致認為〈武陵人〉一劇很是西洋的道理。因為就如羅龍治在〈迷路的黃道真〉一文中所提的，「黃道真從桃源回來以後，仍然是一個迷路的黃道真。」「他連自己應不應該繼續的捕魚，也是感到一片茫然了。」只是羅龍治從中國傳統的觀點來看黃道真，才會認為那是一種可哀。但從西洋的觀點看來，黃道真是繼續在求進步的。他的衝突仍在，只是境界更高，責任更重，漸漸走向「第一等的美善」。沒有成熟的抉擇，沒有痛苦的攀登就達不到那所謂的天國。

也許有人會說張曉風描寫的中國太富宗教味了。不然！作者從未用說教的口吻來闡明某一宗教規條。當然她也無需以「大概所有嚴肅的東西都有些宗教味」來解說。天國的概念本是象徵性的，那是最高、最美、最善的表徵。《天地一沙鷗》裡的那隻海鷗所以展翅高飛，努力不斷地磨練自我，還不是為達到那最高、最美、最善的天國？對天國的嚮往不貴在達到終極目標（事實上人不可能完全達到完美，否則人的意義也就喪失了），而貴在「切切地渴想」五個字。有渴想才有進步，而且要「切切地」，不斷地努力，才使人生有意義了。所以黃道真並非像何懷碩所說的「嘲笑人生，詛咒生活，高標虛無妄執的天國」，而是「切切地渴想」人生最高的理想。人類幸有這種熱切的嚮往才有今日的文明。

黃道真之放棄桃源，回返武陵與布萊克之從「無邪」（innocence）轉入「經驗」（experience）的哲學相似。布萊克曾寫《無邪之歌》（*The Songs of Innocence*）和《經驗之歌》（*The Songs of Experience*）。

在這觀念對立的兩部詩集裡頭，他尚未真正說出什麼結論來，但「無邪」與「經驗」的觀念卻早已深深困擾了他，成為他的內心底衝突。伯瓦先生（C. M. Bowra）在所著《浪漫的想像》（*The Romantic Imagination*）一書就提到布萊克在寫完無邪與經驗之歌後曾左思右慮地設法在二者之間找出一個答案來。後來布萊克寫《諧兒之書》（*The Book of Thel*）及〈提立兒〉（“Tiriel”）時，這個問題就有了明確的解決了。在《諧兒之書》裡，詩人描寫一個活在世外桃源的無邪境界的女精靈——諧兒，她沒有勇氣面對醜惡的真實，終於決定不投胎於世。在〈提立兒〉一詩裡，當主角提立兒慟然發現自己因幼稚、死板而喪失自由想像的靈命時，那懊悔萬般的情景簡直令人悸怖。而哈兒（Har）和黑渦（Heva）也因長久麻痺於無那的境界而無能為力，只能眼看著提立兒墜入悲劇的深淵。

在布萊克的四種世界層次裡頭，有一層叫做布拉（Beulah），意即世外桃源，或「次等的樂園」（布萊克稱之為“lower paradise”，張曉風所謂的「次等的理想」妙在與此相符）。布拉是一個人與人和睦相處，安樂無邊的地方。在《四個左阿》詩集（*The Four Zoas*）的第一章，布萊克曾這樣描寫了布拉的實景：

永恆之外有一溫馨的安息地
那是布拉，柔軟的，銀月般的，微微的。
純潔，和暖，溫順，
乃安息人的家鄉。
亙古前即為上帝羔羊所創造，
仙境似地圍繞在人的四邊，流連於人的裡裡外外，
布拉地的女兒們展現在甜睡者的夢中，以免他們陷入永恆的死。

伯瓦先生說：「當布萊克寫這段詩時，他已肯定布拉不是最高的理想境界。這世外桃源不是完美的，因為沒有努力，無需奮鬥，」而且「豐盈的人生只有在離開布拉，進入一個較為廣泛，較為『風波』的世界才能被實現出來。」換言之，「要達到更高越的境界，人必須受經驗及苦難的磨練。」

如果布萊克有知，他絕不會欣賞武陵人所發現的桃花源，因為那桃花源與布拉的情景極為相似：

我從不知痛苦何物，
我們安安穩穩地過了一百年，
我們安安穩穩地過了二百年，
我們安安穩穩地過了三百年，
我們安安穩穩地過了四百，五百，六百年。
……

> 我們在歡樂，我們，和我們的牛，我們的狗，甚至還有我們的雞，都一成不變地歡樂著。
>
> ……
>
> 我們仍將歡樂，我們將永遠守著這一片歡樂。除了歡樂，我們還有什麼呢？

像布萊克筆下描寫的諧兒一樣，活在桃花源裡的人「無邪」得不敢面對現實。在第四幕裡，老叟就畏首畏尾地對黃道真說：「你曉得，我們當初是為了躲避秦朝才逃進來的。」「所以，到現在六百年了，我們仍然還在害怕」，「怕有人找到我們，怕有人把我們帶回從前的生活。」像諧兒一樣，桃花有一張「沒有風波的臉」，有一對「沒有哭泣過的眼睛」。最後真使黃道真下決心回返武陵的也是這沒有風波的臉，沒有哭泣過的眼睛：「我現在知道了我的選擇。桃花！桃花！」

黃道真不能忍受那「只有舒服，只有安靜，只有一切令人發狂的幸福」的仙境。而這就是布萊克的經驗價值觀了。布萊克認為經驗是不可缺的，而且在個人成長過程中，經驗是愈多愈好。在《四個左阿》中，他說：

> 什麼是經驗的價值？你能用一支歌買它嗎？
>
> 你能以街市間的一舞買智慧嗎？不，那是用你的所有，屋宇，妻子，兒女換來的。

對布萊克來說，經驗是用艱苦的餅換來的。而心靈經驗的豐收則需不斷的磨練與犧牲。

因此黃道真那不安於無知，那永遠擁有一個夢與渴想的心懷則是堆積心靈經驗的基石了。羅龍治批評黃道真，說他「所拋棄的只不過是一種世俗低層次的生活意境而已，所以黃道真的這個選擇，是不足以震撼我們的時代心靈的」。羅先生幸為一個追求第一等美善的理想主義者才敢這麼說。

其實世界上，尤其是今日工業發達，人人標榜物質主義的社會裡，到底有多少人能真正拋棄「世俗低層次的生活意境」，而不斷渴想那終極的理想的？我看，少得可憐。可悲的是，人類停止作夢，停止渴想了。

所以我說〈武陵人〉很現代，但不只適於中國。張曉風給我們的是一個現代得不能再現代的啟示：在今日忙忙碌碌，金錢至上，人人只求「活著」的社會裡，我們能不能放棄世俗的桃源，而渴想最高的理想境界？就是在美國，這也是一個極為得體的題材。說它現代，當然不必否認其古典的情調，而是點破其現代價值。說它不泥土，當然不必否認其中國氛圍而是指其重點在乎超越的，自由的心靈經驗領域，是每一個種族都能接受的。

何懷碩為了張曉風敢於糟蹋陶淵明〈桃花源記〉的理想境界，且稱之為「次等的幸福，仿製的天國」而心感不平。那麼布萊克的作品又要怎麼說呢？布萊克被 20 世紀學者大大推崇，且被譽為第一等藝術詩人兼哲人，但他表現於詩章裡的哲學卻與傳統聖經的說法大相逕庭，雖然他左一句耶穌，右一句耶穌的。例如他認為《舊約聖經》裡頭的耶和華是「同一個命令，一種快樂，一種欲望，一種詛咒，一種度量衡，一個君王，一個神，一條法律」(見布萊克 *The Book of Urizen* 第一章)，布萊克認為這是種獨裁的手法；而耶穌卻帶來愛與諒解，甘願犧牲自我，衣襟沾遍了血，為著給人想像與創造的機會，是永恆至善（上帝）的化身。西方學者不但沒有因此罵他褻慢，或說他「謬妄張狂」，反而尊重詩人想像力及思想的獨立性。

所以仿製不是創造，改寫卻是了不起的創造，因為改寫能將人從傳統的桎梏提升出來，試從另一觀點看人生。

1973 年 6 月 25～26 日《中國時報・人間副刊》

——選自曉風《曉風創作集》

臺北：道聲出版社，1976 年 12 月

臺灣戲劇現代化的一段序曲
論張曉風《曉風戲劇集》

◎林鶴宜*

前言：讓數字說說話

對於 1970 年代以後出生的年輕人來說，《曉風戲劇集》是比較陌生的。而《曉風戲劇集》之被專家、學者肯定為「臺灣文學經典」，甚至可能需要一點解釋。因為歷經了 1970 年代的準備，到 1980 年代，象徵臺灣現代劇場新階段的自發性小劇場活動才開始起步走。20 年來成長迅速，立足今天的劇場，很難想像，1970 年代它曾經是個什麼樣子。

讓數字說說話吧！張曉風女士自 1968 年完成第一部劇作〈畫〉，一直到 1978 年的十年間，共出版了九個劇本。[1]這些戲劇以大約每年一部的穩定數量推出，在耶誕節前後演出 9 到 16 場。[2]每次都吸引大批藝文愛好人士前往觀賞，締造了幾乎場場爆滿的盛況。售票演出能有如此佳績，在二十幾年前的臺灣是很難得的。尤值得一提的是，從劇本發表到演出結束，各大小報章雜誌競相討論，除了頭兩年的《畫》、《無比的愛》，還有 1973 年被禁演的《自烹》外，六部戲的相關討論，保守估計有 68 篇之多，捧者熱烈；罵者也很賣力。這樣的紀錄到目前為止還沒有人能夠取代。

所以引起如此廣大的回響，原因在於張曉風女士投身戲劇的同時，正是備受肯定的當紅作家。許多散文讀者，同時也是她劇本的讀者。今天回

---

*發表文章時為臺灣大學戲劇學系副教授，現為臺灣大學戲劇學系教授。

[1]鄒桂苑，〈張曉風研究資料〉，《文訊》第 116 期（1995 年 6 月）。

[2]于善祿，〈變與不變：一九七〇年代臺灣現代戲劇研究〉（藝術學院戲劇學系劇場藝術研究所碩士論文，1996 年）。

頭去看當年諸多批評文字，在驚嘆大部分論述對待藝術創作的態度粗暴（無論否定或肯定）之餘，也很能夠感受到這股粗暴的能量之強大。從參與討論者的層面之廣，數量之多，可見每年一度的曉風戲劇演出，已經不只是劇場的活動，而堪稱藝文界一大盛事了。

時代的巨浪總是那樣快速地交替、推進，再澎湃的熱潮，往往一轉眼便消逝無蹤，只留下嶙峋的岩塊做它無言的見證。評量張曉風的戲劇創作，應該回到她打那場美好戰役的時空。

一、回到過去

「戡亂戲劇」

國民黨政府撤退來臺的 1949 年，臺灣已然因為「二二八事件」的發生，籠罩在一片「戡亂」的氣氛之中。國語推行運動的強悍執行，除了扼殺本地劇場工作者繼續發展的可能性，更使得「日本時代」臺灣新劇的努力成果和實踐經驗沒有能夠傳承下來。

「反共抗俄」政策選擇了「安全的」黨政軍劇隊及學校話劇社作為 1950、1960 年代臺灣劇場的主要成分。1960 年雖有李曼瑰教授大力推行「小劇場運動」，無奈政策面仍然絕對性地決定了演出和出版機會。在這樣的機制運作之下，戲劇淪為政策宣講工具是必然的。這也就無怪乎那時期的劇目，放眼望去盡是《旗正飄飄》、《祖國在呼喚》、《中華魂》了。

除了反共，當時還有不少歷史劇和社會劇。[3]只是像《秦始皇》、《臥薪嘗膽》一類說明「暴政必亡」的劇本，和反共抗俄劇並沒有太大的差別；而許多社會劇也無非只是將反共的場景由國家縮影到家庭而已。

「戡亂」對於戲劇發展的影響絕對超乎我們的想像。從文建會 1985 年出版的《中國話劇史》[4]，以僅僅「戡亂戲劇」和「臺灣復興基地劇運」兩章來總括臺灣的話劇，就可以了解政策對戲劇從教育體系到演出機制全部

[3]叢靜文，《當代中國劇作家論》（臺北：臺灣商務印書館，1973 年）。
[4]吳若、賈亦棣，《中國話劇史》（臺北：行政院文建會，1985 年）。

包辦的根深柢固。

傳統話劇的體質

戲劇之吸引人，是因為它能夠抒發人們內心的情緒和感受。在劇場中無論編導、演員或觀眾，情緒都是向外投射的，而所謂共鳴，便是各方情感投射之交集。戲劇一旦淪為政策傳聲筒，所有的投射管道都被逆倒過來承受種種教條旨令的「操練」。那麼不僅不足以娛樂、陶冶，還必將壓迫精神，無怪乎人人視看戲為畏途。

而就如同今天的舞臺劇急欲擺脫傳統話劇；傳統話劇急卻擺脫的是中國傳統戲曲。換言之，傳統話劇因為刻意吸收西方寫實劇場的優點，在技巧上是「排中國」的。在意識形態上，受到政策導向的影響，它卻又是極中國的。以臺灣為本位來描述，更精確的字眼是「大中原」。戲劇技巧上的「排中國」和意識形態上的「大中原」，基本上可以說是 1950、1960 年代臺灣傳統話劇體質的寫照。那時雖然也有人意圖振作，但是除了形式仍為傳統話劇之餘續，對於反映臺灣本地仍然缺乏自覺。

蓄勢待發的 1970 年代

進入 1970 年代，臺灣的經濟逐漸起飛，人們的心靈也從默默依循的沉寂中甦醒過來；政治上，1971 年的退出聯合國，1979 年的中美斷交，都強烈地衝激國族認同與文化認同的腳步和方向。時代氛圍終於改變！配合了劇場人才的成長和努力的累積，慢慢醞釀出一股待發的氣勢。

1970 年代的現代劇場，校園社團演戲和戲劇科系公演愈益蓬勃，影響較大的有「青年」、「世界」和「華岡」等劇展。雖然未能成為公眾視聽的焦點，在聲勢上已超越了黨政軍劇隊。民間方面也開始出現試圖擺脫傳統話劇寫實框架的實驗性演出，著名的像耕莘實驗劇團（1976）、蘭陵實驗劇團（1978）和聾劇團（1978）等。只是這些劇團不是剛起步，便是零星斷續，有待整合匯流。

真正走過整個 1970 年代而較具規模的，就數張曉風領導的「基督教藝術團契」了。[5]

二、劇場裡的傳道者

宗教劇比賽的起跑點

張曉風女士之投身戲劇寫作，自始至終和李曼瑰有密切的關聯。1968年她參加李曼瑰所創「中國戲劇藝術中心」開辦的「戲劇講習班」。在李的鼓勵之下，以期末習作《畫》角逐李曼瑰為紀念雙親而設立的「李聖質基督天主教劇本創作獎金」，結果獲得首獎。當時的李曼瑰同時是教育部社教司「話劇欣賞演出委員會」的主任委員，李的大力主持，對張曉風產生莫大的鼓舞，於是由其夫婿林治平擔任製作，黃以功擔任導演，共同召集各大專院校校園團契師生組成了「基督教藝術團契」。從成立的 1969 年到解散的 1978 年，每年都在耶誕節前後推出張曉風的劇作。[6]

《曉風戲劇集》裡的五個劇本

1976 年「道聲」出版《曉風創作集》，裡頭包括有散文、小說和戲劇的合集。這套書說明了曉風的創作在當時已達到一定的高峰。《曉風戲劇集》收錄 1971 到 1975 年為「基督教藝術團契」而寫的五個劇本，基本上，足以代表她創作戲劇的風格和成績。

從故事和表現來看，這五個劇作的主旨都離不開宗教。

〈第五牆〉寫一家人在清晨醒來，發現家中的一面牆倒了，所有的隱私都暴露在外人（觀眾）眼前。正慌亂之際，「先知」出現，以生命的真理勸喻劇中人。而就在「先知」幾度的上場和下場間，劇中人迅速地經歷了人生，原來的小孩子一轉眼已為人父母，但始終沒有人願意停下來聽一聽「先知」的話語，直到劇中人之一面對死亡。

〈武陵人〉借用晉陶潛〈桃花源記〉的故事，寫漁夫黃道真在武陵溪

---

[5]于善祿，〈變與不變：一九七〇年代臺灣現代戲劇研究〉。

[6]李立亨，〈用散文在劇場內傳道——張曉風和基督教藝術團契〉，《表演藝術》第 36 期（1995 年 10 月）。

畔討生活，無意中來到桃花源的入口，經過艱辛的鑽爬，進入桃源村。在享受安樂舒適之餘，他開始面臨抉擇：究竟要留下來不花氣力地安逸度日；還是回到武陵溪畔，繼續亂世中的苦難奮鬥？最後主角的「理想」戰勝了「世故」，他放棄了桃花源裡「人間次等的幸福」，回到武陵溪追求「第一等的美善」。

〈自烹〉寫《韓非子》中〈易牙蒸子〉的故事。筆墨集中刻畫齊桓公、蔡姬、易牙和豎刁等人物充滿毀滅性的慾望。齊桓公占有和毀滅一切；蔡姬與之聲氣相通；豎刁自閹；易牙殺子以討好齊桓公，他們都是桓公的鏡子。最後，易牙和豎刁聯手叛變，齊桓公慘死。

〈和氏璧〉也是來自古籍《韓非子》的故事，但情節只是骨幹。透過大量詩化的語言，向楚王獻玉的主角卞和，被「寫成一個傳教士的典型」（曉風〈一塊玉的故事〉）。

〈第三害〉取材自《晉書・周處傳》。劇中的周處因為常常替一幫為非作歹的痞子兄弟撐腰，為村人所痛惡，但兒時玩伴的蕙兒姑娘始終寄予同情。村人以耳語判定周處為陽羨的「第三害」，不知情的周處卻懷持義勇為善之心拚死殺虎斬蛟。當他遍體鱗傷回到村莊，竟發現自己來到一個慶祝「周處之死」的狂歡盛宴。憤恨交加的周處經過賢士陸清河的開導，體悟到唯有「善體天心」，才能去除內心深處的第三害。

以基督教為榮

由於曉風的名氣和文字魅力，知識界對於她寫作戲劇是寄予厚望的。許多人不了解為什麼她的劇本要承載那麼沉重的宗教？她本人對於這個問題倒是一點兒也不避諱。她曾經在受訪中回答說：「如果有人認為我的戲有宗教意味，我覺得很榮幸。」「如果有人分析我，其實也只有兩種東西，一個是『中國』，一個是『基督教』。」[7]

整體來看，曉風戲劇所傳的「道」，一開始很明顯是基督教，但隨著技

---

[7]幼獅記者，〈〈桃花源記〉的再思——張曉風訪問記〉，《幼獅月刊》第 241 期（1973 年 1 月）。

巧的成熟，思慮的深刻，逐漸傾向於透過人性的觀察，用宗教的情調來反省人生。各劇的宗教色彩相對而言是日趨淡化的。

〈第五牆〉非常直接地安排了「先知」這一人物，造型是「手持聖經，他的身分和打扮既像希伯來的先知，也像希臘的預言家」。他是這齣戲的主角，一上臺就傳道。

〈武陵人〉的宗教實質，表現在主角對去留的抉擇上。桃花源因為有生老病死，所以只是「次等的幸福」(白衣人語)。黃道真向桃花姑娘告別的話語中，還出現了:「而我，和我的父老，卻注定以艱難為餅，以困苦當水，並且在長久的磨難裡，切切地渴想著天國！」等宗教意味極強的話語。

〈自烹〉寫人性橫流的慾望。除了像易牙妻：「孩子是神賜的……神為什麼叫人類有孩子？因為神說，他們活得太久了，變醜了，我現在要把他原來的樣子送回去給他看。」之類的對話，並沒有像「先知」或「天國」等安排。

〈和氏璧〉以「玉」「代表一切神聖美好值得追尋的事物」[8]，把「卞和」寫成「傳教士的典型」，極力刻畫「懷善」而固執的道德情操之偉大。

〈第三害〉安排由同一個演員飾演「形或聲」及「陸清河」兩個角色，前者是周處父親的幻象；後者是父執賢士，兩者都有一點「天父」的影子。劇中著意描寫人類踐踏他人以鞏固自我的自私，並以心靈的自我淨化來加以包容。

能夠從單純的傳道中走出來，將焦點自「說服信仰」逐漸延伸到對生命的思考，帶領觀眾一起反省人性和人生，這是劇作家本身的進步。劇本中許多雋語警句，至今讀來仍頗耐人尋味。團契是基督教的青年社團，寫給「藝術團契」演出的劇本，為什麼不該傳道呢？當時許多以「布道」或「載教」作為指責的批評，都忘了應該尊重「團契演戲」的本質。曉風在面對質疑時，總是理直氣壯加以回應，算是很夠不偏離自己的立場的。

---

[8]不著撰人，〈堅持玉的人——〈和氏璧〉作者張曉風女士訪問〉，《曉風戲劇集》(臺北：道聲出版社，1976年)。

三、從傳統話劇出走

她的現代很中國

從〈武陵人〉開始，曉風就偏好從中國舊典籍中取材，寫自己想說的故事。

借用了傳統的舊瓶，要釀什麼酒原本是個人的創作自由，任何對原著的改寫、嘲諷、壓縮甚至變形，都已經是另一項新作品的獨立誕生，絕對絲毫無損於原著，這是很清楚的。

然而 1970 年代的人似乎不這麼想。有人為了〈武陵人〉把「桃花源」說成是「次等的幸福」而氣憤難平。當時評價甚佳的哲學刊物《鵝湖》，還針對〈武陵人〉和〈嚴子與妻〉（取材自「莊子試妻」傳說）的改編，在社論中提出批評，認為是「對傳統文化與前賢德業別有用心的曲解與鄙薄」。同一期的文章中，更出現了「與上帝分贓」、「與上帝共啃祖先的骨頭」等激憤的字眼。

具備了追求「戲劇現代化」的鮮明認知，卻能夠從傳統的舊典籍中取材，其取材的眼光和現代化的意識都十分進步。而曉風不僅取材於傳統，連手法都向傳統借鑑。

她採用傳統戲曲的「虛擬」和「寫意」手法，這在〈自烹〉和〈第三害〉的舞臺指示中看得最清楚。例如：「他們像演平劇似的走了很長遠的距離」，「讓觀眾自己去想像百官熙熙的盛況」，「她惡意地搖擺起船來，……這一段動作可參考平劇」，「豎刁和易牙上，……大可模仿平劇在鬼魂身上黏紙條的做法」（〈自烹〉）。又如：「白額虎和蒼蛟可模仿平劇，他們實際上是虎衣人和蛟衣人」，「老虎翻滾的動作可參考平劇的觔斗，音效可用現場的鼓點」（〈第三害〉）。

這使我們想起 1980 年代初轟動臺灣現代劇壇的《荷珠新配》。不僅能夠反映 1970 年代知識分子對自我文化認同的覺醒，突破了傳統話劇在技巧上的「排中國」，也符合世界戲劇「回歸東方」的趨向。

散文而優則戲劇

在開始寫劇本以前，曉風已經出版過散文集《地毯的那一端》、《給你，瑩瑩》、《愁鄉石》和小說《哭牆》了。1967 年她以《地毯的那一端》獲得「中山文藝創作散文獎」，證明了她的散文不僅廣受年輕人喜愛，也深獲藝文界肯定。曉風的散文充滿了豐沛的情感和人生體悟，透過出奇的想像力，創意十足的比喻，任何生命細節經她妙筆輕輕撥弄，便渲染出滿天花絮，對於那個久受壓抑急欲尋找出口的時代，魅力是無可阻擋的。她挾散文之威來到劇場，可以說「散文而優則戲劇」，也因此「散文化」成了她劇作的一大特色。而她的散文又很「詩化」，有時候簡直就是無韻的詩，她用這種詩化的散文來寫對話。

劇作家對語言的撰擇，可以說非常關鍵性地影響了一個戲的風格。一長串的語言如果只是美麗的抒詠，那往往較缺乏醞積動作的力量；而劇作者強烈的個人風格，尤其容易使劇中人物失去差異性，減低了刻畫人物的功能。試看以下兩段對話：

> 我怕這桃花會坍方，我怕我會被這溫柔的紅壓死。這樣的春天叫人不敢呼吸，我低著頭，怕呼吸的空氣是綠的，抬起頭，又怕呼吸的空氣是紅的，仰頭向天，又怕呼吸的空氣是藍的。為什麼我從來沒有看過這樣廣大的桃花林，這麼無邊無際地紅下去，好像打算要紅到天地的盡頭似的。
>
> ——〈武陵人〉第一幕
>
> 夏天也是殘酷的！他把所有的紅色都殺了。夏天真狠，我愛夏天，夏天把什麼都打碎，夏天用它又老又濃的綠色把每一個山頭強占了！
>
> ——〈自烹〉第三場

前者是漁夫黃道真進入桃花源途中的詠嘆；後者則是蔡姬對齊桓公訴說四季的感受，兩段對話都可以明顯看到曉風散文的風格。關於語言，曉風曾說：「詩化了的語言，不但比較豐富，比較舞臺化，甚至也比較接近心靈的真實。」[9]

這種「散文詩」式的對話，也許不符合一般人的說話習慣，不太可能在生活裡發生，卻正好用來痛砭臺灣傳統話劇陳腐有餘、缺乏生命力的對白。事實上散文不止成為曉風戲劇的對話，它還很徹底地出現在其他角落。且看以下兩則舞臺指示：

> 合唱隊下，原來齊桓公和蔡姬、優兒就坐在後面，此刻燈光將他們顯形出來，有如掀開石頭，忽然見到一批蟲子。
>
> ——〈自烹〉第七場
>
> 他平靜得有如一個對鏡子沉思的人——雖然在抬頭之際看到了鏡中的影子，卻絕不會吃驚，他又像一個觀眾走入劇場，不管看到臺上有怎樣怪異的演出，他都早已準備好願意接受，所以齊桓公的出現對他而言非但不古怪，反有一種理該如此的熟稔。
>
> ——〈自烹〉第六場

劇作者對寫作的醉心和投入由此可見，這對舞臺而言究竟是「精確」還是「多餘」，嚴格地考驗著導演的功力。西方寫實主義在行之有年之後，開始出現反寫實的象徵主義和表現主義；臺灣的現代戲劇在多年傳統劇的「擬寫實」[10]之後，也有了反傳統話劇的寫作。

另闢蹊徑

曉風戲劇常見借用京劇的手法，並不急於和傳統戲曲畫清界線；她對西方的戲劇技巧同樣能夠吸收運用。歌隊（Chorus）的使用是一個例子。

〈自烹〉有一個由八人組成的「合唱隊」，他們穿梭劇場，朗誦一些感嘆的詩句。諸如：

---

[9]不著撰人，〈堅持玉的人──〈和氏璧〉作者張曉風女士訪問〉，《曉風戲劇集》。

[10]馬森，《西潮下的中國現代戲劇》（臺北：書林出版公司，1994 年）。

哦，請不要問我悲劇從何時發生
也不要問我悲劇在誰身上發生
我倒要問你，你幾曾看見歷史的傷口結痂
你幾曾聽見血流的瀑布停頓
永遠有些人在自閹
永遠有些人在自烹
同樣的故事搬演了又搬演
同樣的情節重而又重

〈和氏璧〉中的「族人、朝臣若干」也有同樣的作用。

「內心獨白」的放大是另一項手法的運用，〈自烹〉第三場，當蔡姬與齊桓公爭論二人的心性時，出現：

> 燈乍黑，舞臺有短暫的沉默，在觸及這最嚴重最沉痛的問題時，兩人同時有幾分忡怔，他們在死寂而黑暗的舞臺上如塑像般地對坐，之後，燈光在蔡姬的獨白中一一亮起。

〈第三害〉第六場周處的內心獨白也採用同樣的手法。

〈武陵人〉一劇則有「灰衣」、「白衣」和「黑衣」三個黃道真，分飾人物的公開外在、內心理想面和世故面。戲一開始即插入一場舞蹈，這場舞蹈「由三個黃道真的並立、衝突、破析來籠罩全局」。其他諸如〈第五牆〉的「觀眾代表」之自由進出戲內外；〈第三害〉父親以「形或聲」的方式出現與兒子對話；擬人化的老虎、蒼蛟和周處爭論「心中的害」等等。都可看到她學習西方戲劇，卻不自囿於寫實劇場的格局。

結語

從〈第五牆〉到〈第三害〉，曉風戲劇從宗教教義的闡發，一步一步推向寬廣的人性觀察；對戲劇技巧的掌握，也日見成熟、從容。〈和氏璧〉裡憑空創造「咼瑜」這一人物，作為造假玉者之子，最後竟成為楚王斷真玉的助力，概念益形深刻，技巧令人激賞；〈第三害〉集中筆墨去揣摹周處面對「第三害」的心理歷程，節奏分明，思想的開拓也十分具有說服力，不只不限於「宗教」，同時更跳脫了話劇的樊籬，為當時的劇本寫作提供了良好示範。

1999 年重拾《曉風戲劇集》，和大學時代「淚如泉湧」的經驗已有相當的差距。更貼近的關懷，更清晰的認同，對劇場，而不只是團契青年更大的激發，是我們用今天的標準對曉風戲劇提出的苛求。1970 年代由「基督教藝術團契」演出的曉風戲劇，雖然沒有「畢其功於一役」，奠立臺灣戲劇現代化更穩定的基礎，卻也掙脫了諸多束縛，為以後的劇壇發展劃出一片更寬廣的天空。

誠如曉風自己為戲劇集的出版所寫的一段話：

> 我之所以寫劇本並將之演出，絕無自炫之心，我只願自己是一個長夜的秉燭人。我用祈禱的姿勢等待旭日，當真正的燦爛臨照時，我將比任何人不愛惜這微小的光燄。
>
> 我願我所作的只是一段序曲——在新時代的中國劇場裡。

站在世紀末的 1999 年回顧，這確乎是曉風戲劇創作的最佳註腳。

——選自《臺灣文學經典研討會論文集》

臺北：行政院文建會、聯經出版公司，1999 年 6 月

為曉風的戲劇定位

序《曉風戲劇集》

◎馬森*

中西戲劇的起源和發展很為不同，但多少均與歌舞有關。西方戲劇發源甚早，據說遠在公元前三千年，埃及的葬禮和國君的加冕禮已具有戲劇的形式。但埃及的文化並不能說是今日西方文明的源頭。予後世西方文明巨大影響的是希臘文化。希臘的悲喜劇可上溯到公元前五世紀。其形式起源於對酒神狄俄尼素斯（Dionysus）的祭典，即以對酒神的讚歌（dithyramb）為主體。後來由歌隊中分離出主唱的人，由唱而詠，由詠而誦，由誦而說，終於演變成 19 世紀寫實的白話劇。

中國戲劇的形式相對地完成甚晚，到了 13 世紀的元代才有完整的代言體出現；但仍由一人主唱，與歌舞緊密結合。其前身「諸宮調」則純為清唱，雖與對酒神之讚歌功用不同，其為歌唱則一。在 20 世紀以前，中國從沒有發展出白話劇。

光緒 33 年（1907）是中國戲劇史上一個重要的年代，那一年中國留日學生組織了「春柳社」，正式演出西方的白話劇。「春柳社」的同人歸國後繼續從事新劇運動，於是在中國產生了有別於以歌舞為主的傳統戲劇的舞臺劇，俗稱為「話劇」。

中國傳統戲劇與西方晚期的寫實劇最大的不同處即是前者以歌舞的形式、象徵的手法來演現劇情，可稱為純演戲；後者則趨向於對生活的逼真模擬，期望觀眾信以為真。這二者之間本有一個橋樑，作為從純演戲到化

---

*小說家、劇作家、文學評論家。發表文章時為國立藝術學院（今臺北藝術大學）客座教授，現已退休，旅居加拿大。

入生活的一個中間地帶，即是本為西方早期戲劇主體的「詩劇」。詩劇不若歌舞之純演，與生活有較密切的結合，但又因其以詩語代白話，故也不可能盡情寫實。然而由於中國的話劇等於是西方 19 世紀末期寫實劇的直接移植，反倒沒有機會發展出以朗誦代歌唱的詩劇了。

戲劇的來源既然都與歌舞有關，就可以知道戲劇的重要表現方式並不必定是像一面鏡子似地把人生毫纖畢露地反映出來。戲劇可以提煉人生的或悲或喜的遭遇（歌劇、詩劇、舞劇）、可以用暗示比喻的方式來現示人的遭遇和命運（象徵主義）、可以模擬生活的表象（寫實主義）、可以突顯潛在的暗流（超現實、夢幻劇）、可以強調心理現象（表現主義）、可以非邏輯地透視人生（荒謬劇）等種種可能，所以戲劇的表現方式是非常廣闊的。但不論任何表現方式，均不能脫離情緒的發揮與流洩。在這一點上詩語也許比白話更易於表現情緒的激越或收斂。這就是為什麼在以寫實的白話劇為主流的我國現代劇中，總使人覺得在情緒表現上太過平板、單調，既少見激越奔放的場面，亦不易達到收斂冷凝的境界。張曉風女士的戲劇，在以寫實為主流的我國現代劇中，卻帶出了很濃烈的詩劇的傾向。

我自己沒有看過曉風戲劇的演出，但是我認為如果以寫實劇的方式來處理，恐怕無法使她戲劇中蘊含的激越或冷凝的情緒適當地表現出來。正像布雷赫特（Bertolt Brecht）受了東方戲劇影響後所導的疏離的「史詩劇場」一樣，曉風的戲也是具有疏離感的。她常常取材於遙遠的古代，把戲劇的背景放在一個想像的時空中，就很明顯地帶出她企圖要求觀眾保持距離的願望。中國的傳統戲劇就是如此，從沒有要求觀眾參與劇中人的生活，重要的是需要觀眾具有明晰的判斷力，來鑑賞、批評另一個時空中人物的命運與遭際。

這個集子中所收的幾個戲，我覺得都是接近「史詩劇場」一類的戲劇。雖然與布雷赫特一樣曉風運用的語言也是白話，但場景、氣氛與對話中的用詞遣字卻是詩意的。

〈嚴子與妻〉繼傳奇中的《蝴蝶夢》和平劇中的《大劈棺》之後，也取材自明代小說《警世通言》中的〈莊子休鼓盆成大道〉。莊子的這個故事本身就是寓言詩意的，曉風用的也不是直寫，而常借明喻或暗喻，在詩的手法中顯示出人際的關係和自我剖析。

〈位子〉是通過竹林七賢等七個詩人的各種放達不羈的面貌來襯托出人生的無常。找不到「位子」既是無常，找到了「位子」，又哪能永遠占有這個位子？負鼓盲翁的戲中戲，把人物與故事都從觀眾面前拉遠了，我們正如隔了一層透明的紗幕來欣賞戲裡的詩或詩中的戲。

〈一匹馬的故事〉一開場就是一群不露人間疾苦像的叫花子，把觀眾帶入了另一個詩中才有的世界。這一個世界具有十足的世外桃源的意味。戰爭的慘痛、人間的禍福與生離死別，都呈現出經過了餘濾後的純淨。

這幾齣戲所追求的都不是對人間世相的具體模擬，而是抽離了生活中繁瑣末節後的精鍊了的共相。表現的方法是詩的，表現的情境是詩劇的。

談到詩劇，除了情境超出寫實的範限以外，最重要的當然是語言的運用。寫實劇的語言用的是純白話，有時候甚至是純口語。詩劇則不然，詩劇的語言是從白話中提煉而成的詩，有韻腳、有對仗、有聯想、暗示、有明喻、暗喻、有歧義、隱語等等，具有詩的所有特性。在舞臺上誦說起來，自然與說大白話很為不同。莎士比亞戲中的對話，就是鏗鏘有聲的詩句。哈姆雷特的「生存還是毀滅」、羅密歐與朱麗葉的情話，跟日常生活中的語言相去甚遠。

前文已經說過中國傳統的戲劇語言是歌，而 20 世紀由西方移植而來的話劇又因為在西方寫實主義戲劇的強大影響下，一開始就應用了白話，反倒未曾有過詩的語言的嘗試。說未曾有過也許是稍稍過分了些，應該說是未曾成功地把詩的語言運用在戲劇之中。這其中有一個重大的原因，就是劇作者在原始意圖上有意無意地均奔向寫實，因此使凡是違離了白話與口語的舞臺語言，聽來都覺刺耳。

然而到了 1980 年代的今日，白話本身已經產生了問題。特別是在目前的臺灣，不管最近三十年來多麼著力地推行國語，一般人所運用的口語離以北平音為基準的國語都有一段很大的距離。如果這時寫實劇的作者，以北平話習用的語法語彙來寫生活在臺灣的人物，然後又要求演員在舞臺上以標準的國語說出來，便顯出了與人物的身分和情景扞格不入的現象。但是如果劇作家並沒有寫實的意圖，戲的背景又沒有確定的時空，這時候不但國語是可行的舞臺語言，詩意的舞臺語恐怕也是可行的。不過後者需要劇作者不怕失敗的大膽嘗試，以俾摸清楚詩的語言可以到達一種什麼程度。

曉風所用的語言基本上是國語的白話，但是其間時常顯示了詩的韻味。譬如在〈嚴子與妻〉中有這樣的句子：

> 菊花把籬笆都照成金子的早晨他不在，月亮把後院都映成銀子的晚上他也不在。

〈位子〉中：

> 你坐在這船頭——我坐在那船尾，瀛海九州，海外仙山，都會照我們所要的樣子一路好下去。

〈一匹馬的故事〉中：

> 春暖草薰，在荒郊試馬，在酒肆裡沽酒，沿著石板路引吭高歌，從莊子東頭直跑到莊子西頭，眼前只見十里春花像一道血紅鞭子，舉起來，落下，刷的一聲，半空裡紅成一片。

這一類的句子可說遠遠地超出了日常的口語之外，如果用在生活化的寫實劇中絕對是不襯的，但是用在詩劇中反倒可以加強了詩劇的非寫實性。因此，我認為曉風的戲在導和演上絕對不能以寫實的手法來處理；否則不但乖謬了作者的原始企圖，一定也會使這樣的對話成為使觀眾無法忍受的「雅語」。

在人物的塑造上，曉風想規避寫實的意圖也非常明顯。她所寫的人物不但多半是歷史人物，而且常常是寓言中的人物，像嚴子與其妻及塞翁一家人。這樣的人物本來就沒有確定的身分，所以大有使作者虛構的餘地。「虛構」兩字並不必定具有貶意，正面的意思可能意指想像豐富。如果虛構本具有故意乖離日常生活的用意，那麼這樣的虛構就有其應有的意義。就正如抽象畫中的線條直接來自畫家的心境，不必一定符合眼目所見的形體一般。曉風劇中的人物並不具有寫實劇中所謂的血肉，但卻充注了詩劇中的象喻意義。每一個人物都代表了作者所賦予的某種抽象的意旨，可能是一種情感的化身，也可能是人的某種特質的具體形象。這樣的人物在寫實劇中可能顯得不夠豐滿，但在詩劇中卻更易於突顯其詩情與詩意。

曉風是一個虔誠的基督徒，她的信仰當然會反映在她的作品裡，那就是使她的作品充盈著寬容的恕道。但是有時也會因此形成一個小小的局限，在不留意的時候容易顯示出作者強調自我信念的企圖，予人有不容置疑的感覺。然而對這一點，穎悟的讀者或觀眾當然會有自己判斷的能力。

曉風的為人蘊藉而深，溫存而韌，細緻而放，有多方面的情趣。曉風之才也是多方面的。除了戲劇外，還寫得一手機智而潑辣的雜文。但更容易展示曉風豐贍的才情的卻是她的散文。她的一手散文幾有詩一般的清醇幽遠，實在使人聯想到羚羊掛角的妙喻。曉風的散文既是詩意的，她的戲劇也是富於詩意的散文。如果未來的導演及演員把握到曉風散文的特質，一定會把她的戲劇在舞臺上展現出一種從「春柳社」以來從未曾有過的詩劇的新形貌。

——1984年8月16日於臺北

——選自張曉風《曉風戲劇集》

臺北：九歌出版社，2007年1月

輯五◎
研究評論資料目錄

作家生平、作品評論專書與學位論文

專書

1. 金明瑋　　張曉風　臺北　行政院文建會　2004年12月　197頁

本書以戲劇幕次方式敘述張曉風在戲劇創作的過程。全書共7部分：1.序幕：前言；2.第一幕孕育：敘述張曉風家族背景、幼年生活；3.第二幕嫩芽吐綠：敘述張曉風渡臺後的青少年生活、創作歷程以及宗教信仰；4.第三幕含苞吐蕊：敘述張曉風成人階段的生活、創作與婚姻；5.第四幕爭奇鬥豔：敘述張曉風的劇場生涯、劇本寫作以及對臺灣現代劇團、劇場發展的貢獻；6.第五幕結實：敘述張曉風 40 歲以後的生活與展望；7 附錄：〈他們眼中的曉風〉、〈作者後記〉、〈張曉風年表〉、〈張曉風著作出版目錄〉、〈張曉風改寫及編選書籍出版目錄〉、〈張曉風戲劇臺灣演出表〉。

學位論文

2. 高廣豪　　張曉風和伯諧特戲劇之探討　輔仁大學德語語言與文學研究所　碩士論文　孫志文教授指導　1980年　100頁

本論文主要探討張曉風劇作及伯諧特劇作 *Draußen vor der Tür*，再進一步比較兩者之間的異同。伯諧特之主題意義與張曉風類似，結構處理上卻大不相同，尤其在意象（Bild）上的手法，和張曉風各有異曲同工之妙。全文共 5 章：1.導言——簡介物質慾望與心靈自由在人類心底的衝突與在曉風劇作中的角色；2.討論曉風的人生哲學和宗教觀念以及她幾項重要的劇作；3.針對《武陵人》和《和氏璧》做全盤性的造型、主題，以及結構上的分析與評論；4.伯諧特《門外》和曉風的《武陵人》、《和氏璧》，情節比較：（一）表象與內型的交合點、（二）主題人物的罪惡感，討論悲劇性格與所承受的命運；5.結論。

3. 吳敏嘉　　亦秀亦豪的健筆——張曉風抒情散文之翻譯與評論（The Bold and Graceful Pen：Translations and Commentary of Chang Hsiao-feng's Lyrical Essays）　輔仁大學翻譯學研究所　碩士論文　康士林（Nicholas Koss）教授指導　1992年6月　98頁

The aim of this thesis is threefold. Fisrt, it is a translation project of the selected lyrical essays of Chang Hsiao-feng. Secondly, it is a background study of the writer and her lyrical essays, which will place the translations into a context. Thirdly, it is a discussion on the porcess of translating Chang's lyrical essays. This thesis is divided into two parts. Part I. Commertary on Chang Hsiao-feng's Lyrical Essays and Translation Process. Chapter 1. Chang Hsiao-feng, Her Life and Her Books；Chapter 2. Chang Hsiao-feng's Lyrical Essays；Chapter 3. The Process of Translation. Part II. Translation of Chang Hsiao-feng's Lyrical Essays.

4. 郭孟寬　　七〇年代劇場開拓者——張曉風與基督教藝術團契　中國文化大學藝術研究所　碩士論文　鍾明德教授指導　1998 年　153 頁

本論文分別探討張曉風創作路線、劇作結構風格及 1970 年代基督教藝術團契的劇場實踐的特色，並進一步論述其對 1980 年代小劇場的影響，期能了解昔時之情況並還原其面貌。全文共 5 章：1.基督教藝術團契戲劇活動的緣起及張曉風；2.張曉風劇作：取材古籍，自詮主題，探求哲理；3.張曉風劇作：非寫實風格與形式的戲劇路線；4.基督教藝術團契的演出；5.開拓舞臺劇新領域。正文後附錄〈張曉風劇作發表及出版年表〉、〈張曉風劇作與基督教藝術團契演出之評論選輯〉、〈張曉風劇作目錄〉。

5. 謝雲青　　張曉風戲劇研究　臺灣師範大學國文學系　碩士論文　楊昌年教授指導　2001 年 6 月　372 頁

本論文藉由文本的梳理分析，以文學理論、戲劇理論作為參照，並配合張曉風的寫作觀、戲劇觀，進行內在與外緣的研究。全文共 6 章：1.緒論；2.張曉風戲劇創作論；3.張曉風戲劇題材論；4.張曉風戲劇的藝術論；5.張曉風戲劇的意識論；6.結論。

6. 葉嘉文　　張曉風植物散文鑑賞與教學研究　高雄師範大學國文學系國文教學碩士班　碩士論文　李若鶯教授指導　2002 年　245 頁

本論文探討張曉風作品的風格特色，並進一步著重於張曉風在植物散文方面的寫作技巧，而後與之比較劉克襄等三位作家的風格。另外，藉由說明目前國、高中國文教學中的現代散文教學現狀，突顯現代散文教學的重要性與困境，並提出實際的教學方法與策略。全文共 7 章：1.緒論；2.現代散文概述；3.張曉風的生命史與作品風格特；4.張曉風植物散文鑑賞；5.張曉風植物散文與其他作家自然散文之比較；6.張曉風植物散文之教學藝術；7.結論。

7. 牟方芝　　張曉風散文研究　政治大學國文教學碩士在職專班　碩士論文　陳芳明教授指導　2004 年　231 頁

本論文探討當代著名作家張曉風的散文成就，分析其作品的藝術形象、主題思想、表現方法等，檢驗張曉風散文道路的實踐，以及呈現散文美學思維，並標誌張曉風在現代散文發展史上的地位。全文共 6 章：1.緒論；2.張曉風與現代散文；3.散文與藝術的化境；4.散文與生命的對話；5.散文理論及其實踐；6.結論。正文後附錄〈張曉風寫作年表及文壇時事紀要〉。

8. 藍培甄　張曉風抒情散文研究（1966—2003）　中山大學中國文學系　碩士論文　徐信義教授指導　2005年4月　178頁

本論文以張曉風在 1966 至 2003 年間所出版的抒情散文作為研究的對象。先針對作家的經歷、文學理念，以及抒情散文創作情形進行客觀的認識；進而梳理、歸納出作品深蘊的豐富內涵，展現作家在文學技巧上的藝術成就，以說明張曉風抒情散文在文壇上的獨特意義及價值。全文共 5 章：1.緒論；2.張曉風及其散文創作綜述；3.作品的內涵；4.藝術技巧；5.結論。正文後附錄〈張曉風年表〉。

9. 趙瑋婷　張曉風散文譬喻修辭研究　臺灣師範大學國文學系在職進修碩士班碩士論文　陳滿銘教授指導　2005年　196頁

本論文以張曉風的散文修辭為主要研究對象，從其中運用情形較多且修辭效用較強的「譬喻」來分析其散文之美，藉以了解她在散文創作上鍛鍊文字的巧思。全文共 6 章：1.緒論；2.張曉風散文的類型與風格；3.張曉風散文譬喻修辭之表意方式；4.張曉風散文譬喻修辭之表意內容；5.張曉風散文譬喻修辭之美感；6.結論。

10. 陳松玲　張曉風散文的宗教意涵與美學研究　彰化師範大學國文學系　碩士論文　周芬伶教授指導　2006年6月　223頁

本論文研究張曉風散文中的基督教思想，藉由文本梳理以及基督教思想的參照，指出張曉風散文具有基督教精神的宗教文學作品。全文共 6 章：1.緒論；2.成長歷程與基督信仰；3.啟示與委身的宗教意涵；4.基督教文學書寫；5.藝術體現；6.結論。正文後附錄〈張曉風大事年表〉、〈曉風吹拂——曉風老師訪談錄〉。

11. 茅林鶯　情懷獨寄・豪秀煥美——張曉風散文創作論　華僑大學中國現當代文學　碩士論文　倪金華教授指導　2007年6月　62頁

本論文探討張曉風散文的鄉愁情懷、宗教觀照自然的獨特情感表現，與散文內的詩性、戲劇特徵，闡釋其藝術特色與創新。全文共 5 章：1.張曉風與散文創作；2.蕩氣迴腸的鄉愁母題；3.情懷獨寄的自然母題；4.詩情情懷・詩意闡釋；5.以散文之姿融戲劇之長。

12. 李麗雯　張曉風散文美學研究　銘傳大學應用中國文學系碩士在職專班　碩

士論文　江惜美教授指導　2009年1月　229頁

本論文首先透過作品的外緣因素，掌握作家作品的面貌。進而從其散文創作梳理、歸納出作品深蘊的豐富內涵，概述其散文題材內容與風格上的轉變，體現其不同時期的作品特色。其次，利用心理學和美學的角度，分析作家審美過程的心理活動，論述散文中形相直覺的感知、心理距離的構築和移情作用的交融。最後分析創作風格、界定作品的語言形式。全文共 6 章：1.緒論；2.張曉風的寫作歷程；3.張曉風散文的主題內涵；4.張曉風散文中的美感經驗；5.張曉風散文的創作風格；6.結論。

13. 張小燕　　張曉風散文的多重意蘊　蘇州大學中國現當代文學　碩士論文　曹惠民教授指導　2009年5月　64頁

本論文以張曉風 1966 至 1990 年所出版的散文集為研究對象，從散文創作觀、傳統情懷、自然書寫、女性書寫四個角度探究張曉風的散文。全文共 4 章：1.散文創作與張曉風：與文學保持純潔的關係；2.張曉風散文的傳統情懷；3.張曉風散文與自然書寫；4.張曉風散文與女性書寫。

14. 楊美雅　　張曉風散文理論與實踐——以美感為論述主軸　國立雲林科技大學漢學資料整理研究所碩士班　碩士論文　黃東陽教授指導　2010年6月　233頁

本論文從「情思」、「文字藝術」與「意象」三個角度建構張曉風散文美感並分析其藝術技巧。全文共 7 章：1.緒論；2.生平與著作；3.創作理論與主張；4.豐善的情感思維；5.形式的呈現與技巧；6.意象的塑造與方法；7.結論。

15. 滕　超　　張曉風散文論　山東師範大學中國現當代文學　碩士論文　周志雄教授指導　2011年4月　56頁

本論文分析張曉風散文和冰心的異同，來說明其對五四散文的繼承和發展，並擴大追溯張曉風散文與傳統文化古典的關係，最後以寫作手法、思維等角度探討散文中詩化與小說化的特點。全文共 3 章：1.「冰心體」的堅守與超越；2.「傳統」的覺醒與熔鑄；3.文體的穿行與突破。

16. 何　延　　論張曉風散文的人文關懷　廣西師範大學中國現當代文學　碩士論文　高蔚教授指導　2012年4月　44頁

本論文以張曉風思想、經歷分析散文中的世俗情懷、自然情懷與鄉愁意識，顯現其文中蘊含的人文關懷。全文共 3 章：1.世俗生活中的溫情和悲憫；2.自然觀照中的平等和博愛；3.無盡鄉愁中的落寞和飛揚。

17. 魏緗慈　　臺灣女性散文家的童年書寫——以琦君、林海音、林文月和張曉風為中心　成功大學臺灣文學系　碩士論文　蔡明諺教授指導　2012年12月　139頁

本論文以琦君、林海音、林文月與張曉風為主要研究對象，分析其以散文這樣的文類，描寫兒時家庭與教育、故鄉往事等童年書寫相關主題時，在形式與內容上所表現出的異同，進而深究造成這些差異可能的原因，及其在臺灣文學史上的意義；從而思索經歷時代的洗濯，女性散文之更迭與變化，並藉此說明女性散文與童年書寫之特質與意義。全文共 5 章：1.緒論；2.有女初長成：女性散文家的家庭與教育經驗；3.何處是故鄉：童年書寫與懷鄉憶舊；4.余憶童稚時：女性散文家童年書寫中散文的蛻變；5.結論。正文後附錄〈琦君、林海音、林文月、張曉風之綜合年表〉。

18. 朱銘貞　　張曉風文學的基督書寫　中山大學中國文學系研究所　博士論文　蔡振念、楊雅惠教授指導　2012年　438頁

本論文探討張曉風以中國文學闡釋基督教信仰的深度與廣度，並探究她充滿基督神性臨在的文藝創作所呈現的獨特性與開創性。全文共 6 章：1.緒論；2.張曉風對基督人學之闡發；3.張曉風對《聖經》文本之運用；4.張曉風對基督美學之承襲；5.張曉風的實踐之路；6.結論。

19. 陳秋月　　張曉風的雜文研究　彰化師範大學臺灣文學研究所　碩士論文　王年双教授指導　2012年　136頁

本論文試論張曉風雜文的題材與技巧。全文共 6 章：1.緒論；2.張曉風其人其懷；3.張曉風的雜文作品；4.張曉風雜文的題材；5.張曉風雜文的技巧；6.結論。

20. 易元章　　張曉風的散文創作觀及其實踐　國立臺北教育大學語文與創作學系語文教學碩士班　碩士論文　張春榮教授指導　2012年　321頁

本論文探研張曉風的散文創作觀，並梳理張曉風散文創作觀及其實踐的關係。全文共 5 章：1.緒論；2.張曉風的創作歷程及散文創作觀；3.張曉風散文創作觀「作者論」的具體實踐；4.張曉風散文創作觀「作品論」的具體實踐；5.結論。

21. 吳　芳　　張曉風散文的比喻研究　揚州大學漢語言文字學　碩士論文　于廣元教授指導　2014年6月　75頁

本論文以《張曉風經典作品集》、《那夜的燭光》為研究對象，對文中的比喻、本體和喻體進行分類，分析本體與喻體的個別特點與兩者關係，進而得出張曉風散文比喻的獨特處與矛盾性、誇張性、局部性、多樣性的主要語義特點。全文共 4 章：1.張曉風散文比喻的類型分析；2.張曉風散文比喻的本體、喻體分析；3.張曉風散文比喻本體和喻體之間的關係分析；4.張曉風散文比喻的語義分析。

22. 譚莉萍　　張曉風及其散文之研究　文化大學中國文學系　博士論文　邱燮友教授指導　2014 年 6 月　376 頁

本論文探討張曉風在 1966 至 2003 年間所出版的散文，針對作品的外緣因素，及作家的經歷、文學理念，以及散文創作情形進行客觀的認識，進而梳理、歸納出作品深蘊的豐富內涵，展現作家在文學技巧上的藝術成就。全文共 10 章：1.緒論；2.張曉風的生平事蹟(1941—)與創作觀；3.張曉風散文的內容；4.張曉風散文的主題；5.張曉風散文的類型；6.張曉風散文寫作技巧探討；7.張曉風散文寫作風格探討；8.張曉風散文的寫作意識；9.張曉風散文的藝術特色；10.結論。正文後有〈訪談張曉風〉、〈張曉風之著作年表〉。

23. 田秀米　　張曉風的生態關懷研究——意識、行動與書寫　中正大學臺灣文學研究所　碩士論文　浦忠勇、吳亦昕教授指導　2014 年　58 頁

本文以張曉風作品中的生態關懷意識為研究主題。全文共 5 章：1.緒論；2.生平履歷與創作；3.生態關懷意識的源始；4.生態關懷的行動與書寫；5.結論。正文後有〈張曉風生平大事年表〉。

24. 金　釗　　張曉風散文藝術論　吉林大學中國現當代文學　碩士論文　趙彬教授指導　2017 年 5 月　50 頁

本論文先從自然、詩詞、古典說明張曉風的散文藝術意境，再者以風格即人格的角度，由女性、遊子、智者三種人格分析其作品風格，最後探討散文中的世界觀。全文共 3 章：1.豪華落盡見真淳——審美意境的創成；2.復歸與出位——藝術人格的塑造；3.性靈視角下的「散文」書寫與人生哲思。

作家生平資料篇目

自述

25. 曉　風　　麥餅・小魚——序《地毯的那一端》　中央日報　1966 年 8 月 23 日　6 版

26. 張曉風　　自序　地毯的那一端　臺北　文星書店　1966 年 8 月　頁 1—4

27. 張曉風　自序　地毯的那一端　臺北　大林出版社　1969 年 10 月　頁 1—4
28. 張曉風　自序　地毯的那一端　香港　基督教文藝出版社　1980 年 7 月　頁 Ⅰ—Ⅳ
29. 張曉風　序　地毯的那一端　臺北　道聲出版社　1981 年 10 月　頁 1—3
30. 張曉風　自序　地毯的那一端　臺北　大林出版社　1982 年 3 月　頁 1—6
31. 張曉風　自序　地毯的那一端　臺北　水牛出版社　1986 年 9 月　頁 1—6
32. 張曉風　序　地毯的那一端　臺北　道聲出版社　1997 年 6 月　頁 1—3
33. 張曉風　自序——一九六六年《文星》版序　地毯的那一端　臺北　九歌出版社　2011 年 6 月　頁 23—26
34. 張曉風　《哭牆》序　哭牆　臺北　仙人掌出版社　1968 年 10 月　頁 1—3
35. 張曉風　序　哭牆　臺北　大林出版社　1977 年 3 月　頁 1—3
36. 曉　風　序　哭牆　臺北　水牛出版社　1987 年 2 月　頁 1—3
37. 張曉風　作者序　給你，瑩瑩　香港　基督教文藝出版社　1969 年 3 月　頁 1—3
38. 張曉風　作者序　給你，瑩瑩　臺北　臺灣商務印書館　1976 年 9 月　頁 1—3
39. 張曉風　後記　給你，瑩瑩　香港　基督教文藝出版社　1969 年 3 月　頁 141—142
40. 張曉風　後記　給你，瑩瑩　臺北　臺灣商務印書館　1976 年 9 月　頁 141—142
41. 張曉風　自序　畫愛　臺北　校園團契出版社　1971 年 10 月　頁 3—4
42. 張曉風　戲非戲——寫在《畫》劇演出之前　畫愛　臺北　校園團契出版社　1971 年 10 月　頁 93—95
43. 張曉風　跋　畫愛　臺北　校園團契出版社　1971 年 10 月　頁 101—102
44. 曉　風　沽心者　中央日報　1972 年 1 月 4 日　9 版
45. 曉　風　沽心者　第五牆　臺北　靈聲雜誌社　1984 年 10 月　頁 94—98
46. 張曉風　自序——為香港版而寫的　愁鄉石　香港　基督教文藝出版社

1973年5月　頁3—6

47. 張曉風　序　武陵人　臺北　靈聲雜誌社　1973年10月　頁1—4

48. 張曉風　序　黑紗　臺北　宇宙光出版社　1975年10月　頁7

49. 張曉風　序　黑紗　臺北　宇宙光出版社　1976年1月　〔1〕頁

50. 張曉風　序言　安全感　臺北　宇宙光出版社　1975年11月　〔1〕頁

51. 張曉風　我們　中華日報　1976年12月8日　11版

52. 張曉風　我們　一脈相傳　臺北　愛書人雜誌社　1980年4月　頁91—97

53. 張曉風　我們　步下紅毯之後　臺北　九歌出版社　2007年11月　頁207—212

54. 曉　風　臥冰人——寫在《曉風創作集》出版之前　中國時報　1976年12月14日　12版

55. 張曉風　臥冰人——寫在《曉風創作集》出版之前　曉風創作集　臺北　道聲出版社　1976年12月　頁13—16

56. 張曉風　臥冰人——寫在《曉風創作集》出版之前　曉風創作集　臺北　道聲出版社　1980年5月　頁13—16

57. 張曉風　前言　詩詩、晴晴與我　臺北　宇宙光出版社　1977年8月　頁1—2

58. 張曉風　寫在前面　血笛　臺北　黎明文化公司　1977年10月　頁1—4

59. 張曉風　序《血笛》　步下紅毯之後　臺北　九歌出版社　1982年6月　頁230—231

60. 張曉風　序《血笛》　步下紅毯之後　臺北　九歌出版社　2007年11月　頁217—218

61. 張曉風　寫在前面　動物園的祈禱室　臺北　宇宙光出版社　1977年11月　頁4—5

62. 張曉風　遙寄（代序）　愁鄉石　臺北　晨鐘出版社　1978年8月　頁1—3

63. 張曉風　序　曉風自選集　臺北　黎明文化公司　1979年6月　頁1—2

64. 張曉風　如果你問我　青年中國雜誌　第 1 卷第 1 期　1979 年 7 月　頁 83—91
65. 張曉風　序曲——寫在第五牆出版之前　曉風戲劇集　臺北　道聲出版社 1976 年 11 月　頁 7—9
66. 張曉風　序曲——寫在第五牆出版之前　曉風創作集　臺北　道聲出版社 1976 年 12 月　頁 553—555
67. 張曉風　序曲——寫在第五牆出版之前　曉風創作集　臺北　道聲出版社 1980 年 5 月　頁 553—555
68. 張曉風　序曲——寫在第五牆出版之前　第五牆　臺北　靈聲雜誌社　1984 年 10 月　頁 1
69. 張曉風　寫在第五牆出版之前　曉風戲劇集　臺北　九歌出版社　2007 年 1 月　頁 83—84
70. 張曉風　一塊玉的故事　曉風戲劇集　臺北　道聲出版社　1976 年 11 月 頁 396—401
71. 張曉風　一塊玉的故事　曉風創作集　臺北　道聲出版社　1976 年 12 月 頁 942—947
72. 張曉風　一塊玉的故事　曉風創作集　臺北　道聲出版社　1980 年 5 月 頁 942—947
73. 張曉風　一塊玉的故事　曉風戲劇集　臺北　九歌出版社　2007 年 1 月 頁 234—237
74. 張曉風　第三害後記　曉風戲劇集　臺北　道聲出版社　1976 年 11 月　頁 523—532
75. 張曉風　第三害後記　曉風創作集　臺北　道聲出版社　1976 年 12 月　頁 1075—1078
76. 張曉風　第三害後記　曉風創作集　臺北　道聲出版社　1980 年 5 月　頁 1075—1078
77. 張曉風　第三害後記　曉風戲劇集　臺北　九歌出版社　2007 年 1 月　頁

298—300
78. 張曉風　仍然　青澀歲月　臺北　爾雅出版社　1980年7月　頁181—182
79. 張曉風　仍然（港版序）　地毯的那一端　香港　基督教文藝出版社　1980年7月　頁Ⅳ—Ⅵ
80. 張曉風　仍然——一九七八年港版序　地毯的那一端　臺北　九歌出版社　2011年6月　頁27—29
81. 張曉風　序　花之筆記　臺北　道聲出版社　1980年8月　〔1〕頁
82. 張曉風　致讀者書　看古人扮戲——戲曲故事　臺北　時報文化出版公司　1981年3月　頁27—30
83. 張曉風　步下紅毯之後　我的第一步（上）　臺北　時報文化出版公司　1981年5月　頁99—106
84. 張曉風　我為什麼要編書？——《有情四書》　爾雅　臺北　爾雅出版社　1981年7月　頁319—322
85. 桑　科　假如有下輩子　我的下輩子　臺北　愛書人雜誌社　1981年11月　頁108—110
86. 張曉風　辯解　你還沒有愛過　臺北　大地出版社　1982年5月　頁14—15
87. 張曉風　辯解　你還沒有愛過　臺北　大地出版社　2003年7月　頁15—16
88. 張曉風　序　大地之歌　臺北　大地出版社　1982年6月　頁1—3
89. 張曉風　後記　再生緣　臺北　爾雅出版社　1982年6月　頁275—276
90. 張曉風　寄隱地——序《親親》選集　親親　臺北　爾雅出版社　1982年7月　頁1—4
91. 張曉風　序　心繫　臺北　百科文化公司　1983年5月　〔3〕頁
92. 張曉風　「浪子回頭」與「吃裡扒外」　文學時代叢刊　第15期　1983年9月　頁5—7
93. 張曉風　自序　給你　臺北　宇宙光出版社　1983年12月　〔2〕頁

94. 張曉風　楔子　給你　臺北　宇宙光出版社　1983 年 12 月　〔2〕頁
95. 張曉風　為今日的自己招魂——一九八二年爾雅版後記　再生緣　臺北　九歌出版社　2010 年 5 月　頁 253—254
96. 張曉風　後記　我在　臺北　九歌出版社　1984 年 9 月　頁 241—244
97. 張曉風　自序　從你美麗的流域　臺北　爾雅出版社　1988 年 7 月　頁 1—7
98. 張曉風　雙倍的年華　當我 20（下）　臺北　皇冠出版社　1988 年 8 月　頁 61—64
99. 張曉風　《曉風吹起》序　曉風吹起　臺北　文經出版社　1989 年 11 月　頁 7—8
100. 張曉風　美，民族的最後救贖——為了求全，《玉想》三年成書　九歌雜誌　第 113 期　1990 年 7 月　2 版
101. 張曉風　凡夫俗子的第一要務便是：活著　中國時報　1993 年 7 月 20 日　27 版
102. 張曉風　凡夫俗子的人生第一要務便是：活著　我知道你是誰　臺北　九歌出版社　1994 年 9 月　頁 209—219
103. 張曉風　凡夫俗子的人生第一要務便是：活著　七〇年代・理想繼續燃燒　臺北　時報文化出版公司　1994 年 12 月　頁 149—155
104. 張曉風　凡夫俗子的人生第一要務便是：活著　張曉風精選集　臺北　九歌出版社　2004 年 6 月　頁 251—259
105. 曉　風　一齣「因故遲演」的戲，寫在〈自烹〉演出之前　聯合報　1994 年 1 月 18 日　35 版
106. 張曉風　張曉風的散文觀　簷夢春雨　臺北　朱衣出版社　1994 年 5 月　頁 312
107. 張曉風　以今日之我與昨日之我較勁——寫在《我知道你是誰》之前　九歌雜誌　第 163 期　1994 年 9 月　1 版
108. 張曉風　自序　我知道你是誰　臺北　九歌出版社　1994 年 9 月　頁 1—6

109. 張曉風　小說教室　國文天地　第123期　1995年8月　頁45—48
110. 張曉風　一本書，仍有它出航的必要　這杯咖啡的溫度剛好　臺北　爾雅出版社　1996年9月　頁11—14
111. 張曉風　一本書，仍有它出航的必要——在《這杯咖啡的溫度剛好》之前　九歌雜誌　第186期　1996年9月　1版
112. 張曉風　一本書，仍有它出航的必要　這杯咖啡的溫度剛好　臺北　九歌出版社　2004年12月　頁11—14
113. 張曉風　曉風：作文簿上的小說　聯合文學　第150期　1997年4月　頁10
114. 張曉風　廓然——寫在《你的側影好美！》之前　九歌雜誌　第200期　1997年11月　1版
115. 張曉風　廓然（代序）　「你的側影好美！」　臺北　九歌出版社　1997年11月　頁1—4
116. 張曉風　廓然（代序）　他？她？——你的側影好美　臺北　九歌出版社　2006年9月　頁3—6
117. 張曉風　寫，為受苦的人　八十五年短篇小說選　臺北　爾雅出版社　1998年2月　頁119—121
118. 張曉風　自序　常常，我想起那座山　天津　百花文藝出版社　1998年4月　頁1—2
119. 張曉風　老人戒執用融　大成報　1998年11月15日　21版
120. 張曉風　人生的主詞與動詞　拿起筆來，你就是作家　臺北　中央日報社　1999年11月　頁177—184
121. 張曉風　從上世紀到這世紀（代序）　從你美麗的流域　臺北　爾雅出版社　1999年11月　頁1—7
122. 張曉風　後記　從你美麗的流域　臺北　爾雅出版社　1999年11月　頁253—259
123. 張曉風　曾經，此水清清——溪城憶往　坎坷與榮耀：東吳大學建校百年

紀念文集　臺北　書林出版公司　2000 年 2 月　頁 63—68

124. 張曉風　壠上行走的唐衫——張曉風篇——張曉風的散文觀　散文教室　臺北　九歌出版社　2002 年 2 月　頁 299

125. 張曉風　以文學來銘記新的世紀　中央日報　2002 年 3 月 25—26 日　18 版

126. 張曉風　跋　星星都已經到齊了　臺北　九歌出版社　2003 年 5 月　頁 261—265

127. 張曉風　不掩國色——張曉風談散文[1]　聯合報　2004 年 5 月 24 日　E7 版

128. 張曉風　我喜歡散文——為《我在》出版二十年而寫　我在　臺北　九歌出版社　2004 年 12 月　頁 1—11

129. 張曉風　張曉風散文觀　張曉風精選集　臺北　九歌出版社　2004 年 6 月　頁 37—45

130. 〔張曉風〕　曉風素描　再生緣　重慶　重慶出版社　2004 年 9 月　頁 1—8

131. 張曉風講；溫寶琳記　散文與人生——《我在》出版二十年紀念典藏版　爾雅三十・三十爾雅　臺北　爾雅出版社　2005 年 7 月　頁 46—55

132. 曉　風　我搶下了一缽花　陽明菁菁曉風拂　臺北　陽明大學　2006 年 5 月　頁 9—14

133. 張曉風　我們來看戲，好嗎？——寫在戲劇集整理出版之前　曉風戲劇集　臺北　九歌出版社　2007 年 1 月　頁 19—28

134. 張曉風　一本書，能不能像一塊虎魄呢？——新版代序　你還沒有愛過　臺北　九歌出版社　2007 年 6 月　頁 3—6

135. 張曉風　跋　你還沒有愛過　臺北　九歌出版社　2007 年 6 月　頁 239

136. 張曉風　不悔（新版序）　步下紅毯之後　臺北　九歌出版社　2007 年 11 月　頁 3—8

---

[1]本文後改篇名為〈我喜歡散文——為《我在》出版二十年而寫〉。

137. 張曉風　〈黃小魈和白麗梨〉——大師說　大師在家嗎　臺北　國語日報社　2008 年 10 月　頁 122
138. 張曉風　序——對話　曉風吹起　臺北　文經出版社　2009 年 7 月　頁 2—6
139. 張曉風　他的信，我不敢看第四遍（代序）　送你一個字　臺北　九歌出版社　2009 年 9 月　頁 19—21
140. 張曉風　跋　送你一個字　臺北　九歌出版社　2009 年 9 月　頁 283—285
141. 張曉風　寫下來，真好（自序）　玉想　臺北　九歌出版社　2010 年 4 月　頁 8—12
142. 張曉風　給我一個解釋（代自序）　玉想　臺北　九歌出版社　2010 年 4 月　頁 22—31
143. 張曉風　跋　玉想　臺北　九歌出版社　2010 年 4 月　頁 256—257
144. 張曉風　續——續續——序——九歌新版序　再生緣　臺北　九歌出版社　2010 年 5 月　頁 3—9
145. 張曉風　你我間的心情，哪能那麼容易說得清道得明——序長安版的《從你美麗的流域》　張曉風散文精選　武漢　長江文藝出版社　2010 年 12 月　頁 232—234
146. 張曉風　有少作可悔，幸甚——二〇一一年新版序　地毯的那一端　臺北　九歌出版社　2011 年 6 月　頁 7—21
147. 張曉風　讓我為你說故事　抽屜裡的祕密　臺北　國語日報社　2011 年 10 月　頁 4—5
148. 張曉風演講；顏訥記錄整理　那些年，我們一起追求的文學　文訊雜誌　第 317 期　2012 年 3 月　頁 113—117
149. 張曉風講；顏訥記錄　那些年，我們一起追求的文學　我們的文學夢　臺北　上海銀行文教基金會　2013 年 5 月　頁 33—47
150. 張曉風　誰不急需故事呢？（自序）　誰是天使？　臺北　九歌出版社　2012 年 4 月　頁 3—5

151. 張曉風　字裡行間看古人扮戲　戲曲故事——看古人扮戲　臺北　時報文化出版公司　2012 年 5 月　頁 7—13
152. 張曉風　「人為萬物之靈」，真的嗎？　臺灣動物之美　臺北　臺北市立動物園　2013 年 12 月　頁 2—3
153. 張曉風　讓母子得遂其初——記 30 年前寫〈許士林的獨白〉的原委　文訊雜誌　第 342 期　2014 年 4 月　頁 226—229
154. 張曉風　人生，分明也是一部旅遊紀錄（序）　放爾千山萬水身——張曉風旅遊散文精選　臺北　九歌出版社　2015 年 2 月　頁 7—10
155. 張曉風　生生——記 2014 春天的幸事　聯合報　2015 年 7 月 17 日　D3 版
156. 張曉風　花樹下，我還可以再站一會兒——風雨併肩處，記得歲歲看花人　花樹下，我還可以再站一會兒　臺北　九歌出版社　2017 年 2 月　頁 7—9
157. 張曉風　雨耨風耕　花樹下，我還可以再站一會兒　臺北　九歌出版社　2017 年 2 月　頁 265—269

他述

158. 林　立　太陽的使者——曉風　幼獅文藝　第 166 期　1967 年 10 月　頁 123—129
159. 林治平　曉風　純文學　第 41 期　1970 年 5 月　頁 70
160. 林治平　曉風　純文學好小說（上）　臺北　純文學出版社　1982 年 7 月　頁 19
161. 夏祖麗　曉風在地毯的這一端　她們的世界　臺北　純文學出版社　1973 年 1 月　頁 259—264
162. 〔書評書目〕　作家話像——曉風　書評書目　第 12 期　1974 年 4 月　頁 73—75
163. 林治平　更好的另一半——我妻曉風　聯合報　1976 年 12 月 2 日　12 版
164. 林治平　更好的另一半——我妻曉風　曉風創作集　臺北　道聲出版社　1976 年 12 月　頁 1079—1085

165. 林治平 更好的另一半——我妻曉風 曉風散文集 臺北 道聲出版社 1977年10月 頁344—350
166. 林治平 更好的另一半——我妻曉風 曉風散文集 臺北 道聲出版社 1981年5月 頁344—350
167. 林治平 更好的另一半——我妻曉風 我們需要一個夢 臺北 宇宙光出版社 1993年9月 頁191—200
168. 林治平 善變的女人 中華日報 1976年12月30日 10版
169. 林治平 善變的女人 並蒂花開 臺北 華欣文化中心 1979年9月 頁104—109
170. 林治平 善變的女人 我的另一半（二） 臺北 中華日報社 1982年7月 頁60—66
171. 林治平 善變的女人 步下紅毯之後 臺北 九歌出版社 2007年11月 頁199—205
172. 〔編輯部〕 作者簡介 哭牆 臺北 大林出版社 1977年3月 〔1〕頁
173. 〔編輯部〕 曉風小傳 中國當代十大散文家選集 臺北 源成文化圖書供應社 1977年7月 頁326
174. 陳信元 激流著中國血液的張曉風 中學白話文選 臺北 故鄉出版社 1979年7月 頁286—287
175. 〔愛書人〕 感念倉頡以雙手握刀造字——作家部分系列〔張曉風部分〕 愛書人 第129期 1980年1月1日 2版
176. 小 民 紫色的書簡——給曉風 中華日報 1980年1月18日 10版
177. 小 民 給曉風 紫色的書簡 臺北 道聲出版社 1981年12月 頁12—16
178. 紀蔚然 Two Significant Modern Playwrights from Taiwan〔張曉風部分〕 Fu Jen Studies 第13期 1980年12月 頁1—26
179. 王大空 藉機風光風光——寫在《幽默五十三號》出版之前 幽默五十三號 臺北 九歌出版社 1982年11月 頁3—6

180. 席慕蓉　曉風　文學時代雙月叢刊　第 15 期　1983 年 9 月　頁 19—20
181. 隱　地　柔美的強人　文學時代雙月叢刊　第 15 期　1983 年 9 月　頁 21—22
182. 王晉民，鄺白曼　張曉風　臺灣與海外華人作家小傳　福州　福建人民出版社　1983 年 9 月　頁 197—198
183. 〔文訊雜誌〕　文苑短波——張曉風在港籌設徐訏講座　文訊雜誌　第 5 期　1983 年 11 月　頁 161
184. 金　堂　大地的兒女——為自然生態保育作見證的作家　自立晚報　1984 年 3 月　10 版
185. 齊邦媛　江河匯集成海的六十年代小說——張曉風　文訊雜誌　第 13 期　1984 年 8 月　頁 66—67
186. 齊邦媛　江河匯集成海的六〇年代小說——張曉風　霧漸漸散的時候　臺北　九歌出版社　1998 年 10 月　頁 86
187. 張　健　六十年代的散文——民國五十年到五十九年〔張曉風部分〕　文訊雜誌　第 13 期　1984 年 8 月　頁 81
188. 林治平　巧言令色「鮮」矣人！　我在　臺北　九歌出版社　1984 年 9 月　頁 247—257
189. 季　季　多情的文字魔術師　希望我能有條船　臺北　爾雅出版社　1986 年 6 月　頁 164—166
190. 馬維敏　善變的張曉風　中華日報　1987 年 4 月 29 日　11 版
191. 〔九歌雜誌〕　書緣・書香〔張曉風部分〕　九歌雜誌　第 93 期　1988 年 11 月　4 版
192. 〔九歌雜誌〕　書緣・書香〔張曉風部分〕　九歌雜誌　第 94 期　1988 年 12 月　4 版
193. 陳素芳　愛筆、愛美、愛生活——張曉風　中華日報　1989 年 12 月 5 日　15 版
194. 陳素芳　凡是能肯定我們價值的，我都願意去做！——張曉風愛筆愛美愛

生活　九歌雜誌　第113期　1990年7月　1版

195.〔九歌雜誌〕　書緣・書香〔張曉風部分〕　九歌雜誌　第113期　1990年7月　4版

196.〔中央日報〕　張曉風且忙且悠閒　中央日報　1993年1月6日　16版

197.〔林燿德〕　作者簡介　最後的麒麟（幼獅文藝四十年大系）　臺北　幼獅文化公司　1994年3月　頁280

198. 陳義芝　張曉風　簷夢春雨　臺北　朱衣出版社　1994年5月　頁305—312

199. 沈　謙　張曉風不得不精采　中央日報　1994年10月28日　19版

200.〔九歌雜誌〕　書緣・書香〔張曉風部分〕　九歌雜誌　第182期　1996年5月　4版

201.〔九歌雜誌〕　書緣・書香〔張曉風部分〕　九歌雜誌　第186期　1996年9月　4版

202.〔九歌雜誌〕　書緣・書香〔張曉風部分〕　九歌雜誌　第187期　1996年10月　4版

203.〔九歌雜誌〕　書緣・書香〔張曉風部分〕　九歌雜誌　第193期　1997年4月　4版

204. 翟敬宜　廖玉蕙，學習偶像敬業精神　民生報　1997年6月6日　32版

205.〔九歌雜誌〕　書緣・書香〔張曉風部分〕　九歌雜誌　第200期　1997年11月　4版

206.〔九歌雜誌〕　書緣・書香〔張曉風部分〕　九歌雜誌　第201期　1997年12月　4版

207. 許素華　張曉風的四間書房　中華日報　1998年7月28日　15版

208. 陶　原　張曉風赴大陸講學　聯合報　1998年10月27日　41版

209. 楊　照　不止是位散文家——閱讀張曉風　中國時報　1999年6月18日　37版

210. 王亞玲　詩人張曉風　中國時報　1999年6月20日　28版

211. 陳宛蓉　　張曉風特寫——難忘七〇年代舞臺　臺灣文學經典研討會論文集　臺北　行政院文建會，聯經出版公司　1999年6月　頁442

212. 傅寧軍　　張曉風和她的「寫作小屋」　世界華文文學論壇　1999年第3期　1999年9月　頁74—76

213. 傅寧軍　　張曉風和她的「寫作小屋」　臺聲雜誌　2000年第2期　2000年2月　頁31—33

214. 傅寧軍　　最美是淳樸——記張曉風和她的「寫作小屋」　兩岸關係　2002年第2期　2002年2月　頁56—57

215. 周文彬、黃煒　　張曉風——健筆抒情‧亦秀亦豪　世界著名華文女作家傳‧臺灣卷一　南昌　百花洲文藝出版社　1999年9月　頁27—74

216. 阿　盛　　張曉風　作家列傳　臺北　爾雅出版社　1999年12月　頁53—56

217. 傅寧軍　　張曉風——在詩意愛情中平凡度日　現代婦女　2000年第4期　2000年4月　頁8—12

218. 傅寧軍　　張曉風——在平常中享受幸福　現代交際　2000年第10期　2000年10月　頁46—48

219. 孫梓評　　拾來的風景——張曉風和她的書房　中央日報　2001年9月7日　20版

220. 楊瑛瑛　　張曉風編輯有道　中國時報　2002年4月5日　39版

221. 陳文芬　　張曉風談贈獎　中國時報　2002年4月5日　39版

222. 傅寧軍　　小張庄不再遙遠——臺灣著名作家張曉風的尋根之旅　臺聲雜誌　2002年第6期　2002年6月　頁32—33

223. 齊邦媛，王德威　　作者簡介　最後的黃埔：老兵與離散的故事　臺北　麥田出版社　2004年3月　頁81

224. 丁文玲　　張曉風高興讀者沒忘記她　中國時報　2004年6月21日　B1版

225. 邱　隨　　文學653——三位作家引你進入三個年代——一篇文章，籌畫三天

才動筆〔張曉風部分〕 中國時報 2004 年 10 月 3 日 E1 版

226. 聶光炎等[2] 他們眼中的曉風 張曉風 臺北 行政院文建會 2004 年 12 月 頁 178—182

227. 金明瑋 作者後記 張曉風 臺北 行政院文建會 2004 年 12 月 頁 182—184

228. 蕭 蕭 張曉風簡介 攀登生命巔峰 臺北 聯合文學出版社 2005 年 3 月 頁 22

229. 兔 影 我愛張曉風 中國時報 2005 年 4 月 6 日 E4 版

230. 曹 明 展現臺灣戲劇演變風貌——讀《資深戲劇家叢書》〔張曉風部分〕 文訊雜誌 第 246 期 2006 年 4 月 頁 91—92

231. 吳妍華 曉風拂過 陽明菁菁曉風拂 臺北 陽明大學 2006 年 5 月 頁 7—8

232. 邵冰如 張曉風退休了——一手莎士比亞，縱橫文壇數十載 聯合晚報 2006 年 6 月 16 日 13 版

233. 申慧媛 執教鞭 38 載，作家張曉風退休 自由時報 2006 年 6 月 17 日 B6 版

234. 詹宇霈 頌聲與夏蟬齊鳴——資深作家張曉風執教 38 載退休 文訊雜誌 第 250 期 2006 年 8 月 頁 129

235. 〔聯合文學〕 張曉風 聯合文學 第 266 期 2006 年 12 月 頁 10—11

236. 陳義芝 當代散文家評點——張曉風 文字結巢 臺北 三民書局 2007 年 1 月 頁 219

237. 李明慈 作家瞭望臺——張曉風 比整個世界還要大：散文選讀 臺北 三民書局 2007 年 9 月 頁 143—144

238. 〔封德屏主編〕 張曉風 2007 臺灣作家作品目錄 臺南 國立臺灣文學館 2008 年 7 月 頁 759

239. 林黛嫚 作者簡介 散文新四書・春之華 臺北 三民書局 2008 年 9 月

[2]著者：聶光炎、司徒芝萍、洪善群、馮翊綱、寇紹恩、葉秀娟。

頁 33

240. 廖玉蕙　在地毯的那一端，畫愛——永保赤子之心的張曉風　人間福報　2008 年 11 月 15 日　8—10 版

241. 藍建春主編　舞臺人生——臺灣戲劇運動——臺灣劇作家與戲劇作品〔張曉風部分〕　親近臺灣文學——歷史、作家、故事　臺中　耕書園出版公司　2009 年 2 月　頁 182—183

242. 陳栢青　張曉風的美學經濟學入門——資源再利用的環保創意　文訊雜誌　第 300 期　2010 年 10 月　頁 124—125

243. 陳栢青　我在我不在的地方——張曉風的臺北城　文訊雜誌　第 302 期　2010 年 12 月　頁 83—86

244. 丘秀芷　熱愛大自然——張曉風　誰領風騷一百年——女作家　臺北　天下遠見出版公司　2011 年 9 月　頁 215—218

245. 封德屏　張曉風熱心參與贈收藏　文訊雜誌　第 334 期　2013 年 8 月　頁 213

246. 張騰蛟　張曉風：《你還沒有愛過》　書註　臺北　爾雅出版社　2013 年 11 月　頁 105—106

247. 馬　森　臺灣現代與後現代戲劇〔張曉風部分〕　世界華文新文學史——中國現代文學的兩度西潮（下編）‧分流後的再生：第二度西潮與現代／後現代主義　臺北　印刻文學生活雜誌出版公司　2015 年 2 月　頁 1126—1127

248. 隱　地　二十九個名字——張曉風　深夜的人　臺北　爾雅出版社　2015 年 12 月　頁 173—174

249. 〔編輯部〕　曉風小傳　臺灣十大散文家選集　香港　曉林出版社　〔未著錄出版年月〕　頁 172

訪談、對談

250. 徐榮華　身兼四職——張曉風「犧牲打鬥」　中華日報　1972 年 6 月 2 日　9 版

251. 徐榮華　身兼四職——張曉風「犧牲打鬥」　聯合報　1972 年 6 月 2 日　9 版

252. 桂文亞　張曉風對家的看法　聯合報　1973 年 1 月 8 日　5 版

253. 〔幼獅月刊〕　〈桃花源記〉的再思——張曉風訪問記　武陵人　臺北　靈聲雜誌社　1973 年 11 月　頁 63—68

254. 〔幼獅月刊〕　中國戲劇的語言——張曉風訪問記　幼獅月刊　第 264 期　1974 年 12 月　頁 77—79

255. 〔幼獅月刊〕　〈桃花源記〉的再思——張曉風訪問記　曉風戲劇集　臺北　道聲出版社　1976 年 11 月　頁 201—210

256. 〔幼獅月刊〕　〈桃花源記〉的再思——張曉風訪問記　曉風創作集　臺北　道聲出版社　1976 年 12 月　頁 747—756

257. 〔幼獅月刊〕　〈桃花源記〉的再思——張曉風訪問記　曉風創作集　臺北　道聲出版社　1980 年 5 月　頁 747—756

258. 張祖望　勇者的棄捨——訪曉風・談〈和氏璧〉　校園雜誌　第 16 卷第 6 期　1974 年 12 月　頁 62—65

259. 桂文亞　果樹——張曉風訪問記　聯合報　1975 年 12 月 30 日　12 版

260. 黃北朗　張曉風「文化輸出」，〈第三害〉在港公演　聯合報　1976 年 6 月 15 日　9 版

261. 吳涵碧　感人的黑紗——訪張曉風女士　臺灣新生報　1976 年 11 月 11 日　9 版

262. 張淑媛，李天〔石養〕　巴山夜雨翦燭時——訪張曉風女士　興大法商　第 36 期　1977 年 6 月　頁 59—83

263. 〔宇宙光〕　場外的對話——談曉風今年舞臺劇〈位子〉　宇宙光　第 4 卷第 12 期　1977 年 12 月　頁 65—67

264. 王台珠　訪張曉風談〈位子〉（上、下）　臺灣日報　1978 年 1 月 18—19 日　5 版

265. 桂子〔桂文亞〕　微笑的月亮——秋日向晚訪曉風　女性　第 146 期

1978年12月　頁10—15

266. 桂文亞　微笑的月亮——秋日向晚訪曉風　仙人掌花：智慧人物訪問記　臺北　百科出版社　1981年1月　頁133—142

267. 李　瑞　曉風吹過中國——訪散文推薦獎得獎人張曉風　中國時報　1980年2月14日　8版

268. 〔編輯部〕　堅持玉的人——《和氏璧》作者張曉風女士訪問　曉風戲劇集　臺北　道聲出版社　1976年11月　頁414—423

269. 〔編輯部〕　堅持玉的人——《和氏璧》作者張曉風女士訪問　曉風創作集　臺北　道聲出版社　1976年12月　頁960—969

270. 〔編輯部〕　堅持玉的人——《和氏璧》作者張曉風女士訪問　曉風創作集　臺北　道聲出版社　1980年5月　頁960—969

271. 陳玲珍　生活在生活中——張曉風訪問記　文學時代叢刊　第15期　1983年2月　頁8—18

272. 陳佩璇　女作家書房：曉風的吨谷　聯合報　1983年3月12日　12版

273. 黃靖雅，唐鎔　亦秀亦豪的健筆——訪作家張曉風老師　東吳大學中國文系系刊　第10期　1984年5月　頁94—98

274. 董雲霞　像她這樣的一個女子——訪張曉風女士　新書月刊　第10期　1984年7月　頁20—26

275. 董雲霞　像她這樣的一個女子——訪張曉風女士　當代作家對話錄　臺北　傳記文學出版社　1986年10月　頁100—114

276. 張曉風等[3]　座談——散文類型的再探討　文訊雜誌　第14期　1984年10月　頁30—54

277. 〔編輯部〕　第五牆　第五牆　臺北　靈聲雜誌社　1984年10月　頁62—67

278. 〔編輯部〕　第五牆座談會　第五牆　臺北　靈聲雜誌社　1984年10月

[3]與會者：張法鶴、吳宏一、顏崑陽、楊牧、沈謙、公孫嬿、齊邦媛、張曉風、林錫嘉、鳳兮；紀錄：何聖芬。

頁 85—91

279. 葉怡均　揀來齋訪作家曉風　貿訊　第 7 期　1985 年 5 月　頁 73—75

280. 蔡旻龍、黃春男採訪；蔡旻龍、曾文苹整理　文學與關懷——訪張曉風老師　陽明醫技　第 6 期　1985 年 5 月　頁 130—131

281. 〔蔡旻龍、黃春男採訪；蔡旻龍、曾文苹整理〕　文學與關懷——訪張曉風老師　陽明菁菁曉風拂　臺北　陽明大學　2006 年 5 月　頁 48—58

282. 徐美玲　沒有書房的作家——張曉風　自由青年　第 75 卷第 1 期　1986 年 1 月　頁 18—21

283. 徐美玲　張曉風——沒有書房的作家　心路剪影——人文心靈共鳴實錄　臺北　自由青年雜誌社　1986 年 6 月　頁 86—95

284. 吳榮斌　訪張曉風教授　曉風吹起　臺北　文經出版社　1989 年 11 月　頁 156—167

285. 姚儀敏　為生命唱一首歌——訪散文大家張曉風女士　中央月刊　第 23 卷第 12 期　1990 年 12 月　頁 76—78

286. 沈　怡　張曉風，從未作過完整的夢　聯合報　1991 年 5 月 11 日　23 版

287. 林　芝　寫作揀選我一生——訪張曉風　望向高峰　臺北　幼獅文化公司　1992 年 12 月　頁 85—91

288. 林　芝　被寫作揀選一生的張曉風　妙筆生花：伴你我成長的現代作家　臺北　正中書局　2005 年 2 月　頁 101—111

289. 潘麗珠　溫潤如玉‧昕昕有光——訪〈行道樹〉作者張曉風　國文天地　第 98 期　1993 年 7 月　頁 104—107

290. 張曉風等[4]　對文學永不懈怠的堅持與真誠——與福建文學出版訪問團座談會記錄　文訊雜誌　第 117 期　1995 年 7 月　頁 34—38

291. 鍾怡雯　隨興讀書，自在生活——張曉風用單純的心經營每一天　國文天

---

[4]與會者：李瑞騰、尹雪曼、季仲、楊際嵐、林秀平、劉磊、方祖燊、丹扉、陳義芝、張曉風、李錫奇、古月、封德屏、方荷；紀錄：高惠琳。

地　第126期　1995年11月　頁70—72

292. 林素芬　引火荼野的先鋒——作家張曉風專訪　幼獅文藝　第516期　1996年12月　頁4—7

293. 林素芬　引火荼野的先鋒——作家張曉風專訪　我其實仍然在花園裡　臺北　幼獅文化公司　1998年8月　頁138—146

294. 蔡詩萍訪問；王妙如記　張曉風專訪（1—5）　中國時報　1999年6月19—23日　37版

295. 張曉風等[5]　在古典中鍛鑄現代——世紀末談張曉風　中國時報　1999年7月14日　37版

296. 王　瑞　從無知的恐懼中帶出來——「哲學與人生」紀錄　中華日報　1999年11月30日　19版

297. 孫梓評　當風吹過盹谷——專訪張曉風　文訊雜誌　第182期　2000年12月　頁102—105

298. 蘇惠昭　中文戰士張曉風——「我之所以為我」的堅持　金石堂書店出版情報　第181期　2003年5月　頁32—33

299. 陳紅梅　張曉風——在認真與放任之間尋求平衡　中華日報　2003年6月13日　19版

300. 陳宛茜專訪　張曉風拿千本書當門牌　聯合報　2003年9月22日　A12版

301. 涵　柔　挖掘不如小心——專訪臺灣作家張曉風　Women of China　2003年第12期　2003年12月　頁62—65

302. 傅寧軍　與文學保持純潔的聯繫——與臺灣作家張曉風對話　文學報　第1514期　2004年6月24日　2版

303. 黃基銓　張曉風——掀起文學纖柔風　野葡萄文學誌　第11期　2004年7月　頁58—69

304. 劉子潔　勇悍躍出閨閣藩籬的第一人　聯合文學　第259期　2006年5月　頁108—111

[5]與會者：焦桐、張曉風、陳芳明、張惠菁、唐捐；紀錄：李欣倫。

305. 邵冰如　　「我是賴皮鬼」——賴在醫學院裡教中文，賴說生病是醫生的事　聯合晚報　2006年6月16日　13版

306. 陳松玲　　曉風吹拂——曉風老師訪談錄　張曉風散文的宗教意涵與美學研究　彰化師範大學國文學系　碩士論文　周芬伶教授指導　2006年6月　頁213—223

307. 張曉風等[6]　　病與藥——名家談「宗教文學」　喜歡生命　臺北　九歌出版社　2006年12月　頁374—385

308. 張曉風等[7]　　感謝、感恩、感念　聯合報　2008年7月29日　E3版

309. 亮軒，張曉風講；陳南宏記　　如何來女性文學　土地的繫念／十場臺灣藝文風潮的心靈饗宴：國立臺灣文學館・第七季週末文學對談　臺北　國立臺灣文學館　2008年9月　頁100—125

310. 宋裕採訪；江子祈撰文　　亦秀亦豪一健筆——張曉風　幼獅少年　第391期　2009年5月　頁48—53

311. 謝錦芳，郭石城專訪　　公益・惜物・誠實・張曉風傳家寶　中國時報　2009年7月26日　A8版

312. 張曉風等[8]　　給文學一個發聲的空間——「土地如何文學？文學如何土地？」座談會紀實　文訊雜誌　第290期　2009年12月　頁60—70

313. 何瑄，許芳綺　　張曉風——溫柔敦厚的釘子　聯合文學　第317期　2011年3月　頁138—141

314. 譚莉萍　　訪談張曉風　張曉風及其散文之研究　文化大學中國文學系　博士論文　邱燮友教授指導　2014年6月　頁367—373

年表

315. 〔編輯部〕　　曉風創作年表　中國當代十大散文家選集　臺北　源成文化

[6]主持人：陳義芝；與會者：王文興、張曉風、林谷芳、賴聲川；記錄：楊佳嫻。
[7]與會者：向陽、李瑞騰、張曉風；主持人：黃鎮台、宇文正；記錄整理：陳栢青。
[8]主持人：郭強生；與會者：李瑞騰、張曉風、莊永明、劉可強、路寒袖、李偉文、駱以軍；記錄：林麗如。

圖書供應社　1977年7月　頁327—328

316. 張曉風　張曉風寫作年表　再生緣　臺北　爾雅出版社　1982年5月　頁277—282

317. 張曉風　張曉風寫作年表　親親　臺北　爾雅出版社　1982年7月　頁243—249

318. 〔文學時代叢刊〕　張曉風著作年表　文學時代叢刊　第15期　1983年2月　頁102—105

319. 張曉風　張曉風寫作年表　海內外青年作家選集（18）　臺北　黎明文化公司　1983年6月　頁77—79

320. 張曉風　張曉風寫作年表　我在　臺北　九歌出版社　1984年9月　頁259—267

321. 張曉風　張曉風寫作年表　曉風吹起　臺北　文經出版社　1989年11月　頁176—185

322. 福本瘦彙編　張曉風大事年表（上、下）　中國時報　1999年6月17—18日　37版

323. 張曉風　作者年表　從你美麗的流域　臺北　爾雅出版社　1999年11月　頁261—284

324. 謝雲青　張曉風寫作年表　張曉風戲劇研究　臺灣師範大學國文學系　碩士論文　楊昌年教授指導　2001年6月　頁350—353

325. 張曉風　張曉風大事年表　張曉風精選集　臺北　九歌出版社　2004年6月　頁309—312

326. 〔編輯部〕　作者年表　我在　臺北　九歌出版社　2004年12月　頁295—318

327. 張曉風　張曉風年表　張曉風　臺北　行政院文建會　2004年12月　頁185—190

328. 藍培甄　張曉風年表　張曉風抒情散文研究（1966—2003）　中山大學中國文學系　碩士論文　徐信義教授指導　2004年　頁147—153

329. 牟方芝　張曉風寫作年表及文壇時事紀要　張曉風散文研究　政治大學國文教學碩士學位班　碩士論文　陳芳明教授指導　2004 年　頁 214—231

330. 陳松玲　張曉風大事年表　張曉風散文的宗教意涵與美學研究　彰化師範大學國文學系　碩士論文　周芬伶教授指導　2006 年 6 月　頁 203—211

331. 譚莉萍　張曉風之著作年表　張曉風及其散文之研究　文化大學中國文學系　博士論文　邱燮友教授指導　2014 年 6 月　頁 375—376

332. 魏緗慈　琦君、林海音、林文月、張曉風之綜合年表　臺灣女性散文家的童年書寫——以琦君、林海音、林文月和張曉風為中心　成功大學臺灣文學系　碩士論文　蔡明諺教授指導　2012 年 12 月　頁 107—139

其他

333. 〔聯合報〕　張曉風赴港，領受文藝獎　聯合報　1977 年 11 月 13 日　2 版

334. 鳳　一九九七作家的成績單——張曉風獲吳三連獎，文學成就獲肯定　中央日報　1997 年 12 月 31 日　18 版

335. 謝雲青　張曉風得獎紀錄　張曉風戲劇研究　臺灣師範大學國文學系　碩士論文　楊昌年教授指導　2001 年 6 月　頁 354

336. 金明瑋　張曉風戲劇臺灣演出表　張曉風　臺北　行政院文建會　2004 年 12 月　頁 193—194

337. 林怡婷　張曉風：在臺灣，「中國」變髒字——搶救國文座談，她說文章談中國人，被要求改成「古人」，開「中國詩詞」的課，改成「古典詩詞」　聯合報　2005 年 5 月 24 日　C8 版

338. 詹宇霈　張曉風獲五四榮譽文藝獎章　文訊雜誌　第 284 期　2009 年 6 月　頁 147

339. 楊宗翰　亞華作協菲分會主辦張曉風文學講座　文訊雜誌　第 305 期

2011 年 3 月　頁 147

340. 郭漢辰　張曉風回到屏東眷村　文訊雜誌　第 356 期　2015 年 6 月　頁 194

作品評論篇目

綜論

341. 鄭傑光　我的淚來自我的愛——關於張曉風　中華文藝　第 45 期　1974 年 11 月　頁 142—148

342. 盧申芳　張曉風為現代戲劇開拓新境界　向時代挑戰的女性　臺北　臺灣學生書局　1977 年 2 月　頁 145—150

343. 溫　禾　她使古典的與現代的巧妙的結合了！　中國時報　1978 年 9 月 14 日　7 版

344. 許振江　暖暖亮亮的光　柔美與淒艷　高雄　心影出版社　1979 年 6 月　頁 202—213

345. 詹玉雲　曉風「小說」的主題　中華日報　1981 年 1 月 15 日　10 版

346. 余光中　亦秀亦豪的健筆——我看張曉風的散文（上、下）　聯合報　1981 年 3 月 5—6 日　8 版

347. 余光中　亦秀亦豪的健筆——我看張曉風的散文　分水嶺上　臺北　純文學出版社　1981 年 4 月　頁 235—246

348. 余光中　亦秀亦豪的健筆——我看張曉風的散文　現代文學論（聯副三十年文學大系・評論卷）　臺北　聯經出版公司　1981 年 12 月　頁 657—666

349. 余光中　亦秀亦豪的健筆——我看張曉風的散文　你還沒有愛過　臺北　大地出版社　1982 年 5 月　頁 3—13

350. 余光中　亦秀亦豪的健筆——我看張曉風的散文　中華現代文學大系（臺灣 1970—1989）評論卷（貳）　臺北　九歌出版社　1989 年 5 月　頁 751—761

351. 余光中　亦秀亦豪的健筆——我看張曉風的散文　當代臺灣文學評論大系・散文批評卷　臺北　正中書局　1993 年 5 月　頁 367—379
352. 余光中　亦秀亦豪的健筆——我看張曉風的散文　余光中選集・第 3 卷　合肥　安徽教育出版社　1999 年 2 月　頁 225—235
353. 余光中　亦秀亦豪的健筆——我看張曉風的散文　你還沒有愛過　臺北　大地出版社　2003 年 7 月　頁 3—14
354. 余光中　亦秀亦豪的健筆——我看張曉風的散文　余光中集（第七卷）　天津　百花文藝出版社　2004 年 1 月
355. 余光中　亦秀亦豪的健筆——我看張曉風的散文　你還沒有愛過　臺北　九歌出版社　2007 年 6 月　頁 9—19
356. 余光中　亦秀亦豪的健筆——我看張曉風的散文　余光中跨世紀散文　臺北　九歌出版社　2008 年 10 月　頁 275—285
357. 王　藍　張曉風的創作——在美國俄亥俄州州立大學東亞語文學系講　中華日報　1981 年 3 月 25 日　10 版
358. 王　藍　張曉風的創作　文學時代雙月叢刊　第 15 期　1983 年 9 月　頁 23—39
359. 林貞羊　我讀張曉風的「可叵集」　中華日報　1982 年 12 月 27 日　5 版
360. 趙　寧　我讀可叵　中國時報　1983 年 7 月 19 日　8 版
361. 趙　寧　我讀「可叵」　通菜與通婚　臺北　九歌出版社　1985 年 2 月　頁 3—6
362. 隱　地　作家與書的故事——張曉風　新書月刊　第 9 期　1984 年 3 月　頁 58—59
363. 隱　地　作家與書的故事——張曉風　作家與書的故事　臺北　爾雅出版社　1985 年 11 月　頁 77—83
364. 葉維廉　散文的藝術〔張曉風部分〕　中外文學　第 13 卷第 8 期　1985 年 1 月　頁 124—125
365. 葉維廉　散文的藝術〔張曉風部分〕　七十四年文學批評選　臺北　爾雅

出版社　1986年4月　頁77—79

366. 齊邦媛　閨怨之外——以實力論臺灣女作家〔張曉風部分〕　聯合文學　第5期　1985年3月　頁11—12

367. 齊邦媛　閨怨之外——以實力論臺灣女作家〔張曉風部分〕　七十四年文學批評選　臺北　爾雅出版社　1986年4月5日　頁181—184

368. 齊邦媛　閨怨之外——以實力論臺灣女作家〔張曉風部分〕　中華現代文學大系（臺灣 1970—1989）評論卷（壹）　臺北　九歌出版社　1989年5月　頁532—533

369. 齊邦媛　閨怨之外——以實力論臺灣女作家〔張曉風部分〕　千年之淚　臺北　爾雅出版社　1990年7月　頁123—126

370. 王志健　張曉風　文學四論（上）　臺北　文史哲出版社　1988年7月　頁403—404

371. 王志健　散文論——繁枝豐碩——張曉風　文學四論（下冊）　臺北　文史哲出版社　1988年7月　頁734—735

372. 徐　學　女作家散文〔張曉風部分〕　臺灣新文學概觀（下）　福建　鷺江出版社　1991年6月　頁189—191

373. 徐　學　當代舞臺劇〔張曉風部分〕　臺灣新文學概觀（下）　福建　鷺江出版社　1991年6月　頁380—381

374. 鄭明娳　張曉風　大學散文選　臺北　業強出版社　1991年10月　頁235

375. 徐　學　王鼎鈞、張曉風與70年代散文創作　臺灣文學史（下）　福州　海峽文藝出版社　1993年1月　頁462—463

376. 齊建華　李曼瑰、姚一葦等的戲劇創作〔張曉風部分〕　臺灣文學史（下）　福州　海峽文藝出版社　1993年1月　頁781—782

377. 樓肇明　臺灣散文四十年發展的輪廓——《臺灣八十年代散文選》〔張曉風部分〕　臺灣香港澳門暨海外華文文學論文選　福州　海峽文藝出版社　1993年3月　頁247—248

378. 林　薇　何處春江無月明——《20世紀中國女性散文百家》編後記——

在水一方的吟唱〔張曉風部分〕 20 世紀中國女性散文百家 福建 福建教育出版社 1993 年 8 月 頁 641

379. 徐 學 當代臺灣散文中的遊戲精神〔張曉風部分〕 中華文學的現在和未來——兩岸暨港澳文學交流研討會論文集 香港 鑪峰學會 1994 年 6 月 頁 172—173

380. 隱 地 亦秀・亦豪・跨新兼舊——柔美的女強人張曉風 九歌雜誌 第 163 期 1994 年 9 月 1 版

381. 徐 學 家國之歌吟——蘊滿民族記憶的典故與語彙〔張曉風部分〕 臺灣當代散文綜論 福州 海峽文藝出版社 1994 年 10 月 頁 96—98

382. 徐 學 女性的音符——低迴纏綿與冷靜決絕〔張曉風部分〕 臺灣當代散文綜論 福州 海峽文藝出版社 1994 年 10 月 頁 113—114

383. 徐 學 生命體驗——生命存在型態的感知〔張曉風部分〕 臺灣當代散文綜論 福州 海峽文藝出版社 1994 年 10 月 頁 123—124

384. 徐 學 當代臺灣散文的生命體驗〔張曉風部分〕 臺灣研究集刊 1995 年第 1 期 1995 年 2 月 頁 52—53

385. 張超主編 張曉風 臺港澳及海外華人作家辭典 江蘇 南京大學出版社 1994 年 12 月 頁 677—678

386. 林怡芳 有以與人的採蓮女子——張曉風的散文世界 國文天地 第 119 期 1995 年 4 月 頁 37—45

387. 方 忠 剛柔相濟，亦秀亦豪——張曉風散文 臺港散文 40 家 鄭州 中原農民出版社 1995 年 9 月 頁 405—410

388. 李立亨 用散文在劇場內傳道——張曉風和基督教藝術團契 表演藝術 第 36 期 1995 年 10 月 頁 72—75

389. 于善祿 張曉風與基督教藝術團契 變與不變：1970 年代臺灣現代戲劇研究 藝術學院戲劇學系劇場藝術研究所 碩士論文 鍾明德教授指導 1996 年 6 月 頁 39—48

390. 姜龍昭　臺灣宗教戲劇的回顧與前瞻〔張曉風部分〕　中國現代文學理論　第 6 期　1997 年 6 月　頁 169—173

391. 馬　森　反共戲劇與新戲劇的興起——臺灣新戲劇的萌發與開展〔張曉風部分〕　二十世紀中國新文學史　臺北　駱駝出版社　1997 年 10 月　頁 345—346

392. 楊馥璟　一日一回新——張曉風的散文永遠讓人眼睛一亮　九歌雜誌　第 201 期　1997 年 12 月　2 版

393. 王新民　當代臺灣戲劇的走向——「臺灣戲劇三大家」[9]和戲劇復興運動　中國當代戲劇史綱　北京　社會科學文獻　1997 年 12 月　頁 408—409

394. 楊劍龍　一個是「中國」，一個是「基督教」——論張曉風的創作和基督教文化　世界華文文學論壇　1998 年第 6 期　1998 年 6 月　頁 65—68

395. 楊劍龍　張曉風：一個是「中國」、一個是「基督教」　中國現代作家與基督教文化　華東師範大學中國現當代文學所　博士論文　1998 年　頁 136—156

396. 計璧瑞　臺灣文學——臺灣散文〔張曉風部分〕　20 世紀中國文學史（下卷）　廣州　中山大學出版社　1998 年 8 月　頁 413—414

397. 阿　盛　簡稱閎約，婉轉深厚——張曉風　自由時報　1998 年 12 月 11 日　41 版

398. 林克歡　張曉風　中國文學通典・戲劇通典　北京　解放軍文藝出版社　1999 年 1 月　頁 883

399. 陳宛蓉　臺灣文學經典名家特寫——張曉風　聯合報　1999 年 2 月 14 日　37 版

400. 陳雅媚　亦秀亦豪的健筆——張曉風[10]　全國新書資訊月刊　第 6 期　1999

---

[9]「臺灣戲劇三大家」指李曼瑰、姚一葦、張曉風。

[10]文後附錄〈張曉風作品書目〉、〈《曉風戲劇集》評論文獻選目〉、〈張曉風生平傳記文獻選目〉。

年 6 月　頁 18—20

401. 胡慧翼　蘭心慧質，凌雲健筆——張曉風散文品讀　寫作　1999 年第 8 期　1999 年 8 月　頁 11—13

402. 方　忠　百年臺灣文學發展論——從空疏到勃發的散文〔張曉風部分〕　百年中華文學史論：1898—2005　上海　華東師範大學出版社　1999 年 9 月　頁 61

403. 鍾怡雯　流離：在中國的邊緣——張曉風：我在／不在中國[11]　亞洲華文散文的中國圖象（1949—1999）　臺灣師範大學國文學系　博士論文　陳鵬翔教授指導　2000 年 5 月　頁 26—35

404. 鍾怡雯　我在／不在中國——論張曉風散文的中國鄉愁　明道文藝　第 296 期　2000 年 11 月　頁 49—61

405. 鍾怡雯　張曉風：我在／不在中國　亞洲華文散文的中國圖象　臺北　萬卷樓圖書公司　2001 年 1 月　頁 34—47

406. 方　忠　臺灣散文：張曉風　二十世紀中國文學史　臺北　文史哲出版社　2000 年 9 月　頁 959—964

407. 彭耀春　臺灣戲劇：張曉風　二十世紀中國文學史　臺北　文史哲出版社　2000 年 9 月　頁 982—984

408. 方　忠　張曉風——亦秀亦豪的健筆　臺港澳文學教程　上海　漢語大辭典出版社　2000 年 10 月　頁 151—155

409. 劉慧珍　篇篇有寒梅之香，字字如纓絡敲冰——張曉風散文論　語文學刊　2001 年第 2 期　2001 年 3 月　頁 33—35

410. 張瑞芬　鞦韆外的天空——學院閨秀散文的特質與演變　逢甲人文社會學報　第 2 期　2001 年 5 月　頁 73—96

411. 張瑞芬　鞦韆外的天空——論張曉風的散文　五十年來臺灣女性散文‧評論篇　臺北　麥田出版社　2006 年 2 月　頁 168—173

412. 李　樺　張曉風散文的語言魅力　修辭學習　2001 年第 6 期　2001 年 11

[11]本文專論張曉風散文中所擅長的在生活細節中突顯其中國認同，以及對中國偉大文明的歸屬感。

月 頁31—33

413. 黃于珊 試析張曉風小說中之社會現象 問學集 第11期 2002年6月 頁207—216

414. 王 敏 臺灣散文創作的繁榮——張曉風、楊牧、林清玄 簡明臺灣文學史 北京 時事出版社 2002年6月 頁359—361

415. 吳軍英 張曉風散文論 當代文壇 2002年第4期 2002年7月 頁74—76

416. 許艷平，馮廣藝 張曉風散文量詞的變異運用及其功能 湖北師範學院學報 第22卷第3期 2002年9月 頁51—54

417. 向 明 出軌異樣寫新詩〔張曉風部分〕 走在詩國邊緣 臺北 爾雅出版社 2002年11月 頁36—37

418. 王本朝 論張曉風散文的神性關懷 河北學刊 第22卷第6期 2002年11月 頁98—102

419. 陳芳明 在母性與女性之間——五〇年代以降臺灣女性散文的流變〔張曉風部分〕 霜後的燦爛——林海音及其同輩女作家學術研討會論文集 臺南 國立文化資產保存研究中心 2003年5月 頁303—304

420. 廖世萍，傅德岷 論張曉風散文的審美風範 四川師範大學學報 第30卷第5期 2003年9月 頁87—91

421. 徐光萍 生命的箋注——張曉風詩性解釋散文解讀 江蘇大學學報 第5卷第4期 2003年10月 頁78—82

422. 張瑞芬 古典的出走與回歸：臺灣70—80年代女性散文〔張曉風部分〕 2004年戰後臺灣文學學術研討會論文集 臺中 修平技術學院 2004年3月 頁163—166

423. 瘂 弦 散文的詩人——張曉風創作世界的四個向度 聚繖花序2 臺北 洪範書店 2004年6月 頁179—198

424. 瘂 弦 散文的詩人——張曉風創作世界的四個向度 張曉風精選集 臺

北　九歌出版社　2004 年 6 月　頁 15—35

425. 瘂　弦　散文的詩人——張曉風創作世界的四個向度　明道文藝　第 341 期　2004 年 8 月　頁 44—58

426. 瘂　弦　散文的詩人——張曉風創作世界的四個向度　於無聲處　香港　明報月刊出版社　2011 年 6 月　頁 124—146

427. 朱利萍　飛鳥戀故林——論傳統文學母題對張曉風散文的影響　長春師範學院學報　第 23 卷第 4 期　2004 年 7 月　頁 60—62

428. 方　忠　藝術地抒寫自己的心聲——張曉風的散文　20 世紀臺灣文學史論　南昌　百花洲文藝出版社　2004 年 10 月　頁 150—160

429. 胡星亮　轉型：從寫實傳統到現代主義——論 1960 至 70 年代臺灣話劇的發展[12]　臺灣研究集刊　2005 年第 2 期　2005 年 6 月　頁 83—91

430. 徐學，周可　悲劇與救贖的神話——論張曉風戲劇作品精神內涵的一個重要方面[13]　臺灣研究 25 年精粹・文學篇　北京　九州出版社　2005 年 6 月　頁 191－203

431. 古遠清　走出閨怨的女性文學——張曉風　分裂的臺灣文學　臺北　海峽學術出版社　2005 年 7 月　頁 93

432. 薛忠文　祈禱與感恩——張曉風散文世界的一個維度　當代文壇　2005 年第 4 期　2005 年 7 月　頁 87—89

433. 曹惠民　張曉風散文的感受方式　他者的聲音——曹惠民臺港華文文學論集　南京　江蘇人民出版社　2005 年 8 月　頁 70—74

434. 袁飛舟　以情為文張曉風——論張曉風散文的抒情風格　世界華文文學論壇　2005 年第 4 期　2005 年 12 月　頁 35—37

435. 袁飛舟　以情為文張曉風　語文學刊　2006 年第 2 期　2006 年 2 月　頁 90—91

[12] 本文記述 1960 年代後半期、姚一葦、張曉風、馬森等劇作家借用西方現代派戲劇並融合傳統戲劇，推動臺灣話劇由寫實傳統向現代主義的轉型。

[13] 本文探討張曉風一系列探討人與困境、人性的劇作，如何從出世再到入世，進而克服人性的缺點的精神。全文共 3 小節：1.悲劇的誕生；2.悲劇精神：救贖的希望之源；3.救贖之道與人性的超升。

436. 張瑞芬　「回歸古典」，或「跨越鄉土」？——崛起於七〇年代的兩派臺灣女性散文——古典傳承與中文系學院作家——張曉風、陳幸蕙[14]　臺灣文學研究學報　第2期　2006年4月　頁144—152

437. 張瑞芬　「古典派」與「鄉土派」——崛起於七〇年代的兩派臺灣女性散文——古典傳承與中文系學院作家——張曉風、陳幸蕙　臺灣當代女性散文史論　臺北　麥田出版公司　2007年4月　頁330—337

438. 李　琳　文理自然，姿態橫生——論張曉風散文的審美風範　現代語文　2006年第4期　2006年4月　頁75—76

439. 李　琳　拈花微笑般的自然和諧——論張曉風散文的辭意美　伊犁教育學院學報　2006年第4期　2006年12月　頁81—84

440. 柯慶明　傳統、現代與本土——論當代劇作的文化認同〔張曉風部分〕　臺灣現代文學的視野　臺北　城邦文化公司　2006年12月　頁101—117

441. 陳義芝　散文創作與時代感受　文字結巢　臺北　三民書局　2007年1月　頁213—218

442. 周芬伶　愛的神祕劇——聖徒小說的終極探索——張曉風　聖與魔——臺灣戰後小說的心靈圖像（1945—2006）　臺北　印刻出版公司　2007年3月　頁47—53

443. 茅林鶯　論張曉風散文之鄉愁母題　世界華文文學論壇　2007年第2期　2007年6月　頁33—37

444. 黃美序　臺風西雨新舞臺（臺灣行）——觀潮有成的前浪——張曉風　戲劇的味／道　臺北　五南圖書出版公司　2007年10月　頁331—332

445. 杜貴斌　論張曉風散文雜揉的宗教情懷　世界華文文學論壇　2008年第2

[14]本文後改篇名〈「古典派」與「鄉土派」——崛起於七〇年代的兩派臺灣女性散文——古典傳承與中文系學院作家——張曉風、陳幸蕙〉。

期 2008年6月 頁25—28
446. 朱莉萍 傳統哲學與現代情懷的詩意整合——論傳統哲學對張曉風散文的影響 學術論壇 2008年第8期 2008年8月 頁172—176
447. 范培松 臺灣散文——人文小品：王鼎鈞、張曉風和亮軒 中國散文史（下） 南京 江蘇教育出版社 2008年8月 頁654—664
448. 吳明益 書寫沉默的島嶼——當代臺灣散文——文學的憶術：當代臺灣散文的演化簡史〔張曉風部分〕 文學 臺灣：11 位新銳臺灣文學研究者帶你認識臺灣文學 臺南 國立臺灣文學館 2008年9月 頁225—226
449. 方 忠 張曉風散文論 臺灣散文縱橫論 南京 江蘇教育出版社 2008年12月 頁100—108
450. 方 忠 張曉風散文論 雅俗匯流——方忠選集 廣州 花城出版社 2014年11月 頁148—155
451. 黃維樑 美麗的張世界——讀《曉風過處——張曉風選集》 中華日報 2009年8月22日 B7版
452. 徐 學 現代中文的經典——曉風散文半世紀 送你一個字 臺北 九歌出版社 2009年9月 頁9—17
453. 陳芳明 臺灣女性詩人與散文家的現代轉折——臺灣女性散文的現代主義轉折〔張曉風部分〕 臺灣新文學史 臺北 聯經出版公司 2011年10月 頁469—470
454. 莊若江 臺灣女性作家的創作——張曉風——亦秀亦豪的健筆 臺港澳文學教程新編 上海 復旦大學出版社 2013年1月 頁106—108
455. 易元章 張曉風散文創作觀的「作品論」 國文天地 第333期 2013年2月 頁22—29
456. 鍾怡雯 臺灣現代散文史綜論（1949—2012）〔張曉風部分〕 華文文學 2013年第4期 2013年8月 頁95
457. 林念慈 紅毯之上到閨閣以外——張曉風美文的自覺與突破 臺灣現代女

性抒情散文研究——以張秀亞、張曉風、簡媜為中心　淡江大學中國文學系碩士班　碩士論文　張雙英教授指導　2014 年　頁 60—77

458. 王　茹　論張曉風的「述」　藝文論壇　第 11 期　2015 年 1 月　頁 98—105

459. 馬　森　臺灣當代散文〔張曉風部分〕　世界華文新文學史——中國現代文學的兩度西潮（下編）‧分流後的再生：第二度西潮與現代／後現代主義　臺北　印刻文學生活雜誌出版公司　2015 年 2 月　頁 1167—1168

分論

◆單行本作品

散文

《地毯的那一端》

460. 鄭彩仁　《地毯的那一端》　翰海觀潮　臺北　行政院文建會　1997 年 5 月　頁 166—168

461. 應鳳凰，傅月庵　張曉風——《地毯的那一端》　冊頁流轉——臺灣文學書入門 108　臺北　印刻文學生活雜誌出版公司　2011 年 3 月　頁 122—123

462. 應鳳凰　作家第一本書的故事（十）——用第一本書的獎金買房子　鹽分地帶文學　第 60 期　2015 年 10 月　頁 162—163

463. 應鳳凰　張曉風《地毯的那一端》——青春照眼　文學起步 101——101 位作家的第一本書　新北　印刻文學出版公司　2016 年 12 月　頁 128—129

《給你，瑩瑩》

464. 陳敬忠　讀《給你，瑩瑩》　中華日報　1975 年 1 月 27 日　5 版

465. 鄭明娳　臺灣現代散文中的崇高情感〔《給你，瑩瑩》部分〕　現代散文現象論　臺北　大安出版社　1992 年 8 月　頁 105—107

466. 鄭明娳　現代散文的感性與知性——感性散文的侷限〔《給你，瑩瑩》部分〕　現代散文　臺北　三民書局　1999年3月　頁47—48

《愁鄉石》

467. 吳青玉　評介曉風的《愁鄉石》與陳敏華《晨海的風笛》　青年戰士報　1974年4月19日　8版

《詩詩、晴晴與我》

468. 小　沈　我讀《詩詩、晴晴與我》　愛書人　第60期　1977年12月　2版

469. 許秋煌　微曦中的純稚——介紹《詩詩、晴晴與我》　愛書人　第90期　1978年10月　3版

470. 羅　奇　女作家的新育嬰書寫〔《詩詩、晴晴與我》部分〕　聯合報　1999年6月7日　48版

《動物園中的祈禱室》

471. 周聯華　《動物園中的祈禱室》序　動物園中的祈禱室　臺北　宇宙光出版社　1977年11月　頁2—3

《步下紅毯之後》

472. 畢　玲　有情世界談張曉風《步下紅毯之後》　明道文藝　第45期　1979年12月　頁142—145

473. 郭明福　有情天地有情人——我讀《步下紅毯之後》　中華日報　1982年6月16日　10版

474. 郭明福　有情天地有情人　琳琅書滿目　臺北　爾雅出版社　1985年7月　頁71—74

475. 夏　牧　讀過《步下紅毯之後》只覺這世界到處是詩　九歌雜誌　第85期　1988年3月　4版

476. 陳信元　夏日炎炎書解悶——好書推薦——現代散文書單——張曉風《步下紅毯之後》　國文天地　第39期　1988年8月　頁28

477. 鄭芳郁　張曉風《步下紅毯之後》的四種修辭格試探　國文天地　第108

期　1994 年 5 月　頁 66—75

《你還沒有愛過》

478. 吳似蘭　介紹你看一本書——《你還沒有愛過》　陽明海運　第 21 期　1983 年 3 月　頁 38—39

479. 〔許燕，李敬選編〕　張曉風《你還沒有愛過》　感人的書　臺北　希代書版公司　1984 年 12 月　頁 315—323

480. 黃玉雯　一分特殊的感覺——讀張曉風《你還沒有愛過》　飛揚青春：中市青年選集　臺北　業強出版社　1993 年 12 月　頁 235—237

《再生緣》（1982 年爾雅版）

481. 曾昭旭　《再生緣》序　再生緣　臺北　爾雅出版社　1982 年 5 月　頁 1—8

482. 曾昭旭　一個民族主義者的自白——張曉風《再生緣》序　文學的哲思　臺北　漢光文化公司　1984 年 12 月　頁 193—198

483. 曾昭旭　民族主義者的自白——一九八二年爾雅版序　再生緣　臺北　九歌出版社　2010 年 5 月　頁 247—252

484. 林貴真　《再生緣》讀後　中央日報　1982 年 7 月 6 日　10 版

485. 陳銘磻　《再生緣》　婦女雜誌　第 171 期　1982 年 12 月　頁 117

486. 康來新　《再生緣》　時報雜誌　第 167、168 期合刊　1983 年 2 月 13 日　頁 92

《幽默五十三號》

487. 沈　謙　跳脫傳神的諷喻文學——談張曉風〔《幽默五十三號》〕　明道文藝　第 106 期　1985 年 1 月　頁 50—59

488. 沈　謙　跳脫傳神的諷喻文學——細說《幽默五十三號》的花樣　九歌雜誌　第 70 期　1986 年 12 月　3 版

489. 沈　謙　跳脫傳神的諷喻文學——評張曉風《幽默五十三號》　書本就像降落傘　臺北　黎明文化公司　1992 年 8 月　頁 38—51

《三弦》

490. 蔣　勳　女曰雞鳴——序《三弦》　三弦　臺北　爾雅出版社　1983 年 7 月　頁 1—7

491. 蔣　勳　女曰雞鳴——序《三弦》　三弦　臺北　爾雅出版社　1998 年 10 月　頁 1—7

492. 郭明福　嘈嘈切切如私語——試談《三弦》　臺灣新生報　1983 年 8 月 10 日　8 版

493. 容麗娟　撥動心底的弦　臺灣時報　1996 年 2 月 13 日　28 版

《我在》

494. 齊邦媛　行至人生的中途——《我在》中的張曉風　我在　臺北　九歌出版社　1984 年 9 月　頁 1—9

495. 齊邦媛　行至人生的中途——《我在》中的張曉風　中國時報　1984 年 9 月 24 日　8 版

496. 齊邦媛　行至人生的中途——《我在》中的張曉風　霧漸漸散的時候　臺北　九歌出版社　1998 年 10 月　頁 295—303

497. 齊邦媛　行至人生的中途——《我在》中的張曉風　我在　臺北　九歌出版社　2004 年 12 月　頁 2—10

498. 應鳳凰　十月、十一月的文學出版——張曉風《我在》　文訊雜誌　第 15 期　1984 年 12 月　頁 353

499. 柳惠蓉　《我在》在我心　文訊雜誌　第 16 期　1985 年 2 月　頁 212—213

500. 王文興　張曉風的藝術——評《我在》　中國時報　1985 年 3 月 15 日　8 版

501. 王文興　張曉風的藝術——評《我在》　書和影　臺北　聯合文學出版社　1988 年 4 月　頁 157—161

502. 王文興　張曉風的藝術——評《我在》　從你美麗的流域　臺北　爾雅出版社　1988 年 7 月　頁 223—230

503. 王文興　張曉風的藝術——評《我在》　書和影　臺北　聯合文學出版社　2006 年 11 月　頁 157—161

504. 〔文藝作品調查研究小組〕　《我在》　心靈饗宴　臺北　國家文藝基金管理委員會　1992 年 6 月　頁 80—81

505. 〔文藝作品調查研究小組〕　《我在》　書林采風　臺北　國家文藝基金管理委員會　1992 年 6 月　頁 94—95

506. 魏可風　《我在》　錦囊開卷　臺北　國家文藝基金管理委員會　1993 年 6 月　頁 280—281

507. 才文月　張曉風《我在》譬喻藝術探驪　中國語文　第 722 期　2017 年 8 月　頁 106—121

《從你美麗的流域》

508. 〔民生報〕　期待中有悵然〔《從你美麗的流域》〕　民生報　1988 年 8 月 15 日　14 版

509. 魯瑞菁　情繫天地間——評張曉風《從你美麗的流域》　聯合文學　第 51 期　1989 年 1 月　頁 198—200

《玉想》

510. 李霖燦　嫣然多采，美不勝收——《玉想》為大地河山加美麗[15]　九歌雜誌　第 113 期　1990 年 7 月　2 版

511. 李霖燦　序　玉想　臺北　九歌出版社　1990 年 7 月　頁 3—7

512. 李霖燦　序　玉想　臺北　九歌出版社　2010 年 4 月　頁 16—20

513. 陳幸慈　給玉一個文學的解釋——提高生活品質的《玉想》　九歌雜誌　第 116 期　1990 年 10 月　3 版

514. 廖宏文　精巧與細緻——淺釋《玉想》的美　中華日報　1992 年 1 月 10 日　11 版

515. 廖宏文　精巧與細緻——《玉想》美得優雅、美得清麗　九歌雜誌　第 134 期　1992 年 4 月　1 版

---

[15]本文後為《玉想》書序。

516. 蔣　勳　重讀曉風《玉想》——兼懷李霖燦老師　中國時報　2009 年 3 月 27 日　4 版
517. 蔣　勳　重讀曉風《玉想》——兼懷李霖燦老師　玉想　臺北　九歌出版社　2010 年 4 月　頁 2—5

《我知道你是誰》

518. 吳　鳴　自在、能化的散文世界——細品張曉風的《我知道你是誰》[16]　九歌雜誌　第 164 期　1994 年 10 月　2 版
519. 吳　鳴　評張曉風《我知道你是誰》　九歌二十　臺北　九歌出版社　1998 年 3 月　頁 239—240
520. 三　光　納古典於現代——讀《我知道你是誰》　臺灣日報　1994 年 12 月 18 日　41 版

《這杯咖啡的溫度剛好》

521. 張春榮　活著與當下——談張曉風《這杯咖啡的溫度剛好》　文訊雜誌　第 135 期　1997 年 1 月　頁 23—24
522. 張春榮　活著與當下——談生活美學《這杯咖啡的溫度剛好》　九歌雜誌　第 193 期　1997 年 4 月　2 版
523. 張春榮　活著與當下——張曉風《這杯咖啡的溫度剛好》　現代散文廣角鏡　臺北　爾雅出版社　2001 年 5 月　頁 3—9
524. 小　民　由生活性的散文寫起〔《這杯咖啡的溫度剛好》部分〕　中華日報　1997 年 4 月 21 日　16 版
525. 盧怡文　茶香與酒情——評張曉風《這杯咖啡溫度剛好》　北師語文教育通訊　第 5 期　1997 年 6 月　頁 49—54
526. 黃秉勝　夢與黎明的驚動——評張曉風《這杯咖啡的溫度剛好》　北師語文教育通訊　第 5 期　1997 年 6 月　頁 55—59
527. 陳婉蝶　如果容許我宣布一天國定假日〔《這杯咖啡的溫度剛好》〕　與書共鳴：九十二學年度臺北市高級中學跨校網路讀書會優勝作品

[16]本文後節錄為〈評張曉風《我知道你是誰》〉。

精選輯 臺北 臺北市教育局 2004年10月 頁375—376

《「你的側影好美！」》

528. 孫維民 《你的側影好美！》 中央日報 1998年1月13日 22版
529. ㄚ 雯 謝謝曉風帶給我們那麼多的感動〔《「你的側影好美！」》〕 九歌雜誌 第202期 1998年1月 2版
530. 張啟文 點亮悲憫的燈〔《「你的側影好美！」》〕 九歌雜誌 第202期 1998年1月 2版

《星星都已經到齊了》

531. 劉潔妃 睽違十五年，張曉風新書出爐了〔《星星都已經到齊了》〕 人間福報 2003年5月7日 8版
532. 賴素鈴 張曉風與文友共擁會心回憶〔《星星都已經到齊了》〕 民生報 2003年5月7日 A10版
533. 楊珮欣 睽違十五年，《星星都已經到齊了》 自由時報 2003年5月7日 45版
534. 陳宛茜 張曉風新書，如蒙古常調在草原〔《星星都已經到齊了》〕 聯合報 2003年5月7日 B6版
535. 席慕蓉 相見不恨晚〔《星星都已經到齊了》〕 星星都已經到齊了 臺北 九歌出版社 2003年5月 頁5—15
536. 席慕蓉 相見不恨晚〔《星星都已經到齊了》〕 人間煙火 臺北 九歌出版社 2004年9月 頁235—246
537. 石曉楓 多情的眼，柔軟的心〔《星星都已經到齊了》〕 中央日報 2003年6月15日 17版
538. 趙衛民 荷香摺扇——評《星星都已經到齊了》 聯合報 2003年6月22日 B5版
539. 趙衛民 描態散文——張曉風荷香摺扇〔《星星都已經到齊了》〕 散文啟蒙 臺北 名田文化公司 2003年10月 頁103—134
540. 張 望 《星星都已經到齊了》 臺灣日報 2006年6月28日 25版

《再生緣》（2004年重慶版）

541. 徐　學　　再生緣——曉風散文精品序　再生緣　重慶　重慶出版社　2004年9月　頁1—8

542. 徐　學　　《再生緣》——曉風散文精品序　明道文藝　第348期　2005年3月　頁25—31

543. 徐　學　　《再生緣》書評　中國圖書評論　2005年第10期　2005年10月　頁44—45

《送你一個字》

544. mew　　張曉風著‧《送你一個字》　自由時報　2009年9月9日　D11版

劇本

《畫愛》

545. 歐陽佐翔　　風雨畫劇　畫愛　臺北　校園團契出版社　1971年10月　頁96—97

546. 康來新　　試評介《畫》劇　畫愛　臺北　校園團契出版社　1971年10月　頁98—100

547. 李曼瑰　　序　畫愛　臺北　校園團契出版社　1971年10月　頁1—2

548. 李曼瑰　　《畫》演出的話　李曼瑰劇存（四）　臺北　正中書局　1979年11月　頁243—244

《第五牆》

549. 左　彬　　評《第五牆》　中華日報　1971年12月15日　9版

550. 〔基督教論壇編輯部〕　　《第五牆》演出出色——人生豈止於生人？　基督教論壇報　第323期　1972年1月2日　4版

551. 思　軒　　一齣嶄新的散文劇——第五牆　中國時報　1972年1月5日　9版

552. 如　炬　　四幕現代話劇的里程碑——評《第五牆》　臺灣新生報　1972年1月5日　9版

553. 如 炬　里程碑——評四幕現代劇《第五牆》　第五牆　臺北　靈聲雜誌社　1984年10月　頁57—61

554. 雲 筑　評《第五牆》　臺灣新生報　1972年1月6日　10版

555. 智 平　深思與頓悟——評第五牆的演出　中華日報　1972年1月6日　9版

556. 董挽華　試評《第五牆》　幼獅月刊　第35卷第1期　1972年1月　頁44—48

557. 胡耀恆　論曉風的《第五牆》　中外文學　第1卷第5期　1972年1月　頁80—92

558. 羅 青　張曉風《第五牆》讀後　書評書目　第64期　1978年8月　頁131—144

559. 羅 青　論張曉風的《第五牆》　羅青看電影：原形與象徵　臺北　東大圖書公司　1995年7月　頁158—181

560. 喻麗清　我看《第五牆》　第五牆　臺北　靈聲雜誌社　1984年10月　頁55—56

561. 陳典義　一封信〔《第五牆》〕　第五牆　臺北　靈聲雜誌社　1984年10月　頁68—70

562. 董挽華　試評《第五牆》　第五牆　臺北　靈聲雜誌社　1984年10月　頁71—81

563. 智 平　深思與頓悟——評第五牆的演出　第五牆　臺北　靈聲雜誌社　1984年10月　頁82—84

564. J. P. Brantingham　Impressions of *The Fifth Wall*　第五牆　臺北　靈聲雜誌社　1984年10月　頁92—93

565. 陳美美　現代主義文學作品——現代主義戲劇：張曉風《第五牆》　臺灣現代主義文學的萌芽與再起　佛光人文社會學院文學研究所　碩士論文　馬森教授指導　2004年6月　頁121—124

《武陵人》

566. 如　炬　　評張曉風的《武陵人》　中華日報　1972年12月11日　7版

567. 如　炬　　評張曉風的《武陵人》　武陵人　臺北　靈聲雜誌社　1973年11月　頁69—75

568. 李曼瑰　　《武陵人》的演出與基督教藝術團契　中央日報　1972年12月30日　9版

569. 哈　公　　我看《武陵人》　民族晚報　1973年1月2日　4版

570. 林瑾佳　　《武陵人》的語言　中華日報　1973年1月11日　9版

571. 李宜涯　　我看《武陵人》　東吳半月刊　第15期　1973年1月16日　2版

572. 道真主　　論舞臺劇《武陵人》的演出　東吳半月刊　第15期　1973年1月16日　4版

573. 田　子　　談《武陵人》　中華日報　1973年1月17日　9版

574. 唐文標　　天國不是我們的——評張曉風的《武陵人》　中外文學　第1卷第8期　1973年1月　頁36—56

575. 若　軒　　現代的《武陵人》——寫在《武陵人》話劇演出前　幼獅文藝　第229期　1973年1月　頁269—270

576. 何懷碩　　矯情的《武陵人》（1—4）　中央日報　1973年2月14—17日　10版

577. 何懷碩　　矯情的《武陵人》　苦澀的美感　臺北　大地出版社　1973年11月　頁272—289

578. 何懷碩　　矯情的《武陵人》　中副選集八　臺北　中央日報社　1978年8月　頁343—359

579. 聶光炎　　《武陵人》舞臺設計的觀念和過程　幼獅文藝　第232期　1973年4月　頁177—187

580. 聶光炎　　《武陵人》舞臺設計的觀念和過程　武陵人　臺北　靈聲雜誌社　1973年11月　頁53—59

581. 聶光炎　《武陵人》舞臺設計的觀念和過程　曉風戲劇集　臺北　道聲出版社　1976年11月　頁177—187

582. 聶光炎　《武陵人》舞臺設計的觀念和過程　曉風創作集　臺北　道聲出版社　1976年12月　頁723—738

583. 聶光炎　《武陵人》舞臺設計的觀念和過程　曉風創作集　臺北　道聲出版社　1980年5月　頁723—738

584. 衛　民　平心論《武陵人》　大學文藝　第15期　1973年5月　頁49—53

585. 孫康宜　武陵人與布萊克精神（上、下）　中國時報　1973年6月25—26日　16，19版

586. 孫康宜　武陵人與布萊克精神　武陵人　臺北　靈聲雜誌社　1973年11月　頁76—83

587. 孫康宜　武陵人與布萊克精神　曉風戲劇集　臺北　道聲出版社　1976年11月　頁188—200

588. 孫康宜　武陵人與布萊克精神　曉風創作集　臺北　道聲出版社　1976年12月　頁734—746

589. 孫康宜　武陵人與布萊克精神　曉風創作集　臺北　道聲出版社　1980年5月　頁734—746

590. 康棣華　《武陵人》的愛（上、中、下）　中華日報　1973年7月23—25日　9版

591. 陳典義　烏托邦文學與《武陵人》　武陵人　臺北　靈聲雜誌社　1973年11月　頁60—62

592. 周　正　七十年代的武陵人　武陵人　臺北　靈聲雜誌社　1973年11月　頁84—87

593. 林克歡　《武陵人》作品解析　中國文學通典・戲劇通典　北京　解放軍文藝出版社　1999年1月　頁933—934

《曉風戲劇集》（1976 年道聲版）

594. 劉滄峰　第五牆・武陵人・自烹・和氏璧・第三害——張曉風戲劇集之探討　八掌溪　第 8 期　1978 年 12 月　頁 66—77

595. 林鶴宜　臺灣戲劇現代化的一段序曲——論張曉風《曉風戲劇集》　臺灣文學經典研討會論文集　臺北　行政院文建會，聯經出版公司　1999 年 6 月　頁 427—439

《曉風戲劇集》（2007 年九歌版）

596. 馬　森　為曉風的戲劇定位——序《曉風戲劇集》　曉風戲劇集　臺北　九歌出版社　2007 年 1 月　頁 29—34

597. 許麗玉　紙上看戲另有滋味——《曉風戲劇集》讀後感　新書月刊　第 102 期　2007 年 6 月　頁 37—39

◆多部作品

《地毯的那一端》、《給你，瑩瑩》、《愁鄉石》、《哭牆》

598. 朱星鶴　張曉風的書——從《地毯的那一端》到《愁鄉石》　幼獅文藝　第 234 期　1973 年 6 月　頁 216—232

599. 朱星鶴　張曉風的書——從《地毯的那一端》到《愁鄉石》　一沙一世界　臺北　文豪出版社　1979 年 12 月　頁 129—153

600. 朱星鶴　張曉風的書——從《地毯的那一端》到《愁鄉石》　一沙一世界　臺北　采風出版社　1985 年 1 月　頁 167—196

《地毯的那一端》、《步下紅毯之後》

601. 亞　菁　從《地毯的那一端》到《步下紅毯之後》　現代文學評論　臺北　東大圖書　1983 年 2 月　頁 53—55

《給你，瑩瑩》、《安全感》、《詩詩、晴晴與我》、《動物園中的祈禱室》

602. 江中明　老書新出，可喻陳年老茶？〔《給你，瑩瑩》、《安全感》、《詩詩、晴晴與我》、《動物園中的祈禱室》〕　聯合報　1997 年 4 月 22 日　18 版

603. 孫松堂　舊酒新瓶依然香醇〔《給你，瑩瑩》、《安全感》、《詩詩、晴晴與

我》、《動物園中的祈禱室》〕 中央日報 1997 年 7 月 16 日 21 版

604. 孫松堂 老書新賣照舊看好〔《給你，瑩瑩》、《安全感》、《詩詩、晴晴與我》、《動物園中的祈禱室》〕 中華日報 1997 年 10 月 14 日 15 版

《給你》、〈四個身處婚姻危機的女人〉

605. 鄭明娳 感性散文的侷限——書寫流於模式〔《給你》、〈四個身處婚姻危機的女人〉部分〕 現代散文 臺北 三民書局 1999 年 3 月 頁 47—49

單篇作品

606. 隱 地 讀曉風的〈地毯的那一端〉 自由青年 第 34 卷第 9 期 1965 年 11 月 1 日 頁 22—24

607. 隱 地 曉風〈地毯的那一端〉 隱地看小說 臺北 大江出版社 1967 年 9 月 頁 107—114

608. 隱 地 讀曉風的〈地毯的那一端〉 隱地看小說 臺北 爾雅出版社 1981 年 6 月 頁 111—118

609. 〔吳晟編〕 張曉風〈地毯的那一端〉 大家文學選散文卷 臺中 明光出版社 1981 年 10 月 頁 161—164

610. 潘秀宜整理 張曉風〈地毯的那一端〉 中國女性文學研究室學刊 第 1 期 2000 年 3 月 頁 27—28

611. 楊鐵中 讀曉風的〈初雪〉 中央日報 1967 年 12 月 28 日 9 版

612. 蜀 弓 我對〈哭牆〉的感受 自由青年 第 41 卷第 1 期 1969 年 1 月 1 日 頁 83—86

613. 蜀 弓 我對〈哭牆〉的感受 方眼中的跫音 臺北 藍星詩社 〔未著錄出版年月〕 頁 1—7

614. 鄭世仁 孟姜女的眼淚——張曉風〈哭牆〉賞析 出版與研究 第 51 期 1979 年 8 月 頁 20—21

615. 馬立安・高利克著；周國良譯　評張曉風初登文壇的小說〈哭牆〉　華文文學　2013年第2期　2013年4月　頁112—118
616. 季　陵　神滅論？神不滅論？——讀曉風的〈潘渡娜〉　新文藝　第154期　1969年1月　頁14—21
617. 顏元叔　人類工程學——兼談《超人列傳》與〈潘渡娜〉　文學批評散論　臺北　驚聲文物供應公司　1970年1月　頁137—144
618. 張系國　評註〔〈潘渡娜〉部分〕　當代科幻小說選1　臺北　知識系統出版　1985年2月　頁67—69
619. 封祖盛　〈潘渡娜〉評析　臺灣現代派小說評析　福州　海峽文藝出版社　1986年5月　頁80—85
620. 王淑秧　人類未來奇異的暢想曲——海峽兩岸的「科幻小說」〔〈潘渡娜〉部分〕　海峽兩岸小說評論　北京　中國人民大學出版社　1992年4月　頁116—117
621. 向鴻全　科幻文學在臺灣〔〈潘渡娜〉部分〕　文訊雜誌　第196期　2002年2月　頁34—37
622. 向鴻全　我們正在挖出時空膠囊……〔〈潘渡娜〉部分〕　臺灣科幻小說選　臺北　二魚文化公司　2003年5月　頁11
623. 向鴻全　臺灣女作家與科幻——女作家科幻作品中的女性意識〔〈潘渡娜〉部分〕　科幻研究學術論文集　新竹　交通大學出版社　2004年12月　頁241—242
624. 黃　海　臺灣科幻文學源流——張曉風〈潘渡娜〉　臺灣科幻文學薪火錄（1956—2005）　臺北　五南圖書出版公司　2007年1月　頁38—39
625. 邢美芳　接受與創造——論張曉風小說〈潘渡娜〉中基督教文化色彩　宿州教育學院學報　2008年第2期　2008年4月　頁73—78
626. 楊勝博　性別與情慾：後人類未來的空間展演——曙光乍現：科幻敘事空間中性別議題的開展——當女人造人／機械人有了意識：科幻空

間與女性自覺〔〈潘渡娜〉部分〕 幻想蔓延——戰後臺灣科幻小說的空間敘事 臺北 秀威資訊科技公司 2015 年 3 月 頁 145—146

627. 梅 遜 讀曉風〈我喜歡〉 文壇 第 105 期 1969 年 3 月 頁 30—32

628. 梅 遜 讀〈我喜歡〉 散文欣賞（二） 臺北 大江出版社 1970 年 3 月 頁 65—73

629. 〔隱地編〕 〈訴〉附註 五十七年短篇小說選 臺北 爾雅出版社 1969 年 3 月 頁 110—111

630. 隱 地 〈訴〉附註 十一個短篇——五十七年短篇小說選 臺北 仙人掌出版社 1969 年 3 月 頁 129—131

631. 蔡振念 叫母親太沉重——臺灣現代小說中的母親及母女關係〔〈訴〉部分〕 中國現代文學理論季刊 第 20 期 2000 年 12 月 頁 525—526

632. 薛興國 思想隨曉風的〈不是遊記〉奔走 大學新聞 1970 年 1 月 12 日 3 版

633. 胡坤仲 張曉風的〈瘋癲者〉（1—2） 臺灣日報 1972 年 8 月 7，14 日 9 版

634. 陳怡真 張曉風的〈桃花源記〉 中國時報 1972 年 12 月 25 日 7 版

635. 曉 暉 我看〈和氏璧〉 大華晚報 1975 年 1 月 14 日 7 版

636. 杜 威 〈和氏璧〉給我的感受 中華日報 1975 年 1 月 26 日 9 版

637. 季大為 待琢的璞玉——讀〈和氏璧〉 書評書目 第 22 期 1975 年 2 月 頁 133—134

638. 魏子雲 評〈和氏璧〉 中華文藝 第 49 期 1975 年 3 月 頁 18—21

639. 亮 軒 新出土的古玉——評張曉風的〈和氏璧〉 曉風戲劇集 臺北 道聲出版社 1976 年 11 月 頁 402—412

640. 亮 軒 新出土的古玉 曉風戲劇集 臺北 道聲出版社 1976 年 11 月 頁 402—413

641. 亮　軒　新出土的古玉　曉風創作集　臺北　道聲出版社　1976 年 12 月　頁 948—959

642. 亮　軒　新出土的古玉　曉風創作集　臺北　道聲出版社　1980 年 5 月　頁 948—959

643. 閻鴻亞　交輝在劇本與舞臺的光芒——當代臺灣戲劇——現、當代重要劇作家與作品〔〈和氏璧〉部分〕　文學　臺灣：11 位新銳臺灣文學研究者帶你認識臺灣文學　臺南　國立臺灣文學館　2008 年 9 月　頁 263

644. 陳克環　張曉風〈人環〉　書評書目　第 23 期　1975 年 3 月　頁 81—83

645. 黃希敏　〈人環〉裡的世界　中國時報　1975 年 6 月 6 日　12 版

646. 黃北朗　舞臺劇有多少內涵，〈第三害〉可提供答案　聯合報　1975 年 12 月 24 日　9 版

647. 陳克環　讀〈第三害〉　中央日報　1976 年 1 月 13 日　10 版

648. 陳克環　讀〈第三害〉　陳克環自選集　臺北　黎明文化公司　1977 年 7 月　頁 373—378

649. 亮　軒　紅塵苦海證天心——〈第三害〉觀後　中國時報　1976 年 1 月 14 日　12 版

650. 蔡芳定　評張曉風的〈第三害〉　文風　第 35 期　1979 年 6 月　頁 81—83

651. 江　平　關於〈嚴子與妻〉的故事　臺灣新生報　1977 年 1 月 11 日　12 版

652. 小　民　〈嚴子與妻〉觀後　中華日報　1977 年 1 月 16 日　10 版

653. 林火旺　評〈嚴子與妻〉中的人性問題——道德、善惡與同情　中央日報　1977 年 1 月 18 日　10 版

654. 吉訶得　《換湯換錯藥》〔〈嚴子與妻〉部分〕　書評書目　第 45 期　1977 年 1 月　頁 151—152

655. 張春榮　談文化傳統的導向——評〈嚴子與妻〉　鵝湖　第 20 期　1977 年

2月 頁45—46

656. 林安梧 十字架的邊緣——〈嚴子與妻〉觀後 鵝湖 第20期 1977年2月 頁47—48

657. 王邦雄 由〈嚴子與妻〉說起 大塊噫氣 臺北 大人出版社 1978年10月 頁44—45

658. 王邦雄 由〈嚴子與妻〉說起 人間因緣 臺北 李白出版社 1986年10月 頁47—49

659. 王友輝，郭強生 序〔〈嚴子與妻〉部分〕 臺灣現代文學教程：戲劇讀本 臺北 二魚文化公司 2003年7月 頁16—17

660. 王友輝 〈嚴子與妻〉導讀 臺灣現代文學教程：戲劇讀本 臺北 二魚文化公司 2003年7月 頁266

661. 羅 青 曉風〈花瓣〉 大華晚報 1977年5月15日 5版

662. 羅 青 曉風女士的〈花瓣〉 從徐志摩到余光中 臺北 爾雅出版社 1978年12月 頁79—84

663. 羅 青 曉風女士的〈花瓣〉 從徐志摩到余光中 臺北 爾雅出版社 2003年3月 頁79—84

664. 〔聯合報〕 一點露・一根草・人人有〈位子〉 聯合報 1978年1月21日 9版

665. 劉 藝 有感於〈位子〉 聯合報 1978年2月4日 9版

666. 李元貞 張曉風的〈位子〉 雄獅美術 第85期 1978年3月 頁122—123

667. 隱 地 〈影〉附註 五十八年短篇小說選 臺北 書評書目出版社 1978年1月 頁253—255

668. 隱 地 〈影〉附註 五十八年短篇小說選 臺北 爾雅出版社 1981年4月 頁261—262

669. 剛 武 張曉風的新境界——我讀〈步下紅毯之後〉 中華日報 1979年8月24日 11版

670. 康美玲　平凡的情感世界——讀張曉風〈步下紅毯之後〉有感　中央日報　1979年9月26日　11版

671. 亞　菁　我讀〈步下紅毯之後〉　中華日報　1979年10月1日　9版

672. 剛　毅　如夢初醒——讀〈親親〉有感　愛書人　第148期　1980年7月　頁11

673. 詩　影　永恆的守護神・我讀〈親親〉　明道文藝　第68期　1981年1月　頁153—155

674. 黃寤蘭　塞翁失馬的故事，張曉風搬上舞臺〔〈一匹馬的故事〉〕　聯合報　1981年5月3日　9版

675. 林佩芬　五鐘齊鳴——〈鐘〉[17]　爾雅　臺北　爾雅出版社　1981年7月　頁227—229

676. 多　默　家庭！家庭！——評張曉風〈回到家裡〉　中央日報　1982年7月7日　10版

677. 林麗月　千山萬水我走過——評張曉風散文〈前身〉　中央日報　1984年11月4日　10版

678. 李豐楙　張曉風〈魔季〉簡析　中國現代散文選析 2　臺北　長安出版社　1985年3月　頁918—919

679. 劉　爽　〈魔季〉賞析　臺灣散文鑑賞辭典　太原　北岳文藝出版社　1991年12月　頁909—911

680. 洪富連　張曉風〈魔季〉　當代主題散文研究　高雄　復文圖書出版社　1998年4月　頁282—286

681. 游喚，張鴻聲，徐華中編著　張曉風〈魔季〉賞析　現代散文精讀　臺北　五南圖書出版公司　1998年8月　頁109—113

682. 李豐楙　張曉風〈詠物篇〉簡析　中國現代散文選析 2　臺北　長安出版社　1985年3月　頁926—927

---

[17]本文評析比較琦君、王鼎鈞、鄭清文、水晶、張曉風5位作家以「鐘」為題材書寫的小說。

683. 王基倫等[18]　現代詩選之二——〈詠物篇〉賞析　國文 2　臺北　東大圖書公司　2008 年 2 月　頁 134—135

684. 李豐楙　張曉風〈許士林的獨白〉簡析　中國現代散文選析 2　臺北　長安出版社　1985 年 3 月　頁 935—937

685. 范金蘭　白蛇傳故事的增異期（中）——張曉風的散文〈許士林的獨白〉「白蛇傳故事」型變研究　政治大學國文教學碩士在職專班　碩士論文　陳錦釗教授指導　2003 年 1 月　頁 166—175

686. 姚騰傑　白蛇故事的當代改寫——以簡媜〈白蛇三疊〉、張曉風〈許士林獨白〉、許悔之〈白蛇說〉為討論中心　中國語文　第 721 期　2017 年 7 月　頁 78—81、85—86

687. 李豐楙　張曉風〈常常，我想起那座山〉簡析　中國現代散文選析 2　臺北　長安出版社　1985 年 3 月　頁 960—961

688. 林政華　張曉風的〈常常，我想起那座山〉　耕情集　臺中　臺中市立文化中心　1995 年 6 月　頁 195—199

689. 蕭　蕭　張曉風〈從你美麗的流域〉　七十三年散文選　臺北　九歌出版社　1985 年 3 月　頁 70—71

690. 劉韻蘋　從修辭格看張曉風〈從你美麗的流域〉　人文及社會學科教學通訊　第 24 期　1994 年 4 月　頁 103—120

691. 林錫嘉　〈愁鄉石〉　濃濃的鄉情　臺北　希代書版公司　1986 年 1 月　頁 96—101

692. 〔阿盛主編〕　張曉風〈玉想〉　1985 臺灣散文選　臺北　前衛雜誌社　1986 年 2 月　頁 70

693. 崔成宗　有斐君子，其文如玉——張曉風〈玉想〉的遐想　挑撥新趨勢——第 2 屆中國女性書寫國際學術研討會論文集　臺北　臺灣學生書局　2003 年 2 月　頁 385—400

---

[18]編著者：王基倫、王學玲、朱孟庭、林偉淑、林淑芬、范宜如、高嘉謙、曾守正、黃俊郎、謝佩芬、簡淑寬、顏瑞芳、羅凡政。

694. 林錫嘉 〈林中雜想〉編者註 七十四年散文選 臺北 九歌出版社 1986年3月 頁226
695. 林清標 〈行道樹〉下的沉思——談詠物文章的寫作 國文天地 第11期 1986年4月 頁76—77
696. 吳正吉 〈行道樹〉賞析 曉風吹起 臺北 文經出版社 1989年11月 頁168—171
697. 劉崇義 淺析張曉風〈行道樹〉的文章結構 孔孟月刊 第391期 1995年3月 頁49—51
698. 劉崇義 淺析張曉風〈行道樹〉的文章結構 國語文教與學論集 臺北 萬卷樓圖書公司 1998年2月 頁261—267
699. 張春榮 現代散文的六大特色〔〈黑紗〉部分〕 國文天地 第14期 1986年7月 頁85
700. 鍾怡雯 臺灣散文裡的中國圖像〔〈黑紗〉部分〕 孤獨的帝國：第二屆全國大專學生文學獎得獎作品專集 臺北 行政院文建會 1999年5月 頁517—518
701. 陳幸蕙 〈眼神四則〉編者註 七十五年散文選 臺北 九歌出版社 1987年2月 頁81
702. 蕭 蕭 〈動情二章〉編者註 七十六年散文選 臺北 九歌出版社 1988年2月 頁188—189
703. 楊昌年 靜觀體散文〔〈癲者〉部分〕 現代散文新風貌 臺北 東大圖書公司 1988年2月 頁111—115
704. 林錫嘉 張曉風〈一同行過〉編者註 七十七年散文選 臺北 九歌出版社 1989年3月 頁95
705. 陳幸蕙 〈花朝手記〉編者註 七十八年散文選 臺北 九歌出版社 1990年1月 頁251—252
706. 施國英 張曉風〈秋天・秋天〉 中國現代散文欣賞辭典 上海 漢語大辭典出版社 1990年1月 頁752—754

707. 鄭明娳　張曉風〈一缽金〉賞析　青少年散文選　臺北　業強出版社　1990 年 6 月　頁 106

708. 鄭明娳　八〇年代臺灣散文現象〔〈書・墜樓人〉部分〕　世紀末偏航——八〇年代臺灣文學論　臺北　時報文化出版公司　1990 年 12 月　頁 36—38

709. 鄭明娳　臺灣現代散文現象觀測——八〇年代臺灣散文創作特色〔〈書・墜樓人〉部分〕　現代散文現象論　臺北　大安出版社　1992 年 8 月　頁 23—24

710. 蕭　蕭　〈給我一個解釋〉編者註　七十九年散文選　臺北　九歌出版社　1991 年 2 月　頁 253—254

711. 刑富君　〈我們〉賞析　臺灣散文鑑賞辭典　太原　北岳文藝出版社　1991 年 12 月　頁 916—919

712. 劉　爽　〈母親的羽衣〉賞析　臺灣散文鑑賞辭典　太原　北岳文藝出版社　1991 年 12 月　頁 924—927

713. 余昭玟　談古今幾篇孝思散文〔〈母親的羽衣〉部分〕　中國語文　第 86 卷第 5 期　2000 年 5 月　頁 63—64

714. 戴仁娥　一曲絕唱，千古繚繞——〈母親的羽衣〉語言賞析　語文天地　2004 年第 12 期　2004 年 12 月　頁 13—14

715. 趙冬枝　言約意豐，立意新奇——〈母親的羽衣〉賞析　中學生　2004 年第 12 期　2004 年 12 月　頁 4—5

716. 林秀蓉　張曉風〈母親的羽衣〉評析　文學與人生：文學心靈的生命地圖　臺北　三民書局　2005 年 8 月　頁 51—53

717. 刑富君　〈孤意與深情〉賞析　臺灣散文鑑賞辭典　太原　北岳文藝出版社　1991 年 12 月　頁 933—935

718. 刑富君　〈給我一點水〉賞析　臺灣散文鑑賞辭典　太原　北岳文藝出版社　1991 年 12 月　頁 939—941

719. 劉　爽　〈春之懷古〉賞析　臺灣散文鑑賞辭典　太原　北岳文藝出版社

1991 年 12 月　頁 943—944

720. 刑富君　〈也是水湄〉賞析　臺灣散文鑑賞辭典　太原　北岳文藝出版社　1991 年 12 月　頁 948—950

721. 段美喬　〈也是水湄〉作品賞析　星光燦爛的文學花園：現代文學知識精華：散文、詩歌　臺北　雅書堂文化公司　2005 年 5 月　頁 207—210

722. 曲建華　〈初綻的詩篇（二題）〉賞析　臺灣散文鑑賞辭典　太原　北岳文藝出版社　1991 年 12 月　頁 953—956

723. 陳柱發　一首精緻的小令——張曉風〈春之懷古〉淺析　六盤水師範高等科學校學報　1992 年第 3 期　1992 年　頁 67—68

724. 賈玉冰　一曲春的頌歌——張曉風〈春之懷古〉賞析　中學語文園地　2004 年第 10 期　2004 年 5 月　頁 10—11

725. 林錫嘉　〈描容〉編者註　八十年散文選　臺北　九歌出版社　1992 年 3 月　頁 60

726. 〔編輯部〕　自我探索〔〈描容〉部分〕　階梯作文 2　臺北　三民書局　1999 年 10 月　頁 90—91

727. 保　真　第三十一冊成績單——序《八十五年短篇小說》〔〈一千二百三十點〉部分〕　八十五年短篇小說選　臺北　爾雅出版社　1998 年 2 月　頁 13

728. 保　真　〈一千二百三十點〉附註　八十五年短篇小說選　臺北　爾雅出版社　1998 年 2 月　頁 137—138

729. 季　敏　愛心穎悟下的殊異情懷——解讀張曉風的散文〈情塚〉　語文學刊　2001 年第 5 期　2001 年 9 月　頁 29—30

730. 鍾怡雯　張曉風〈我的幽光實驗〉評析　臺灣現代文學教程：散文讀本　臺北　二魚文化公司　2002 年 8 月　頁 120—121

731. 沈　謙　寫出生命的春天——評張曉風〈沸點及其他〉　獨步，散文國：現代散文評析　臺北　讀冊文化公司　2002 年 10 月　頁 161—168

732. 趙彥杰　健筆如雲，煥美如詩——論張曉風散文集〈畫晴〉的文化品味與情感觀照　通化師範學院學報　第 24 卷第 3 期　2003 年 5 月　頁 82—86

733. 廖玉蕙　〈你要做什麼〉賞析　繁花盛景：臺灣當代文學新選　臺北　正中書局　2003 年 8 月　頁 137—138

734. 王宗法　張曉風的〈妳還沒有愛過〉　20 世紀中國文學通史　上海　東方出版中心　2003 年 9 月　頁 592—593

735. 蕭　蕭　〈地篇〉賞析　臺灣現代文選　臺北　三民書局　2004 年 5 月　頁 67—68

736. 康來新　張曉風〈有求不應和未求已應〉　臺灣宗教文選　臺北　二魚文化公司　2005 年 5 月　頁 76

737. 蕭　蕭　張曉風〈我在〉賞析　臺灣現代文選‧散文卷　臺北　三民書局　2005 年 6 月　頁 75—78

738. 周煌華　張曉風〈星星都已經到齊了〉　多元的交響：世華散文評析　臺北　唐山出版社　2005 年 6 月　頁 92—98

739. 陳南先　一篇樸實純真的愛情宣言——張曉風〈一個女人的愛情宣言〉賞析　名作欣賞　2005 年第 7 期　2005 年 7 月　頁 79—83

740. 李　滿　怎樣才算敬畏生命——張曉風〈敬畏生命〉解讀　名作欣賞　2005 年第 7 期　2005 年 7 月　頁 93—95

741. 黃　梅　〈只因為年輕啊！〉編者的話　那去過的過去　臺北　香海文化公司　2006 年 9 月　頁 86—87

742. 白晶玉，黎保榮　搖擺：作為存在狀態與藝術狀態——張曉風〈秋千上的女子〉新論　世界華文文學論壇　2007 年第 2 期　2007 年 6 月　頁 31—32

743. 李明慈　〈釀酒的理由〉密門之鑰　比整個世界還要大：散文選讀　臺北　三民書局　2007 年 9 月　頁 144—145

744. 白　靈　〈苦等甜點〉編案　2007 年臺灣詩選　臺北　二魚文化公司　2008

年 3 月　頁 59

745. 林黛嫚　〈我交給你們一個孩子〉作品導讀——純真孩童如何面對複雜社會？　散文新四書‧春之華　臺北　三民書局　2008 年 9 月　頁 34

746. 吳岱穎　〈反義詞——答肇慶市的麥姓小友〉筆記　生活的證據——國民新詩讀本　臺北　麥田出版‧城邦文化公司　2014 年 5 月　頁 186—188

747. 王輔羊　談張曉風的卷首語〈綠豆兒〉　客家雜誌　第 308 期　2016 年 2 月　頁 78

多篇作品

748. 王延學　「亦秀亦豪」張曉風——張曉風「咏春」經典散文誦讀〔〈春之懷古〉、〈柳〉、〈春之針縷〉〕　語文世界　2003 年第 4 期　2003 年 4 月　頁 10—12

749. 蕭　蕭　〈我交給你們一個孩子〉、〈小蜥蜴如何藏身在草叢裡的奇觀〉、〈尋人啟事〉賞析　攀登生命巔峰　臺北　聯合文學出版社　2005 年 3 月　頁 23—24

750. 鍾怡雯　導讀：張曉風〈我在〉、〈你要做什麼〉　二十世紀臺灣文學金典‧散文卷（第二部）　臺北　聯合文學出版社　2006 年 5 月　頁 85

751. 許俊雅　寫在散文邊上——賞讀《中華現代文學大系（貳）臺灣 1989—2003 散文卷（二）》〔〈塵緣〉、〈我撿到了一張身分證〉、〈春水初泮的身體——觀雲門《水月》演出〉、〈鞦韆上的女子〉部分〕　低眉集——臺灣文學／翻譯、遊記與書評　臺北　新銳文創　2011 年 12 月　頁 352—353

作品評論目錄、索引

752. 〔編輯部〕　關於本書作者批評及專訪目錄索引——張曉風　中國當代十大散文家選集　臺北　源成文化圖書供應社　1977 年 7 月　頁

549—550

753. 〔張曉風〕　武陵人各界評論索引　曉風戲劇集　臺北　道聲出版社　1976年11月　頁211—212

754. 〔張曉風〕　武陵人各界評論索引　曉風創作集　臺北　道聲出版社　1976年12月　頁757—760

755. 〔張曉風〕　《武陵人》各界評論索引　曉風創作集　臺北　道聲出版社　1980年5月　頁757—760

756. 鄒桂苑　張曉風研究資料　文訊雜誌　第116期　1995年6月　頁109—118

757. 郭孟寬　張曉風劇作與基督教藝術團契演出之評論選輯　七○年代劇場開拓者——張曉風與基督教藝術團契　中國文化大學藝術研究所碩士論文　鍾明德教授指導　1998年　頁118—123

758. 謝雲青　張曉風劇作評論索引　張曉風戲劇研究　臺灣師範大學國文學系碩士論文　楊昌年教授指導　2001年6月　頁359—362

759. 謝雲青　張曉風相關評論索引　張曉風戲劇研究　臺灣師範大學國文學系碩士論文　楊昌年教授指導　2001年6月　頁363—369

760. 張瑞芬　張曉風重要評論篇目　五十年來臺灣女性散文・評論篇　臺北　麥田出版社　2006年2月　頁167—168

761. 茅林鶯　張曉風文學創作研究綜述　世界華文文學論壇　2006年第3期　2006年9月　頁57—60

762. 〔封德屏主編〕　張曉風　臺灣現當代作家評論資料目錄（四）　臺南　國立臺灣文學館　2010年11月　頁2575—2604

其他

763. 李曼瑰　《無比的愛》演出的話　李曼瑰劇存（四）　臺北　正中書局　1979年11月　頁245—246

764. 舟　子　《親親》使本選集流露出樸實情感　大華晚報　1980年6月8日　7版

765. 郭明福　有情世界——淺介《親親》　書評書目　第 87 期　1980 年 7 月　頁 94—98
766. 林雙不　《蜜蜜》　書評書目　第 92 期　1980 年 12 月　頁 42—44
767. 吳崇蘭，席慕蓉　兩封信——《蜜蜜》　爾雅　臺北　爾雅出版社　1981 年 7 月　頁 327—329
768. 林貴真　屬於中國的情〔《有情人》〕　中央日報　1981 年 3 月 11 日　10 版
769. 林貴真　屬於中國的情——《有情人》　爾雅　臺北　爾雅出版社　1981 年 7 月　頁 335—337
770. 彭　歌　情之書——《有情四書》　爾雅　臺北　爾雅出版社　1981 年 7 月　頁 323—325
771. 丘秀芷　人間充滿「情」和「愛」——《有情四書》　爾雅　臺北　爾雅出版社　1981 年 7 月　頁 331—334
772. 林耀德　《中國現代文學大系》　錦囊開卷　臺北　國家文藝基金管理委員會　1993 年 6 月　頁 103—105
773. 汪淑珍　出版品特色——總結文學經驗的選集套書——《中華現代文學大系》　九歌繞樑三十年　臺北　九歌出版社　2008 年 10 月　頁 137—144
774. 林治平　讓我們唱吧！——寫於再版之前〔《如果你有一首歌》〕　如果你有一首歌　臺北　宇宙光出版社　1994 年 1 月　頁〔1〕—〔2〕
775. 林治平　增訂新版序〔《如果你有一首歌》〕　如果你有一首歌　臺北　宇宙光出版社　1994 年 1 月　頁〔3〕—〔5〕
776. 甫　《小說教室》版權煩人，張曉風細說編選艱辛　臺灣新聞報　2000 年 9 月 10 日　B8 版
777. 賴素鈴　奔走千萬里，蒐羅八十年——張曉風《小說教室》面貌豐　民生報　2000 年 9 月 20 日　A6 版

778. 徐淑卿　文學教科書有新選擇〔《小說教室》〕　中國時報　2000年10月19日　42版

779. 陳宛蓉　張曉風編《小說教室》出版　文訊雜誌　第181期　2000年11月　頁76

780. 張春榮　多面相美感的合唱——張曉風編《小說教室》　文訊雜誌　第182期　2000年12月　頁26—27

781. 張春榮　多面相美感的合唱——張曉風編《小說教室》　文學創作的途徑　臺北　爾雅出版社　2003年7月　頁228—233

782. 洪　凌　七味並現的時空膠囊（上、下）——關於《臺灣科幻小說選》　自由時報　2003年9月15—16日　43版

國家圖書館出版品預行編目資料

臺灣現當代作家研究資料彙編. 99, 張曉風/徐國能編選.
-- 初版. -- 臺南市 : 臺灣文學館, 2017.12
面； 公分
ISBN 978-986-05-3732-1 (平裝)

1.張曉風 2.傳記 3.文學評論

863.4 106018023

【臺灣現當代作家研究資料彙編】99
張曉風

發 行 人　廖振富
指導單位　文化部
出版單位　國立臺灣文學館
地　　址／70041 臺南市中西區中正路 1 號
電　　話／06-2217201　傳　　真／06-2218952
網　　址／www.nmtl.gov.tw　電子信箱／pba@nmtl.gov.tw

總 策 畫　封德屏
顧　　問　林淇瀁　張恆豪　許俊雅　陳義芝　須文蔚　應鳳凰
工作小組　王則翔　沈孟儒　林暄燁　黃子恩　陳映潔
編　　選　徐國能
責任編輯　陳映潔
校　　對　沈孟儒　黃子恩　陳映潔
計畫團隊　財團法人台灣文學發展基金會
美術設計　翁國鈞・不倒翁視覺創意
印　　刷　松霖彩色印刷事業有限公司

經銷展售　國家書店松江門市（02-25180207）
國立臺灣文學館藝文商店（06-2217201#2960）
一德洋樓羅布森冊惦（04-22333739）
三民書局（02-23617511、02-2500-6600）
台灣的店（02-23625799）　府城舊冊店（06-2763093）
南天書局（02-23620190）　唐山出版社（02-23633072）
後驛冊店（04-22211900）　五南文化廣場（04-22260330）

初版一刷　2017 年 12 月
定　　價　新臺幣 450 元整
第一階段 15 冊新臺幣 5500 元整　第二階段 12 冊新臺幣 4500 元整
第三階段 23 冊新臺幣 8500 元整　第四階段 14 冊新臺幣 5000 元整
第五階段 16 冊新臺幣 6000 元整　第六階段 10 冊新臺幣 3800 元整
第七階段 10 冊新臺幣 3200 元整　全套 100 冊新臺幣 30000 元整

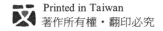

GPN　1010601828（單本）　ISBN　978-986-05-3732-1（單本）
1010000407（套）　978-986-02-7266-6（套）